ЧИТАТЬ[МОДНО]

Паруса корабля с прямым парусным вооружением, поставленные во время штиля для просушки

1. Летучий кливер
2. Кливер
3. Фор-стеньга-стаксель
4. Фор-стаксель
5. Фок, или нижний прямой
6. Фор-марсель
7. Фока-брамсель
8. Грота-стаксель
9. Грота-стеньга-стаксель
10. Средний стаксель
11. Грот-бом-брам-стаксель
12. Грот, или прямой
13. Грот-марсель
14. Грот-брамсель
15. Бизань-стаксель
16. Бизань-стеньга-стаксель
17. Бизань-брам-стеньга-стаксель
18. Бизань
19. Контр-бизань
20. Бизань-марсель
21. Бизань-брамсель

Из книги Серреса «Liber Nauticus» («Морская книга»)

ПАТРИК О'БРАЙАН

На краю земли

[САНКТ-ПЕТЕРБУРГ]
АМФОРА
2005

УДК 82/89
ББК 84.4Вл
О 23

PATRICK O'BRIAN
The Far Side of the World

Перевел с английского В. В. Кузнецов

*Издательство выражает благодарность агентству
Sheil Land Associates и литературному агентству Synopsis
за содействие в приобретении прав*

*Защиту интеллектуальной собственности и прав
издательской группы «Амфора»
осуществляет юридическая компания
«Усков и Партнеры»*

О'Брайан, П.

О 23 На краю земли : [роман] / Патрик О'Брайан ; [пер. с англ. В. Кузнецова]. — СПб. : Амфора. ТИД Амфора, 2005. — 463 с. — (Серия «Хозяин морей»).

ISBN 5-94278-854-5

Роман «На краю земли» — второй из знаменитой исторической серии английского писателя Патрика О'Брайана, который, наряду с романом «Командир и штурман», лег в основу сценария известного фильма «Хозяин морей». Главные герои, Джек Обри и Стивен Мэтьюрин, участвуют в захватывающей погоне — преследовании американского капера, нападающего на британские китобойные суда.

УДК 82/89
ББК 84.4Вл

ISBN 5-94278-854-5

© Patrick O'Brian, 1984
© Издание на русском языке, перевод, оформление.
ЗАО ТИД «Амфора», 2005

Вулкоту Гиббсу-младшему, который вдохновил меня на написание этих историй

От автора

Пожалуй, лишь немногие авторы черпают сюжеты из собственного воображения. Даже Шекспир, к примеру, сам не придумал, похоже, почти ничего; Чосер заимствовал темы как у своих современников, так и у покойников. Если не тревожить классиков, то мы увидим, что сегодняшний писатель в еще большей степени зависим от сторонних источников, поскольку при упорном стремлении к исторической точности приходится питать свою фантазию вахтенными журналами, депешами, письмами, мемуарами и прочими свидетельствами современников описываемых событий. Но использование документов — вовсе не откровенный плагиат; мимоходом замечу, что приближение шторма, описанное в начале девятой главы, взято из книги Уильяма Хикки и, на мой взгляд, не нуждается ни в каких прикрасах.

Однако продолжение работы в этом жанре вскоре поставит писателя перед необходимостью использовать вымышленные сюжеты, поскольку исторические факты — увы, не бездонный источник. Лет десять или одиннадцать тому назад один солидный американский издатель предложил автору написать книгу о флоте Его Величества эпохи Нельсона и автор с радостью согласился, поскольку и сама эпоха и ее герои живо интересовали его. Он на одном дыхании написал первую из серии книг — роман на документальной основе о раннем периоде командования кораблем «Спиди» лордом Кокрейном.

В процессе работы автор узнал о самых дерзких победах, совершенных этим судном за время войны, и с головой окунулся в подробности морского быта далекого прошлого. Но если бы писатель заранее знал, какое удовольствие доставит ему такой труд и сколько книг появится вслед за первой, то он наверняка приступил бы к их созданию гораздо раньше. Дело в том, что 14-пушечный «Спиди» захватил 32-пушечный «Гамо» лишь в 1801 году, после чего был заключен пресловутый Амьенский мир, лишивший на время предприимчивых моряков возможности состязаться в храбрости, а будущих писателей — множества документальных сюжетов. Впрочем, еще далеко не все источники исчерпаны: вот и в этом романе флотский историк обнаружит отзвук преследования кораблем Его Величества «Феб» корабля США «Эссекс». Однако даже в начале XIX столетия в году было всего лишь двенадцать месяцев, и вполне возможно, что в ближайшем будущем автору (если позволят читатели) придется использовать гипотетические годы по аналогии с гипотетическими месяцами, используемыми при расчете празднования Пасхи: скажем, введя год 1812а и даже 1812б.

Однако если автор прибегнет к такому приему, то пострадает лишь достоверность хронологии; но в остальном он будет по-прежнему сохранять историческую точность и рассказывать, каким был королевский флот, судя лишь по документам эпохи. Так что на этих страницах читатель не встретит ни василисков, которые убивают взглядом, ни готтентотов, лишенных религии, морали и членораздельного языка; ни изысканно вежливых, премудрых китайцев; ни противоестественно добродетельных, вечно побеждающих и, ясное дело, бессмертных героев; ну а если ненароком все же объявятся какие-то крокодилы, то автор постарается, чтобы они пожирали свои жертвы, не проливая крокодильих слез.

Глава первая

— Сообщение капитану Обри! Капитану Обри сообщение! — один за другим перекликались голоса, сначала едва слышно, а потом все громче и громче, стремительно перекатываясь с кормы флагманского корабля на шканцы и взлетая на полубак. Там, на правом борту, стоя возле 32-фунтовой каронады[1], капитан Обри разглядывал пурпурную галеру марокканского султана, бросившую якорь неподалеку от бастиона Прыгуна, за которым к небу вздымалась серовато-бурая громада Гибралтарской скалы. Мистер Блейк, некогда зеленый юнец-мичман, ставший высоким, крепким лейтенантом, почти таким же грузным, как Обри, объяснял своему бывшему капитану конструкцию нового, изобретенного им лафета: теперь каронады смогут стрелять в два раза быстрее, не давая перелетов, на дистанцию вдвое больше прежней, причем с такой точностью, которая заметно приблизит победное окончание войны.

«Передать сообщение» капитану первого ранга мог только адъютант адмирала, а Джек Обри опасался вызова к высокому начальству с той самой минуты, когда вместе с рассветом на рейде появилась «Каледония»: после вызова он должен был не мешкая доложить главнокомандующему, почему его распоряжения не были выполнены.

---
[1] Каронада — короткоствольное морское орудие.

Зная, что небольшой, старый, но зато легкий на ходу фрегат «Сюрприз», которым командовал Обри, должен вернуться с Мальты в Англию, чтобы встать на прикол, быть проданным или даже пойти на слом, адмирал сэр Фрэнсис Айвз, главнокомандующий Средиземноморским флотом, приказал его капитану отправиться с заходом в Замбру к Берберийскому побережью, чтобы вступить в переговоры с правителем тамошних мест, деем[1] Маскары, который был склонен к союзу с французами и угрожал враждебными действиями, вымогая огромную сумму денег. Если же дей будет упорствовать, то Обри должен принять на борт британского консула и предупредить строптивого владыку, что тот, конечно, волен перейти от слов к делу, но тогда все суда под маскаренским флагом будут захвачены, сожжены, потоплены или уничтожены любым иным способом, а порты дея — блокированы. Обри должен был отплыть на «Поллуксе» — еще более древнем, чем его фрегат, шестидесятипушечном корабле, который вез в Англию контр-адмирала Харта, однако к дипломатической миссии капитана этот пассажир отношения не имел. О ее результате Обри предстояло лично доложить главнокомандующему в Гибралтаре. Задание показалось Джеку несложным, тем более что он располагал чрезвычайно искушенным в столь тонких делах советником в лице своего судового врача, доктора Мэтьюрина, и неподалеку от устья залива Замбра он покинул «Поллукс» с легким сердцем. И нет ничего странного в том, что такое чувство испытывал человек, который полжизни провел в море — стихии опасной и совершенно ненадежной, где от вечности его отделял лишь борт судна.

Но их предали. План главнокомандующего успел попасть в руки неприятелю, и в один далеко не прекрасный

---

[1] Дей — титул пожизненного правителя Алжира в 1711–1830 гг.

момент с наветренной стороны появился французский линейный корабль с двумя фрегатами: они явно были в сговоре с маскаренцами. Форты дея открыли огонь по «Сюрпризу», не дав капитану Обри ни встретиться с правителем Маскары, ни принять на борт консула, мистера Элиота. «Поллукс», вступивший в схватку с восьмидесятипушечным французским кораблем, при взрыве порохового погреба взлетел на воздух вместе со всей командой. «Сюрприз» благодаря своим великолепным мореходным качествам сумел избежать неравного боя с французом, но Джеку Обри при этом не удалось добиться ничего из того, что ему было предписано выполнить. Разумеется, капитан мог бы поставить себе в заслугу, что умелым маневром он повредил тяжелый французский фрегат, заманив его на риф, и что во время сражения «Поллукс» так издырявил неприятеля, едва не добив его собственным взрывом, что француз едва ли смог доползти до Тулона.

Однако Джек Обри не мог предъявить ничего, кроме своих соображений, и хотя он отдавал себе отчет в том, что в отношении потерь королевский флот в этом деле скорее выиграл, чем проиграл, уверенности в том, что главнокомандующий разделит с ним его точку зрения, у него не было. Кошки на капитанской душе скребли еще и оттого, что неблагоприятные ветры задержали его переход из залива Замбра в Гибралтар, где следовало встретить главнокомандующего, и Джек не знал, успели ли суда, посланные им на Мальту и в Порт Магон, вовремя предупредить адмирала о том, что надо разобраться с покалеченным французом. Сэр Фрэнсис пользовался скверной репутацией: он был строг, отличался необузданным нравом и был способен без сожаления расправиться с заблудшим подчиненным. Было также известно, что сэр Фрэнсис куда честолюбивее прочих адмиралов;

он жаждал такой победы, которая вознесет его в глазах общественного мнения, а особенно морского министерства — источника всяческих благ и почестей. В каком свете представить ему события в Замбре, Джек Обри еще не решил. «Впрочем, чему быть, того не миновать», — успокоил он себя, торопясь на корму следом за нервным молчаливым юношей, стараясь не испачкать свои белоснежные панталоны и шелковые чулки: матросы таскали на нос ведра со смолой.

Но капитан ошибся: его вызывал второй флаг-офицер, находившийся на борту, — начальник тыла флота, прикованный к койке приступом инфлуэнцы, но желавший сообщить Джеку о том, что его жена сняла дом неподалеку от Эшгроув-коттеджа и будет очень рада знакомству с миссис Обри. Оказалось, что их дети почти ровесники, и поскольку они были любящими отцами, давным-давно оторванными от дома, оба офицера принялись с жаром угощать друг друга рассказами о своем потомстве. Начальник тыла стал показывать Джеку поздравительные письма ко дню рождения, полученные им месяца два назад, и маленькую, обгрызенную корабельными крысами перочистку, которую своими руками сделала ему в подарок старшая дочь.

Главнокомандующий тем временем заканчивал работу с бумагами, начатую еще на рассвете.

— Этот рескрипт капитану Льюису, который осмелился вякать насчет какого-то расследования, — произнес он. — «Сэр, ваше письмо ни в коей мере не способствовало тому, чтобы я изменил свое мнение относительно того, что вы решили воспользоваться своей болезнью с целью снова привести „Глостер" в порт. Наиболее серьезное обвинение, предъявленное вам, — это невероятно грубое обращение с доктором Харрингтоном на шканцах

„Глостера", совершенно недостойное высокого звания командира корабля, особенно предосудительное в связи с подавленным состоянием экипажа корабля Его Величества, в кое состояние он был ввергнут вашим же предосудительным поведением. Если вы будете продолжать настаивать на проведении судебного расследования в духе того письма, на которое я отвечаю, то оно действительно произойдет, но едва ли его последствия окажутся для вас утешительными. Остаюсь, сэр, ваш покорнейший слуга». Проклятый мошенник попытался запугать меня!

Оба писаря проигнорировали гневную реплику, продолжая усердно скрипеть перьями. Один из них снимал копию с предыдущего письма, второй перебелял его черновик. Остальные лица, находившиеся в просторном адмиральском салоне — мистер Ярроу, секретарь адмирала, и мистер Покок, его политический советник, — дружно возмутились, хором воскликнув: «Ну и ну!»

— Капитану Бейтсу, — продолжал диктовать сэр Фрэнсис, едва перо перестало скрипеть. — «Сэр, совершенно безобразное состояние судна Его Величества, в которое оно пришло под вашим командованием, вынуждает меня требовать, чтобы ни вы, ни ваши офицеры не сходили на берег в целях развлечения. Остаюсь, сэр, и т. д.». А теперь перейдем к меморандуму. «Поскольку имеются все основания подозревать, что некоторое количество женщин было тайно доставлено из Англии на нескольких судах, в частности тех, которые прибыли в Средиземное море в прошлом и нынешнем годах, адмирал требует от капитанов соответствующих судов указать этим дамам на непозволительно большой расход пресной воды и иные беспорядки, творимые ими, и оповестить всех о том, что при первых же известиях о расходовании обманным путем воды для помывки из питьевого крана или откуда-то еще все женщины, не получившие от адмиралтейства или главнокомандующего разрешения на пребывание на судах, будут отправлены в Англию с первым же конвоем. Господам офицерам вменяется строжайшим образом следить за поведением дам, дабы впредь на сугубо женские нужды не было бы израсходовано ни единого галлона пресной воды». — Адмирал повернулся ко второму писарю, шустро обмакнувшему перо в чернильницу: — «Соответствующим капитанам. Адмиралом замечена небрежность в поведении господ офицеров: появляясь на шканцах „Каледонии“, а иногда и получая распоряжения от начальника, они не снимают треуголок, причем некоторые даже не отдают честь. Вследствие таковой распущенности адмирал решительным образом предупреждает, что всякий офицер, который и впредь будет забывать о необходимости должного чинопочитания, получит порицание перед строем. Он полагает, что офицеры „Каледонии“ явят собою пример для прочих, снимая головные уборы, а не просто небрежно прикасаясь к ним под видом отдания чести». — Обращаясь к Пококу, адмирал заметил: — Нынешние молодые люди в большинстве своем дерзки и любят мишуру. Хотелось бы возродить старую школу. — Затем он продолжил диктовать: — «Соответствующим капитанам. Заметив на берегу нескольких флотских офицеров, вырядившихся, как лавочники, в пестрые тряпки, а иных в круглых шляпах и неуставных мундирах, что нарушает последнее распоряжение их высокопревосходительств членов совета Адмиралтейства, главнокомандующий приказывает, чтобы всякий офицер, нарушивший это целесообразное и необходимое распоряжение, был арестован и препровожден к адмиралу, и если таково будет решение военного суда, то виновному офицеру не будет разрешено сходить на берег до тех пор, пока он будет оставаться под началом сэра Фрэнсиса Айвза».

Пока скрипели перья, адмирал взял письмо и заговорил с мистером Пококом:

— Дж. С. вновь обращается ко мне с просьбой ходатайствовать о нем перед членом королевской семьи. Удивляюсь, как его проняло. Вот уж воистину упорство, достойное лучшего применения. Повторяю, я удивляюсь его назойливости. Наверняка особа с такими непомерными амбициями метит в пэры.

Мистер Покок замялся с ответом, тем более что писари, усердно скрипевшие перьями, тут же навострили уши. Меж тем всему флоту было известно, что сэр Фрэнсис сам горел желанием стать лордом, соперничая таким образом со своими собратьями по оружию. Не было секретом и то, с какой яростью он в свое время добивался командования Средиземноморским флотом — ведь это был самый верный путь для получения вожделенного титула.

— Возможно, — начал было мистер Покок, но в тот же миг был оглушен диким ревом горнов. Подойдя к кормовому балкону, он воскликнул: — Господи помилуй, посланник султана уже отчалил.

— Чтоб его приподняло и хлопнуло! — рявкнул адмирал, сердито посмотрев на хронометр. — Пусть проваливает ко всем... Нет, мы не должны обижать мавров. На Обри времени у меня не будет. Прошу вас, мистер Ярроу, извинитесь за меня, дескать, force majeure[1]. Будьте настолько любезны, пригласите его на обед, пусть он захватит с собой доктора Мэтьюрина. Если это их не устраивает, пусть приходят завтра утром.

Их, как на грех, это не устраивало. Обри был бы и рад снять с души камень, но он никак не мог явиться на обед к главнокомандующему именно сегодня, поскольку был намерен отобедать с дамой. При первых словах Джека

---

[1] Чрезвычайные обстоятельства (*фр.*).

Обри, обращенных к мистеру Ярроу, брови начальника тыла полезли на лоб, прикрытый ночным колпаком. Единственное удобоваримое оправдание того, что Джек вел себя как дерзкий, всем недовольный упрямец, заключалось в словах начальника тыла флота, чьи брови постепенно заняли прежнее положение:

— Мне бы, пожалуй, тоже хотелось оказаться за одним столом с настоящей дамой. Хотя я и получаю контрадмиральское жалованье, после Мальты я не встречал ни одной дамы: жена боцмана, как вы понимаете, не в счет. А из-за этой окаянной инфлюэнцы и необходимости служить образцом добродетели для своих подчиненных думаю, что, увы, вряд ли увижу хоть одну женщину, прежде чем мы бросим якорь в Большой гавани. Какое это утешение, Обри, когда ножки твоего стола дополняются дамскими.

В душе Обри был совершенно согласен с начальником тыла. На суше он был тем еще сердцеедом, что не раз служило причиной крупных неприятностей: очень уж он любил ощущать под столом женские ножки. Но в отношении именно этих ножек (необычайно изящных) и именно этого обеда он испытывал некоторую тревогу; тревога эта угнетала его ум и мешала проявить присущую ему жизнерадостность. Дело в том, что Лору Филдинг, даму, о которой шла речь, он доставил на борту своего корабля из Ла-Валлетты в Гибралтар. При обычных обстоятельствах было бы вполне прилично и естественно перевезти жену сослуживца из одного порта в другой. Однако обстоятельства были далеки от обычных. Миссис Филдинг, по происхожденью итальянка, эффектная дама с темно-рыжими волосами, появилась на палубе глубокой ночью в самый ливень без всякого багажа, в сопровождении Стивена Мэтьюрина, который никак не пожелал объяснить ее появление на судне и только заметил, что от имени капитана Обри он обещал доставить ее в Гибралтар. Джек, зная, что его близкий друг и его судовой врач доктор Мэтьюрин прочно связан не только с военно-морской, но и с политической разведкой, не стал задавать лишних вопросов, принимая сей дар судьбы в юбке как неизбежное зло. Но зло весьма значительное, поскольку молва связала имена Джека и Лоры, когда ее муж находился в плену у французов.

Однако в данном случае дым был без огня. Хотя Джек и начал строить куры, на Лору это не произвело должного впечатления. Тем не менее сплетни долетели до Атлантического океана, где сбежавший из плена муж Лоры, лейтенант Филдинг, коротал время на борту корабля Его Величества «Нимфа». Будучи чрезвычайно ревнивым по природе, он тотчас поверил этому слуху. Следом за «Сюрпризом» Филдинг прибыл в Гибралтар, накануне вечером сойдя с бомбометного судна «Гекла». Узнав об этом, на следующий день Джек тотчас направил чете приглашение на обед. Однако, несмотря на любезную записку от Лоры, принявшей приглашение, он отнюдь не был убежден в том, что не окажется в неловком положении, когда в половине третьего примет гостей.

Высадившись у таверны «Необструганный флагшток» незадолго до полудня, Джек отправил свой разъездной катер на «Сюрприз», еще раз втолковав старшине-рулевому, как должны держать себя матросы, которым придется обслуживать гостей за обедом. В сущности он мог этого не делать. Хотя на флоте зачастую приходилось довольствоваться солониной и морскими сухарями, на фрегате знали толк в благородном обхождении; у каждого офицера и гостя во время обеда за спиной стоял вестовой, чем могли похвастать лишь немногие отели.

Заметив, что «Пэрейд» почти пуст, Джек зашагал к саду Аламеда, намереваясь отдохнуть на скамье под драконовым деревом. Он не стал возвращаться на корабль не только потому, что ему было больно видеть свой обреченный на списание фрегат. Несмотря на все попытки Джека помешать этому, горькая весть о судьбе корабля стала общеизвестна, так что «Радостный Сюрприз», как любовно называли корабль на флоте, вызывал теперь совсем не радостные чувства. Дружная семья из двухсот человек должна была распасться, и, думая об этом, Джек испытывал горечь потери — отборная команда в совершенстве изучивших свое ремесло моряков, многие из которых плавали вместе с ним уже много лет, а некоторые, как то: старшина рулевых, буфетчик и четверо гребцов — служили вместе с капитаном со времени получения им своего первого корабля. Они притерлись друг к другу, привыкли к своим офицерам, это был экипаж, где наказывали чрезвычайно редко, дисциплину там не надо было вколачивать палкой, поскольку каждый знал свое место, где мастерство канониров и знание морского дела стояли на непревзойденной высоте. И эту команду, которой цены нет, погубят, разбросав по двум десяткам судов.

Что же касается офицеров, то они могли и вовсе очутиться на берегу, оставшись не у дел только потому, что двадцативосьмипушечный «Сюрприз» водоизмещением в 500 тонн был слишком мал по нынешним меркам. Вместо того чтобы увеличить экипаж и перевести его целиком на более крупный корабль, скажем тысячетонный тридцативосьмипушечный «Блекуотер», обещанный Джеку Обри, команду расформируют, а обещанного придется ждать три года, как уже не раз бывало. «Блекуотер» получил по протекции капитан Ирби, а Джек, так и не научившийся обивать нужные пороги, совершенно не был уверен в том, что получит очередной корабль. Он не был уверен вообще ни в чем, кроме того что ему предстоит получать половинное жалованье, по полгинеи в сутки, и выплачивать при этом целую гору долгов. Высоту этой горы он никак не мог определить, несмотря на отменное знание навигации и мореходной астрономии, поскольку его дела вели разные адвокаты, у каждого из которых было свое представление о степени финансового неблагополучия капитана. Эти невеселые мысли прервало чье-то деликатное покашливание, а затем почтительное приветствие:

— Капитан Обри? Сэр, добрый день. — Подняв глаза, Джек увидел высокого худощавого мужчину лет тридцати–сорока, приподнявшего треуголку. На нем был потертый мундир мичмана с некогда белыми лацканами, пожелтевшими на солнце. — Вы меня не помните, сэр? Моя фамилия Холлом, я имел честь служить под вашим началом на борту «Лайвли».

Ну конечно же. В начале войны несколько месяцев Джек Обри исполнял обязанности командира «Лайвли». Там он и повстречал растяпу мичмана с такой фамилией — тот был помощником штурмана. Служил Холлом в этой должности недолго, так как занедужил и был переведен на госпитальное судно. Никто его уходом не огорчился, за исключением, пожалуй, учителя гардемаринов, тоже мичмана в годах, и седовласого капитанского писаря, которые составляли отдельный кружок, державшийся в стороне от шумливой кучки юных мичманов. Насколько Джек помнил, никаких грехов за Холломом не наблюдалось, но не было у него и особых достоинств. Он принадлежал к породе вечных мичманов, которые махнули рукой и на себя и на свое ремесло; Холлом не горел желанием совершенствоваться в мореходных науках или артиллерии, не умел ладить с нижними чинами, что особенно ценят в мичманах командиры.

Задолго до того, как Джек познакомился с Холломом, доброжелательная комиссия сочла его пригодным для замещения должности лейтенанта. Однако вакансия так и не открылась. Подобное достаточно часто происходило с заурядными молодыми людьми, у которых не было ни способностей, ни покровителей или влиятельных родственников, способных замолвить за них словечко. Большинство таких неудачников год за годом держались на плаву, подавая прошения на получение штурманского патента, если их знание математики и навигации было достаточно хорошим, но порой и вовсе оставляли службу. Холлом и многие другие, похожие на него, продолжали на что-либо надеяться до тех пор, пока не становилось ясно: менять что-либо слишком поздно; в результате они оставались вечными мичманами, вечными младшими офицерами с нищенским доходом около тридцати фунтов в год, да и то если только им удавалось найти капитана, который пускал их на шканцы, и не имеющими никакого прибытка, даже половинного берегового жалованья, если такового капитана не отыскивалось.

Их положение было самым незавидным на флоте, и Джек от души их жалел. Тем не менее он сразу настроился против просьбы, с которой Холлом к нему наверняка обратится: сорокалетнему мичману не место в кубрике для зеленых юнцов. Кроме того, было очевидно, что раз Холлом человек невезучий, то он один из тех, кто может принести несчастье кораблю. Матросы — люди безмерно суеверные — невзлюбят его и, возможно, станут относиться к нему без должного почтения, за это их придется пороть, что в свою очередь вызовет еще более враждебное отношение к горе-офицеру.

Из рассказа самого Холлома следовало, что все его прежние капитаны придерживались такого же мнения: командир «Левиафана», последнего судна, на котором он служил, рассчитал его семь месяцев назад, и мичман отправился в Гибралтар в надежде или найти вакансию, освободившуюся после смерти кого-то из офицеров, или встретить одного из своих прежних командиров, которому мог понадобиться опытный помощник штурмана. Но фортуна решительно повернулась к нему задом, и теперь Холлом в последний раз пытал счастья.

— Мне очень жаль, но, пожалуй, я не смогу найти вам должность на своем корабле, — сказал Джек. — Да и нет в этом смысла, поскольку через несколько недель весь экипаж будет списан на берег.

— Я был бы бесконечно благодарен, если бы вы взяли меня к себе хоть на эти несколько недель, — воскликнул Холлом с живостью, от которой Джеку стало не по себе. Хватаясь за соломинку, офицер добавил: — Я был бы рад повесить свою койку даже перед мачтой, сэр, если вы возьмете меня хотя бы матросом первого класса.

— Нет-нет, Холлом, так не пойдет, — покачав головой, отозвался Джек. — Но, может быть, вам пригодится пятифунтовая банкнота. С первых призовых денег отдадите.

— Вы очень добры, сэр, — отвечал Холлом, сцепив за спиной кончики пальцев. — Только я не... — Что именно хотел он сказать, Джек Обри так и не узнал; лицо мичмана, с усилием хранившее маску жизнерадостности, вдруг исказилось. Джек уже решил было, что мичман разрыдается, но тот совладал с собой. — Однако я весьма признателен за ваши добрые намерения. Прощайте, сэр.

«Черт побери, черт побери, — мысленно воскликнул Джек Обри, видя, как, неестественно выпрямившись, уходит прочь Холлом. — Это же самый настоящий шантаж, будь я проклят». Затем он крикнул ему вслед:

— Мистер Холлом, мистер Холлом, постойте! — Что-то черкнув в записной книжке, он вырвал листок и сказал: — Считайте, что вы на службе: вам следует прибыть на борт «Сюрприза» до обеда и предъявить эту записку вахтенному офицеру.

Ярдов через сто Джек повстречал капитана «Намюра» Билли Саттона, своего старинного друга, с которым еще совсем юнцами они служили на «Резолюции».

— Господи, Билли, вот так встреча! Я и не заметил, как пришел «Намюр». Где он?

— Блокирует Тулон, бедняга. Теперь уже под командой Понсонби. А меня на дополнительных выборах избрали в парламент. Так что собираюсь со Стопфордом на его яхте в Англию, ну и принимаю поздравления, ясное дело.

Джек поздравил его, и Саттон, пофилософствовав о парламенте, яхтах и заместителях капитанов, наконец заметил:

— Чем ты так расстроен, Джек? Ты больше похож на кошку, у которой утопили котят, чем на капитана.

— Так оно, пожалуй, и есть. Знаешь, «Сюрпризу» приказано следовать домой, где его поставят на прикол или отправят на слом. Поэтому вот уже несколько недель я бьюсь как рыба об лед, готовя его к последнему походу и отбиваясь от полчищ всякого люда, норовящего бесплатно прокатиться до Англии или устроить на дармовщинку переезд своим семьям и друзьям. А каких-то пять минут назад я невесть отчего совершил дурацкий поступок: вопреки своим правилам взял к себе никому не нужного мичмана-перестарка, потому что этот бедняга выглядел чертовски тощим. Это была всего лишь сентиментальность, глупая снисходительность. В конце концов, ему это ничего не даст; он не будет ни благодарным, ни полезным. Только разложит моих юнцов и обозлит матросов. На его лице написана судьба пророка Ионы. Слава богу, наконец-то приходит «Каледония»! Могу составить рапорт и отплыть, как только мой разъездной катер вернется из Магона, прежде чем кто-то появится на борту. Начальник порта тоже тот еще пройдоха — пытался всучить мне дюжину завалящих матросиков и одновременно выманить у меня лучших моряков. Да не на того напал! В конце концов, во время перехода до Ла-Манша корабль может столкнуться с неприятелем, и мне хотелось бы, чтобы и в последний раз «Сюрприз» не подкачал. Но даже в этом случае...

— Сочувствую тебе, Джек. К тому же тебе туго пришлось в заливе Замбра, — произнес Саттон, которому было известно о произошедшем лишь понаслышке.

— Было дело, — ответил Джек Обри, покачав головой. Немного погодя он спросил: — Ты знаешь, что произошло?

— Как не знать. Твой посыльный баркас застал вице-адмирала в Порт Магоне, и тот сразу же отправил «Алакрити» в Тулон за главнокомандующим.

— Хочу надеяться, что они успели вовремя. Если повезет, то он должен добить большого француза. Знаешь, Билли, все не так просто — там произошла какая-то грязная история. Мы попали в западню.

— Все об этом говорят. Вернувшись недавно с Мальты, один поставщик провизии рассказывал о большом скандале в Ла-Валлетте. Один крупный чиновник перерезал себе глотку, а дюжину человек перестреляли. Правда, сам он слышал об этом от вторых или третьих лиц.

— А о моем катере есть известия? Я отправил его на Мальту со вторым лейтенантом, когда задул встречный ветер, и у нас не было возможности быстро добраться до Гибралтара.

— Ничего о нем не слыхал. Зато знаю наверняка, что твой баркас подняли на борт «Бервика», поскольку здесь была назначена встреча с главнокомандующим. Мы плыли вместе до вчерашнего вечера, когда во время шквала он потерял фор-стеньгу. Поскольку Беннет не решился показываться на глаза адмиралу с огрызком фок-мачты, он просемафорил, чтобы мы продолжали идти. Но при таком изменчивом ветре, — добавил Саттон, посмотрев на высокий гребень Гибралтарской скалы, — он застрянет, если не поторопится.

— Билли, ты знаешь адмирала гораздо лучше, чем я. Неужели он действительно рвет и мечет?

— Сущий аспид! — отозвался Саттон. — Слышал, как он раздраконил мичмана, ограбившего капера?[1]

— Нет.

— Дело было так. Несколько шлюпок с судов эскадры высадились на борт гибралтарского капера, установили, что его бумаги в порядке, и отпустили с миром. Спустя какое-то время мичман с «Кембриджа», здоровенный волосатый недоросль лет эдак шестнадцати, искавший, видно, популярности у матросов, вернулся, заставил команду капера погрузить в его шлюпку запасы портера, а затем, очевидно окончательно тронувшись умом, напялил на себя синий мундир их капитана с серебряными капитанскими же часами в кармане и с хохотом отчалил. Капитан капера подал жалобу, и его вещи нашли на койке мичмана. Я присутствовал на суде.

— Мальчишку, видно, выгнали со службы?

— С ним обошлись гораздо круче. Приговор гласил: «Разжаловать из мичманов самым позорным образом, сорвав с него мундир на шканцах „Кембриджа", и лишить причитающегося ему жалованья». Приговор следовало огласить на всех кораблях эскадры. Если б ты не находился в Замбре, ты бы знал об этом приказе. Но это еще не все. Сэр Фрэнсис написал командиру «Кембриджа» Скотту. Я видел это письмо, вот что в нем было: «Сэр, на-

---

[1] Каперство — нападение вооруженных частных торговых судов воюющего государства с его разрешения на неприятельские торговые суда или суда нейтральных государств. См. далее «Словарь морских терминов», помещенный в конце книги.

стоящим вам предписано исполнить приговор трибунала, вынесенный Альберту Томкинсу. Прикажите обрить ему голову и прикрепить к его спине табличку, указывающую на совершенный им позорный поступок. Впредь до моих дальнейших распоряжений он должен выполнять обязанности уборщика гальюна».

— Господи помилуй! — воскликнул Джек, представив себе гальюн восьмидесятипушечного линейного корабля, рассчитанный на пятьсот матросских задниц. — Этот бедняга, поди, еще из хорошей семьи и не без образования?

— Он сын Томкинса, адвоката адмиралтейского суда на Мальте.

Оба прошли в молчании несколько шагов, затем Саттон сказал:

— Забыл тебе сообщить, что на борту «Бервика» находится твой бывший старший офицер, который получил повышение за твой бой с турком. Он тоже отправляется домой, рассчитывая получить в командование судно.

— А, Пуллингс! — отозвался Джек Обри. — Я был бы рад повидаться с ним. Он лучший из всех старших офицеров, которые у меня были. Что касается судна... — Оба покачали головами, зная, что в списочном составе флота свыше шестисот капитанов — больше чем по два на один шлюп, а на суда классом ниже шлюпа в капитанском звании не назначают. — Надеюсь, что на «Бервике» находится и знакомый мне капеллан[1], — продолжал Джек. — Одноглазый капеллан отец Мартин — превосходный человек и большой друг моего судового врача. — Немного помолчав, он добавил: — Билли, не откажешь мне в любезности отобедать со мной? Нынче мне придется устроить обед, на котором могут съесть меня самого, и такой умный собеседник, как ты, очень бы меня выручил. Как

---

[1] Судовой священник.

тебе известно, сам я не мастер вести беседы, а у Мэтьюрина есть противная привычка молчать как рыба, если тема разговора его не интересует.

— А кто приглашен к твоему столу? — спросил Саттон.

— Ты когда-нибудь встречал в Валлетте миссис Филдинг?

— Прекрасную миссис Филдинг, которая дает уроки итальянского? — покосившись на Джека Обри, стал выяснять Саттон. — Разумеется.

— Дело в том, что я ее подвез на своем «Сюрпризе» до Гибралтара. Но из-за дурацких слухов, совершенно необоснованных, Билли, клянусь честью, ее муж, похоже, решил, что я наставил ему рога. Вот эта самая чета Филдингов и пожалует на обед. Хотя в записке они заверили, что это доставит им большое удовольствие, я подозреваю, что мой язык может сослужить мне дурную службу. Господи, Билли, я слышал, как ты распинался перед избирателями в Гемпшире, ты без страха пускал в ход все средства — шутил, провоцировал, рассказывал анекдоты, бил не в бровь, а в глаз. Словом, это был шедевр красноречия. Будь другом, выручи меня.

Страхи капитана Обри оказались необоснованными. В промежуток между приездом мужа накануне вечером и назначенным часом обеда Лора Филдинг сумела убедить супруга в своей неизменной верности и привязанности. С открытой улыбкой он шагнул к капитану навстречу и, пожав ему руку, еще раз поблагодарил его за любезность, проявленную по отношению к Лоре. Тем не менее присутствие капитана Саттона оказалось очень кстати. Дело в том, что Джеку и Стивену, которым очень нравилась миссис Филдинг, было все же не по себе. Они не могли понять, что она нашла в своем супруге — этом грузном темноволосом мужлане с низким лбом и глубоко посаженными, маленькими глазками. Им обоим была не по душе ее явная любовь к нему. Это несколько принижало ее в их глазах, и оба испытывали особенную потребность снять чувство неловкости общей беседой. Что касается Филдинга, то он, рассказав очень кратко о своем побеге из французского плена, больше не знал, о чем еще говорить, поэтому сидел молча и, улыбаясь, поглаживал под столом Лорино колено.

Вот когда пригодился Саттон. Его главным достоинством парламентария было умение долго и непринужденно говорить на любую тему, разглагольствуя о прописных истинах с откровенным и доброжелательным видом. Он без всякой натуги мог наизусть цитировать законопроекты и выступления других членов парламента. Разумеется, он защищал интересы флота как в Палате общин, так и за ее стенами всякий раз, как кто-то осмеливался выступить против них.

Затем Лора Филдинг, прекрасно понимавшая как недостатки своего мужа, так и чувства ее поклонников, попыталась оживить вянущий разговор, обрушившись на главнокомандующего за его жестокое обхождение — как он обошелся с несчастным Альбертом Томкинсом, сыном ее знакомой из Валлетты, у которой будет разбито сердце, когда она узнает о том, что ее мальчика, «у которого волосы ниспадали такими кудрями почти что без щипцов для завивки», обрили, как каторжника. Сэр Фрэнсис хуже Аттилы, он медведь и грубый мужлан.

— Что вы, сударыня, — возразил Саттон. — Иногда он может быть чересчур строг, но что бы сталось с флотом, если бы все мичманы щеголяли шевелюрою, как у Авессалома, и развлекались, воруя в свободное время часы? Из-за первого им было бы опасно подниматься на мачты, а по второй причине флот оказался бы, увы, опозоренным. Как бы то ни было, сэр Фрэнсис способен на большую доброту, поразительное великодушие, снисходительность, достойную Юпитера. Ты помнишь моего кузена Камби, Джек?

— Камби с «Беллерофона», которому после Трафальгара дали чин капитана первого ранга?

— Совершенно верно. Ну так вот, сударыня, несколько лет тому назад, когда, еще до Кадиса, сэр Фрэнсис был назначен главнокомандующим, на флоте было много ропота и недовольства, а из Ла-Манша выходили суда с разболтанными и полумятежными командами. Тогда сэр Фрэнсис приказал отрядам морской пехоты на каждом линейном корабле в десять утра выстраиваться под звуки гимна, с ружьями «на караул», а остальная часть команды, тоже построенная, должна была со снятыми головными уборами есть глазами морскую пехоту. Он лично присутствовал на каждом построении, облачившись в парадный синий мундир с золотыми позументами. Это делалось для укрепления дисциплины, и результаты превзошли все ожидания. Помню, один унтер-офицер забыл снять шляпу, когда заиграл гимн. Сэр Фрэнсис приказал его хорошенько выпороть, и после этого случая уж никто не мешкал с обнажением головы. Но иногда, сударыня, молодые люди ведут себя легкомысленно, ибо, как сказал монах Бэкон, «на *молодые* плечи *старые* головы не поставишь», вот и моему кузену вздумалось сочинить сатиру на главнокомандующего и затеянную им церемонию.

— И он ее сочинил, оболтус этакий, — отозвался Джек, улыбаясь при воспоминании о том событии.

— Чья-то услужливая рука передала копию этой сатиры адмиралу, пригласившему моего кузена на обед. Камби ни сном ни духом не ведал о том, что его ждет. По окончании трапезы адмирал неожиданно велел принести для него высокое кресло, заставил кузена сесть на него и прочесть свое сочинение присутствующим флаг-офицерам и капитанам первого ранга. Можете себе представить, как был огорошен бедный Камби. Но делать было нечего, и когда адмирал произнес суровым голосом: «А ну-ка читайте!» — он стал читать. Мне повторить, Джек?

— Ну конечно. Если только миссис Филдинг не станет возражать.

— Ни в коем случае, сэр, — отозвалась Лора. — Мне очень хочется послушать вас.

Пригубив из бокала вино, Саттон откинулся на спинку стула и, приняв вид проповедника, начал вещать будто с амвона:

— «Имеющие уши да слышат:

1. Сэр Фрэнсис Айвз, главнокомандующий, сотворил себе кумира из синей с золотом материи, высота сего истукана была около пяти футов семи дюймов при ширине оного около двадцати дюймов. Он устанавливал его каждое утро в десять часов на шканцах „Королевы Шарлотты“ на рейде Кадиса.

2. Затем сэр Фрэнсис Айвз, главнокомандующий, послал за капитаном, офицерами, капелланом, матросами и солдатами морской пехоты, которые должны были присутствовать на освящении кумира, который установил сэр Фрэнсис Айвз, главнокомандующий.

3. Затем капитан, офицеры, капеллан, матросы и солдаты морской пехоты собрались вместе на освящение кумира, который установил сэр Фрэнсис Айвз; и они стояли перед кумиром, который установил сэр Фрэнсис Айвз.

4. Затем капитан воззвал: „Повелеваю вам, о офицеры, капеллан, матросы и солдаты морской пехоты, чтобы всякий раз, как вы услышите звук горна, флейты, рожка, кларнета, барабана, дудки и любых других инструментов, снимать головные уборы и поклоняться синему с золотом кумиру, поставленному сэром Фрэнсисом Айвзом, главнокомандующим. Всякий, кто посмеет не снять оного и не поклониться кумиру, соберет на главу свою горящие уголья гнева“.

5. С тех пор всякий раз, как люди слышали звук горна, флейты, рожка, кларнета, барабана, дудки и любых других инструментов, они снимали головные уборы и принимались поклоняться синему с золотом кумиру, поставленному сэром Фрэнсисом Айвзом, главнокомандующим.

6. Но однажды утром, после указанного времени, некий офицер приблизился и обвинил благовоспитанного, но беспечного моряка.

7. Он отверз уста свои и обратился к сэру Фрэнсису Айвзу: „О главнокомандующий, да живи вечно!

8. Ты, о главнокомандующий, повелел, чтобы всякий, кто услышит звук горна, флейты, рожка, кларнета, барабана, дудки и любых других инструментов, снимал головной убор и поклонялся синему с золотом кумиру; тот же, кто не снимет головного убора и не станет поклоняться оному, будет поражен гневом твоим.

9. Существует некий моряк, которого ты возвел в чин унтер-офицера и назначил командовать грот-марсовыми. Этот человек, о главнокомандующий, согрешил в это утро: он не снял шляпы и не поклонился кумиру, который ты установил".

10. И распалилось гневом сердце сэра Фрэнсиса Айвза, и повелел он привести к нему старшину грот-марсовых. И человек сей предстал пред очами главнокомандующего.

11. Лик сэра Фрэнсиса Айвза исказился при виде нечестивого старшины грот-марсовых, и излилась чаша гнева его.

12. Он заговорил и повелел, чтобы старшину привязали к трапу, прочитал Дисциплинарный устав, вызвал помощников боцмана и приказал помощникам боцмана извлечь бичи свои.

13. И повелел он самым сильным матросам на корабле наказать старшину грот-марсовых дюжиной ударов.

14. После чего старшину грот-марсовых, оставив его в штанах, исподнем и башмаках, но сняв с него куртку и рубаху, привязали к трапу и наказали его двенадцатью ударами бича.

15. И огорчился старшина грот-марсовых неудовольствием, которое он доставил сэру Фрэнсису Айвзу, главнокомандующему.

На сем заканчивается урок первый».

А теперь, сударыня, — продолжал Саттон обычным голосом, — подхожу к главному, что я хотел сказать. Когда Камби закончил чтение своей сатиры, адмирал, который все это время был чернее тучи, и остальные офицеры громко расхохотались. Адмирал приказал моему кузену отправиться на три месяца в отпуск в Англию и велел по возвращении явиться к нему на флагманский корабль на обед. Вот что я имел в виду: сэр Фрэнсис может быть жесток, а может быть и добр, и никогда не знаешь, что у него на уме.

«И никогда не знаешь, что у него на уме», — мысленно повторил Джек Обри, сидевший ни свет ни заря в баркасе, который мчал его к флагманскому кораблю. На рассвете прибыл «Эйвон» с депешами и почтой, среди которой был объемистый мешок корреспонденции для «Сюрприза». По количеству почты, точнее говоря, деловых писем от адвокатов и кредиторов, адресованных капитану, можно было понять, что ему просто необходимо получить новое судно — лучше всего фрегат, что дает хороший шанс добыть призовых денег — с тем, чтобы навести порядок в своих запутанных финансовых делах;

поэтому мнение сэра Фрэнсиса было для Джека сейчас важнее, чем когда-либо. Остальные письма — от Софи и детей — он спрятал в карман, намереваясь перечесть их снова в ожидании приема у адмирала.

Управлявший баркасом Бонден многозначительно кашлянул, и Джек, проследив за его взглядом, увидел подходивший к берегу «Эдинбург», которым командовал Хенидж Дандес, задушевный друг Джека Обри. Он взглянул на невеселого Стивена, но тот был погружен в собственные мысли. У него в кармане тоже лежали письма, которые он намеревался перечитать. Одно было от его жены Дианы, до которой дошла нелепая сплетня о его мнимой связи с рыжеволосой итальянкой. По-видимому, слух совершенно абсурден, писала она; ведь Стивен не может не знать, что, если он скомпрометировал ее в глазах людей их круга, она будет страшно возмущена. Она не намерена морализировать, продолжала жена, но не допустит откровенного оскорбления ни от кого — будь то ее собственный муж или вольная ласточка с итальянских берегов.

«Хуже нет, чем попусту оправдываться, а ведь придется», — сказал себе Стивен, знавший, что его необыкновенно привлекательная жена столь же необыкновенно страстна и решительна.

Остальные письма были от сэра Джозефа Блейна, начальника военно-морской разведки. В первом из них, официальном письме, сэр Джозеф поздравлял своего «дорогого Мэтьюрина с этой блестящей операцией» и выражал надежду, что она приведет к полной ликвидации французских агентов на Мальте. В течение продолжительного времени все действия англичан как на Средиземном море, так и на его африканском и азиатском побережьях пресекались французами буквально на корню. Стало ясно, что секретные сведения поступали во Францию с Мальты. Положение было столь угрожающим, что Адмиралтейство направило своего второго секретаря, мистера Рея, в Средиземноморье для руководства поимкой шпионов. Но операция, о которой шла речь, к мистеру Рею отношения не имела — по крайней мере на начальной стадии. Мэтьюрин сумел самостоятельно вычислить главного французского агента в Валлетте и его основного соучастника — крупного чиновника из британской администрации, уроженца одного из островов в Ла-Манше по имени Буле. Благодаря своему высокому положению этот человек был посвящен во многие военные тайны, имеющие первостепенную важность для противника. Раскрытие шпионской сети было делом продолжительным и сложным, причем Стивену Мэтьюрину изрядно помогала ничего не подозревающая Лора Филдинг. Но все маски были сорваны всего лишь за несколько часов до того, как он был вынужден спешно покинуть Валлетту, и поэтому доктору не оставалось ничего иного, как дать знать мистеру Рею и главнокомандующему о том, что шпионское гнездо следует разорить без промедления, чтобы они приняли надлежащие меры. Но Рей на несколько дней задержался на Сицилии, а адмирал находился у Тулона.

Доктор дал сигнал командованию весьма неохотно, поскольку из его писем явствовало, что он является одним из коллег сэра Джозефа. Он предпочел хранить свой статус в тайне, поэтому ранее отказался сотрудничать с Реем и быть официальным советником адмирала и его ведающего вопросами восточной политики секретаря мистера Покока. Рей, бывший сотрудник казначейства, был полный профан в делах морской разведки, а задача, по мнению Мэтьюрина, была слишком сложна для человека неопытного. Кроме того, насколько мог судить Стивен, Рей не пользовался доверием сэра Джозефа, что было неудивительно: будучи, несомненно, толковым, умным, жившим на широкую ногу светским человеком, мистер Рей любил интриги и не всегда отличался благоразумием. Не хватало опыта и Пококу, хотя во всем прочем он вполне подходил для своей должности, которая включала еще и руководство разведывательной службой адмирала. И все-таки, если бы даже у доктора было гораздо больше резонов против участия в операции Рея и Покока, будь они оба хоть круглыми дураками, Мэтьюрин все равно бы уведомил их, что он узнал, где притаилась измена, и любому из двух этих господ, который первым доберется до Валлетты, нужно лишь немедля использовать предоставленные им точные, подробные сведения, чтобы накрыть всю французскую шпионскую сеть за полчаса с помощью одного караула под командованием капрала. Даже если бы ему пришлось десять раз раскрывать свою личность, Стивен все равно бы написал прежде всего Рею, который, по всей вероятности, должен был вернуться на Мальту гораздо раньше адмирала. Хотя доктор был весьма опытным разведчиком, при всей его осторожности, проницательности и сообразительности — тех свойствах, которые позволили ему уцелеть в нескольких кампаниях, в которых погибли многие из его коллег, причем некоторые под пытками, — он отнюдь не был всеведущ. Ему и в голову не могло прийти, что Рей был французским агентом, восхищавшимся Бонапартом в той же степени, в какой Стивен ненавидел его. Да, Мэтьюрин видел в Рее хлыщеватого, пустого, преувеличивавшего свои умственные способности человека, но не знал и даже не подозревал, что он предатель.

С той самой минуты, как он покинул Валлетту, Стивен с нетерпением ждал результатов своего доклада и стремился попасть на борт флагманского корабля, сразу как только тот появится на рейде. Но этому мешал морской этикет: неожиданный визит обычного судового врача к самому мистеру Пококу непременно вызвал бы пересуды, в известной степени раскрывая роль Стивена как агента, а значит, угрожая и его личной безопасности, и пользе дела.

Кроме всего прочего, Стивену следовало еще поломать голову над письмами от сэра Джозефа, которые частично требовали буквальной и фигуральной расшифровки — в них сэр Джозеф в скрытой форме рассказывал о склоках в Уайтхолле и даже в его собственном ведомстве, о тайных влияниях, действующих на решения Палаты, о подковерной возне, о своих друзьях и последователях, которых смещали с их постов или не продвигали по службе. В настоящее время сэр Джозеф, по-видимому, был расстроен. Но в самом последнем его письме зазвучала совсем другая нотка; он с горячим одобрением говорил о работе одного лица в Соединенных Штатах, которое сообщало о некоем плане, неоднократно выдвигавшемся американским министерством военного флота; теперь он должен был осуществиться. Речь шла о проекте, который для краткости был назван «Счастье» и касался деятельности американцев в Тихом океане. «Не стану утомлять вас подробностями, поскольку вы узнаете о них на борту флагманского корабля, — писал сэр Джозеф. — Но мне кажется, что в сложившихся обстоятельствах следует сказать многое относительно судьбы твердокрылых на краю света после того, как стихнет буря. Многое нужно сказать и относительно достижения „Счастья"».

«Поди пойми, что он имел в виду», — размышлял Стивен, не желая, впрочем, с особым усердием разгадывать шарады сэра Джозефа. Куда больше он хотел узнать, что произошло на Мальте, и придумать, как поскорей оправдаться перед Дианой, прежде чем разгневанная супруга выкинет какой-нибудь эксцентричный номер.

— Кто на шлюпке? — окликнули их с борта «Каледонии».

— Командир «Сюрприза», — ответил Бонден, и на флагмане тотчас стали готовиться к церемонии встречи капитана первого ранга.

Проплавав много лет, доктор Мэтьюрин так и остался сухопутной шляпой. Не раз он умудрялся попасть из шлюпки не на трап, а в воду. Доктор поднимал тучи брызг у бортов кораблей флота Его Величества почти всех видов и классов. Он падал и между мальтийской шебекой и каменным причалом, и между Старой лестницей в Ваппинге и одной из лодок, снующих по Темзе, не говоря уж о менее устойчивых посудинах. Вот и сейчас, хотя с борта «Каледонии» был спущен широкий парадный трап — элегантная лестница со стойками и натянутыми между ними тросами, обвитыми алой бязью, — а море было совершенно спокойно, доктор едва не провалился в зазор между нижними ступенями трапа, после чего он смог бы побарахтаться еще и у борта флагманского корабля. Однако Бонден и загребной Дудл, знавшие, чего можно ожидать, подхватили и поставили на ступеньку бранившегося доктора, лишь порвавшего чулок и немного ободравшего голень.

На шканцах, где Джек Обри уже беседовал с капитаном «Каледонии», Стивен увидел доктора Харрингтона, главного врача флота, который заторопился к нему, и после обмена самыми теплыми приветствиями и замечаниями по поводу свирепствовавшей инфлюэнцы доктор Харрингтон пригласил коллегу взглянуть на двух больных, страдающих особым видом лихорадки. Случай был действительно редкий, какого он еще не видел; недуг поражал исключительно близнецов и проявлялся у них совершенно одинаково.

Оба доктора все еще разглядывали покрытую мелкой сыпью кожу пациентов, когда к ним подошел посыльный, спросивший, не сможет ли доктор Мэтьюрин, как только освободится, уделить несколько минут мистеру Пококу.

Когда Стивен увидел выражение лица мистера Покока, то понял, что кто-то совершил грубейший промах.

— Только не говорите мне, что Лесюер не арестован, — произнес он, положив руку на рукав советника адмирала.

— Похоже, что его предупредили о миссии мистера Рея, — отозвался Покок. — Он исчез бесследно. Однако пятеро его итальянских и мальтийских сообщников схвачены, а вот Буле, увы, покончил с собой, прежде чем его успели арестовать. Во всяком случае, так говорят.

— Их мальтийские и итальянские сообщники что-нибудь показали на допросе?

— По-моему, при всем желании спасти свою шкуру они не могли ничего рассказать. Это были пешки — курьеры да наемные убийцы, они получали приказы от людей, скрывавших от них свои имена под псевдонимами. Мистер Рей был вынужден удовлетвориться тем, что передал их расстрельной команде.

— Он даже не оставил вам никакого сообщения для меня?

— Он горячо поздравил вас с успехом, страшно сожалел, что вас не было рядом, и просил извинить его, что ничего вам не написал, будучи очень занят, тем более что я смог рассказать вам о произошедшем. Мистер Рей выведен из себя бегством Андре Лесюера, но уверен, что скоро его поймают, недаром же правительство успело назначить награду в пять тысяч фунтов за его голову. Он твердо уверен, что со смертью Буле все предательские сношения между Мальтой и Францией пресекутся.

После краткой паузы Стивен заметил:

— Мне показалось, что вы сомневаетесь в самоубийстве Буле.

— Так оно и есть, — согласился Покок, сложивший пальцы в виде пистолета и прижавший их к виску. — Его обнаружили с размозженной пулею головой. Но Буле был левшой, а пистолет оказался у него в правой руке.

Стивен понимающе кивнул: загадочная гибель — самый обычный удел тех, кто подался в рыцари плаща и кинжала.

— Во всяком случае, я могу надеяться, что миссис Филдинг свободна от всяческих подозрений и от выпадов на ее счет.

— Ну разумеется, — отозвался Покок. — Мистер Рей тотчас позаботился об этом. Он сказал, что это самое малое, что он может сделать для вас после всех ваших блестящих подвигов и особенно после того, как вы провели эту великолепную операцию. Он также передал мне, что часть пути домой проделает по суше и будет рад оказать любую услугу. Нынче вечером к нему отправляется курьер.

— Весьма любезно со стороны мистера Рея, — заметил Стивен. — Возможно, я воспользуюсь его предложением. Да, так оно и будет. Я доверю ему письмо своей супруге, с тем чтобы оно дошло до нее как можно раньше.

После задумчивой паузы собеседники перешли к другому вопросу. Доктор произнес:

— Вы, конечно, ознакомились с рапортом капитана Обри по поводу событий в Замбре? Не стану вмешиваться в морские аспекты, но, поскольку политические вопросы меня интересуют, мне хотелось бы знать, что теперь будет с деем.

— На это я могу ответить с уверенностью, — сказал Покок. — В Валлетте я, пожалуй, распорядился бы не лучше мистера Рея, но поскольку Восток — близкая мне область, то в Маскаре... — Придвинув к доктору свой стул, Покок сморщил в хитрую гримасу заросшее бородой лицо и с лукавым видом продолжил: — Мы с консулом мистером Элиотом организовали этакое аккуратненькое покушеньице, и, возможно, вскоре я смогу показать миру нового, куда более покладистого дея.

— Вне сомнения, покушение осуществить гораздо легче, когда у жертвы много жен, много наложниц и многочисленное потомство, — заметил Стивен.

— Совершенно верно. На Востоке в политике это обычный прием. Однако на Западе до сих пор существует предвзятое мнение относительно его использования, поэтому прошу не упоминать о нем, особенно в разговоре с адмиралом. Для главнокомандующего я специально использовал термин «неожиданные династические перемены».

Фыркнув, Стивен проговорил:

— Мистер Рей заявил, что испытывает недомогание. Может быть, это просто фигура речи, обозначающая нежелание еще раз описывать произошедшее, или же у него и впрямь были на то основания? Может быть, его потрясла гибель адмирала Харта на «Поллуксе»? Возможно, между ними существовала некая привязанность, которую не замечали ранее?

— Что касается покойника, — отвечал Покок, — то, разумеется, мистер Рей напустил на себя печальный вид, как и подобает безутешному родственнику. Но я не верю, чтобы он расстроился больше, чем бедняк, который неожиданно унаследовал три-четыре тысячи фунтов. Ему *действительно* было не по себе, и еще как, но мне казалось, что это был результат крайнего нервного напряжения и упадка сил, а возможно, еще и изнурительной жары. Между нами, коллега, не думаю, чтобы он обладал значительной крепостью духа.

— Зато теперь он значительно окрепнет в денежном отношении, чему лично я очень рад, — улыбнулся Стивен, поскольку Рей проиграл ему баснословную сумму, когда они ежедневно резались на Мальте в пикет. — Вы полагаете, что адмирал намерен встретиться со мной? А то мне очень хочется подняться на вершину Гибралтарской скалы, как только перестанет дуть остовый ветер.

— Ну разумеется, намерен. Он собрался обсудить с вами один вопрос, связанный с какой-то затеей американцев. Я удивляюсь, почему он до сих пор еще не вызвал нас. Сегодня он ведет себя несколько странно.

Оба переглянулись. Помимо «затей американцев», наверняка тех самых, о которых упоминалось в письме сэра Джозефа, Стивену не терпелось узнать о мнении адмирала относительно действий Джека в заливе Замбра. Пококу же хотелось выведать, что за нелегкая несет Стивена в полдень на вершину горы. Оба вопроса были бестактными, но вопрос Покока был все же не столь неуместен, и немного погодя он поинтересовался:

— Уж не назначена ли у вас встреча на вершине скалы?

— Я и сам бы хотел это знать, — отозвался Стивен. — Ведь в это время года, если не дует «левантинец», через пролив пролетает баснословное количество птиц. Большинство из них хищники, которые, как вам, уверен, известно, выбирают кратчайший путь над водной поверхностью; поэтому вы можете в один день увидеть многие тысячи пролетающих осоедов, коршунов, грифов, мелких орлов, соколов, разных видов ястребов. Но летят не только хищные птицы, к ним присоединяются и другие пернатые. Разумеется, это мириады белых аистов, но также, как мне сообщил один надежный источник, попадается и черный аист — благослови, Господи, эту птицу, которую я никогда еще не лицезрел, — обитатель дремучих лесов далекого севера.

— Черные аисты, сэр? — с недоверием спросил Покок. — Я слышал о черных лебедях, но... Хотя, поскольку время уходит, я расскажу вам в общих чертах об этом американском плане.

———

— Капитан Обри, сэр, — произнес мистер Ярроу. — Адмирал вас сейчас примет.

Когда Джек Обри вошел в просторную адмиральскую каюту, у него создалось впечатление, что главнокомандующий в подпитии. Бледное, пергаментное лицо низенького моряка имело розовый оттенок, сгорбленная спина была выпрямлена, обычно холодные, прикрытые тяжелыми веками глаза сверкали юношеским задором.

— Обри, я рад, очень рад видеть вас, — произнес адмирал и привстал, перегнувшись через заваленный бумагами стол, чтобы пожать гостю руку.

«Какие мы учтивые», — подумал Джек, несколько смягчив бесстрастное выражение лица и сев на стул, предложенный адмиралом.

— Да, я рад вас видеть, — снова повторил сэр Фрэнсис. — Поздравляю вас с блестящей победой. Да, я считаю ее блестящей, и это увидит каждый, кто сравнит потери обеих сторон. Да, это была победа, хотя никто бы так не подумал, прочитав ваш рапорт. Беда с вами, Обри, — продолжал адмирал, ласково глядя на него, — вы, черт бы вас побрал, не умеете трубить о своих успехах, а следовательно, и о моих. Ваш доклад, — кивнул он на объемистый отчет, оставленный Джеком Обри накануне, — это сплошное оправдание, а не победный рапорт; ну что это за выражения: *должен отметить* и *вынужден доложить*. Ярроу придется переделать его. Он привык составлять речи для мистера Аддингтона и умеет представлять дело наилучшим образом. Это не ложь, не показуха и не раздувание собственных успехов, а всего лишь стремление не прибедняться изо всех сил. Когда Ярроу закончит исправление вашего доклада, даже сухопутной публике станет ясно, что мы одержали победу, ясно даже самым тупым торгашам, верящим газетам, а не только тем, кто знает толк в морском деле. Не откажетесь выпить со мной бокал вина?

Джек ответил, что это предложение как нельзя более кстати в такое жаркое утро. В ожидании, когда принесут бутылку, адмирал сказал:

— Не думайте, что мне не жаль беднягу Харта и «Поллукс», но на войне как на войне и любой главнокомандующий всегда обменяет старый, обветшалый корабль на новый, хотя бы тот и был вдвое слабее. Французский двухпалубник под названием «Марс» только что сошел со стапелей. После боя его умудрились поставить на верп только под прикрытием огня пушек Замбры. «Зелэс» и «Спитфайр» сделали свое дело, а большой фрегат, севший сначала вам на хвост, а потом на риф, был сожжен по самую ватерлинию. И сидеть ему на этом рифе до скончания века. Ведь правда? Даже если бы набор корпуса у него не был сломан. Потому что новый дей, посаженный нашими политиканами, пальцем о палец для этого не ударит. — Буфетчик гораздо более учтивый, чем Киллик Джека Обри, но все-таки настоящий моряк, с золотой серьгой, — с важным, как у лондонского дворецкого, видом — откупорил бутылку, и сэр Фрэнсис произнес:

— За ваше здоровье и удачу, Обри.

— И за ваше, сэр, — отозвался Джек, смакуя свежий, душистый букет вина. — Господи, как хорошо пьется.

— Отменное вино! — вторил ему адмирал. — Так чем же мы располагаем? Мы потеряли, скажем так, пол линейного корабля, зато ваш фрегат цел. А наглый дей получил по носу. Ярроу распишет все это так, что суть дойдет до последнего тупицы, и ваш доклад будет как нельзя кстати, когда мое донесение будет опубликовано в «Гэзетт». Письма... Господи помилуй, — произнес адмирал, вновь наполняя бокал и указывая на груду корреспонденции. — Иногда мне хочется проклясть того, кто выдумал грамоту. Меднотрубый Каин, верно?

— Я очень хорошо вас понимаю, сэр.

— Но иногда от писем есть определенный прок. Вот это пришло нынче утром. — Взяв конверт, сэр Фрэнсис помолчал, а затем произнес: — Я совершенно не ожидал, что получу такое известие. Я еще никому о нем не говорил. Мне бы хотелось, чтобы офицер, которого я уважаю, первым узнал эту новость. В конце концов, вопрос связан с флотом. — С этими словами он протянул письмо Джеку. Тот стал читать:

«Любезный сэр,

Те огромные старания, умение и рвение, которые вы проявили в период вашего командования Средиземноморским флотом во время боевых действий флота под вашим началом, поддержание дисциплины и внутреннего распорядка, который вы разработали и поддерживали с такой пользой для флота Его Величества, были замечены Его королевским Высочеством, настолько их одобрившим, что он любезно изволил объявить о своем намерении возложить на вас знак королевского расположения к вам. Мне соответствующим образом приказано уведомить вас о том, что Его королевское Высочество возведет вас в сан пэра Великобритании, как только станет известно, какой титул вы пожелаете носить...»

Не дочитав письма, Джек Обри вскочил со стула и, тряся руку адмирала, воскликнул:

— От всей души поздравляю вас, сэр, вернее, уже милорд, как следовало бы вас титуловать, с этой вполне заслуженной наградой. Она делает честь и всему флоту. Я так рад. — На его честной физиономии отразилось откровенное удовольствие, и сэр Фрэнсис посмотрел на сияющего моряка с выражением такой приязни, какой никто много лет не видел на суровом лице старика.

— Возможно, это тщеславие, — произнес старый моряк, — но, признаюсь, известие доставляет мне большое удовольствие. Как вы правильно заметили, награда делает честь всему нашему флоту. И вы имеете отношение ко всему этому. Если вы прочтете дальше, то увидите, что там упоминается изгнание нами французов из Марги. Видит Бог, к этому я не имею никакого отношения, честь победы принадлежит исключительно вам, хотя формально все это произошло в период моего командования. Так что можете считать, что я вам обязан, по крайней мере, одним зубцом моей пэрской короны, ха-ха-ха!

Оба прикончили бутылку, самым задушевным образом беседуя о королевских и прочих коронах, о листьях земляники и о том, чья корона обвита ими, о титулах, наследуемых по женской линии, и о том, как неудобно быть женатым на пэрше.

— Кстати, я вспомнил, — продолжал адмирал, — вчера вы не смогли отобедать у меня, так как у вас была встреча с дамой.

— Да, сэр, — отвечал Джек. — С миссис Филдинг. Я подвез ее из Валлетты. Ее муж прибыл сюда на «Гекле».

Сэр Фрэнсис очень выразительно посмотрел на капитана Обри, но в словах был довольно сдержан:

— Да, я слышал, что она находилась на борту «Сюрприза». Рад, что все обошлось благополучно, но, как правило, женщинам на корабле совсем не место. Если жена канонира присматривает за вашей молодежью — это куда ни шло, одного-двух унтер-офицеров могут сопровождать в плавании жены, но не больше. Я умолчу о разного рода соблазнах, но вы даже не представляете себе, сколько воды они расходуют. Мало того что они стирают пресной водой свое исподнее белье. Чтобы раздобыть ее, они пускаются во все тяжкие — совращают часовых, капралов морской пехоты, даже офицеров — словом, блудный зуд распространяется на всю команду. Однако надеюсь, что завтра вы сможете прийти ко мне. Хочу устроить небольшой праздник в узком кругу; потом снова отправлюсь блокировать Тулон.

Джек Обри заявил, что ничто не доставит ему большего удовольствия, чем возможность отметить такую новость, и адмирал продолжал:

— А теперь я должен перейти к совершенно другому вопросу. Мы получили сведения, что американцы посылают в Атлантику фрегат, чтобы нападать на наши китобойные суда. Это тридцатидвухпушечный «Норфолк». Судно сравнительно легкое, как, смею думать, вам известно, и хотя бортовой залп у него мощнее, чем у «Сюрприза», у него всего четыре длинноствольные пушки, а все остальные — это каронады. Так что, находясь на определенной дистанции, вы будете в равных условиях. Вопрос в том, согласится ли такой заслуженный офицер, как вы, выполнить подобную задачу.

Джек подавил довольную улыбку, расползавшуюся у него по лицу, и, пытаясь успокоить сильно бьющееся сердце, ответил:

— Видите ли, сэр, как вам вероятно известно, мне обещали «Блекуотер». Но вместо того, чтобы сидеть сложа руки и ждать, когда лорды Адмиралтейства подыщут мне корабль на замену, я был бы рад защищать наших китобоев.

— Хорошо! Отлично! Я ожидал, что вы ответите именно так. Не люблю тех, кто отказывается от командования боевым кораблем в военное время. Ну что же, — продолжал адмирал, — «Норфолк» должен был выйти из Бостона двенадцатого числа прошлого месяца, но ему еще нужно доставить нескольких коммерсантов в Сан-Мартин, Оропесу, Сан-Сальвадор и Буэнос-Айрес, так что есть надежда, что вы сумеете перехватить его до того, как он достигнет мыса Горн. Если не успеете, то вам придется преследовать американца, а в этом случае понадобится запас провизии на полгода. Отношения с испанскими властями вряд ли будут затруднены, тем более что с вами доктор Мэтьюрин. Мы выясним, как он относится к возможности принять участие в кампании, но, прежде чем он появится, я хотел бы знать, кто достоин поощрения на «Сюрпризе». У меня такое настроение, что хочется обрадовать и других тоже. О производстве в офицеры речь, конечно, не идет, но приказы о присвоении звания унтер-офицера или повышении в чине вполне допустимы.

— Что же, сэр, вы очень добры, очень милостивы, — отозвался Джек, разрываясь между чувством справедливости по отношению к своим подчиненным и сильным нежеланием ослабить экипаж. — Мой штурман и старший канонир вполне достойны перевода на линейный корабль; кроме того, у меня имеются два-три очень толковых молодых унтер-офицера, которые вполне подходят на должность боцмана не слишком большого корабля.

— Очень хорошо, — ответил адмирал. — Сообщите моему флаг-лейтенанту их имена нынче же пополудни, и я посмотрю, что можно будет сделать.

— И еще, сэр, — продолжал Джек Обри, — хотя в настоящее время вы не собираетесь никому присваивать офицерского звания, позвольте мне назвать имя Уильяма Хани, помощника штурмана, который на баркасе доставил вести из Замбры в Магон, и мистера Роуэна, моего второго лейтенанта, который оттуда же на катере отправился на Мальту.

— Я о них не забуду, — пообещал адмирал. Он позвонил в колокольчик, и вскоре после этого в каюту вошли мистер Покок и Стивен. Адмирал поздоровался с ним: — Доброе утро, доктор. Осмелюсь предположить, что вы с мистером Пококом обсуждали американский план?

— Отчасти, сэр. Мы изучили маршрут «Норфолка» вдоль атлантического побережья Южной Америки, но до Тихого океана не добрались. Мы пока не достигли ни Чили, ни Перу.

— Ах вот как, — заметил старый моряк. — У нашей разведки успехи тоже невелики. Мы располагаем довольно подробно разработанным курсом до мыса Горн, но потом у нас нет никаких данных. Вот почему так важно перехватить американский корабль до того, как он окажется на широте Фолклендских островов. Нельзя терять ни минуты. Но прежде всего мне хотелось бы знать ваше мнение о политической ситуации в тех портах, куда он может зайти: разумно ли обращаться к местным властям за содействием, можем ли мы столкнуться с препятствиями и даже откровенно враждебным отношением.

— Как вам известно, сэр, испанские колонии находятся в состоянии полного смятения, но я уверен, что мы можем зайти в Сан-Мартин, Оропесу и, разумеется, бразильский Сальвадор. Однако я не с таким оптимизмом отношусь к Буэнос-Айресу и Ла-Плате. С самого начала эти земли заселялись за счет отбросов из худших провинций Андалусии, каторжников туда, как известно, завозили целыми кораблями. А в последние годы бастарды, потомки тех головорезов, в чьих жилах текла наполовину мавританская кровь, находятся под игом целой шайки низких демагогов, достойных презрения даже по меркам Нового Света. К нам там ощущается очень недоброжелательное отношение в связи с недавними боевыми действиями и их унизительным поражением. Положение тирана становится не столь опасным, если недовольство населения направить против чужеземцев. Поэтому нашим людям могут приписать любые злодеяния. Какую угодно ложь сочинят, чтобы ввести нас в заблуждение, самые невероятные помехи выдумают, чтобы помешать нашему продвижению, все сведения о нас любыми способами передадут нашим противникам! Если у нас не окажется там особенно надежного агента, то я не рекомендовал бы заход в Буэнос-Айрес.

— Целиком согласен с вами, — воскликнул адмирал. — Мой брат находился там, когда в шестом году мы захватили этот городишко. Более отвратительного, грязного места и более отвратительных и грязных людей он в жизни не видел. Он стал военнопленным, после того как командование принял на себя какой-то французский офицер, с ним обращались по-варварски, просто по-варварски. Но не стану на этом останавливаться. — Протянув руку, адмирал взял перо и стал писать энергичным почерком. — Обри, вот мое предписание на выдачу вам провизии на полгода. Не позволяйте надутым хамам на складах заставлять вас стоять в очередях. Как я уже сказал, нельзя терять ни минуты.

Глава вторая

Сказано было предельно точно: нельзя терять ни минуты. Ведь только за считанные часы от завтрака до обеда при благоприятных норд-остовых пассатах «Норфолк» мог удалиться на целый градус широты в южном направлении, приблизиться к необъятным просторам Тихого океана, где так легко затеряться. Однако с самого начала чрезвычайно спешной подготовки к походу капитану Обри пришлось терять бессчетное множество секунд, минут, часов и даже суток, которые исчезали, становясь безвозвратным прошлым.

Прежде всего, элементарная учтивость требовала, чтобы он принял мистера Гилла, штурмана своего фрегата, и мистера Боррела, старшего канонира, которые пришли попрощаться, прежде чем перейти на семидесятичетырехпушечный «Берфорд», куда их перевели с повышением, и произнести старательно приготовленные речи в ответ на слова благодарности за его любезные рекомендации. Затем явились Абель Хеймс и Амос Дей, бывшие его старшины грот-мачтовых и фок-мачтовых марсовых. Первый из них стал теперь боцманом канонерского брига «Флай», а второй занял такую же должность на «Эклере». Оба не знали, как выразить свою благодарность, и без меры расчувствовались, когда им пришлось уходить. После того как Джек выпроводил всех четверых, шумно встреченных на палубе их прежними товарищами, на рейде появился

«Бервик», с которого тотчас выслали принадлежащий «Сюрпризу» баркас под командой Уильяма Хани, помощника штурмана, которого Джек отправил от африканского побережья в Порт Магон с донесением о выведенном из строя французском двухпалубнике, для чего экипажу баркаса пришлось совершить довольно опасный переход в четыреста миль. Понятное дело, Хани был так доволен своим успехом, что было немилосердно со стороны Джека не выслушать его.

Едва Хани успел закончить рассказ о своей одиссее, как шлюпка с «Бервика» доставила большого друга Стивена, отца Мартина, судового капеллана и натуралиста в одном лице, а также бывшего лучшего старшего офицера Джека Обри, капитана Пуллингса, получившего недавно повышение, — капитана без судна и без всякой реальной перспективы получить таковое, капитана только по названию, поскольку его официальный чин (с, разумеется, половинным жалованьем) был чин командира. Оба были в прекрасном настроении, их нарядный вид должен был засвидетельствовать почтение капитану Обри, которого пришлось вызвать из трюма, где он наблюдал за размещением грузов. Гости завели с ним беседу о вакансиях, в прежние времена открывавшихся на разных судах. Капитан Обри отвечал вымученной улыбкой, и как только отец Мартин отправился к Стивену, чтобы похвастать изловленным экземпляром бумажного червя, Джек обратился к Пуллингсу:

— Вы меня извините, Том, если я покажусь вам негостеприимным, но дело в том, что мне приказано принять единым духом запас провизии на полгода. Гилла перевели на «Берфорд», а нового штурмана не назначили. Боррел тоже получил новое назначение. Роуэн находится где-то между здешним портом и Мальтой, Мейтленд в госпитале, ему удаляют зуб. У нас не хватает двадцати восьми человек, а если я не подниму шум и не заставлю шевелиться этих складских крыс, то нам придется еще долго сосать здесь лапу.

— Сэр, неужели дела обстоят так плохо? — воскликнул Пуллингс, тотчас понявший важность получения шестимесячного запаса продовольствия.

— Послушайте, сэр, — произнес буфетчик капитана, бесцеремонно войдя в каюту. — Дайте-ка мне вашу рубаху. — При виде Пуллингса его кислая, словно у домохозяйки, физиономия расплылась в улыбке. Коснувшись пальцами лба, он проговорил: — К вашим услугам, сэр, надеюсь, что вижу вас в добром здравии?

— Цвету и пахну, Киллик, цвету и пахну, — отвечал Пуллингс, пожимая буфетчику руку. Затем, сняв нарядный синий мундир с золотыми эполетами, сказал: — Будь настолько добр, аккуратно сложи его и найди мне сюртук. — Затем, обратившись к Джеку Обри, произнес: — Если вы считаете, что это не расстроит Моуэта, сэр, буду рад помочь с приемом провизии, воды или же артиллерийских припасов. Вы же знаете, что я не у дел.

— Он будет вам только благодарен, — отозвался Джек. — Так же как и я, если смените меня в трюме, пока я буду кипеть в береговом аду — побегу к адмиралу порта и в бондарню. Большего негодяя, чем этот главный бондарь, я еще не видел. Где с ним тягаться Люциферу.

Покинув берлогу бондаря-негодяя, Джек обеднел на пять гиней, зато на душе у него стало спокойнее: ему обещали постараться. Он поспешил к воротам Уотерпорта, сжимая в руке пачку бумаг, в которые он время от времени заглядывал, комментируя их содержание коротконогому мичману, семенившему рядом. Военному кораблю шестого ранга требуется невероятное количество припасов, помимо того что каждому в команде на неделю полагается семь фунтов галет, семь галлонов пива, четыре фунта говядины и два фунта свинины, кварта гороха, полторы пинты овсяной муки, шесть унций сахара и столько же масла, двенадцать унций сыра и полпинты уксуса. А еще сок лайма, огромное количество пресной воды, чтобы отмачивать солонину, и в месяц по два фунта табака, за который Джеку Обри пришлось из собственного кармана платить по шиллингу и семи пенсов за фунт. Если все это добро умножить на двести, то получалось огромное количество груза. Ко всему, моряки представляли собой чрезвычайно консервативный, прочно держащийся за свои привилегии люд, хотя они были готовы поступиться тем очень-очень небольшим количеством пива, которое им полагалось, с радостью получив взамен пинту вина, если оказывались в Средиземноморье, или полпинты рома, из которого изготавливали грог, находясь в чужих водах. Они готовы были в особых случаях согласиться на замену мяса пудингом, хотя любые другие перемены были чреваты неприятностями, и мудрые капитаны любой ценой избегали введения всяких новшеств.

К счастью, Джек Обри имел толкового казначея в лице мистера Адамса, однако даже мистер Адамс не мог превратить Палату снабжения в рог изобилия для трюмов «Сюрприза». Во всяком случае Джек подозревал, что казначей и боцман имели на него зуб и не собирались ради него разбиваться в лепешку, поскольку капитан рекомендовал к повышению штурмана и старшего канонира, а не Адамса и не Холлара. По правде говоря, «Сюрприз» был доведен до такой степени совершенства по части пушек и каронад, что можно было обойтись и без артиллерийского начальника, если бы было кому позаботиться об огневых припасах. Что касается обязанностей штурмана, то Джек Обри мог возложить их на себя (не говоря уже о том, что он мог выполнять их лучше мистера Гилла).

А вот толкового и относительно честного казначея никто заменить не мог — особенно во время погрузки. Что же до знающего боцмана, то он необходим всегда и вдвойне теперь, когда Джек Обри остался без таких отменных моряков, какими были старшины грот- и фор-марсовых. В душе капитана шла борьба между преданностью своему экипажу и преданностью своему кораблю. Разумеется, последняя одержала верх, хотя он, в известной степени, испытывал угрызения совести.

Напротив монастыря Джек встретил Дженкинсона, флаг-лейтенанта сэра Фрэнсиса. До этого он ограничивался тем, что кивал или махал рукой в знак приветствия разным знакомым, спеша по делам. Но на сей раз, после обмена любезностями, Обри произнес:

— Я в некотором затруднении, мистер Дженкинсон: главнокомандующий был настолько добр ко мне, что мне было неловко упоминать о нехватке на «Сюрпризе» двадцати восьми человек. Как вы полагаете, нельзя ли будет поднять этот вопрос сегодня до отплытия адмирала?

— Очень сомневаюсь, сэр, — без колебания ответил флаг-лейтенант. — Очень сомневаюсь, что это будет своевременно. — В почтительных выражениях он объяснил Обри, что капитану самому придется выбивать из адмирала порта все необходимое. Растолковав Джеку положение дел, флаг-офицер спросил: — Разве мистер Мэтьюрин не обедает на борту флагмана? По-моему, у мистера Покока есть к доктору важный разговор, а адмирал не уверен, что его приглашение на обед прозвучало для мистера Мэтьюрина достаточно внятно. На обратном пути я как раз по этой причине собирался подняться на ваш корабль.

— Должен признаться, я и сам толком не понял, что доктор приглашен, — сказал Джек Обри. — Но я немедля дам ему знать, что он нужен сэру Фрэнсису. — Черкнув несколько слов в записной книжке, он вырвал листок и протянул его мичману со словами: — Кэлами, мчитесь на судно и передайте записку доктору, хорошо? Если его нет на борту, вы должны найти его, если даже вам придется подняться на башню О'Хары. Но, скорее всего, он в госпитале.

Пройдя сотню ярдов, Джек лицом к лицу столкнулся со своим старинным приятелем, капитаном «Эдинбурга» Дандесом. При встрече с таким другом не отделаешься кивком или взмахом руки.

— У тебя какой-то озадаченный вид, Джек, — заметил Дандес. — В чем дело? И почему ты разгуливаешь в круглой шляпе и этих дурацких панталонах? Если адмирал увидит тебя в таком виде, он посадит тебя под арест за то, что ты, как изволит выражаться его превосходительство, расфуфырился как лавочник.

— Проводи меня, Хен, и я тебе все объясню, — ответил Джек Обри. — Дело в том, что я *действительно* озадачен, да еще как! Вчера мне было приказано принять на борт припасов на полгода, и с этого самого момента я как угорелый ношусь за канцелярскими крысами от одного к другому, и все без толку. Я остался без штурмана, старшего канонира и двух лучших унтеров с одним-единственным лейтенантом. Недобор в команде — двадцать восемь человек! А на себя я надел то, что у меня осталось. Все остальное забрал Киллик и отдал местным прачкам, чтобы те выстирали вещи в пресной воде. Мне надо быть при полном параде: адмирал ждет меня нынче вечером к обеду. Господи, сколько часов пропадет напрасно за пережевыванием пищи, хотя я готов проглотить на ходу кусок холодного мяса и ломоть хлеба с маслом.

— И все же, — продолжал Дандес, — я рад, что ты не возвращаешься домой, чтобы поставить бедный «Сюрприз» на прикол или пустить его на дрова. Можно узнать, куда ты отправляешься, или же это секрет?

— Тебе я скажу, — вполголоса отвечал Джек Обри. — Только уж будь добр, держи язык за зубами. Мы будем охранять китобоев. Кстати, я помню, что в твоей каюте всегда была уйма книг. Нет ли у тебя чего-нибудь о китобойном промысле? В этом деле я ни в зуб ногой.

— В северных или южных водах?

— В южных.

— Был у меня том Колнета, но я сглупил и дал ее кому-то почитать. Впрочем, есть выход. Ей-богу, Джек, есть выход, и какой! Здесь, в Гибралтаре, есть некто Аллен, Майкл Аллен, который был штурманом на «Тигре», но несколько месяцев назад его списали по болезни. Вот кто моряк до мозга костей! Одно время мы с ним служили вместе. Я только что видел его на «Параде», это было меньше получаса назад. Сейчас он здоров как грот-мачта и жаждет получить должность хоть на каком-нибудь судне. И он, на твое счастье, плавал вместе с Колнетом!

— Да кто ж он был, этот Колнет?

— Господь с тобой, Джек! Ты не знаешь, кто такой был Колнет?

— Если б знал, не стал бы спрашивать.

— Но ты обязательно должен знать про Колнета. Все о нем знают!

— Ну, и трещотка же ты, Хен, — недовольным тоном отозвался Джек Обри.

— Не знать про Колнета! Господи! Стыд и срам! Но ты должен помнить о нем. Перед последней войной, по-моему, в девяносто втором году наши купцы обратились к Адмиралтейству с просьбой выделить им экспедиционное судно, чтобы подыскать места для баз, где южные китобои могли бы запасаться топливом, водой и ремонтироваться. Адмиралтейство выделило им шлюп «Рэттлер» под командой Колнета, которому предоставило продолжительный отпуск. В чине мичмана он плавал еще вместе с Куком, и вот он вновь провел судно вокруг мыса Горн в Тихий океан...

— Прости меня, Хенидж, — прервал его Джек. — Но мне нужно спешить в контору адмирала порта. Будь добр, загляни к Ричардсону, — он кивнул в сторону открытой двери, укрывавшейся в тени таверны. — Подожди меня с бутылкой доброго вина. Я не заставлю себя ждать, обещаю.

Действительно, он не заставил себя ждать. Капитан резко вошел в просторное помещение, пол которого был посыпан песком, нагнув голову, чтобы не удариться о косяк. Обычно румяное лицо Джека было теперь красней помидора, а синие глаза пылали гневом. Сев за стол, он единым духом осушил бокал светлого эля и просвистел мелодию.

— Ты знаешь, какие слова положены на этот мотивчик?

Дандес тут же с чувством продекламировал:

Ты, адмирал Магона Порта,
Стократ гнусней морского черта!..

— Вот-вот, — отозвался Джек Обри.

В это же самое время, обращаясь к отцу Мартину, Стивен заметил:

— Пролетело еще восемь черных аистов. По-моему, всего получается семнадцать.

— Семнадцать и есть, — согласился Мартин, глянув на листок, лежавший у него на колене. — А что это была за птичка, летевшая ниже остальных, внизу на левом фланге?

— Всего лишь плоскохвостый веретенник, — отозвался Стивен.

— Всего лишь плоскохвостый веретенник, — повторил отец Мартин, безмятежно улыбаясь. — Наверно, рай похож на это место.

— Только там, пожалуй, не такие грубые и острые камни, — возразил Стивен, примостившийся на краю известняковой плиты. — Мандевиль сообщает, что там горы, поросшие мхом. Но не думайте, что я жалуюсь, — добавил он, и действительно, его худощавое лицо, обычно задумчивое и серьезное, теперь буквально сияло от удовольствия.

Оба приятеля сидели, забравшись на самый верх Гибралтарской скалы, вонзившейся в бескрайнее, безоблачное голубое небо. Слева от них серые утесы почти отвесно обрывались к морю; справа вдалеке простиралась бухта, которую бороздили суда. Впереди в голубоватой дымке маячили неясные очертания пиков африканских гор. Легкий юго-западный бриз освежал им щеки, из-за пролива неторопливо тянулись вереницы птиц. Тонкой ли цепочкой, широким ли строем, но птицы все время летели, и небо никогда не оставалось пустым. Одни, вроде черных грифов и аистов, казались огромными; другие, вроде усталого чеглока, который чистил свои алые штанишки на камне в каком-то десятке ярдов от наблюдателей, были совсем невеличками. Но все они, независимо от размера и повадок, летели рядом, не проявляя никаких признаков враждебности друг к другу. Иногда птицы взмывали ввысь плотной спиралью, но чаще всего стелились над самой поверхностью так низко, что можно было разглядеть кроваво-красные глаза грифа и оранжевые ястреба-тетеревятника.

— Вон там еще один императорский орел, — заметил отец Мартин.

— Действительно, — отозвался Стивен. — Спаси его, Господи!

Они уже давно перестали считать белых аистов, различных канюков, соколов, мелких орлов, коршунов и прочих хищников и теперь отмечали лишь самых редких пернатых. Слева от них, за чеглоком, спрятавшись в расселину, не переставая пронзительно кричал «сокол обыкновенный», снедаемый, по-видимому, страстным желанием. Справа внизу ему вторил крик берберийских куропаток. Воздух был напоен ароматом лаванды, фисташки мастиковой и множества других душисто цветущих кустарников, нагретых солнцем.

— Смотрите, смотрите! — воскликнул Стивен. — Ниже аистов, справа — бородатый гриф, мой дорогой сэр. Наконец-то я увидел бородатого грифа! Посмотрите на бледное, почти белое оперение его бедер и обратите внимание на их форму!

— Какое испытываешь удовлетворение, — заметил отец Мартин, разглядывая птицу единственным глазом из-под поднесенной ко лбу ладони. Через несколько минут после того, как гриф растаял в небе, он произнес: — Почти над вашим судном я вижу какое-то странное существо.

Наведя в указанную сторону карманную подзорную трубу, Стивен отозвался:

— По-моему, это журавль. Журавль-одиночка. Как любопытно!

Оптика позволила ему разглядеть Джека Обри, расхаживавшего взад и вперед наподобие Аякса по шканцам «Сюрприза» и размахивавшего руками.

— Похоже, он весьма возбужден, — пробормотал доктор.

Впрочем, Стивен давно привык к тому, что ответственные лица, готовясь к плаванию, то и дело выходят из себя. Однако видеть капитана в таком возбуждении ему приходилось крайне редко. Обри только что получил записку, доставленную ему перепуганным, запыхавшимся и взопревшим мичманом Кэлами, в которой сообщалось, что доктор Мэтьюрин передает привет, «но не находит нужным принять приглашение».

— Он, видите ли, не находит нужным принять приглашение! — вскричал капитан. — Проклятье и тысяча чертей!

— Доктор сказал, что, возможно, совсем не будет обедать сегодня, — дрожащим голосом произнес мичман.

— Зачем ты принес мне эту записку, несчастный? Разве ты не знаешь, что в таком случае нужно уговаривать, настаивать?

— Прошу прощения, сэр, — отвечал Кэлами, который, несмотря на свой юный возраст, был достаточно умен, чтобы не возражать капитану, говоря, что он и *настаивал*, и *объяснял*, пока его не схватили за руки и не пообещали всыпать по первое число, если он не уйдет и не перестанет пугать птиц — его отчаянные жесты и без того испугали трех андалузских кустарниковых перепелок, которые намеревались было приземлиться. И где он только воспитывался, коли осмеливается перечить старшим? Неужели у него нет ни стыда, ни совести? Юноша стоял, понурив голову, а между тем капитан спрашивал, неужели он, офицер, не знает, как отбрить лиц, которые, при всей их учености и заслугах, всего лишь шпаки?

Однако Джек Обри был не из тех, кто любит подолгу читать мораль, тем более теперь, когда на счету каждая минута. Замолчав, он посмотрел на нос, на корму, пытаясь уяснить, кто находится на корабле, а кого нет.

— Передай записку сержанту Джеймсу, — сказал он мичману, а сержанту приказал: — Захватите с собой четверых самых быстроногих пехотинцев и бегом на вершину скалы. Мистер Кэлами вас проводит. Бонден, ступайте вперед и, если сможете, объясните ситуацию так, чтобы ее поняли даже штатские. В любом случае я рассчитываю видеть доктора у себя в два часа. Киллик приготовит ему парадный сюртук.

Во время дневной вахты, когда пробило четыре склянки, или два часа пополудни, Джек Обри сидел перед небольшим зеркалом в своей спальной каюте со свежевыстиранным галстуком размером с брам-лисель, который он намеревался намотать на шею. На палубе послышался поспешный топот ног, а вслед за ним раздался пронзительный, негодующий голос Киллика, в котором слились воедино звуки, которые могла издавать разве что измученная сиделка, и грубая ругань какого-нибудь просмоленного, жующего табак марсового.

Незадолго перед тем, как пробило пять склянок, Джек вышел на палубу во всей красе, с медалью за участие в битве на Ниле[1] в петлице мундира, с турецкой наградой — бриллиантовой звездой, сверкавшей на украшенной золотыми позументами треуголке, со шпагой стоимостью в сотню гиней, приобретенной в Патриотическом фонде, на боку. На палубе он встретил надутого, угрюмого Стивена, облаченного в свой лучший, редко надеваемый темный сюртук. К парадному трапу, спущенному с правого борта, подошел судовой баркас с гребцами в ослепительно белых панталонах и форменках, в широкополых соломенных шляпах. У румпеля стоял капитанский старшина шлюпки. Мичман Уильямсон и фалрепные выстроились вдоль планширя, боцман и его помощники держали наготове свои дудки. Все это было напрасной

---

[1] Сражение на Ниле, известное также как Абукирское, произошло 1–2 августа 1798 г. у мыса Абукир (Египет) между английским флотом под командованием адмирала Горацио Нельсона и французскими кораблями, которыми командовал адмирал Ф.-П. Брюэс. Потери англичан составили 900 человек, французские были в десять раз больше. Поражение французов лишило армию Наполеона во время ее Египетской экспедиции морских коммуникаций.

тратой времени, но такова была традиция церемонии, наподобие фейерверка в честь празднования дня реставрации монархии — возведения на престол короля Карла или раскрытия заговора Гая Фокса[1] — церемонии, которая, несомненно, была необходима и способствовала укреплению престижа королевского флота в глазах самих моряков. Джек оглядел гавань и увидел, что со всех судов Его Величества к «Каледонии» направляются шлюпки и что от берега уже отвалил катер адмирала порта. Улыбнувшись Стивену, который мрачно посмотрел на него, Джек Обри произнес:

— Веди же нас, Макбет!

Неграмотный Макбет, отродясь не слыхавший про Шекспира, тотчас спрыгнул с трапа левого борта, где он стоял возле таль-лопаря, готовый тотчас заняться делом, едва церемония закончится. Остановившись перед капитаном, соединив вместе свои босые красные косолапые ноги, он снял синюю шапку и спросил:

— Куда прикажете, сэр?

— Нет-нет, Макбет, — отозвался Джек Обри. — Я звал не вас. Я имел в виду Макдуфа...

— Макдуф, такой-сякой, живо дуй на шканцы!

— Отставить! — воскликнул Джек. — Не нужно. Я хотел сказать, что офицеры могут отправляться на берег, как только захотят.

Продолжая дуться, Стивен, поддерживаемый матросами, ворча спустился в шлюпку следом за мичманом. За ним, под свист серебряных дудок, спустился капитан Обри.

---

[1] Заговор Гая Фокса (1570–1606) был направлен против политики короля Якова I, который преследовал католиков. 5 ноября 1605 г. должна была состояться диверсия (взрыв здания парламента), но по доносу участники заговора были арестованы и вскоре казнены.

Благодаря неожиданному душевному порыву главнокомандующего на борту флагманского корабля оказалось удивительно большое количество приглашенных. Стивен был втиснут в конце стола между капелланом «Каледонии» и облаченным в черный сюртук господином, который оказался заместителем прокурора, имеющим опыт ведения особо деликатных дел. Однако плотный рой гостей имел и свои преимущества: чины поскромнее были отделены от адмиралов такой прочной стеной капитанов первого ранга, что могли наговориться вволю, словно рядом не было «обитателей Олимпа». Вскоре послышался уютный гул задушевной беседы.

Юрист оказался знающим человеком, расположенным к разговору, и Стивен спросил его, каким образом флотский трибунал может привлечь к ответу за тиранию и угнетение в условиях крайнего неравноправия тяжущихся сторон. Доктор привел совершенно гипотетический пример: могли ли капризный главнокомандующий и его сообщник в чине капитана первого ранга, которые преследовали ни в чем не повинного подчиненного, быть привлечены к суду офицеров той же базы или же дело следует передать на рассмотрение Верховного суда Адмиралтейства, Тайного совета, а то и самого регента.

— Что же, сэр, — отозвался юрист, — если преследование нижестоящего чина происходило с нарушениями или же если оно происходило на море, даже в пресных водах или на довольно влажной суше, то Адмиралтейский суд непременно примет дело к рассмотрению.

— Надо же, — удивился Стивен. — И насколько же влажной должна быть эта суша?

— Весьма и весьма влажной, я полагаю. Полномочия судьи дают ему право рассматривать дела, произошедшие в море, у моря, общественных водоемов, в пресноводных портах, у рек, бухт и участков, расположенных между высшей точкой прилива и нижней точкой отлива, а также на примыкающих к ним достаточно влажных берегах.

Слушая ответ, Стивен заметил, что сидевший на противоположной стороне стола наискосок от него доктор Харрингтон улыбнулся ему и поднял бокал.

— Ваше здоровье, доктор Мэтьюрин, — произнес он с учтивым поклоном.

Стивен доброжелательно улыбнулся, приветственно склонив голову, и пригубил вино, которым до краев наполнил его бокал запыхавшийся морской пехотинец. Вино было того же отменного качества, которым накануне угощал Джека адмирал — его вкус, казалось, ласкает гортань.

— Что за восхитительное вино, — произнес доктор, не обращаясь ни к кому в особенности. — Но оно довольно крепкое, — добавил он, допивая содержимое бокала.

Из-за суматохи, царившей на фрегате, он не завтракал, выпив лишь чашку кофе. Пакет с бутербродами и фляжка холодного глинтвейна, которые он приготовил для того, чтобы захватить с собой на гору, были забыты в каюте, где теперь ими лакомились крысы и тараканы. Обычно он обедал двумя часами ранее. Вторая половина утра сложилась для него чрезвычайно неудачно и скомканно, к тому же было душно и пыльно. Доктор успел перехватить лишь кусок хлеба, поэтому вино подействовало на него еще до того, как он опустошил бокал. Голова слегка закружилась, он тут же почувствовал расположение к окружающим и желание всем угодить. «Quo me rapis?[1] — пробормотал он. — Видно, вино сковывает волю. Юпитер делал Гектора поочередно то храбрым, то робким. Так что не было ни личной заслуги Гектора в его героизме,

---

[1] Куда ты меня тащишь? (*лат.*)

ни вины в его бегстве. Вакх превращает меня из мизантропа в человека общительного... Но в то же время я и до этого улыбался и кланялся; во всяком случае, проявлял внешние признаки обходительности. А не я ли сам часто замечал, что имитация реальности порождает реальность?»

Прислушавшись, доктор убедился, что сосед уже некоторое время рассказывает ему о милых особенностях, которые можно обнаружить в британском законодательстве.

— ...так же обстоит и с «Божьим даром», — продолжал он. — Если кто-то прыгнет на телегу, находящуюся в движении, как бы ни мала была ее скорость, и если он оступится и сломает себе шею, то телега и все, что в ней находится, становится «Божьим даром», подлежащим конфискации в пользу короля. Но в том случае, если телега стоит, а человек забирается на нее по колесу и падает, разбиваясь насмерть, то лишь колесо является «Божьим даром». По аналогии, если причиной смерти какого-то лица является ошвартованное судно, то «Божьим даром» является лишь его корпус. Но если оно идет под парусами, то конфискации подлежит и груз, поскольку к компетенции обычного права в открытом море добавляются совершенно другие правила.

— «Божьи дары», — подхватил капеллан, сидевший справа от Стивена. — Патрону моего брата, живущего в графстве Кент, предоставлено право на все «Божьи дары» в поместье Додхем. Он показывал мне кирпич, упавший на голову каменщика, ружье, которое разорвалось при выстреле, и очень свирепого быка, владелец которого не решился его выкупать. Он рассказал мне еще об одной особенности этого закона. Если ребенок падает с лестницы и гибнет, то лестница не подлежит конфискации, но если это происходит с его отцом, то она конфискуется.

Я хочу сказать, что лестница становится «Божьим даром» только во втором случае.

— Совершенно верно, — подхватил юрист. — Причем Блекстон объясняет это тем, что в те времена, когда царили предрассудки папистов, считалось, что невинным младенцам незачем платить «Божьим даром» за искупительную мессу, за покаяние. Однако другие авторитеты...

Но тут внимание Стивена привлек капеллан, который коснулся его плеча со словами:

— К вам обращается доктор Харрингтон, сэр.

— Уверен, вы поддержите меня, коллега, — обратился к нему через стол Харрингтон. — Я утверждаю, что едва ли один человек из десятка наших людей гибнет от рук неприятеля или умирает от ран, полученных в бою. Почти все они становятся жертвами болезней или несчастных случаев.

— Конечно, поддержу, — отозвался Стивен. — Пожалуй, можно сказать, что эти цифры указывают на то, что далеко не все находится во власти как строевых, так и нестроевых офицеров.

— Можно сказать и иначе, — воскликнул побагровевший от вина офицер морской пехоты, явно гордясь своим остроумием. — На каждого, убитого врагом, приходится девять человек, убитых нашими костоправами, ха-ха-ха!

— Не забывайтесь, Бауэрс, — одернул его адмирал. — Доктор Харрингтон, доктор Мэтьюрин, ваше здоровье.

К тому времени гости принялись за французское красное вино (по случаю приема адмирал опустошил погреб своей гибралтарской резиденции). Смакуя благородный напиток, Стивен подумал: «Надо будет напомнить Харрингтону, чтобы он нашел мне помощника».

Он отыскал его среди порозовевшей, сытой и веселой компании офицеров, стоявших с кофейными чашечками на шканцах и корме в ожидании прихода шлюпок.

— Дорогой коллега, вы не смогли бы помочь найти мне помощника? Как вы знаете, я обычно обхожусь без него. Но приходится плыть на двухпалубном корабле, нам предстоит продолжительное плавание, и, как мне представляется, нужен какой-нибудь сильный молодой человек, поднаторевший в удалении зубов. Сам я не мастер по этой части. В моей молодости врачи относились к зубодерам как к коновалам. Я так и не выработал сноровки, а в последнее время было и вовсе не до того. Конечно, если набить руку, может что-то и получиться, но чаще всего я удаляю зуб слишком медленно, да еще в несколько приемов, что пациента никак не устраивает. Если у нас на судне появляется цирюльник с железной хваткой, то я обычно поручаю такие операции ему. Но при возможности отправляю больного в госпиталь.

— Странное дело, — заметил доктор Харрингтон. — Ведь я наблюдал за тем, как быстро и ловко вы проводите ампутации.

— Ничего удивительного, — возразил Стивен. — Кто способен на большее, не обязательно способен на меньшее, как говаривала одна известная мне сестра милосердия. Я был бы чрезвычайно благодарен, если бы вы подыскали мне какого-нибудь ловкого молодого человека с крепкими руками и нервами.

— Если речь идет только об удалении зубов, — отвечал доктор Харрингтон, — то я знаю одного малого, ловкость рук которого вас удивит. Посмотрите, — продолжал он, широко открыв рот и повернувшись к солнцу. — Посмотрите, — повторил он, указывая на брешь и говоря придушенным голосом, — на второй коренной сверху справа. — Затем своим обычным голосом добавил: — Прошло всего пять дней, а ранка, как видите, почти затянулась. Невероятно, но он проделал это одними пальцами. Правда, молодым человеком его уже не назовешь. Между нами, Мэтьюрин, — Харрингтон, наклонился к Стивену и прикрыл рот ладонью, — он скорее смахивает на знахаря. Разрешит ли Палата принять его на службу, не знаю. Похоже, что латыни он не знает совсем.

— Если он так ловко рвет зубы, то, по моему убеждению, можно обойтись и одним английским, — отвечал доктор Мэтьюрин. — Скажите, ради бога, где его можно найти?

— В госпитале, а зовут его Хиггинс. Но я ручаюсь лишь за его сноровку. Вполне возможно, что в остальном он обыкновенный лекарь-недоучка.

— Доктор Мэтьюрин, прошу вас, сэр, — произнес посыльный, который проводил Стивена в кабинет секретаря адмирала, где его уже поджидали мистер Ярроу и мистер Покок.

Мистер Покок сообщил, что получил письмо доктора, которое следовало доставить с почтой мистеру Рею, и что почта уже отправлена. Стивен поблагодарил его, заметив, что тем самым, по всей вероятности, будет сэкономлено много времени, что очень важно для него. Затем возникла непродолжительная пауза.

— Мне несколько неловко начинать, — признал Покок, — поскольку сведения, которые я должен сообщить, были получены мною в преднамеренно неопределенной форме. Поэтому я вынужден говорить, как бы скрывая многие вещи, которые должны показаться странными и, возможно, даже обидными для доктора Мэтьюрина.

— Напротив, — возразил доктор. — Если, как я предполагаю, речь идет о конфиденциальных вопросах, то мне хотелось бы знать лишь те подробности, которые касаются только меня. В таком случае никакой промах или оплошность с моей стороны не смогут раскрыть противнику картину общего замысла.

— Превосходно, — отозвался мистер Покок. — Похоже на то, что правительство отправило некоего господина в одну или несколько южноамериканских колоний Испании с крупной суммой денег. Он плывет из Кейптауна под именем Каннингем на пакетботе «Даная» — быстроходном бриге. Однако министр очень опасается, что «Даная» может быть захвачена «Норфолком». И если «Сюрприз» встретит пакетбот, то он должен предупредить его о грозящей ему опасности и, если операция не будет связана с большой потерей времени, эскортировать его в один из южноамериканских портов. Но если это невозможно или если порт окажется на восточном, то есть Атлантическом, побережье, необходимо принять другие меры. У господина два сундука металлических денег, каковые будут оставлены в его распоряжении. Однако в его каюте также находится гораздо более крупная сумма в купюрах, облигациях и других ценных бумагах. Об этом ему неизвестно, хотя я предполагаю, что лицо, которому эта более крупная сумма предназначена, получило указания, каким образом отыскать ее. Во всяком случае, вот указания, — проговорил он, протягивая доктору листок бумаги. — Они помогут вам обнаружить пакет. А вот записка, которая гарантирует, что господин поймет ситуацию. Это все, что мне требовалось сообщить вам.

В течение какого-то времени «Каледония» была наполнена знакомыми звуками: топотом сотен ног матросов, выхаживающих шпили, свистками и возгласами, обычными на корабле, который снимается с якоря. Наступила пауза, и Ярроу произнес:

— Такое впечатление, будто они тащат кота, прежде чем подцепить рыбу.

— Возможно, им придется использовать пса, — заметил Покок.

— А у меня такое впечатление, что они поймали мышь, использовав вместо приманки лису, а под конец довольствуются ящерицей, — произнес Стивен.

— Господи, что за жаргон используют эти честные люди! — воскликнул Покок, хохоча от души впервые за время их знакомства. — Неужели используются такие термины?

— А то как же! — отозвался Стивен. — А где-то возле мачты имеются и гончие.

— Не зря я упомянул кота и рыбу, — сказал Ярроу. — Шкипер объяснил мне эти названия только вчера. Он упомянул также лошадей, дельфинов, мух, пчел, словом, всех обитателей Ноева ковчега, ха-ха-ха!

— Прошу прощения, господа, — произнес высокий суровый флаг-лейтенант, появившийся в дверях, и все штатские перестали улыбаться. — Адмирал желает вам всего наилучшего.

Катер с «Сюрприза» уже успел доставить его капитана и гребцов на корабль, где они принялись за работу. Парадный трап флагманского корабля был давно поднят. Со шкафута Стивен смотрел на крутой и опасный спуск, на неспокойное море, где свежий зюйд-вест срывал гребни волн, на управляемую двумя какими-то типами утлую шлюпку, которая подпрыгивала на волнах словно пробка. Он неуверенно шагнул к борту, и Покок, видя его нерешительность, заметил:

— Если вы сделаете один шаг, держась за меня, а мистер Ярроу будет держаться за мою вторую руку, ухватившись в то же время за это кольцо, то мы, пожалуй, сможем, изображая живую цепь, продвигаться вместе, не особенно подвергая себя опасности.

По-видимому, со стороны они являли собой забавное зрелище, но предложенный способ оказался вполне пригодным, и в то время, как флагманский корабль, идя круто к ветру правым галсом, с величественным видом проследовал в сторону мыса Европа, ставя один парус за другим, наемная шлюпка доставила доктора Мэтьюрина, совершенно сухого, к «Сюрпризу», экипаж которого по-прежнему пребывал в хлопотах. Часы его по-прежнему шли (они то и дело страдали от частых погружений доктора в воду), а секретные, написанные убористым почерком бумаги, которые он только что получил, оказались неподверженными воздействию морской воды. Стивен поднялся на корабль по кормовому трапу и оказался в самом центре бурной деятельности. Джек Обри, успевший снять щегольской мундир, стоял у шпиля и отдавал приказания матросам, которым предстояло подтянуть корабль на расстояние двух якорных канатов в наветренную сторону. Моряки с серьезными, сосредоточенными лицами сновали мимо Стивена, толпились на сходнях, шкафуте и особенно на полубаке.

— Это вы, доктор! — воскликнул капитан, завидев Стивена. — Извините, что пришлось покинуть вас, но, как говорится, куй железо, пока горячо. Мы как раз подтягиваемся к причалу Грязного Дика — будем грузить пушечное сало, уголь, смолу, деготь. Так что, если у вас есть дела на берегу, самое время туда отправиться. Несомненно, вы уже подумали о запасах для своего лазарета: переносных термосах, шинах и прочих вещах с мудреными названиями?

— Тотчас же отправлюсь в госпиталь, — отозвался Стивен и, едва с фрегата бросили сходни на причал, был таков.

— Скажите, пожалуйста, мистер Эдвардс, — спросил Стивен главного врача госпиталя, — вы знаете мистера Хиггинса?

— Я знаком с одним мистером Хиггинсом, мы вызываем его время от времени по мере необходимости. Мистер Оукс нередко поручает ему операции по удалению зубов. Признаюсь, нашему цирюльнику эта конкуренция совсем не по нутру, но у мистера Хиггинса настоящий талант. Он умеет удалять еще и мозоли, — добавил мистер Эдвардс с пренебрежительной усмешкой. — Между прочим, Хиггинс вытащил зуб у доктора Харрингтона, так что, если вам нужны его услуги, я пошлю за ним. Нынче он пользует своих пациентов в прачечной.

— Хотелось бы увидеть, как он работает. Не беспокойтесь, прошу вас, дорогу я знаю.

Даже если бы Стивен и не знал дороги в прачечную, грохот барабана подсказал бы ему, куда идти. Он открыл дверь под участившийся ритм барабанной дроби и увидел мистера Хиггинса в одной рубашке, склонившегося с засученными рукавами над каким-то моряком. Целая скамья ожидающих своей очереди матросов так и ела кудесника глазами. Бой барабана зазвучал еще чаще и громче; моряк издал придушенный крик, и Хиггинс победно выпрямился, держа в пальцах зуб. Все пациенты облегченно вздохнули. Повернувшись, зубодер увидел Стивена.

— Чем обязан подобной честью, сэр? — учтиво поклонившись, спросил Хиггинс, зачарованно глядя на форму Стивена: мундир судового врача был почти столь же великолепен, как и капитанский, но в глазах безработного лекаря он представлял гораздо больший интерес, поскольку лицу, облаченному в такой мундир, мог понадобиться помощник.

— Прошу вас, продолжайте, сэр, — произнес доктор. — Мне хотелось бы понаблюдать за вашей работой.

— Извиняюсь за несусветный грохот, сэр, — ответил Хиггинс, смущенно улыбнувшись, и подвинул доктору Мэтьюрину стул. Это был низенький жилистый мужчина с коротко остриженными волосами и приветливым выражением, несколько неуместным на давно немытой щетинистой физиономии.

— Ну что вы! — отозвался Стивен. — Любой шум, отвлекающий пациента от боли, законен, даже похвален. Прежде я и сам использовал пушечные выстрелы.

Хиггинс нервничал, и, возможно, это мешало ему. Но работал он все равно замечательно. Отыскав больной зуб, он давал знак барабанщику, который понимал его с полужеста, и, как только начинал звучать барабан, Хиггинс наклонялся, что-то громко говоря пациенту прямо в ухо; вцепившись ему в волосы или ущипнув за щеку одной рукой, пальцами другой руки он ощупывал десны. Очередной кивок, бой барабана становился неистовым, под звуки крещендо пациент начинал терять сознание, и тут Хиггинс щипцами, а иногда и одними пальцами, плавным, ловким, привычным движением вырывал больной зуб.

— Я врач с фрегата «Сюрприз», — представился Стивен после того, как пациенты разошлись с сияющими физиономиями, ритуальным жестом прижимая к лицам чистые платки.

— Сэр, каждый, кто занят по медицинской части, знает доктора Мэтьюрина! — воскликнул Хиггинс. — А также замечательные публикации доктора Мэтьюрина, — добавил он после некоторого колебания.

Поклонившись, Стивен продолжил:

— Я ищу себе помощника по зубной хирургии. Доктор Харрингтон и мой офицер мистер Мейтленд высоко отзываются о ваших способностях. К тому же я видел, как вы оперируете. Если пожелаете, то я поговорю с капитаном Обри, чтобы вас назначили на наш корабль.

— Был бы весьма рад служить под вашим началом, сэр, — отвечал Хиггинс. — Могу ли я спросить, куда держит путь «Сюрприз»?

— Официально об этом не сообщили, — сказал Стивен. — Но, насколько я могу судить, на край земли. Я слышал, что называли Батавию.

— Ах вот как, — упавшим голосом отозвался Хиггинс. Батавия была известна своим опасным климатом, более опасным, чем климат Вест-Индии, где всю команду в одночасье могла скосить желтая лихорадка. — И все равно я был бы рад возможности подзаработать, плавая на корабле под командой такого везучего по части захвата призов капитана.

Это была правда. В свое время Джек Обри захватил столько призов, что на флоте его прозвали Счастливчик Джек. Молодым командиром неуклюжего маленького четырнадцатипушечного брига он заполнил гавань Магона трофейными французскими и испанскими коммерческими судами так, что вконец расстроил торговлю противника. Когда же тридцатидвухпушечный испанский фрегат-шебека под названием «Какафуэго» был отправлен специально для того, чтобы пресечь его художества, Джек Обри умудрился присоединить к прочим своим трофеям и вооруженного до зубов испанца. Затем, став командиром фрегата, он, помимо прочего, захватил испанский корабль, битком набитый золотом, и получил большую долю военной добычи, доставшейся ему при взятии острова Маврикий, что составило один из богатейших призов из всех, когда-либо взятых на море. Разумеется, Адмиралтейство отобрало у него испанские сокровища под тем предлогом, что официально война не была объявлена. К тому же, по своей простоте, он позволил разным бесчестным крючкотворам обвести себя вокруг пальца, лишившись львиной доли захваченного на Маврикии богатства. Остававшимся у него состоянием он распорядился так, что ни сам Обри, ни его адвокаты не могли определить степень близости незадачливого капитана к полному финансовому краху. Однако, несмотря на все эти передряги, он сохранил прежний ореол любимца фортуны и прозвище «Счастливчик Джек».

Мистер Хиггинс был не одинок в своем желании разбогатеть: когда новость о дальнем походе «Сюрприза» облетела гавань, то от добровольцев не стало отбоя. На этом этапе войны лишь фрегаты могли рассчитывать на участие в славных делах, в которых за один день можно заработать столько же, сколько за сто лет безупречной службы. В то же время некоторые родители, а также дядюшки и тетушки испытывали сильное желание, чтобы их чада оказались на шканцах корабля под командой капитана, который умеет не только побеждать, но и заботиться о воспитании своих мичманов. Желание отправить их на борт «Сюрприза» было велико, даже несмотря на то что корабль, по слухам, направлялся к гнилым, зараженным лихорадкой болотам Явы.

Когда Джек Обри командовал кораблем в Средиземном море, служить к нему почти никто не напрашивался, поскольку все знали, что походы будут недолгими. Но даже теперь, хотя положение изменилось, речь все-таки не шла о продолжительной службе, где он мог бы заняться основательной подготовкой молодых офицеров. Если повезет, то он перехватит «Норфолк» задолго до того, как тот достигнет мыса Горн. И даже если это ему не удастся, он надеялся вернуться через несколько месяцев. Вот отчего Джек не стал бы принимать на службу протежируемых юнцов, если бы не одно «но». У него самого подрастал сын Джордж. Обри уже обеспечил его будущее, взяв слово с нескольких капитанов принять юношу к себе на службу, когда придет время. И теперь, когда эти капитаны или их родственники обращались к нему с подобной же просьбой, ему было не очень-то удобно отказывать им. Он также считал неразумным распространяться о нездоровом климате Батавии, поскольку ему было хорошо известно, что туда они не пойдут. Все это была нехитрая уловка Стивена с целью ввести в заблуждение возможных неприятельских агентов, находящихся в Гибралтаре или его окрестностях, а также некоторых нейтралов, проплывавших в оба конца по проливу и зачастую заходивших в порт за припасами и новостями. В результате, кроме Кэлами и Уильямсона, у него на судне появилось еще четыре недоросля — приятные, довольно чистоплотные, воспитанные отпрыски морских семейств, которые все-таки были для него обузой.

— Я вам объясню, как обстоят дела, — сказал Джек Обри доктору во время одной из их редких встреч в городе, когда оба покупали струны, канифоль и ноты. — Придется завести на корабле учителя. Вместе с Кэлами и Уильямсоном у нас будет шестеро обормотов. Хотя я смогу преподавать им навигацию, когда на судне все будет спокойно, и жучить, когда им это окажется полезно, мне кажется, нехорошо, если они будут жить на свете, не имея представления об истории, французском языке или основах латыни. Морская практика — дело полезное, но это не единственная наука, которая нужна в жизни, тем более в жизни на суше. Я сам часто чувствовал недостаточность своего образования и нередко завидовал тем грамотеям, которые могут без помарок настрочить официальное письмо, пощебетать по-французски и щегольнуть латинскими, а то и греческими цитатами — молодцам, которые знают, кем был Демосфен или какой-нибудь Джон Такой-Сякой. Вы меня запросто можете срезать какой-нибудь латинской фразой. Не так-то просто заставить нормального здорового мальчишку корпеть над «Обучением вежливым манерам» Грегори или «Кратким очерком истории древнего мира» Робинсона, если он не вундеркинд наподобие Сент-Винсента[1] или Коллингвуда[2]. Для того, чтобы он сидел над книгами, нужен учитель.

— Как мне представляется, вы, морские офицеры, не очень-то высоко цените литературу, — произнес Стивен. — Я не раз встречал неучей, которые могут провести корабль до страны антиподов и обратно с отлично выставленными парусами, но которые, к их стыду, не могут связать и двух слов, не говоря о том, чтобы их написать.

— Сущая правда. Я хочу, чтобы мальчики избежали именно этого. Но оба учителя, которые мне попадались, математики, к тому же горькие пьяницы.

— А вы не обращались к отцу Мартину? Он не слишком силен в математике, хотя, насколько мне известно, разбирается в основах навигации. Зато он очень прилично говорит по-французски, его знание латинского и древнегреческого вполне удовлетворительно для служителя церкви. Кроме того, он весьма начитан. Ему приходится несладко на его нынешнем судне, и когда я сказал, что мы поплывем на край земли — куда именно, я не стал уточнять, — он ответил, что готов остаться без ушей, лишь бы оказаться вместе с нами. Да, он так и сказал: «готов остаться без ушей».

---

[1] Граф Джон Джервис Сент-Винсент (1735–1823) — британский адмирал. Поступил на флот в 1749 г. В 1759 г. стал капитаном шлюпа «Скорпион», а год спустя получил чин капитана первого ранга.

[2] Барон Катберт Коллингвуд (1750–1810), британский флотоводец, в одиннадцать лет отправился в первое плавание на фрегате «Шеннон», которым командовал его кузен. В 1776 г. стал лейтенантом шлюпа «Хорнет». Командовал разными судами, участвовал в блокаде Тулона и сражении под Сен-Венсаном (февраль 1797 г.). Коллингвуд похоронен в лондонском соборе Св. Павла рядом с адмиралом Нельсоном.

— Говорите, ему приходится несладко? Разумеется, он же капеллан, а матросы считают церковников невезучими, — подумав, отвечал Джек Обри. — К тому же большинство плавающих капелланов не прочь заглянуть в рюмочку. Что бы вы ни говорили, моряки привыкли к отцу Мартину, они любят его, как человека, так же, как и я. Он очень порядочный и хорош как собеседник. Матросов хлебом не корми, дай только навести блеск в церковном хозяйстве. Сам я никогда не плавал с капелланом, но отец Мартин — совсем другое дело: он, возможно, гораздо более святой жизни человек, чем мы с вами, но никогда этим не кичится. Кроме того, я никогда не видел его пьяным. Стивен, если его намерение серьезно, то, прошу, сообщите ему, что если перевод возможен, то я буду счастлив находиться в его обществе во время плавания на край земли.

«На край земли», — повторил он про себя, направляясь в сторону старого мола, и тут в конце улицы увидел необыкновенно привлекательную молодую женщину. Джек всегда без промедления обращал внимание на красивые женские лица, но эта дама заметила его первой и пристально разглядывала капитана. Она наверняка не была одной из многочисленных гибралтарских женщин легкого поведения (хотя и вызывала плотские желания), и когда их глаза встретились, она потупилась, правда незаметно улыбнувшись. Не означал ли ее первый настойчивый взгляд, что если бы он решил приударить за дамой, то она не стала бы проявлять непреклонность? Он не был в этом уверен, хотя наверняка дама была не слишком юной, а значит, имела известный опыт. Когда Джек был помоложе, он всегда принимал вызов, когда ему шли навстречу и когда этого не делали. Он тотчас переходил на нужную сторону улицы, чтобы выяснить, каковы его шансы. Но сейчас, будучи капитаном первого ранга, которому предстояла деловая встреча, он остался на тротуаре и лишь окинул даму пристальным, оценивающим взглядом.

В походке черноглазой красивой молодой дамы было что-то особенное, словно она была утомлена после поездки верхом. «Возможно, я снова увижу ее», — подумал Джек Обри, и тут с ним поздоровалась другая молодая женщина — не такая привлекательная, но очень пухленькая и веселая. Это была мисс Перкинс, которая обычно сопровождала в плаваниях капитана «Бервика» Беннета, правда лишь тогда, когда на борту не было капеллана. Они пожали друг другу руки, и она сообщила, что «Гарри надеется отправить этого мрачного старого попа в очень долгий отпуск, и тогда они снова займутся конвоированием судов, торгующих со Смирной, среди этих очаровательных средиземноморских островов». Но когда она пригласила его отобедать вместе с ними, он был вынужден отказаться, поскольку, увы, уже приглашен и должен нестись со всех ног, чтобы поспеть к назначенному часу.

На трапезу Джека пригласил Хенидж Дандес. Оба славно пообедали в небольшом кабинете на втором этаже ресторана Рейда, с окнами, выходившими на улицу Уотерпорт. Спускаясь вниз, они обменивались замечаниями по поводу своих друзей и знакомых.

— Вон этот осел Бейкер, — произнес Дандес, кивнув в сторону капитана «Ириса». — Вчера он поднялся на борт моего судна и попытался переманить к себе бакового матроса по фамилии Блу.

— В своем ли он уме? — спросил Джек Обри.

— Дело в том, что Бейкер одевает гребцов своего катера во все цвета радуги, а цвет должен соответствовать имени. У него есть Грин, Браун, Блэк, Уайт, Грей и даже Скарлет[1]. Ему давно хотелось заполучить моего Джона

---

[1] Зеленый, коричневый, черный, белый, серый, пунцовый (*англ.*).

Блу[1]. Он обещал мне за него бронзовую девятифунтовую пушку, которую отобрал у одного французского капера. Кто-то, по-видимому, сообщил ему, что «ирис» по-древнегречески означает «радуга», — добавил Дандес, увидев на лице Джека удивленное, если не глупое выражение.

— В самом деле? — отозвался Джек Обри. — А я и не знал. Но Бейкер, возможно, обошелся без подсказки. Он довольно ученая ворона: просиживал штаны в школе до пятнадцати лет. А что бы он стал делать, если бы командовал «Амазонкой»? — Джек от души расхохотался. — Но если серьезно, то я не люблю, когда матросов превращают в обезьян. Смотри, он посылает воздушный поцелуй какой-то даме на нашей стороне улицы.

— Это миссис Чейпел, — отозвался Дандес, — жена старшего интенданта. — После краткой паузы он воскликнул: — Посмотри! Это тот самый человек, о котором я тебе рассказывал, Аллен, большой знаток китобойного промысла. Но ты, думаю, уже поговорил с ним.

— Сам я с ним еще не разговаривал. Я послал людей к нему на квартиру, но его дома не оказалось. Родственники сказали, что он уехал на пару дней в Кадис. — Пока Джек говорил с Дандесом, он внимательно смотрел на Аллена — высокого, прямо державшегося джентльмена средних лет, с приятным энергичным лицом, в простом мундире штурмана королевского флота. Когда он снял треуголку, приветствуя старшего по чину офицера — лейтенанта, которому не было и двадцати, — Джек увидел, что у него седые волосы. — Он мне нравится, — произнес капитан Обри. — Господи, как это важно, когда существуют разные чины — люди, которые знают свои обязанности и не ссорятся между собой из-за места под солнцем.

---

[1] Синий (*англ.*).

— Еще бы, — согласился Дандес. — Особенно если ты поднялся ближе к светилу. Тебе удалось как-то укомплектоваться лейтенантами?

— Да, — отозвался Джек Обри. — По-моему, я решил эту задачку. Том Пуллингс очень любезно согласился служить у меня добровольцем, как я и ожидал. И даже если Роуэн не успеет вернуться с Мальты до нашего отплытия, я могу назначить исполняющими обязанности лейтенанта Хани или Мейтленда. В конце концов, и мы с тобой, когда были моложе их, исполняли обязанности лейтенантов и были вахтенными офицерами.

— А что ты скажешь насчет адмирала порта и его протеже?

— Пусть его протеже отправится в же... — отрезал Джек Обри. — Что же касается адмирала порта, то черт бы его побрал.

— Хотел бы я послушать, как ты скажешь ему об этом, — засмеялся Дандес.

К счастью, такой необходимости не возникло. Едва Джек вошел в кабинет адмирала Хьюза, как тот воскликнул:

— Обри, боюсь, придется вас разочаровать насчет юного Меткафа. Его мать определила его на службу в Англии. Но вы садитесь, садитесь, у вас такой усталый вид.

И было с чего. Джек Обри был высоким, грузным мужчиной, и таскать свои двести с лишним фунтов веса по раскаленным улицам Гибралтара с утра до вечера и даже позже, пытаясь заставить неповоротливых интендантов шевелиться, ему было очень нелегко.

— Но зато, — продолжал адмирал, — я нашел штурмана, который вам нужен. Он плавал с Колнетом. Вы слышали про Колнета, Обри?

— Видите ли, сэр, я полагаю, что большинство офицеров, интересующихся своей профессией, довольно хорошо знакомы с капитаном Колнетом и его книгой, — отвечал Джек Обри.

— Он плавал вместе с Колнетом, — повторил адмирал, кивнув головой. — Судя по всем отзывам, это отличный мореход. — Он позвонил в колокольчик. — Пригласите мистера Аллена.

Хорошо, что Дандес высоко оценил мистера Аллена, иначе Джек Обри не обратил бы на него внимания; тем более что сам Аллен совсем себя не ценил. С самой юности Джек был человеком открытым, дружелюбным, который всех любил и рассчитывал на то, что его тоже любят; и хотя он отнюдь не был развязным и чересчур самоуверенным, никакой робости в нем не наблюдалось. Ему было трудно представить себе, что простые человеческие чувства могут смущать мужчину лет пятидесяти, а то и старше. Аллен был скован настолько, что махнул рукой на свою карьеру, никогда не улыбался и не разговаривал, разве только отвечая на прямые вопросы.

— Превосходно, — произнес адмирал, по-видимому столь же разочарованный. — Мистер Аллен прибудет к вам на корабль, как только будет готов приказ. Ваш новый старший канонир уже должен был представиться. Ну вот, кажется, и все. Не стану вас больше задерживать. — С этими словами он позвонил в колокольчик.

— Прошу прощения, сэр, — сказал Джек, поднимаясь с кресла, — но еще не решен вопрос об экипаже. У меня очень большой недобор матросов. И, конечно же, мне нужен капеллан.

— Матросов? — удивленно воскликнул адмирал, словно впервые узнав об этом затруднении. — Где же я вам их достану? Из-под земли выкопаю? Я вам не какой-нибудь там Кадмус[1].

— Ну что вы, сэр! — с искренним убеждением отозвался Джек. — Мне и в голову не могло взбрести такое.

— Ладно, — несколько смягчившись, произнес адмирал. — Зайдите ко мне завтра. Нет. Не завтра. Завтра ко мне придет врач. Послезавтра.

Аллен и его новый капитан вышли на улицу.

— Значит, встретимся завтра, мистер Аллен? — спросил Джек Обри, остановившись на тротуаре. — Постарайтесь прибыть пораньше. Мне не хочется задерживаться с выходом в море.

— С вашего позволения, сэр, — отвечал Аллен, — я бы предпочел перебраться на корабль сейчас же. Если я не буду наблюдать за загрузкой трюма с самого начала, то не буду знать, где что находится.

— Вот и отлично, мистер Аллен! — воскликнул Джек. — Надо проследить и за тем, что творится в форпике. «Сюрприз» — превосходный корабль. Ни одно судно на всем флоте не ходит так круто к ветру, он может дать фору даже «Друиду» и «Аметисту». Но его надо как следует удифферентовать, чтобы добиться наилучших результатов. Надо, чтобы на корме корпус на полпояса погружался в воду, а на нижнюю часть форштевня не должно быть нагрузки.

— Я так и думал, сэр, — произнес штурман. — Я разговаривал с мистером Гиллом с «Берфорда», и он признался, что не мог спать спокойно, когда думал об этом ветхом форпике.

Когда он оказался на улице в окружении множества народа, беседуя на темы, очень важные для них обоих,

---

[1] Кадм, Кадмус — в древнегреческой мифологии сын финикийского царя; считается создателем греческого алфавита (на основе финикийского письма; в конце IX — начале VIII в. до Р. Х.).

к примеру, о рыскливости корабля и возможных результатах обшивки корпуса накладными досками, напряженность отпустила Аллена и, приближаясь к фрегату, штурман спросил:

— Сэр, можно у вас узнать, где служил этот самый Кадмус? Не по медицинской ли части?

— Нет, мистер Аллен, — отвечал Джек, — по-моему, он служил в заведении, в котором водятся дамы. Может быть, лучше вам заглянуть в книгу Бьюкена «Домашняя медицина»?

На борту их встретил вконец расстроенный Моуэт. Казначей отказался принять значительное число бочонков с солониной, которая дважды совершила вояж в Вест-Индию и обратно. Он сказал, что их вес недостаточен и к тому же они давно просрочены и эта отрава не может пойти в пищу. Пуллингс отправился в Продовольственную палату, чтобы разобраться с тухлятиной. Доктор Мэтьюрин выбросил в море свои запасы супа-концентрата, заявив, что это не что иное, как сухой клей, и что он стал жертвой подлого обмана. А капитанский повар обвинил капитанского буфетчика в том, что тот продавал на сторону вино из погреба Джека Обри. Испугавшись того, что сможет сделать с ним Киллик, когда оба окажутся в море, повар сбежал, перебравшись на отплывавшее гвинейское судно.

— Но, во всяком случае, сэр, у нас появился новый старший канонир. Думаю, вы будете им довольны. Его имя Хорнер, раньше он служил на «Белетте», которой командовал сэр Филипп. У него правильные представления об артиллерийском деле, такие же, как и у нас. В настоящее время он в крюйт-камере. Прикажете послать за ним?

— Не стоит, Моуэт. Не будем отрывать его от работы, — отозвался капитан «Сюрприза», оглядывая палубу корабля, который словно только что вышел из жестокого боя: повсюду в беспорядке громоздились разные припасы, бухты тросов, детали рангоута, старые снасти, парусина.

Однако беспорядок был только кажущимся, и, поскольку в трюме работал толковый начальник (мистер Аллен исчез в нем, едва ступив на палубу), а в крюйт-камере хозяйничал старший канонир, прошедший боевую школу у Броука[1], было вполне возможно поверить в то, что корабль выйдет в море в срок, тем более если удастся выжать из адмирала Хьюза дюжину-другую матросов. Присмотревшись, Джек Обри увидел знакомую фигуру, спускавшуюся по носовому трапу. Это была дородная, уютная миссис Лэмб — жена судового плотника, несшая корзину и пару кур со связанными ногами, которые предназначались для пополнения личных припасов четы Лэмбов на время плавания. Но ее сопровождала еще одна фигура, знакомая Джеку, но совсем не такая дородная и уютная. Это была та самая молодая женщина, которую он увидел на улице Уотерпорт. Ступая на борт фрегата, она заметила пристальный взгляд капитана и сделала книксен, прежде чем спуститься следом за миссис Лэмб в передний люк, держа свою корзину, как подобает скромной и благовоспитанной особе.

— Кто это? — спросил Джек.

— Миссис Хорнер, сэр, жена старшего канонира. А в корзине у нее поросенок, она поместит его рядом с клетками для кур.

— Господи помилуй! Уж не хотите ли вы сказать, что она поплывет с нами?

---

[1] Сэр Филипп Броук (1776–1841), поступил на службу в королевский флот в 1792 г. и стал быстро продвигаться по служебной лестнице. В 1813 г., командуя фрегатом «Шеннон», захватил возле Бостона американский фрегат «Чезапик»; сам при этом был тяжело ранен. За это сражение Броук был возведен в баронский титул, а затем награжден орденом Британской Империи.

— Разумеется, сэр, — отвечал Моуэт. — Когда Хорнер спросил разрешения захватить ее с собой, я тотчас согласился, помня ваши слова: надо, чтобы кто-то заботился об этой молодежи. Но если я поступил неправильно...

— Нет, нет, — покачал головой Джек Обри.

Он был не вправе компрометировать своего старшего офицера. Кроме того, присутствие на корабле миссис Хорнер было вполне в согласии с флотскими традициями, хотя ее внешность расходилась с ними. С его стороны это было бы произволом, если бы он отправил ее на берег после того, как она здесь обосновалась. К тому же ему пришлось бы отправиться в плавание в обществе старшего канонира с разбитым сердцем.

Капитан Обри и доктор Мэтьюрин, как частные лица, никогда не обсуждали качества других офицеров, сотрапезников Стивена по кают-компании или столовой унтер-офицеров, в зависимости от того, где доктор трапезовал. Однако, когда доктор в тот день поздно вечером зашел в каюту капитана, чтобы, как обычно, поужинать сыром с тостами и час или два помузицировать (оба они были заядлыми, хотя не слишком искусными исполнителями, недаром их дружба началась на концерте на острове Менорка), это не помешало Джеку сообщить Стивену о том, что их общий друг Том Пуллингс снова примет участие в плавании уже в качестве добровольца. Джек не предлагал ему такой роли и даже не намекал на нее, хотя для корабля Том был находкой, на что указывали все друзья Пуллингса на берегу. Поскольку надежды на то, что ему в ближайшем будущем предложат командовать кораблем, было очень мало, то, вместо того чтобы год или около того ждать у моря погоды, он вполне разумно решил отправиться в плавание, участие в котором увеличило бы его шансы получить должность по возвращении, тем более если вояж окажется удачным.

— Уайтхолл любит рвение, — заметил Джек, — в особенности когда это им ничего не стоит. Помню, когда Филиппу Броуку присвоили чин капитана первого ранга, еще на его же полуразвалившемся «Шарке», и тут же списали на берег, он создал эдакое ополчение из батраков своего отца и стал обучать их военному делу, муштруя день и ночь. И вскоре после этого Адмиралтейство предоставило в его распоряжение «Друид» — великолепного ходока, вооруженного тридцатью двумя пушками. Теперь у Тома нет батраков, чтобы гонять их, зато, охраняя наших китобоев, он проявляет еще больше рвения, чем прежде.

— А вы не опасаетесь осложнений, оттого что у вас на борту сразу два старших офицера с одинаковыми полномочиями?

— Если бы это происходило на другом судне и с другим экипажем, то мне бы следовало опасаться. Но дело в том, что Пуллингс и Моуэт плавают вместе с самой юности, и они закадычные друзья. Они сами распределили между собой обязанности.

— Я где-то слышал, что старший офицер как бы обручен со своим судном. Выходит, это будет пример полиандрии.

— А что это за зверь, дружище?

— Это слово означает многомужие. Известно, что в Тибете одна женщина выходит замуж за нескольких братьев. Между тем как в отдельных частях Индии считается позором, если ее мужья находятся хотя бы в какой-то степени родства.

— И так плохо, и этак нехорошо, — отозвался Джек, подумав. — Только все это, право, пустяки. — Он стал настраивать скрипку, и в его воображении возник образ миссис Хорнер. Затем он добавил: — От всей души надеюсь, что это будет единственный случай многомужества во время нашего вояжа.

— Я не большой сторонник многомужества, — ответил Стивен, протянув руку к своей виолончели. — Как, впрочем, и многоженства. Иногда я задумываюсь над тем, могут ли вообще существовать удовлетворительные отношения между полами... — Он осекся на полуслове и спохватился: — Кстати, а вы напомнили адмиралу насчет отца Мартина?

— А как же. И о нехватке людей тоже. Послезавтра я с ним снова увижусь. — Взмахнув смычком, Джек трижды топнул, отсчитывая такт, и оба принялись исполнять привычное, но всегда свежее произведение Корелли — сонату до-мажор.

— Ну что же, Обри, — произнес адмирал Хьюз, когда раздраженный и усталый капитан в назначенный час вошел к нему в кабинет, прибежав с канатного двора, где ему пришлось долго терзать удивительно упрямого управляющего. — По-моему, я разрешил все ваши затруднения, и, кроме того, мы пошли вам навстречу.

Не раз сухопутные акулы обманывали Джека Обри, и он расставался с призовыми деньгами, добытыми с такой опасностью для жизни, с поразительной легкостью. Однако, когда речь шла о морских вопросах, он был гораздо осмотрительнее и теперь, с доброжелательной улыбкой глядя на адмирала, не верил ни единому его слову.

— Вы, возможно, знаете, — продолжал старик, — что на «Дефендере» были неприятности. — Об этом Джеку было хорошо известно: на «Дефендере» — невезучем, находившемся в плохих руках корабле — едва не вспыхнул бунт. — Было решено доставить зачинщиков сюда и предать их суду. В настоящее время они находятся под стражей на блокшиве «Венера». Но выяснилось, что разбирательство будет долгим, а министерству не хочется, чтобы газетчики снова принялись расписывать беспорядки на флоте. Поэтому одного из судейских осенило: «Отправьте-ка их к капитану Обри. У него эти парни станут как шелковые. Когда нужно привести паршивых овец в чувство, требуется хороший пастух, как говаривал Сент-Винсент, отсылая непослушных матросов к Коллингвуду». Вот список бунтовщиков.

Джек Обри взял листок с опаской. В следующую минуту он воскликнул:

— Но все это сухопутный люд, сэр!

— Ну и что такого? — бодро отозвался адмирал. — Недавно на «Дефендер» прислали из Англии новобранцев. Но выхаживать на шпиле и драить палубу может кто угодно. На каждом судне требуются люди для работы на шкафуте.

— Но таких, кто нужен на «Сюрпризе», среди них нет, — возразил Джек.

— Нет. Но скоро из госпиталя выписывается несколько матросов. Можете забрать к себе и их. Нет ничего лучше морского воздуха, чтоб человек оклемался. Так что задолго до того, как вы пересечете экватор, они будут здоровее здоровых. Во всяком случае, дела обстоят именно так. Можете или забирать их себе, или ждать очередного пополнения. В мое время любой молодой капитан ухватился бы за такое предложение обеими руками. Да-да, и стал бы благодарить, а не дуться и ворчать.

— Поверьте, сэр, — отвечал Джек Обри. — Я ценю вашу доброту и очень вам признателен. Просто я хотел бы знать, не являются ли матросы, выписывающиеся из госпиталя, теми самыми, которых мой корабельный врач видел — как бы это выразиться? — в палате строгого содержания?

— Совершенно верно, — кивнул головой адмирал. — Теми самыми. Но это ничего не значит, сами понимаете. Большинство больных таких заведений — просто отлынивающие от работы симулянты. Они вовсе не буйнопомешанные. Они не кусаются, иначе бы их не выпустили. Это вполне понятно. Едва они начнут беситься, надо надеть на них кандалы и лупить как сидоровых коз, как это делают в Бедламе[1]. Вы когда-нибудь были в Бедламе, Обри?

— Бог миловал, сэр.

— Мой отец часто водил нас туда всем семейством. Лучше всякого театра. — Вспомнив прогулки по дому скорби, адмирал фыркнул от смеха и продолжил: — Вы должны меня благодарить еще вот за что, Обри. Мне удалось убедить капитана Беннета отдать вам капеллана.

— Спасибо, сэр. Я действительно вам благодарен и тотчас же пошлю за ним моего мичмана. Капеллан наверняка считает ворон на вершине скалы вместе с доктором Мэтьюрином, а терять времени мы не можем.

Выйдя из кабинета адмирала и оказавшись на знойной улице, Джек увидел мичмана — того самого юношу, который сопровождал его с самого утра, выполняя поручения капеллана. Он едва поспевал за своим командиром. Теперь мичман сидел на ступенях, сняв башмаки.

— Уильямсон, — произнес Обри. — Доктор и отец Мартин должны быть где-то возле горы Мизери. Часовые на верхней батарее покажут, где именно. Передайте им привет от меня и скажите, что если они очень поторопятся, то мы, возможно, выйдем в море раньше, чем я рассчитывал. Так что пусть отец Мартин соберет свои пожитки и будет готов перебраться на фрегат. А доктор мне будет нужен, чтобы освидетельствовать новичков.

---

[1] Психиатрическая лечебница в Лондоне.

— Есть, сэр, — отвечал Уильямсон.

— В чем дело? — спросил Джек, взглянув на бледное, запыленное лицо юноши.

— Ничего, сэр, — отозвался мичман. — У меня с пяток слезла кожа, но со мной все будет в порядке, если вы позволите мне пойти в чулках.

Джек увидел, что его башмаки внутри окровавлены: по-видимому, последние мили оказались для мичмана настоящей пыткой.

— Вот это морской характер, — дружелюбно произнес капитан. — Оставайтесь здесь. Возвращаясь на фрегат, я зайду на конюшню и пришлю вам осла. Вы умеете ездить верхом на осле, Уильямсон?

— Конечно, сэр. Дома у нас был ослик.

— Если хотите, можете скакать галопом. Мы так спешили, что было бы жаль все испортить напоследок. Запомните: надо передать привет и сказать, что доктора я хотел бы видеть через час, а капеллан пусть будет готов прибыть как можно раньше. И не позволяйте им морочить вам голову своими птицами. Разумеется, вы должны быть почтительны, но тверды.

— Есть быть почтительным, но твердым, сэр, — отвечал Уильямсон.

Прежде чем вернуться на корабль, Джеку предстояло сделать два важных продолжительных визита; и впервые с начала его отчаянной спешки выйти в море оба визита оказались успешными. Вместо того чтобы заменить две двенадцатифунтовые пушки с небольшими раковинами в них на новые, оружейники, до сих пор сохранявшие сильное желание оставить у себя все четыре, стали воплощенной любезностью и даже предложили ему пару изящных бронзовых артиллерийских прицелов. На канатном дворе забыли о своей скаредности и показали ему пару пятнадцатидюймовых канатов, которые он мог забрать в любое время, прислав за ними шлюпку.

До фрегата Джек Обри добрался в приподнятом настроении и был даже расположен к тому, чтобы принять в состав команды пару дюжин бунтовщиков. Пуллингс и Моуэт также отнеслись к такому пополнению с философским спокойствием. Хотя большинство насильно мобилизованных матросов, которых они знали, в целом были людьми порядочными, иногда случалось и так, что им присылали отпетых висельников, которые были по-настоящему опасны.

— Коллингвуд говаривал, что мятеж всегда происходит по вине капитана или офицеров, — заявил Джек Обри, — так что, возможно, мы убедимся, что они невинны, как овечки, и оказались жертвами какого-нибудь поклепа. Что же касается тронутых умом из госпиталя, то хотелось бы, чтобы их сначала осмотрел доктор. Очень рассчитываю, что он вскоре придет. Чем быстрее уладим это дело, тем быстрее сумеем выйти в море.

— Послушайте, сэр, — отвечал Пуллингс. — Доктор уже здесь. Они оба примчались еще час назад, покрытые пылью. Задыхаясь от быстрой ходьбы, они закричали нам, чтобы мы не поднимали якоря и не ставили парусов, потому что они прибыли. Сейчас оба лежат в койках на нижней палубе, пьют белое вино и сельтерскую воду. Похоже, они не совсем точно поняли ваше сообщение.

— Пусть оба лежат до прибытия нового пополнения. Тогда попросим доктора осмотреть этих полоумных. Чтобы выбирать тросы, много ума не надо, но даже на флоте есть ограничения.

— Я слышал о таких дьявольски хитрых маньяках, — заметил Пуллингс, — которые притворяются здоровыми, чтобы затем забраться в крюйт-камеру и взорвать судно вместе с собой.

С блокшива прибыло пополнение. Все они были бледны от недостатка солнечного света и воздуха. На запястьях и щиколотках были красные отметины — следы кандалов. Ни мешков, ни сундучков почти ни у кого не было, поскольку «Дефендер» отличался не только плохим офицерским составом, но и вороватым экипажем. Едва на провинившихся надевали ножные кандалы, как большая часть их имущества исчезала. На невинных овечек новички никак не походили. На некоторых были полосатые шерстяные фуфайки и непромокаемые зюйдвестки. Еще одна общая примета: лица пройдох и длинные косички, какие носят военные моряки. Когда сведения о них записывались в судовую роль, можно было убедиться в том, что языки у них ловко подвешены.

Несколько человек были угрюмыми, вечно огрызающимися типами, насильно переведенными на военный флот с торговых судов. Но большинство были людьми сухопутными. Их, пожалуй, можно было разбить на две группы. К первой относились те, кого на флоте называют «советниками каменщиков», — люди, получившие известное образование, умевшие произвести впечатление на простых матросов и, по их словам, знавшие лучшие времена. Ко второй принадлежали толковые, независимые люди, своего рода городские браконьеры, которые не могли выносить никакую дисциплину, не говоря о царившей на «Дефендере» тирании, чередовавшейся с распущенностью. Разумеется, в их числе было несколько слабоумных парней. Такая компания вряд ли кого-нибудь устраивала, и матросы «Сюрприза» смотрели на нее, неодобрительно поджав губы. Однако корабельные офицеры видали еще и не таких орлов.

— Нейджел одно время служил вместе со мной на «Рамилиесе», — сказал Пуллингс, когда пополнение послали на нос за обмундированием и постельными принадлежностями. — Он был старшиной рулевых до тех пор, пока его не разжаловали за пререкания. Парень он не вредный, но упрямый и большой спорщик.

— А я прежде встречал Комптона, цирюльника, — заметил Моуэт. — Однажды я был на вечере на «Дефендере», когда им командовал капитан Эштон. Комптон тогда изображал чревовещателя. Помню, среди матросов были великолепные танцоры, которые вполне могли бы выступать в театре Сэдлерс Уэллс.

— Давайте взглянем на пациентов госпиталя, — предложил Джек Обри. — Мистер Пуллингс, прошу вас, посмотрите, не пришел ли в себя доктор.

Оказалось, что Стивен вполне пришел в себя, однако, судя по недобрым огонькам в его глазах, придя в себя, он еще не успел овладеть собой.

— Не стоит волноваться, — ответил он на расспросы Джека Обри. — Велите привести пациентов.

Немногие члены экипажа «Сюрприза», которые были свободны от дел и пришли, чтобы понаблюдать забавное зрелище, а также те, кто смог оторваться от своих занятий на минуту, перестали ждать развлечения, как только увидели поднимающегося по трапу первого гостя. С обращенным к небу серым лицом, по которому лились слезы, он горько рыдал. Никто не мог усомниться в том, насколько он несчастен. В других пришельцах также не было ничего забавного. Стивен задержал одного из них, единственным недостатком которого было слабое знание английского и чрезвычайные трудности с произношением вследствие расщепления верхнего нёба, отчего его ответы звучали очень странно. Это был рослый, застенчивый и скромный уроженец графства Клер. Кроме того, он осмотрел трех больных, получивших травму головы от падения рангоута, и одного разгильдяя, косившего под придурка.

— Высокого мужчину я оставлю у себя в качестве вестового, если не возражаете, — сказал Стивен в частном разговоре капитану. — Он совершенно неграмотен, и именно это меня устраивает. Трое остальных могут служить как на море, так и на суше. Большой опасности от них я не вижу. Мэтьюз явно придуривается и придет в себя, как только мы выйдем в море. Что касается остальных, то их не следовало выпускать из лечебницы, они должны вернуться назад.

Этих пациентов вернули на берег, и как только они спустились на набережную, пришла депеша от адмирала порта.

— Черт бы меня побрал, — воскликнул Джек, прочтя ее. — Мне самому впору отправляться в желтый дом. Вся наша спешка, загрузка трюма по ночам при свете фонаря, моя беготня по этому городу, похожему на Содом и Гоморру, — все оказалось мартышкиным трудом. Мне вовсе незачем было укомплектовывать экипаж своего корабля бунтовщиками и маньяками. Адмирал просто сбыл их с рук. «Норфолк» на целый месяц задержан в порту. У нас была уйма времени, и этот старый и злой пес узнал об этом много дней назад.

Глава третья

За всю свою долгую жизнь корабль Его Величества «Сюрприз» единственный раз получил возможность отдохнуть от трудов праведных, чему Джек Обри был чрезвычайно рад. Ему не надо было устраивать гонку, выжимая из старого фрегата все до последнего узла, и гонять матросов по мачтам, заставляя их ставить брамсели и бом-брамсели при первой возможности и чуть что стремительно убирать их вновь, чтобы не порвать раньше времени. Он сможет привести в идеальный порядок и рангоут, и такелаж, и паруса, что было великим утешением для его морской души в любое время, но особенно сейчас, когда вскоре, возможно, придется обогнуть мыс Горн и, плывя на запад, попасть в неизведанный Тихий океан, где, даже преодолев несколько тысяч миль, не сможешь раздобыть себе запасную стеньгу.

Правда, шансы на выход в Тихий океан значительно уменьшились после того, как «Норфолк» задержался в своем порту на целый месяц, тем более что «Сюрприз», оставаясь в Гибралтаре, находился в более выгодном исходном положении, чем его соперник, и мог первым попасть в южную часть Атлантики. Джек Обри полагал более чем вероятным, что, добравшись до мыса Сент-Рок и курсируя поблизости от него, он сможет или перехватить американца, или же, по крайней мере, что-то узнать о нем. Именно там береговая черта Бразилии более всего выдается в море в восточном направлении, и Джеку уже приходилось бывать у этих берегов по пути к мысу Доброй Надежды. Находясь чуть южнее Сент-Рока и приближаясь к суше с целью воспользоваться ветрами, дующими с моря, он не раз видел торговые суда, направлявшиеся к устью реки Ла-Плата. Иногда можно было заметить сразу до двух десятков торговых парусников, следующих привычным маршрутом. Однако Джек Обри плавал достаточно долго, чтобы знать совершенную непредсказуемость их шкиперов. Он не верил мысу Сент-Рок, как, впрочем, и ни одному другому мысу, и был готов в случае нужды плыть хоть до Земли Ван Димена или острова Борнео.

И все-таки Джек был рад этой передышке. Она не только позволила команде прийти в себя после бешеной подготовки к плаванию, но и давала возможность офицерам «Сюрприза» превратить пополнение из балласта в таких моряков, которые не подкачают в случае боевого столкновения с «Норфолком». Находясь в плену в Бостоне, Джек видел его среди других военных кораблей. «Норфолк» был твердым орешком, хотя и не шел в сравнение с такими фрегатами, как «Президент» или «Соединенные Штаты»: те были вооружены двадцатичетырехфунтовыми орудиями и не уступали в размерах линейным кораблям. На «Норфолке» наверняка будут хорошо обученные моряки и офицеры, прошедшие суровую школу в просторах Северной Атлантики. Сумели же их сослуживцы разгромить британские корабли во время первых трех сражений с участием фрегатов. «Герьер», «Македониан» и «Ява» один за другим сдались американцам.

Поскольку капитан Обри находился на последнем из этих фрегатов лишь в качестве пассажира, неудивительно, что он мог позволить себе придерживаться высокого мнения об американском флоте. Однако победа корабля Его Величества «Шеннон», одержанная над американским «Чезапиком», сняла пятно с репутации британских моряков. Уважительное отношение Джека к американцам привело к тому, что он с удвоенным рвением обучал новых матросов стрельбе из тяжелых орудий и ружейному огню. Находясь на «Дефендере», они научились только скоблить палубу и драить медяшку.

Едва «Сюрприз» вышел из Гибралтарского пролива и справа по борту замаячил мыс Трафальгар, а слева мавританский Спартель, стайка веселых пятнистых дельфинов, резвясь, стала обгонять фрегат, и ветерок от норд-норд-веста наполнил брамсели, как офицеры взяли новичков в оборот.

На третий день похода их спины согнулись, ладони покрылись волдырями и ссадинами от работы с орудийными талями. У некоторых на руках и ногах появились синяки от ударов орудийных стволов при откате. Но неумолимый как судьба мистер Хани, исполнявший обязанности третьего лейтенанта, снова вел команду новичков к одной из установленных на шканцах каронад. Визг люльки над самой головой заставил капитана Обри возвысить голос, чтобы позвать буфетчика. Это было непросто, поскольку Киллик болтал с приятелем с другой стороны переборки. Упрямый дурак-буфетчик не мог заняться двумя делами сразу и не хотел за здорово живешь бросить начатый рассказ про ирландца Тейга Рейли из команды, работающей на корме.

— «Послушай, Киллик, — сказал он мне на допотопном наречии, на котором говорят жители побережья залива Корк, совсем на нас, христиан, не похожие, бедняги, — ты всего лишь окаянный протестантишка, ты век не поймешь, о чем я толкую. Но как только мы доберемся до Канар, я сразу же отправлюсь к францисканцам, чтобы как следует исповедаться». «А зачем это тебе нужно, приятель?» — спрашиваю я у него. «То есть как это зачем?» — отвечает...

— Киллик! — крикнул Джек Обри так, что задрожала переборка.

Нетерпеливо отмахнувшись, буфетчик продолжал:
— «То есть как это зачем? — отвечает. — Во-первых, потому, что штурман привел на корабль этого Иону, во-вторых, у нас появился протестантский поп, а в-третьих, боцманская девка принесла к нему в каюту кота. Дальше ехать некуда».

После третьего окрика Киллик все же удостоил капитана вниманием, ворвавшись в каюту с таким видом, будто мчался с полубака.

— Ты где это запропастился? — спросил его Джек Обри.

— Видите ли, сэр, — отвечал буфетчик. — Джо Плейс говорит, что сумеет поймать омара, а Джемми Дакс обещает испечь пирог с гусятиной.

— Как насчет пудинга? Ты спрашивал у миссис Лэмб про пудинг? И молочную кашу?

— Она блюет. И сквернословит хуже боцмана, — весело смеясь, отвечал Киллик. — Как мы вышли из Гибралтара, так ее сразу и укачало. Может, попросить жену старшего канонира?

— Нет-нет, — запротестовал Джек Обри. Женщина с такой фигурой, как у жены старшего канонира, создана не для того, чтобы готовить сладкую кашу на молоке, пудинг с корицей или сбитые сливки с вином и сахаром. И вообще он не хочет связываться с ней. — Не надо. Обойдемся кексом, оставшимся с Гибралтара. И тостами с сыром. Разрежь страсбургский пирог, буженину, что-нибудь еще на закуску. Для начала достань красное испанское вино, а потом портвейн с желтой печатью.

Торопясь выйти в море, Джек не удосужился вовремя заменить своего кока. И в последнюю минуту мерзавец подвел его, сбежав с корабля. Чтобы не терять попутный ветер, Джек решил отплыть без кока, рассчитывая найти ему замену на Тенерифе. Но вышла неувязка: ему очень хотелось пригласить к столу офицеров в самом начале плавания, во-первых, для того, чтобы сообщить им о подлинной цели их экспедиции, а во-вторых, чтобы послушать рассказы мистера Аллена о китовом промысле, о плавании вокруг мыса Горн и о водах, расположенных далеко за ними. По старинной морской традиции капитан должен был попотчевать своих гостей такими яствами, которые отличалась бы от тех блюд, которые им будут подавать в кают-компании. Словом, угощение должно быть праздничным. Даже во время продолжительных плаваний, когда личные припасы давно уничтожены и все, включая офицеров, сидят на казенных харчах, капитанский кок должен уметь изловчиться и состряпать из солонины, конины и заплесневелых сухарей такие блюда, чтобы кок, готовящий для кают-компании, повесился от зависти.

Джек Обри, тори, любивший старые обычаи и старые вина, один из немногих капитанов, который носил длинные волосы, завязанные узлом на затылке, и треуголку набекрень, как Нельсон, был не из тех, кто готов нарушить традиции. По этой причине он не захотел воспользоваться услугами Тиббетса, кока, готовившего для офицерской кают-компании, а попытался отыскать кулинарные таланты среди команды. Киллик в счет не шел, поскольку его способности простирались не далее тостов с сыром, кофе и холодных закусок. Что касается Ориджа, общего судового кока, то в эпикурейском плане он представлял собой ничтожную величину. По существу, с сухопутной точки зрения никаким коком он не был, поскольку умел только отмачивать солонину в лоханях с пресной водой, а затем варить ее в больших медных котлах, в то время как об остальном заботился кто-нибудь из матросов. Во всяком случае, у него не было ни вкуса, ни обоняния, а поварское свидетельство он получил не потому, что умел стряпать, а оттого, что потерял руку в битве под Кампердауном[1]. И все равно матросы любили его за добрый характер, за то, что он знал бесконечное множество баллад и песен и щедро раздавал жир, остававшийся на поверхности котла после варки мяса. Помимо того, что жир этот был нужен для смазки мачт и реев, он представлял собой еще и ходкий товар. Однако однорукий кок был так щедр, что раздавал его матросам кружками, с тем чтобы те могли поджарить на нем раскрошенные сухари или случайно пойманную рыбу, хотя торговцы сальными свечами в любом порту отвалили бы Ориджу по два фунта десять шиллингов за бочонок.

Над голубым сверкающим морем поднималось солнце, а ветер в это время слабел и переходил в норд-остовую четверть, дуя фрегату в корму. Обычно в таких случаях Джек ставил бом-брамсели и, возможно, трисели, но на этот раз он ограничился тем, что убрал бизань и кливер, подняв грот и подобрав фор-марсель-рей, продолжая нести блинд, прямой фок, фор-марса- и нижние лисели, грот-марсель и грот-брамсель с лиселями с обоих бортов. Фрегат гладко скользил по волнам в фордевинд в почти полной тишине. Слышны были лишь журчание воды, рассекаемой корпусом, да мерное поскрипывание рангоута и бесчисленных блоков, покачивающихся на остатках длинной, хорошо знакомой капитану зыби, шедшей от веста. Кораблю пришлось преодолеть своего рода пургу, из-за которой Мейтленд, который был вахтенным офицером, не раз вызывал уборщиков. Дело в том, что Джемми Дакс

---

[1] Город в Западной Виктории (Австралия), неподалеку от которого в 1797 г. англичане одержали победу над голландским флотом.

ощипывал на носу гусей. Пух летел вперед первые несколько ярдов, поскольку «Сюрприз» не обгонял ветер, а когда из-за косого паруса возникал воздушный вихрь, пух взвивался ввысь и, подхваченный воздухом, отраженным другими парусами, плавно и тихо, как снег, опускался на палубу. Он падал и падал, а Джемми Дакс уныло бубнил себе под нос: «И вечно-то я не поспеваю вовремя. Ох уж этот окаянный пух!»

Заложив руки за спину, Джек молча наблюдал за качкой, привычно отмечая про себя взаимодействие корпуса корабля, ветра и парусов. Эту систему переменных величин чрезвычайно трудно было определить математически. В то же время он слышал, как Джо Плейс хлопочет на камбузе. Плейс, пожилой матрос с полубака, плававший вместе с Джеком с незапамятных времен, корил себя за то, что пообещал приготовить рагу для капитанского стола, с той самой минуты, как с его предложением согласились. Все это время он страшно нервничал и чрезвычайно громко, поскольку был глуховат, ругал Баррета Бондена, своего кузена и напарника, самыми последними словами.

— Ты бы поостерегся, Джо, — толкал его в бок Бонден, указывая пальцем на миссис Джеймс, жену сержанта морской пехоты, и миссис Хорнер, которые принесли свое вязанье. — Тут же дамы.

— А пошел-ка ты куда подальше со своими дамами, — отвечал Плейс, несколько понизив голос. — Чего я больше всего не перевариваю, так это баб. Не доведут они до добра, особенно на нашем старом корыте.

Через каждые полчаса били склянки. Подходила к концу утренняя вахта, приближалась полуденная церемония. Солнце достигло зенита; офицеры и юные гардемарины или измеряли высоту солнца, или же готовились к этой операции; команду свистали на обед. Не обращая внимания на крики трапезующих и шум, поднятый дневальными, Плейс и Джемми Дакс возились на камбузе, загораживая всем дорогу. Спустя час они все еще торчали там, сердя Тиббетса, который стряпал, а затем подавал обед в кают-компанию младших офицеров, число которых значительно сократилось. В ней оставались лишь двое исполняющих обязанности лейтенантов: Говард, офицер морской пехоты, и казначей. Остальные, облачившись в парадную форму, глотая слюнки, бродили по палубе в ожидании, когда их пригласят в капитанскую каюту.

Когда пробило четыре склянки, означавшие начало дневной вахты, оба матроса по-прежнему торчали на камбузе, успев за это время угореть от чада и недостатка воздуха. При первом ударе рынды в капитанскую каюту вошли офицеры, предводительствуемые Пуллингсом. В это время Киллик, которому помогал толстый молодой негр, ставил на поднос огромное блюдо с кушаньем, которое должно было изображать рагу. Капитан Обри чрезвычайно берег скатерть и поэтому усадил капеллана по правую руку, за ним Стивена. Пуллингс сидел на противоположном конце стола, справа от него Моуэт, Аллен расположился между Моуэтом и капитаном.

После того как перед трапезой капеллан прочитал молитву, Джек Обри произнес:

— Отец Мартин, я подумал, что вы, возможно, никогда не пробовали прежде рагу по-флотски. В море его готовят с незапамятных времен. Оно очень вкусно, если его хорошо приготовить. В молодости я предпочитал его всем прочим лакомствам. Позвольте мне положить вам немного.

Увы, когда Джек был молод, он был еще и беден, а зачастую не имел и гроша за душой. Это же было яство богачей, блюдо для лорд-мэра. Оридж совсем расщедрился, и рагу было покрыто слоем жира толщиной в полдюйма. Картофель и тертые сухари, которые пошли на гарнир, были погребены под толстым слоем жирного мяса, жареного лука и специй.

«Помоги нам, Господи, — мысленно произнес Джек Обри, проглотив пару кусков. — Это слишком сытно даже для меня. Должно быть, я старею. Надо было пригласить к столу мичманов». Он озабоченно оглядел едоков, но все из присутствующих были людьми закаленными; умели терпеть жару и стужу, мокли и жарились на солнце, терпели кораблекрушения, были ранены, знали, как побороть голод, жажду, свирепость стихий и злобу недругов короля. Пройдя огонь, воду и медные трубы, они справились бы и с этим рагу. Тем более что от гостей капитана этого требовал долг учтивости. Между тем отец Мартин, еще до своего священства, тоже узнал, почем фунт лиха, потрудившись у книгопродавцев в Лондоне — работа не приведи Господь! Словом, все, кроме капитана, ели так, что за ушами трещало. «А может, оно и в самом деле съедобно, — подумал Джек. Ему не хотелось показаться скупым в еще большей мере, чем насильно потчевать гостей. — Может, просто я чересчур себя избаловал, слишком мало двигаюсь и оттого стал слишком разборчивым брюзгой».

— Очень своеобразное блюдо, сэр, — героически заключил отец Мартин. — Пожалуй, я попрошу положить мне еще немного, если можно.

Во всяком случае, не было никакого сомнения, что трапезующие по-настоящему оценили поданное вино. Это объяснялось отчасти тем, что вино помогало справиться с жирной пищей, к тому же Плейс и Бонден пересолили свое блюдо, что сразу вызвало жажду, но и само по себе вино было отменным.

— Так вот какова она — эта испанская лоза, — произнес отец Мартин, глядя на свет через бокал, наполненный пурпурной влагой. — Это вино напоминает наше церковное, но оно сочнее, насыщеннее, более...

Джеку пришло в голову произнести какие-то слова хвалы Вакху, возлияниям, алтарям в его честь, но он был слишком занят поисками тем для застольных бесед (к сожалению, он редко блистал остроумием, хотя всегда получал удовольствие и от искрометной шутки, и от острого словца). А такие темы следовало найти, поскольку гости сидели словно неживые и говорили лишь в том случае, когда к ним обращались, как, впрочем, того и требовал морской этикет. К тому же за столом присутствовал почти незнакомый человек — новый штурман. К счастью, если у Джека кончались темы для бесед, он всегда мог перейти к тостам.

— Мистер Аллен, позвольте выпить бокал вина за ваше здоровье, — с улыбкой произнес капитан и, поклонившись штурману, подумал: «Может быть, пирог с гусятиной окажется вкусней».

Но бывают дни, когда все надежды рушатся. Внесли похожий на башню пирог, но, объясняя капеллану его рецепт и разрезая пирог ножом, Джек попал на что-то подозрительно рыхлое. Из разреза полилась жидкость, даже отдаленно не напоминающая соус.

— Морские пироги, конечно же, пекут по морским рецептам, — принялся объяснять капитан. — Они не похожи на сухопутные пироги. Сначала вы кладете слой сдобного теста, затем слой мяса, на него еще один слой сдобного теста, потом опять слой мяса и так далее, в зависимости от требуемого количества палуб. Как вы можете убедиться, это трехпалубник: спардек, главная палуба, средняя палуба, нижняя палуба.

— Но получается четыре палубы, дорогой сэр, — возразил отец Мартин.

— Совершенно верно, — согласился Джек. — У всех первоклассных линейных судов, у всех трехпалубников на самом деле четыре палубы. А если учесть орлоп-дек, то получатся все пять, даже шесть, если прибавить к ним заднюю палубу. Мы только называем их трехпалубниками, сами понимаете. Боюсь, что гусь не допечен, — накладывая порцию в тарелку капеллана, скорбно произнес Джек Обри.

— Ну что вы! — воскликнул капеллан. — Гусь гораздо вкуснее, когда он недожарен. Помню, я переводил французскую книгу, автор которой авторитетно заявлял, что утка должна быть с кровью. Ну а что справедливо для утки, еще более справедливо в отношении гуся.

— Что касается соуса... — начал было капитан, но он был слишком подавлен, чтобы продолжать.

Однако со временем страсбургский пирог, копченый язык, другие закуски, благородный сыр с острова Менорка, десерт и превосходный портвейн заставили забыть о злополучном гусе. Все выпили за здоровье короля, жен и возлюбленных, за посрамление Бонапарта, после чего Джек, отодвинув назад стул и расстегнув жилет, произнес:

— А теперь, джентльмены, прошу простить меня за то, что я перейду к морским делам. Рад сообщить вам, что на Яву мы не пойдем. Нам приказано пресечь действия фрегата, который американцы отрядили для того, чтобы грабить наши китобойные суда в южных морях. Это тридцатидвухпушечный «Норфолк», он вооружен каронадами и четырьмя длинноствольными орудиями. Его на месяц задержали в порту, и я надеюсь, что мы сможем перехватить его к югу от мыса Сент-Рок или где-то у другой части атлантического побережья Южной Америки. Но вполне возможно, что нам придется последовать за ним в Тихий океан. Никто из нас не огибал мыса Горн, однако, насколько мне известно, мистер Аллен хорошо изучил эти воды, так как плавал вместе с капитаном Колнетом, и я буду весьма ему обязан, если он расскажет, чего нам следует ожидать. Кроме того, он сможет раскрыть нам секреты китобойного промысла, о котором я, к стыду своему, ничего не знаю. Как вы отнесетесь к этому предложению, мистер Аллен?

— Видите ли, сэр, — отвечал Аллен, почти не покраснев, поскольку всю его робость как рукой сняло от непомерно большого количества употребленного им портвейна. — Мой отец и два моих дяди были китобоями из Уилби. Я, можно сказать, был вскормлен на ворвани. Прежде чем попасть в военный флот, я участвовал в нескольких плаваниях вместе с ними. Но это произошло на морских угодьях Гренландии, как мы их называем, вблизи Шпицбергена и в заливе Дэвиса. Там мы били настоящих гренландских и полярных китов, не говоря о белых китах и моржах. Попадались и нарвалы. Гораздо лучше я освоил ремесло китобоя, когда отправился вместе с капитаном Колнетом в южные моря, где, как вам наверняка известно, сэр, водятся кашалоты. За кашалотами прибывают все суда из Лондона.

— Конечно, — отозвался Джек и, видя, что Аллен уходит в сторону от темы разговора, добавил: — Может быть, вы лучше по порядку расскажете нам о своих плаваниях с капитаном Колнетом, поделитесь штурманскими секретами, расскажете про китобойный промысел. Чтобы горло не пересохло, выпьем по чашке кофе.

Наступила пауза, каюта наполнилась ароматом кофе. Стивену страшно захотелось курить. Но курить разрешалось лишь на палубе, а на некоторых судах было так строго, что курили лишь на камбузе. Но в таком случае он пропустил бы занимательный рассказ. А Стивена безмерно интересовали киты. Ему также очень хотелось узнать побольше о плавании вокруг мыса Горн, где морехода подстерегает столько опасностей и разыгрываются западные штормы чудовищной силы. Хотелось услышать про цингу и прочие напасти. Стивен подавил свое желание и приготовился слушать штурмана.

— Видите ли, сэр, — заговорил Аллен. — Американцы из Нантакета уже давно бьют кашалотов возле своих берегов и южнее. А перед последней войной они вместе с некоторыми из наших соотечественников стали заниматься китобойным промыслом гораздо южнее, спускаясь до Гвинейского залива, побережья Бразилии и даже Фолклендских островов. Но мы первыми обогнули мыс Горн, чтобы добывать кашалота. Мистер Шилдс, приятель моего отца, вывел туда «Амелию» в восемьдесят восьмом и вернулся в девяностом году, имея в трюмах сто тридцать тонн ворвани. Сто тридцать тонн спермацетовой ворвани, господа! Если учесть премию, то он заработал семь тысяч фунтов стерлингов. Разумеется, следом за ним туда ринулись другие китобои и принялись бить этих китов у побережья Чили, Перу и севернее. Но вы знаете, как ревниво относятся испанцы ко всем, кто плавает в этих водах, а тогда они относились к пришельцам и того хуже, если только такое может быть. Помните, что случилось в проливе Нотка Саунд?

— Как не помнить! — откликнулся Джек, который был обязан своим нынешним положением той далекой, сырой, неуютной бухте на острове Ванкувер, расположенной далеко к северу от последнего испанского поселения на западном побережье Америки. В той бухте несколько британских судов, скупавших меха у индейцев, в 1791 году, в период самого устойчивого мира, были захвачены испанцами, что привело к крупному перевооружению флота Его Величества. События эти вошли в историю под названием «испанских беспорядков» и произвели первую из его великолепных метаморфоз, превратившую Джека из обыкновенного помощника штурмана в лейтенанта, получившего королевский патент и украшенную золотым позументом треуголку, которую он надевал по воскресным дням.

— Ну так вот, сэр, — продолжал Аллен. — Китобоям очень не хотелось заходить в порты на западном побережье не только потому, что испанцы народ гордый и вредный, но еще и оттого, что, годами находясь так далеко от дома, промысловики никогда не знали, что за время на дворе — мирное или военное, — и могли потерять не только судно с добычей, но и здоровье, а угодив в испанскую тюрьму, умереть там от голода или желтой лихорадки. Но когда тебя носит в открытом море два, а то и три года, то, понятное дело, хочется размяться и подремонтироваться.

Все офицеры закивали головами, а Киллик, забывшись, ляпнул: «А как же иначе!» — но вовремя закашлялся.

— И вот мистер Эндерби — тот самый, что отправил Шилдса в плавание на «Амелии» — и несколько других судовладельцев обратились к правительству с просьбой снарядить экспедицию, имеющую цель отыскать гавани и источники снабжения с тем, чтобы промысел в южных широтах мог продолжаться, причем в более благоприятных условиях, чем прежде. Правительство согласилось, но получилось то, что я назвал бы гермафродитной экспедицией: наполовину это был промысел, наполовину исследование, чтобы одно окупало другое. Сначала Адмиралтейство заявило, что выделит «Рэттлер» — крепкий, добротный шлюп водоизмещением 374 тонны, — но потом передумало и продало его судовладельцам, которые превратили его в китобойное судно под командой штурмана с экипажем всего из двадцати пяти человек, хотя по штату кораблю такого класса полагается сто тридцать матросов. Как бы то ни было, Адмиралтейство назначило на него мистера Колнета, который в свое время совершил кругосветное путешествие вместе с Куком на его «Резолюции» и плавал в период между войнами на торговых судах в Тихом океане, получая половинное жалованье. Он-то и оказался в заливе Нотка Саунд, его-то суда и были тогда захвачены! Он возглавил экспедицию и был настолько добр, что взял меня с собой.

— И когда все это происходило, мистер Аллен? — спросил Джек.

— В самом начале испанского перевооружения, сэр, зимой девяносто второго. Нам не повезло, потому что на место нескольких военных моряков нам пришлось взять нескольких новичков, совсем мальчишек. Из-за этого мы задержались до января девяносто третьего. Мы потеряли деньги, добытые китобойным промыслом, и прозевали хорошую погоду. Однако в конце концов мы выбрались оттуда и добрались до Острова, если мне не изменяет память, восемнадцать суток спустя.

— А что за остров? — поинтересовался отец Мартин.

— Ясное дело, Мадейра, — разом отозвались офицеры.

— У нас на флоте Островом называют Мадейру, — с видом старого морского волка снисходительно пояснил Стивен.

— Еще через девять суток мы добрались до острова Ферро. Там нам повезло с ветром. После того как мы вышли из норд-остовых пассатов, задул несильный ветер, и мы попали в полосу переменных ветров, которая в том году была очень узкой, а затем, на широте $4°$ N, мы попали в полосу зюйд-остовых пассатов, которые помогли нам спуститься до широты $19°$ S, после чего, дойдя до меридиана $25°\ 30´$ W, мы пересекли экватор. Нет. Вру. До меридиана $24°\ 30´$ W. Пару недель спустя мы оказались в устье Рио-Гранде и задержались там на какое-то время, чтобы починить рангоут с такелажем и зашпатлевать обшивку.

Помню, мистер Колнет в заливе загарпунил черепаху весом в четыреста с лишним фунтов. После этого мы отправились на поиски острова, называемого Большим, находящимся, по некоторым данным, на широте 45° S, но на какой именно долготе, никто из нас не знал. Мы обнаружили множество черных китов — так мы называем маленьких настоящих китов, сэр, — пояснил он, обращаясь к отцу Мартину, — но ни Большого, ни Малого острова не нашли. Поэтому мы направились на зюйд-вест и шли этим курсом до тех пор, пока не оказались на глубинах в шестьдесят саженей близ западной оконечности Фолклендов. В течение нескольких дней погода не позволяла производить никаких наблюдений, поэтому мы удалились от островов на значительное расстояние и направились в сторону острова Статен.

— Намеревались пройти проливом Лемэр? — спросил Джек Обри.

— Нет, сэр, — отвечал Аллен. — Мистер Колнет всегда говорил, что из-за приливно-отливных явлений и течений создается такая толчея, что нет смысла идти этим проходом. В полночь мы достигли глубин в девяносто саженей — мистер Колнет всегда пускал в ход диплот, даже с таким маленьким экипажем. Он считал, что мы находимся в опасной близости к малым глубинам, поэтому сменил курс, и утром мы оказались в районе с глубинами, превышавшими полторы сотни саженей. Мы привелись к ветру, направляясь к мысу Горн, обогнули его, держась на большом расстоянии, поскольку мистер Колнет опасался воздействия переменных ветров, и на следующие сутки обнаружили острова Диего Рамирес с дистанции три–четыре лье по пеленгу норд-тень-ост. Вам будет интересно, сэр, — обратился он к доктору. — Мы увидели несколько белых ворон. Они были такого размера и формы, как и северные серые вороны, только белые.

Потом началась штормовая погода, ветер дул с веста и зюйд-веста, поднялись необыкновенно большие волны, но мы все же обогнули Огненную Землю, а вблизи чилийского побережья нас встретили ясная погода и южный ветер. На широте около 40° S нам стали попадаться кашалоты, а вблизи острова Мока мы загарпунили восемь этих животных.

— Расскажите, как же вы это делали, сэр? — заинтересовался Стивен.

— Их бьют так же, как и настоящих китов, — объяснил Аллен.

— Я тоже мог бы ответить вам подобным образом. Если бы вы спросили, как ампутировать ногу, то я бы сказал: точно так же, как и руку. Хотелось бы услышать более подробный рассказ, — заметил Стивен, и все выразили одобрение его словам. Аллен быстро огляделся. Ему было трудно поверить, что столько взрослых мужчин — моряков, причем в своем уме, — ни разу не видели и даже не слышали, как бьют китов. Однако, видя их любопытные, внимательные лица, он понял, что так оно и есть, и начал рассказ:

— Видите ли, сэр, у нас на мачте в «вороньем гнезде» всегда находятся впередсмотрящие. Заметив струю из китового дыхала, они объявляют: «Вижу фонтан». Все выскакивают на палубу, словно от этого зависит их жизнь. Как известно, китобои получают не жалованье, а долю добычи. И если впередсмотрящий не ошибся и действительно обнаружил кашалота, то на воду быстро спускают вельботы — шлюпки с заостренной кормой — и в них прыгают матросы. Вслед за ними в вельботы сбрасывают снасти — двести саженей линя, уложенного в бадью, гарпуны, копья, плавучие якоря. Китобои отчаливают: сначала гребут изо всех сил, затем, приближаясь к животному, гребут медленно и очень осторожно; потому что, если это не бродячий кит, то, если вы его не спугнули, нырнув, он поднимается на поверхность в сотне ярдов от места погружения.

— И сколько времени он может находиться под водой? — спросил доктор.

— Примерно полторы склянки, то есть три четверти часа; иногда больше, иногда меньше. Затем он всплывает и минут десять пополняет запас воздуха. Если вы будете осторожны и станете грести тихонько, то сможете приблизиться к нему вплотную. Тут старшина вельбота, который все время находится на носу, бьет его гарпуном. Кит тотчас ныряет в воду, иногда разбивая вельбот хвостом, после чего уходит все дальше вглубь. Линь разматывается так быстро, что дымится, проходя через полуклюз: приходится поливать его водой. Старшина вельбота и боец меняются местами, и когда кит наконец выныривает вновь, боец поражает его копьем с шестифутовым лезвием, стараясь попасть рядом с плавником. Я знал одного старого опытного китобоя, который убивал кита почти мгновенно, поражая его тогда, когда он начинает, как мы говорим, трепыхаться, яростно размахивать хвостом и может запросто убить вас. Но обычно на это уходит много времени: удар копьем и погружение, удар копьем и погружение, прежде чем наступает конец. Молодые самцы, дающие по сорок баррелей ворвани, хуже всего: они такие проворные. Пожалуй, нам не удавалось справиться и с одним из трех. Иногда они тащат тебя за собой миль десять в наветренном направлении и, бывает, вырываются. Крупные старые животные по восемьдесят баррелей доставляют гораздо меньше хлопот. Я сам видел, как старого кита сразили одним ударом. Но в том, что с ним покончено, нельзя быть уверенным, пока не принимаешься за разделку. Рассказать, как мы это делали, сэр? — спросил он, посмотрев на капитана.

— Прошу вас, мистер Аллен.

— Мы буксируем кита рядом с судном и начинаем разделывать его: привязываем и отрезаем переднюю верхнюю часть головы, которую мы называем сумкой, потому что в ней находится спермацет, затем поднимаем тушу на палубу, если она небольшая. Если же животное велико, то привязываем его к корме, до тех пор пока не закончим добычу ворвани. Производится это так. Делают разрез над плавником, приподнимают слой ворвани, просовывают клин, привязывают его к талям, укрепленным на мачте. Затем матросы, вооруженные острыми лопатами, вырезают в слое жира спираль фута три шириной. Если животное подходящее, то толщина его около фута и ворвань легко отделяется от мяса. Талями поднимают и одновременно поворачивают тушу, мы их так и называем: «вертел». На палубе матросы режут ворвань и складывают ее в котлы, под которыми разведен огонь. В них вытапливают жир, а остатки используют в качестве топлива после того, как огонь разгорелся. Когда вся ворвань собрана, мы принимаемся за голову: вскрываем «сумку» и вычерпываем ее содержимое — спермацет. Сначала это жидкое вещество, но в бочке оно застывает.

— Получается настоящий воск, не так ли? — спросил отец Мартин.

— Верно, сэр, после того как его отделяют от жира, получается чистый белый воск, он очень хорош на вид.

— И в каких же целях его можно использовать?

Поскольку никто не знал ответа, Аллен стал продолжать:

— Как я уже говорил, вы не уверены в том, что добыли кита, пока вы его не разделали, не затарили в бочки и не спустили в трюм. Из восьми китов, убитых нами вблизи острова Мока, мы сумели полностью обработать только трех и одну голову в придачу, потому что погода испортилась, и киты, которых мы буксировали, привязав их к борту или к корме, оторвались. После острова Мока наш путь лежал вдоль чилийского побережья до широты 26° S, откуда мы взяли курс на острова Сан-Феликс и Сан-Амбросио, которые находились в полутора сотнях миль к западу. Горе, а не острова, всего лишь пять миль в поперечнике, ни воды, ни леса, почти никакой растительности, и нет почти никакой возможности пристать к берегу. Там наша команда потеряла хорошего парня, погибшего в волнах прибоя. Затем мы повернули к материку и двинулись вдоль побережья Перу при благоприятной погоде, по ночам ложась в дрейф, а днем высматривая британские корабли. Но ни одного не увидели и, добравшись до мыса Санта-Элена, на широте 2° S, воспользовавшись западным ветром, повернули к Галапагосским островам...

Мистер Колнет привел «Рэттлер» к островам, без особого воодушевления осмотрел два из них — Чатам и Худ — и под беспрестанно моросящим дождем, воспользовавшись западным ветром, вернулся к материку. Таким образом шлюп оказался севернее экватора, тюлени и пингвины, которые были на борту, стали гибнуть один за другим, да и мы сами тоже жестоко страдали от невыносимой жары. На острове Кокос, богатом пресными источниками, растительностью и населенном тучами олуш и тайфунников, команда великолепно отдохнула, несмотря на проливные дожди и туманы. От берегов Гватемалы мы направились к негостеприимному острову Сокорро, к Роко Патрида, где акулы были настолько свирепы, дерзки и прожорливы, что было почти невозможно заниматься рыбной ловлей: злобные твари глотали все, что насаживалось на крючок, в том числе и сами снасти, а одна даже подпрыгнула и схватила за руку матроса в шлюпке. Затем мы взяли курс на Калифорнийский залив, который кишел черепахами. Самой северной точкой, до которой нам удалось добраться, был мыс Сент-Люкас. В течение нескольких недель шлюп курсировал вблизи островов Трес-Мариас, и хотя было замечено много китов, загарпунить удалось только двух. Затем, поскольку многим надо было поправить здоровье, повернули на юг и оказались почти там же, откуда пришли, за исключением того, что провели гораздо больше времени на Галапагосских островах, где встретили английский корабль, экипаж которого был на волоске от гибели: у них оставалось всего семь бочонков воды.

Аллен рассказывал о великолепных черепахах острова Джеймса — рассказ его походил на рапсодию, — лучшего мяса он в жизни не пробовал. Он дал точную, обстоятельную, как и подобает моряку, характеристику своеобразных мощных течений, объяснил характер приливно-отливных явлений и описал природу немногих довольно посредственных мест для якорной стоянки, а также далеко разбросанные друг от друга участки для заправки водой. Аллен поделился наилучшим способом приготовления игуаны, рассказал, какие меры им пришлось принять после того, как сильным шквалом на широте 24° S, недалеко от острова Сан-Амбросио, а затем Сан-Феликс были сорваны крышки тамбуров. Упомянул он и о том, что они заметили и преследовали еще несколько китов — как правило, без особого успеха, даже потеряв однажды два вельбота. Затем, снова обогнув на «Рэттлере» мыс Горн, на этот раз при гораздо более благоприятных погодных условиях, моряки добрались до острова Святой Елены. И тут его рассказ внезапно оборвался:

— В течение ночи мы добрались до Эддистона, затем Портленда, где продрейфовали до утра, после чего продолжили плавание и встали на якорь на рейде Кауса острова Уайт.

— Благодарю вас, мистер Аллен, — произнес Джек Обри. — Теперь я гораздо лучше представляю себе, что нас ожидает. Полагаю, доклад капитана Колнета стал известен китобоям?

— Ну конечно, сэр. Его рекомендациями руководствуются при подходе к большинству островов, в особенности к острову Джеймса на Галапагосах, а также к островам Сокорро и Кокос. Но сейчас, когда солнце пересекло экватор и вблизи мексиканского побережья устойчиво держится непогода, мореплаватели стремятся идти западнее, направляясь к островам Общества и даже Новой Зеландии.

Задавали много других вопросов, особенно о конструкции крышек люков, чиксов, планширей, которые пришлось приспосабливать к особым условиям плавания, а затем Стивен спросил:

— А как ваши моряки заботились о своем здоровье во время столь долгого странствия?

— О сэр, у нас на судне был великолепный врач, всем нам на радость, мистер Ледбеттер. Кроме Джеймса Боудена, который погиб, когда вельбот перевернулся в полосе прибоя, все вернулись домой живые и здоровые, хотя иногда хандрили и переругивались из-за китов, с которыми было столько неприятностей. Те, кто впал в глубокую меланхолию, заболели цингой во время перехода от мыса Горн до острова Святой Елены, но мистер Ледбеттер вылечил их порошком Джеймса.

После обмена мнениями относительно связи между плохим настроением и цингой, духом и телом, о влиянии малоподвижного образа жизни на состояние стула, насчет обычной простуды и даже оспы Стивен спросил:

— Сэр, а не можете ли вы рассказать нам об анатомии кашалота?

— Почему же не рассказать? — отозвался Аллен. — Пожалуй, кое-что я смогу вам рассказать. Мистер Ледбеттер был человек любознательный, и поскольку мы всегда копались во внутренностях китов в поисках серой амбры...

— Амбры? — воскликнул Пуллингс. — А я всегда считал, что ее находят на поверхности моря.

— Или на берегу, — подхватил Моуэт. Затем продекламировал:

Остров есть — кораллы средь пучины:
Райский сад без горя и кручины,
Жемчугов и злата по колени,
Амбра там лежит в прибоя пене...

— Наш старший офицер — поэт, — объяснил Джек Обри, заметив испуганный взгляд Аллена. — Если бы Роуэн сумел прибыть к нам с Мальты, то у нас их было бы двое. Роуэн сочиняет стихи в более современном стиле.

Аллен заявил, что два поэта, несомненно, лучше, чем один, и продолжил:

— Конечно, если повезет, то амбру можно найти и на берегу. Так произошло с Джоном Робертсом, капитаном судна Ост-Индской компании «Терлоу». Прохаживаясь вдоль побережья острова Сант-Яго, пока корабль запасался пресной водой, он нашел глыбу амбры весом двести семь фунтов, после чего сразу направился домой, продал ее в Минсинг Лейне, купил имение напротив Семи Дубов и тотчас завел себе карету. Но сначала амбра проходит через организм кита.

— В таком случае, — отозвался Пуллингс, — отчего же амбру никогда не находят в высоких широтах, где киты кишмя кишат?

— Потому что амбру вырабатывают только кашалоты, — объяснил ему Аллен. — А в северные воды они никогда не заплывают. Киты, которые в них преобладают, — это в основном злые старые финвалы.

— Возможно, кашалоты находят амбру на берегу и пожирают ее, — предположил Джек Обри. — А настоящим китам или финвалам это не удается, потому что им мешает китовый ус.

— Возможно и так, сэр, — согласился Аллен. — Наш судовой врач предполагал, что она вырабатывается в самих китах, но убедиться в этом не смог. Его всегда удивлял тот факт, что амбра напоминает воск и не похожа на вещество животного происхождения.

— А вы находили амбру, исследуя внутренности кита? — поинтересовался Стивен.

— К сожалению, очень небольшое количество, — отвечал Аллен. — И причем лишь в одной особи. Исследовать их как следует мы могли редко, поскольку туши почти всегда разделываются в море.

— Никогда не видел амбру, — признался Моуэт. — Что она собой представляет?

— Это бесформенная гладкая масса, — отвечал Аллен. — Темно-пятнистая или похожая на серый мрамор, когда вы ее извлекаете. Вязкая и остро пахнущая, не очень тяжелая. Спустя некоторое время она светлеет, становится гораздо тверже и издает приятный запах.

— Яйца с амброй были излюбленным блюдом Карла Второго! — заметил отец Мартин, а Пуллингс добавил: — Я полагаю, что амбра ценится на вес золота.

Присутствующие размышляли какое-то время над этим, передавая по кругу бутылку бренди. Затем Аллен продолжил:

— После того как мы вскрывали китов, то, если позволяла погода, мистер Ледбеттер пользовался возможностью изучить анатомию этих животных.

— Чрезвычайно интересно! — отозвался Стивен.

— Поскольку мы с ним были закадычные друзья, я всегда помогал ему. Хотелось бы вспомнить хоть десятую часть из того, что он мне объяснял, но ведь это было так давно. Только помню, что зубы у кашалота лишь на нижней челюсти. Обе ноздри соединяются, образуя единый дыхательный клапан, в результате чего череп асимметричен, а что касается потрохов, то почти не видно почечной лоханки, отсутствуют ключицы, желчный пузырь и слепая кишка...

— То есть как это отсутствует слепая кишка? — вскричал Стивен.

— Да, сэр, отсутствует! Помню, как однажды, когда туша плавала рядом с судном, мы перебирали ее внутренности длиной сто шесть саженей...

— Не может быть, — пробормотал Джек, отталкивая от себя стакан.

— ...и не нашли даже намека на нее. Не было никакой слепой кишки. Зато мы обнаружили огромное, с ярд длиной, сердце. Помню, мы положили его в сетку и подняли на борт. Доктор измерил его и подсчитал, что с каждым ударом оно перекачивало десять–одиннадцать галлонов крови. Аорта имела сечение в фут. Помню, что вскоре мы привыкли к зрелищу огромных теплых внутренностей, а еще однажды мы разделывали самку с детенышем внутри нее, мистер Ледбеттер показал мне пуповину, плаценту и...

Джек Обри заставил себя отвлечься от рассказа Аллена. Он видел гораздо больше крови, пролитой в яростных схватках, чем большинство людей, и не был чересчур щепетилен, но это хладнокровное убийство было ему не по душе. Пуллингс и Моуэт были такого же мнения, и когда Аллен понял, что его повествование производит дурное впечатление, он сразу сменил тему разговора.

Капитан очнулся от своих мыслей, услышав имя Ионы. Он было подумал, что речь идет о Холломе. Но затем понял: Аллен сказал, что, судя по анатомии морских гигантов, пророка, без сомнения, проглотил кашалот. Кашалоты и нынче изредка встречаются в Средиземном море.

Моряки, обрадованные тем, что освободились от фаллопиевых труб и желчных выделений, заговорили о кашалотах, которых они видели в Гибралтарском проливе. Что касается Ионы, то судьбу пророка (правда, без надежды на счастливый исход), увы, мог разделить каждый моряк... Трапеза в каюте Джека Обри закончилась самым задушевным образом. От морских разговоров перешли к сухопутным: стали вспоминать пьесы, которые видели, и балы, на которых танцевали. Под занавес настал черёд рассказа об охоте на лис, во время которой гончие Моуэта и мистера Фернея наверняка наградили бы своих хозяев добычей, если бы мистер Ферней с наступлением темноты не угодил в дренажную канаву.

Гости капитанской каюты были по горло сыты кровавыми подробностями китобойного промысла, чего нельзя было сказать о кают-компании для младших офицеров. Штурман, в отсутствие капитана поощряемый судовым врачом и капелланом-натуралистом, вопреки неодобрению части сотрапезников, смог рассказать о всех анатомических особенностях китов, которые удержались в его цепкой памяти. Во всяком случае, мистер Адамс, казначей, человек ипохондрического склада, любил такие рассказы, не говоря о Говарде — офицере морской пехоты, которому даже описание гениталий кашалотихи напоминало о любовных утехах.

Впрочем, не всё в историях Аллена было столь ужасно — многое вовсе не имело отношения к анатомии.

— Я читал рассказы о плаваниях в северных морях и о преследовании китов, — произнёс отец Мартин, — но я никогда не мог понять экономическую сторону китового промысла. Как вы сравните промысел в северных и южных районах с этой точки зрения?

— В годы моей молодости, — отвечал Аллен, — а это было до того, как уровень вод вблизи Гренландии снизился, считалось, что пять хороших китов окупят экспедицию. В среднем мы могли добыть по тринадцати тонн китового жира из каждого экземпляра и около тонны китового уса. А в те дни тонна китового уса стоила около пятисот фунтов. Китовый жир шел по двадцать фунтов или чуть больше за тонну. Кроме того, полагались наградные по два фунта для всего экипажа, так что всего выходило около четырех с половиной тысяч фунтов. Сумму эту надо было делить на пятьдесят человек, и, кроме того, свою долю должен был иметь судовладелец. Но все равно получалась приличная сумма. А теперь ворвань стала стоить тридцать два фунта, китовый ус подешевел и стоит не больше девяноста фунтов. Киты измельчали, их стало меньше, и ушли они дальше, поэтому теперь, чтобы не прогореть, надо добыть за одну экспедицию около двух десятков штук.

— Я даже не знал, что китовый ус так дорог, — признался казначей. — А для чего его используют?

— Для изготовления шляпок, корсетов, фижм и зонтов.

— Но что вы скажете о южных районах промысла? — спросил отец Мартин. — Ведь если единственной целью лова являются кашалоты, то ни о каком китовом усе не может быть и речи. Целью экспедиции должна быть только добыча китового жира.

— Так оно и есть, — отозвался штурман. — И если учесть, что кашалот дает не больше двух тонн ворвани, в то время как хороший гренландский кит дает в десять раз больше, не считая добротного китового уса, то действительно экспедиция кажется глупой затеей. Хотя жир кашалота стоит вдвое против обычного китового жира, а тонна спермацета оценивается в пятьдесят фунтов, это не компенсирует отсутствие китового уса. Вот чертовщина-то! Прошу прощения.

— Объясните же мне, пожалуйста, это явное противоречие, — произнес Стивен.

— Неужели вы не понимаете, доктор? — отвечал Аллен со снисходительной улыбкой человека, наделенного тайной мудростью. — Неужели вы не видите, что дело тут во времени, которым вы располагаете? В Северный Ледовитый океан, в район Гренландии, мы выходим в начале апреля, чтобы достичь кромки льдов месяц спустя. В середине мая киты появляются, а в середине июня уже исчезают. Остаются лишь злобные финвалы да редкие бутылконосы, которые слоняются с места на место. Если вы не успели наполнить жиром половину своих бочек, вы можете повернуть на запад, к побережью Гренландии, и до августа пытать счастья среди дрейфующих льдов. Но к тому времени становится так холодно и темно, что приходится топать домой. То же происходит в проливе Дэвиса, хотя вы можете задержаться немного дольше в тамошних бухтах, если не боитесь, что ваше судно будет затерто льдами, после чего вас наверняка сожрут белые медведи. Меж тем кашалоты живут в умеренных и тропических водах, стало быть, можно охотиться на них столько, сколько вам вздумается. В настоящее время большинство китобоев отправляются на промысел на три года, рассчитывая убить штук двести и вернуться домой с полным трюмом.

— Конечно, конечно! — воскликнул Стивен, хлопнув себя по лбу. — И как это я не сообразил? — Повернувшись к вестовому, стоявшему у него за спиной, он произнес: — Вы не принесете мой портсигар, Падин? — А затем обратился к штурману: — Мистер Аллен, не возражаете, если мы прогуляемся по палубе? Вы дважды неодобрительно отозвались о финвалах. Мы с отцом Мартином были бы весьма признательны, если бы вы просветили нас по этому поводу.

— Через пять минут я к вашим услугам, — отозвался штурман. — Только перепишу начисто результаты полуденных наблюдений и отмечу место корабля на карте.

Оба стали ждать его возле поручней правого борта, и спустя некоторое время Стивен произнес:

— Если бы была хотя бы травинка или овечка, то можно было назвать эту сцену пасторалью...

Он выдохнул клуб дыма, который поплыл к носу, поскольку ветерок по-прежнему дул с кормы. Бесчисленное количество рубах, штанов, курток и головных платков, висевших на сложной системе линей, натянутых вдоль судна, наклонились к югу дружно, словно солдаты на параде. Не было никакого трепыхания — вещи сохли по-военному четко. Так же спокойно сидели их владельцы, расположившиеся в разных частях полубака и на шкафуте среди пушек. Эта часть дня отводилась на пошивку и починку одежды. Во всяком случае, новички смогли из отрезов парусины, которую им выдали утром, изготовить смену для жаркой погоды. Иглой орудовали не только рядовые матросы: один из юных гардемаринов, сидевший в проходе левого борта, Уильям Блакней, сын лорда Гаррона, учился штопать свои чулки под присмотром бородатого моряка, который прежде служил под началом его отца и теперь, естественно, выступал в качестве его дядьки. Будучи виртуозом иглы, он в свое время был удостоен чести латать адмиральские скатерти. Между тем Холлом, сидевший на трапе левого борта, показывал другому юнцу, как наилучшим образом пришить карман, потихоньку напевая при этом.

— Какой прекрасный голос у этого молодого человека, — заметил отец Мартин.

— В самом деле, — согласился Стивен, как следует прислушавшись. Действительно, голос звучал удивительно мелодично, совсем без фальши, и старая, всем надоевшая баллада звучала свежо и трогательно. Нагнувшись, доктор узнал певца. — Если он будет развивать свой голос, — стал размышлять он, — то матросы вскоре перестанут дразнить его Ионой.

Первое время Холлом ел жадно, как волк, и стал быстро поправляться. Он уже не выглядел неправдоподобно старой для помощника штурмана мумией. Его даже можно было бы назвать пригожим, если закрыть глаза на отсутствие в нем особой, свойственной морякам мужественности и решительности. Во всяком случае, нищета и невезение больше не лезли из него, как солома из прорех огородного пугала. Он получил аванс, которого оказалось достаточно для того, чтобы выкупить заложенный секстан и приобрести вполне приличный мундир. Поскольку в здешних широтах все носили парусиновые панталоны и куртки (офицеры надевали форму лишь при посещении капитанской каюты или несении вахты), он выглядел не хуже любого из них, поскольку мастерски владел иглой. Трапезовал он вместе с Уордом, добросовестным, спокойным, несколько бесцветным писарем Джека Обри, который много лет копил на залог с целью стать казначеем (это было его мечтой), и Хиггинсом, новым помощником Стивена. Он не выделялся особой сноровкой или энергией в дни лихорадочной подготовки к плаванию, но, с другой стороны, не сделал ничего такого, что заставило бы капитана пожалеть о том, что он взял его к себе.

«Море синее, прощай», — заканчивал Холлом куплет и шов.

— Смотри, — сказал он, обращаясь к юноше. — Когда заканчиваешь, пропусти нитку раз шесть, а затем сделай удавку. — Перерезав нитку, он протянул пареньку катушку и ножницы со словами: — Сбегай в каюту старшего канонира, верни все это миссис Хорнер и передай ей от меня привет и благодарность.

Стивен почувствовал, как кто-то толкает его в руку. Посмотрев вниз, он увидел, что это коза Аспазия, любимица младших офицеров, которая напомнила ему о своих правах.

— Хорошо, хорошо, — произнес он сердито, сделав последнюю затяжку. Погасив тлеющий конец сигары о кофель-нагель, обтер его и протянул окурок козе. Она неторопливо направилась в тень куриных клеток возле штурвала, с полузакрытыми глазами разжевывая на ходу табак, и пересекла дорогу спешившему на нос штурману.

— Прошу прощения за то, что заставил вас ждать, — произнес он. — Пришлось чинить перо.

— Ничего страшного, — ответили ему, и он стал продолжать: — Что касается этих старых финвалов, джентльмены, то их существует четыре главных вида. Рассказывать о них особенно нечего.

— Почему же, мистер Аллен? — неодобрительным тоном спросил отец Мартин: ему не понравилось, что столь крупная категория Божьих созданий оказалась отверженной.

— Потому что если вы вонзите гарпун в финвала, то он может запросто разбить ваш вельбот в щепки или нырнуть под воду так глубоко и быстро, что увлечет вас за собой или утащит весь линь. Вы и вообразить себе не можете столь огромного и быстрого существа; я видел одного кита, который мчался со скоростью тридцать пять узлов, господа! Глыба в сотню футов длиной и бог знает сколько тонн весом неслась вдвое быстрее скачущей галопом лошади! Я бы не поверил такому, если бы не видел этого собственными глазами. А если каким-то чудом вам удастся его убить или, что гораздо вероятнее, заставить выброситься на мель, то вы убедитесь, что китовый ус у него такой короткий, грубый и чаще всего черный, что коммерсанты не всегда его покупают. Да и получится из него не больше пятидесяти бочек посредственного жира.

— Вряд ли он достоин осуждения за то, что ему не хочется попасть на гарпун, — заметил отец Мартин.

— Вспоминаю свою третью экспедицию, — вновь начал Аллен и, сделав паузу, стал продолжать: — Мы находились у берегов Гренландии, несмотря на конец года, потому что не заполнили и половины трюма. Погода пасмурная, от севера идет зыбь, отчего громко трещит лед, надвигается страшно холодный вечер, а один из наших вельботов прочно зацепился за финвала. Как это у них получилось, не представляю. Эдвард Норрис, гарпунер, был опытным китобоем, а ведь даже первогодок может отличить финвала от настоящего кита по его фонтану. И вы можете заметить его задний плавник, когда он переворачивается и ныряет. Во всяком случае, находясь достаточно близко, чтобы всадить в него свое железо, вы отчетливо видите его. Что там произошло — то ли туман, то ли волны, то ли ветер ослепил гарпунера, но они оказались прочно связанными с финвалом. Они подняли флаг, требуя линей, и стали привязывать их один за другим. Работа эта непростая: линь скользит так быстро, что полуклюз нагревается и шипит, только успевай поливать его водой. Кит утащил за собой целых четыре бадьи и часть пятой — около мили линя — и оставался под водой долгое время, пожалуй с полчаса. Когда он всплыл, то старик Бингам, боец, метким ударом копья сразил его. Мы думали, что это конец. Из дыхала брызнул фонтан крови, он взбрыкнул хвостом и помчался курсом зюйд-тень-вест словно скаковая лошадь. Все закричали, умоляя о помощи. Мы видели, как вельбот летел, рассекая белые волны, куда-то в темноту. Что там произошло, мы не знаем: то ли линь обмотался вокруг чьей-то ноги, сбросив бедолагу за борт, и остальные не решились перерезать этот линь, то ли он зацепился за банку. Во всяком случае, мгновение спустя все шестеро ушли под лед. Мы так и не отыскали их следов, не увидели даже меховой шапки на поверхности моря.

— Насколько я понимаю, кашалот не такой быстрый и опасный? — помолчав, спросил Стивен.

— Нет. Хотя с такой страшной челюстью он мог бы перекусить ваш вельбот пополам, даже не заметив этого. Но кашалотам свойственно смирение. Он может ненароком изувечить вас своим хвостом, лишь ныряя или мечась в предсмертной агонии. Но специально он этого не делает, в нем нет злобы. Да что там говорить, в старые времена, когда китобои редко появлялись в огромном Южном море, кашалот мог лежать и внимательно смотреть на вас добрыми маленькими глазками. Я даже трогал его, гладил рукой.

— А кашалоты нападают без всякой причины? — поинтересовался Мартин.

— Нет. Они могут наткнуться на вас и напугать, но только спросонок.

— Что вы чувствуете, когда вы убиваете такое животное, отнимаете жизнь у такого большого существа?

— Чувствую себя слегка разбогатевшим, — ответил Аллен со смехом. Однако в следующую минуту произнес: — Понимаю, что вы имеете в виду. Иногда я и сам думал...

— Земля на горизонте! — крикнул с мачты впередсмотрящий. — На палубе! Возвышенность один румб по правой скуле.

— Это должен быть Пик, — заметил штурман.

— Где? Ну где же? — вскричал отец Мартин. Он вскочил на кофель-планку, но оступился и припечатал каблуком пальцы на левой ноге Стивена.

— Справа от бушприта, — указал штурман. — Между двумя слоями облаков вы заметите сияющую белизной середину Пика.

— Я увидел Большие Канары! — воскликнул отец Мартин, блестя единственным глазом. — Мой дорогой Мэтьюрин, — произнес он, озабоченно посмотрев на доктора. — Надеюсь, я не зашиб вас.

— Ну что вы. Вы доставили мне удовольствие. И позвольте сообщить, что это не Большие Канары, а Тенерифе. Так что вы напрасно изволили прыгать. К тому же, если я что-то соображаю в морской службе, вам не позволят высадиться на берег. Вы не увидите канареек — ни больших, ни маленьких — в их естественных условиях обитания.

Недобрая весть почти всегда оказывается правдивой, и отец Мартин действительно увидел лишь ту часть острова, которую можно было разглядеть с марсовой площадки, пока «Сюрприз» стоял на якоре, да еще проталкивавшийся между многочисленными судами командирский баркас, который возвращался с жизнерадостным толстяком-негром, нагрузившим его медными сковородками для камбуза и рождественским пудингом со сладкими пирожками для моряков.

— Не расстраивайтесь, — продолжал доктор. — Вероятнее всего, мы примем воду на каком-нибудь из островов Зеленого Мыса. Хотелось бы, чтобы это были Сан-Николау или Санта-Лусия. Между ними имеется небольшой необитаемый остров под названием Бранко. И там водится топорок, не похожий ни на каких других топорков, впрочем, я никогда его не видел живьем.

— Как вы полагаете, долго ли нам туда добираться? — с просветлевшим лицом спросил его отец Мартин.

— Не больше недели, если поймаем пассат. Бывало, ветер начинал дуть с северной части Ла-Манша, потом поворачивал к линии тропика, пока его полоса едва ли не достигала экватора. Причем полоса эта тянулась на расстоянии двух тысяч миль!

— А что это за полоса?

— Хороший вопрос! Насколько я помню, в своем словаре Джонсон дает такое определение: это самая важная и большая деталь такелажа на судне, и желательно, чтобы она растягивалась. Тут, конечно, поэтическая фигура речи, которую используют моряки, обозначая плавное, беспрепятственное движение вперед. Зачастую их язык чрезвычайно витиеват. Когда они достигают зоны штилей и переменных ветров, что находится несколько севернее экватора, между полосой норд-остовых и зюйд-остовых пассатов, — зоны, которую французские моряки выразительно называют *pot au noir*[1], то говорят, что корабль находится в депрессии, словно это живое существо, которое очень грустит. И действительно, в этой экваториальной зоне штилей корабль находится без движения, паруса лениво полощутся среди изнурительной жары, несмотря на то что небо пасмурно.

Но в той точке, где находился «Сюрприз», небо было совершенно безоблачно, и корабль, хотя еще не обрел вновь свою прежнюю прыть, поскольку у него на борту было слишком много неумех, у которых не оттуда руки растут, бежал все же довольно резво. На широте 28° 15′ N фрегат поймал пассат, и хотя он дул не в полную силу, вся команда с нетерпением ждала скромных радостей от стоянки на островах Зеленого Мыса — этих иссу-

---

[1] Черная дыра (*фр.*).

шенных солнцем, почерневших, раскаленных и бесплодных клочках суши. На корабле установился распорядок, какого придерживаются во время плавания в тропических водах: солнце, приподнявшееся чуть позади левого траверза, становившееся жарче с каждым днем, высушивало отдраенные палубы, каждый день после восхода оно могло наблюдать неизменную картину: свистали к уборке коек, свистали на завтрак матросов; кубрики убирали и проветривали, новичков свистали к орудийным учениям или взятию рифов на марселях. Других свистали наводить лоск на корабле, определять высоту солнца, широту местоположения судна и пройденное расстояние. В полдень матросов свистали к обеду, и тут начиналась церемония приготовления грога помощником штурмана: на три части воды часть рома, к которому добавлялось соответствующее количество лимонного сока и сахара. Час спустя раздавался барабанный бой — сигнал обеда для младших офицеров, затем после того, как пробьет шесть склянок, наступала вторая, более спокойная половина дня с ужином и очередной порцией грога. Чуть позднее большой сбор для учебной подготовки корабля к бою, во время которой все разбегались по боевым постам.

Дело редко обходилось без хотя бы непродолжительной орудийной пальбы. Хотя обычные учения с откатыванием и вкатыванием орудий тоже имели важное значение, Джек Обри был убежден, что никакая имитация не сможет сравниться с оглушительным грохотом и мощной отдачей орудия при настоящем выстреле. Нельзя подготовить к бою орудийную прислугу, особенно наводчиков, не расходуя пороха и ядер. Капитан был убежденным сторонником артиллерийского дела: у него был даже собственный запас пороха, и он не жалел его (в отличие от скупердяев-интендантов), чтобы держать канониров в хорошей форме; и поскольку почти никто из бывших матросов «Дефендера» не умел грамотно обращаться с орудием, большую часть своего собственного пороха капитан отдавал им. Зачастую, когда первая «собачья» вахта подходила к концу, вечернее небо озарялось свирепыми языками пламени и над ровной поверхностью великолепного океана разыгрывалась рукотворная гроза, с темными тучами, громом и оранжевыми молниями.

Не по нутру капитану Обри, когда на море такая гладь. Он бы предпочел, чтобы в самом начале плавания разыгрались два-три крепких шторма — но таких, разумеется, чтобы судно не потеряло важных деталей рангоута. Причем по ряду причин: во-первых, хотя в его распоряжении и был месяц или даже полтора, ему хотелось бы иметь времени больше в силу того убеждения, что в море свободного времени никогда не хватает; во-вторых, из-за его наивной любви к непогоде, когда ревет ветер, вздымаются гигантские волны, по которым корабль несется под одним лишь зарифленным штормовым парусом; в-третьих, когда на палубу и такелаж, натянутый с носа к корме, двое или трое суток обрушиваются удары, это полезно и для подготовки к бою, и для того, чтобы спаять разношерстную команду в единое целое.

А спайка эта нужна, считал Джек. Шла последняя «собачья» вахта, и поскольку стрельбы прошли особенно успешно, он разрешил матросам поплясать и поразвлечься. В настоящее время нижние чины увлеченно валяли дурака, играя в «короля Артура». Один из них надел на голову обруч, изображавший корону, а несколько других матросов окатывали его водой из ведер. «Король» при этом должен был корчить рожи и сыпать прибаутками. Тот, кого он заставлял улыбнуться, по правилам занимал место «короля». Это была очень старая и любимая матросами забава, которую затевали в жаркую погоду. Можно было веселиться от души, не опасаясь наказания. Но когда Джек, сопровождаемый Пуллингсом, сделал несколько шагов по продольному мостику для того, чтобы понаблюдать за развлечением и заодно поскрести бакштаг в надежде усилить едва заметный ветерок (языческое суеверие, столь же древнее, как и игра в «короля Артура»), он заметил, что почти никто из бывших матросов «Дефендера» не участвует в забаве и даже не смеется. В промежутке между ведрами «король Артур» заметил капитана, стоявшего поблизости, вытянулся в струнку и коснулся пальцами своей короны. Это был Эндрюз — жизнерадостный молодой марсовый, которого Джек Обри помнил еще юнгой.

— Продолжайте, продолжайте, — произнес Джек.

— Мне надо отдышаться, сэр, — учтиво произнес Эндрюз. — Меня поливают уже битых полчаса, если не больше.

В наступившей на мгновение тишине раздался пронзительный, не похожий на человеческий голос балаганной куклы. Кто-то вопил:

— Скажу, скажу, какая беда с этим корытом. Народишко тут не смехучий, а сучий. И все время братишек с «Дефендера» раком ставят. Добавочные работы до икоты, добавочные учения для пущего мучения, задница все время мокрая: днем и ночью пользуют. Том Пупкин над нами вьется, да когда-нибудь навернется.

Традиция недоносительства была так сильна, что все матросы, кроме самых бестолковых, тотчас потупились или стали разглядывать через фальшборт вечернее небо с делано бессмысленными лицами, после чего даже последние простаки, бросив с разинутым ртом беглый взгляд на чревовещателя, последовали всеобщему примеру. Оратор был определенно известен — это был Комптон, бывший цирюльник с «Дефендера». Губы его почти не шевелились, и он смотрел через борт с бесстрастным выражением лица, но звук голоса исходил от него. Тут Джек и сам вспомнил, что среди пополнения был чревовещатель — необычный тон, несомненно, был элементом представления. Слова не оскорбляли никого лично; эпизод не стоил выеденного яйца, и, несмотря на явное желание Пуллингса схватить голубца за шиворот, лучше всего было сделать вид, что ничего не произошло.

— Продолжайте, — повторил Джек Обри, обращаясь к морякам, окружившим «короля Артура», и, подождав, пока на того опрокинут еще с полдюжины ведер, в сгущающихся сумерках направился на шканцы.

В тот же вечер, настраивая в каюте скрипку, Джек Обри спросил у доктора:

— Вам никогда не доводилось слушать чревовещателя?

— А то как же. Дело было в Риме. Этот умелец заставил говорить статую Юпитера. Будь его латынь получше, я бы поклялся, что слова исходят из уст бога. Маленькое темное помещение, торжественный как пророчество голос — все это было великолепно.

— Возможно, полубак нужно было огородить, наверное, и тут применимы принципы галерей чревовещателей. Произошла самая странная штука: этот малый мне в лицо говорил разные вещи, думая, что он невидимка, хотя я видел его так же отчетливо, как...

— Как пикового туза?

— Да нет. Не совсем. Так же отчетливо, как... Как бы это объяснить, черт побери? Так же отчетливо, как мои пять пальцев? Или таможенную заставу?

— А может, как сейлсберскую ветчину? Или красную селедку?

— Может, и так. Во всяком случае, матросики с «Дефендера»...

В этот момент в открытый световой люк вниз спрыгнул боцманский кот: тощее молодое животное с несколько подлым характером, которое тотчас замурлыкало и начало тереться об их ноги.

— Кстати, — произнес Джек, рассеянно дергая кота за хвост. — Холлар просил придумать этому подлецу хорошее классическое имя, которое не позволило бы нам ударить лицом в грязь. Он считает, что Барсик или Мурзик — чересчур простецкие клички.

— Единственно подходящее прозвище для боцманского кота — это Линёк, — отозвался Стивен.

Мгновенно оценив смысл сказанного, капитан Обри так звучно покатился со смеху, что заставил улыбнуться вахту левого борта аж на полубаке.

— Ах ты, господи, — произнес он, вытирая голубые глаза. — Жаль, что не я придумал такое! Брысь отсюда, глупое животное, — цыкнул он на кота, который заполз ему на грудь и, закрыв глаза, самозабвенно терся усами о лицо. — Эй, Киллик, ты слышишь? Убери кота. Отнеси его к боцману. Киллик, ты знаешь, как его звать?

Киллик заметил скрытое веселье в голосе капитана и, поскольку сам был в духе, снизошел к тому, чтобы ответить:

— Нет, не знаю.

— Его зовут Линёк, — сказал Джек и снова захохотал. — Боцманского кота зовут Линёк, ха-ха-ха!

— Все это хорошо, — отозвался Стивен, — но само по себе это орудие истязания противно человеческой совести, и ничего смешного я в нем не вижу.

— То же самое талдычит и отец Мартин, — отвечал Джек. — Дай вам обоим волю, так в вашем земном раю никого бы не пороли годами. Представляю себе, что за бедлам получился бы в результате. О господи, даже живот от смеха прихватило. Но не скажете же вы, что у нас на корабле наказывают за каждый пустяк. После выхода из Гибралтара еще никого не выпороли. Я не люблю плетку, как и всякий другой, но иногда приходится прибегать к телесным наказаниям.

— Ба, — сказал Стивен. — Только рабская натура согласится с вами. Так будем мы сегодня музицировать? А то завтра мне будет не до того.

На следующий день «Сюрприз», несмотря на медленный ход, по всей вероятности, должен был пересечь линию тропиков — точку, в которой Стивен имел привычку устраивать кровопускание всем своим подопечным в качестве профилактики тропической лихорадки и средства от злоупотребления мясом и грогом под почти отвесно стоящим тропическим солнцем. На месте капитана на широтах между 23° 28′ N и 23° 28′ S он бы всех перевел на диету из овощного пюре и каши на воде. Кровопускание предстояло производить на шканцах, куда моряки должны были проходить один за другим, с тем чтобы никто не смог спрятаться в бухтах тросов или за ними. Дело в том, что многие из тех, кто был готов не дрогнув пролить в бою и свою, и неприятельскую кровь, не переносили зрелища лечебного кровопускания.

Вторая половина дня была самым подходящим для этой процедуры временем, а до полудня оба лекаря усердно оттачивали все свои ланцеты и скальпели. Хиггинс по-прежнему чрезвычайно робел в присутствии своего начальника, словно боялся, что доктор Мэтьюрин вот-вот заговорит с ним на латыни. Запас слов этого языка, как, впрочем, и английских медицинских выражений, у Хиггинса был настолько ничтожен, что иногда Стивен думал, уж не присвоил ли его помощник имя какого-то знающего человека, возможно, даже своего бывшего хозяина, попросту украв его диплом. Однако доктор не жалел, что взял его в плавание: Хиггинс уже проявил свой бесспорный талант дантиста в двух случаях, когда сам Стивен не решился бы оперировать. Матросы смотрели на него как на какое-то чудо. Несколько типичных ипохондриков — сильных, здоровых мужчин, которые раз в неделю сказывались больными, и их приходилось «лечить» безобидными пилюлями, изготовленными из мела, розового красителя и сахара, — перебежали от Стивена к Хиггинсу, и хотя Стивен вовсе не возражал против этого, его несколько встревожили доходившие до него слухи. Матросы шептались, будто бы из утробы Джона Хейлса Хиггинс извлек живого угря. Несли они и другую дичь в том же роде, и Стивен твердо решил положить этому конец. Но пока ему нечего было предъявить Хиггинсу, а поскольку тот молчал в тряпочку, то оба так и сосуществовали, ни говоря ни слова.

Находясь тремя палубами выше лазарета (доктора точили свои инструменты при свете лампы, сидя возле рундука с лекарствами, далеко ниже ватерлинии), капитан Обри, залитый ослепительным солнечным светом, в сопровождении Пуллингса мерил шагами шканцы. Хотя ветер по-прежнему был слаб, на лице капитана было довольное выражение. Перед ним простирались тщательно надраенные палубы, на которых происходила несуетливая, но безостановочная деятельность: бывшим матросам «Дефендера» показывали, как пропускать через блоки лопари орудийных талей и крепить пушки. Со стороны носовой каюты слышались голоса гардемаринов, которые хором повторяли латинское местоимение hic, haec, hoc[1], сопровождая декламацию веселыми шутками, которые мягко пресекал отец Мартин. После их обеда, но еще до своего капитан проверял вместе с гардемаринами их дневные задания, иначе говоря, их индивидуальные расчеты положения судна в полдень по высоте солнца и разнице между местным и Гринвичским полднем, установ-

---

[1] Этот, эта, это.

ленной на основании показаний хронометра, уточняя полученные данные на основании счисления. Иногда ответы получались совершенно несуразные: некоторые из юношей, похоже, были не способны освоить основные принципы расчетов и пытались подогнать свои ответы наугад или попросту списывали их у товарищей. Что касается Бойла (хотя он и происходил из семьи моряков), то этот недоросль прочно сел на мель, доплыв только до середины таблицы умножения. Кэлами и Уильямсону было не по душе, что их снова усадили за учебники (давно плавая без всякого учителя, они любили прихвастнуть опытом и пустить пыль в глаза новичкам), но все же в целом они были славные ребята. Старший канонир тоже приглядывал за ними, а его жена заботилась о том, чтобы они были как следует обихожены. Конечно, миссис Хорнер стирала им рубахи по такому важному случаю, как трапеза в капитанской каюте, лучше, чем Киллик. Джек подозревал, что она из женского упрямства стирала их в пресной воде.

Юный хор зазвучал иначе: autos, autee, auto[1], и Джек расплылся в улыбке.

— Вот что мне нравится слышать, — заметил он. — В отличие от нас, они не растеряются, когда кто-то заговорит с ними на древнегреческом языке. Они тотчас ответят ему: «Autos, autee, auto, старый хрен. Kyrie eleison[2]». Кроме того, классическое образование полезно для дисциплины: матросы относятся к нему с поразительным почтением.

Пуллингс, похоже на то, думал иначе. Лейтенант начал было толковать что-то о мире Гомера, когда кот, который так и не научился с благоговением относиться

---

[1] Этот, эта, это (*греч.*).
[2] Господи помилуй (*греч.*).

к шканцам, полез им под ноги, очевидно желая приласкаться и ощутить ответную ласку.

— Мистер Холлар, — завопил Джек голосом, который легко донесся до полубака, где боцман возился с талрепом. — Послушайте, мистер Холлар. Будьте добры, отнесите своего Линька на нос и посадите его под домашний арест или засуньте в мешок.

Остроумное прозвище, данное Стивеном коту, давно облетело всю команду и для матросов стало звучать еще смешнее от частого повторения и разжевывания его скрытого смысла тугодумам. Когда животное несли по проходу, многие встречали его улыбками и возгласами: «Эй, Линёк!» — поскольку «Сюрприз» не был одним из тех унылых кораблей, где царила мертвящая дисциплина: на таких судах матрос, находясь на палубе, должен был молчать как рыба до тех пор, пока к нему не обращался старший по званию.

Джек Обри все еще улыбался, когда вспомнил, что сегодня именно тот день, в который по уставу положено наказывать провинившихся. И он спросил, не было ли каких-либо серьезных проступков.

— Никак нет, сэр, — отвечал Пуллингс. — Всего лишь пара мелких склок. Один напился до умопомрачения по случаю своего дня рождения, сэр. И один бранился. Я подумал, что стоит замять эти дела, поскольку сегодня днем нам всем устроят кровопускание.

— Быть по сему, — решил Джек.

Он было хотел внести некоторые изменения в расписание вахт с тем, чтобы новички чаще находились вместе со старожилами «Сюрприза», что несколько облегчило бы им жизнь. Но тут он увидел сцену, от которой на секунду онемел. По левому проходу шел Холлом. Нейджел, толковый, но один из самых мрачных, озлобленных и строптивых матросов «Дефендера», шагал в другом направлении, на корму, по тому же узкому проходу. Вот они поравнялись, однако Нейджел прошел мимо, не только не поприветствовав офицера, но и взглянув на него с нарочитым пренебрежением.

— Старшину ко мне! — вскричал Джек. — Старшина! Отведите Нейджела в трюм. Посадите его под арест.

Капитан был страшно зол. Он был готов на все, чтобы матросам у него жилось хорошо, но никогда бы не смирился с преднамеренными нарушениями дисциплины, даже если бы фрегат до самого конца плавания превратился в плавучую тюрьму. Джек помнил, как в самом начале флотского бунта лорд Сент-Винсент восклицал: «Я заставлю их отдавать честь даже мичманскому мундиру, надетому на ганшпуг!» — и он был полностью согласен с этим принципом. Обратившись к Пуллингсу, Джек сказал:

— Я устрою экзекуцию провинившимся как обычно, когда пробьет шесть склянок. — Выражение его лица вогнало в дрожь офицера морской пехоты Говарда, который всегда видел командира веселым или, в худшем случае, недовольным при задержке каких-то интендантских поставок.

В это время в лазарет явился вестовой и спросил, когда господин старший канонир может обратиться к доктору Мэтьюрину.

— Сейчас, если это его устраивает, — отозвался Стивен, протирая последний из наточенных ланцетов. — Мистер Хиггинс, не можете ли вы присмотреть за лазаретом?

Судовые офицеры и унтер-офицеры были вправе лично обращаться к корабельному врачу, и Стивен почти не сомневался, что, хотя старший канонир был плотного сложения, широкоплечий, темноволосый, с жестким, иссеченным боевыми шрамами лицом здоровяк, он явно принадлежал к числу тех, кто боялся ланцета больше, чем неприятельских пушек.

В некотором смысле он оказался прав, поскольку визит Хорнера был действительно связан с кровопусканием. Но еще до того, как он усадил гостя, Стивен понял, что дело было не просто в нежелании подвергнуться операции. Прежде всего, в голосе Хорнера не было просительных, заискивающих ноток, которые появлялись у моряков, когда им было что-то нужно от доктора в качестве пациентов. Отнюдь. Хорнер был груб, в его голосе звучали угрожающие интонации. Перечить ему было себе дороже. После ряда общих фраз и неловкой паузы артиллерист заявил, что возражает против кровопускания, если потеря крови помешает ему заниматься «этим». В течение нескольких последних ночей он почти дошел до «этого», и если из-за потери хотя бы нескольких унций крови все пойдет насмарку... Впрочем, если кровопускание не повредит «этому», то доктор, если пожелает, может выпустить из него хоть галлон крови.

У Стивена давно не было пациента, который был столь стеснителен и немногословен. Офицер решительно не хотел понимать, сколько значений может иметь слово «это», и лишь после ряда наводящих вопросов доктор убедился, что его догадки оказались верны. Хорнер страдал мужским бессилием. Но Мэтьюрина, и так сомневавшегося, что он поможет этой беде, тревожило еще и то обстоятельство, что его пациент был бессилен лишь в отношении своей жены. Хорнер и без того переломил себя, сделав это признание, и Стивен не стал оказывать на него давления, чтобы выяснить все интимные подробности, но сделал вывод, что миссис Хорнер по неопытности не отдавала себе отчет в том, что происходит с ее супругом. Она, похоже, упрямо не желала говорить с ним на эту тему. Хорнер был почти уверен, что кто-то навел на него порчу. Он обращался к двум разным знахарям сразу после женитьбы, чтобы те сняли с него порчу, заплатил четыре фунта десять шиллингов, но эти мошенники ничего не сделали.

— Господи помилуй, — произнес он. — Свистят, значит, кому-то будет порка. А я-то думал, что сегодня расправы не будет. Надо бежать надевать парадный мундир. Вам тоже, доктор.

Надев парадную форму, оба заняли свои места на сине-золотых шканцах, в то время как позади бизань-мачты и вдоль фальшбортов алели ряды мундиров морских пехотинцев в белых перевязях, с примкнутыми к мушкетам штыками, на которых горело солнце. Джек уже отпустил с миром спорщиков — пьяницу, нализавшегося по случаю своего дня рождения, и сквернослова, вынеся им приговор: «Для вразумления всю неделю вы будете получать вдвое разведенный грог». Хотя вот уже много лет Стивен уверял его, что дело в количестве алкоголя, а не воды, Джек (как и все остальные на корабле) были убеждены, что грог, превращенный в жидкое пойло, гораздо менее коварен, и никакие доводы на него не действовали. Сейчас ему надо было вынести приговор Нейджелу.

— Что ты сделал? Сам знаешь, черт бы тебя побрал, что ты сделал, — произнес Джек, глядя на матроса в упор холодным гневным взглядом. — Ты прошел мимо мистера Холлома, не отдав ему чести. Ты старый военный моряк и не можешь сослаться на незнание устава. Непочтение, преднамеренное непочтение — это чуть ли не бунт, а за бунт, вне всякого сомнения, полагается петля. На этом корабле я не допущу беспорядков, Нейджел. Ты знал, что делаешь. Кто из господ офицеров выступит в его защиту?

Таковых не нашлось. Холлом, который мог бы замолвить за него слово, не счел это нужным сделать.

— Очень хорошо, — заявил Джек Обри. — Привязать его к трапу. Капрал, прикажите дамам спуститься вниз.

Белые фартуки исчезли в переднем люке, и Нейджел стал медленно снимать рубаху, с мрачным, озлобленным видом нагнув голову.

— Взять его, — приказал капитан.

— Есть, сэр, — отозвался старшина-рулевой.

— Мистер Уорд, — обратился Джек к писарю, — прочтите тридцать шестую статью Дисциплинарного устава.

Едва писарь открыл книгу, как все обнажили головы.

— Статья тридцать шестая, — произнес писарь высоким голосом. — «Все прочие преступления, не наказываемые смертной казнью, совершенные лицом или лицами, служащими на флоте, которые не упомянуты в этом акте или за которые не предусматривается никакого другого наказания, наказываются в соответствии с законами и обычаями, применяемыми в таких случаях в море».

— Две дюжины ударов, — объявил Джек, нахлобучив треуголку. — Помощник боцмана, выполняйте свои обязанности.

Получив от Холлара линек, Гаррис, старший помощник боцмана, стал исполнять свои обязанности: старательно, без всякой злости, однако прилагая всю силу, как это положено на флоте. При первом ударе у наказуемого вырвалось: «Господи!» — но после этого, кроме счета, свиста линька и ударов по телу, не было слышно ни единого другого звука.

«Надо будет опробовать на его спине патентованный бальзам Муллинса», — подумал Стивен. Стоявшие рядом с ним юноши, которые еще никогда не видели телесных наказаний, смотрели на происходящие с растерянным и испуганным видом. Глядя на матросов, доктор увидел, как по простодушному лицу рослого Падина Колмана текут слезы жалости. Но в целом люди довольно равнодушно отнеслись к экзекуции. Для капитана Обри такая расправа была довольно суровой, хотя на большинстве других судов она была бы гораздо более жестокой. По общему мнению, две дюжины ударов были справедливой мерой наказания. Если какой-то малый шёл слишком круто к ветру и не хотел отдать честь офицеру, будь это даже занюханный помощник штурмана, без гроша за душой, вечный неудачник и аховый моряк, то виновному всё равно нечего жаловаться на то, что его укоротили. Похоже, такого же мнения придерживался и сам Нейджел. Когда его кисти и щиколотки ног освободили от верёвок, он взял свою рубаху и направился на нос к помпе, чтобы товарищи смыли у него со спины кровь, прежде чем он наденет её вновь. Выражение его физиономии, хотя и мрачное, вовсе не походило на выражение лица человека несправедливо обиженного.

— Прямо с души воротит от этих истязаний, — признался отец Мартин несколько позднее, когда они с доктором стояли у поручней на юте, наблюдая за двумя акулами, которые появились возле судна двумя днями раньше и плыли в кильватере или под килем. Это были матёрые, хитрые хищники, они пожирали все швыряемые им отбросы, но совершенно не обращали внимания на приманку, которую прицепляли к крючкам, намеренно опущенным чересчур глубоко, чтобы благодаря прозрачности воды определить их вид и уберечь от мушкетных пуль во время ежевечерних учебных стрельб. Одна акула, пожалуй, не помешала бы утреннему купанию капитана, но с годами он стал осмотрительнее и считал, что две акулы — это перебор, особенно после того, как один неприятный случай, недавно произошедший в Красном море, изменил его представления о повадках этих тварей.

— Меня тоже воротит, — согласился Стивен. — Но вы должны иметь в виду, что эти наказания сочетаются с обычаями и суровым нравом жестокой морской стихии. Полагаю, что если мы посвятим этот вечер пению дуэтом, то вы сочтете его столь же радостным, как если бы этой решетки для порки не существовало вовсе.

Решетка, о которой шла речь, была убрана, палуба тщательно выдраена, по крайней мере за полчаса до этого, поскольку вот-вот должны были пробить восемь склянок. Поперек палубы, позади грот-мачты офицеры и гардемарины надежно удерживали солнце в своих квадрантах и секстанах, ожидая, когда оно пересечет меридиан. В соответствии со старинным ритуалом, об этом событии штурман сперва сообщал Моуэту, а Моуэт, шагнув к капитану Обри, сняв треуголку, докладывал, что видимое местное время — полдень.

— Да будет так, — отозвался Джек, и отныне в законном порядке наступил полдень. Сразу же после этого судно откликнулось на восемь ударов рынды и свистки, звавшие матросов к обеду; однако, несмотря на толчею, он подошел к штурману, уточнил у него координаты корабля и поспешил к отцу Мартину.

— Поздравляю вас со знаменательным событием, дорогой, — произнес капитан. — Мы только что пересекли широту тропиков.

— Да неужто? — отозвался отец Мартин, порозовев от радости. — Ха-ха! Наконец-то мы в тропиках, сбылось одно из моих заветных желаний. — Он стал жадно оглядывать море и небо, словно теперь все изменилось. Вследствие одного из счастливых случаев, которые, пожалуй, чаще всего происходят с терпеливыми натуралистами, ветер принес какую-то тропическую птицу, которая начала кружить над кораблем. Она была атласно-белой, с перламутрово-розовым отливом и двумя поразительно длинными хвостовыми перьями.

Птица, за которой наблюдал отец Мартин, все кружила и кружила. Он отказался от обеда, лишь бы ни на минуту не упустить ее из поля зрения. То, взмахивая широкими крыльями, она летала вокруг судна, то парила над ним, время от времени садясь на клотик грот-мачты. Стивен не мог составить компанию отцу Мартину, поскольку вместе с Хиггинсом принялся пускать кровь экипажу. У каждого брали всего по пять унций, затаривая один сосуд за другим. В результате целых восемь ведер оказались наполненными густой жидкостью с розовой пеной удивительной красоты. Среди моряков оказалось более чем достаточно впечатлительных особ, которые теряли сознание: из-за того, что ветер ослаб, а жара усилилась, над палубой сгустился запах, как на бойне. В результате один из слабонервных солдат морской пехоты, падая в обморок, угодил в полное ведро, опрокинув его и еще три ведра. Это настолько разозлило доктора, что доброй полдюжине матросов он пустил кровь фонтаном, сделав их бледными, как телятина, и поставил часовых возле оставшихся ведер.

Однако через час с четвертью все закончилось, поскольку оба хирурга ловко владели ланцетами. Обморочных приводили в чувство морской водой или уксусом, в зависимости от вкуса. В конце концов, чтобы все было по справедливости, один врач пускал кровь другому. Затем Стивен обратился к отцу Мартину, чья птица к тому времени улетела, успев показать ему желтый клюв и перепончатые лапы:

— Теперь, сэр, я смогу показать вам то, что удовлетворит ваше любопытство и, возможно, поможет вам определить вид акулы.

Он попросил Хани, который был вахтенным офицером, выделить ему с полдюжины самых ловких рыболовов, а боцмана — подготовить пару свертков с ненужным хламом размером с младенца. До сего времени весь экипаж, включая капитана и офицеров, зажимал порезы на руках. Лица были мрачны и сосредоточенны. Но тут Джек Обри шагнул вперед и с огоньком в глазах спросил:

— А теперь что вы придумали, доктор?

— Рассчитываю укусить кусаку, — отозвался Стивен, протягивая руку к одному из бизань-марсель-фалов, к которому были прикреплены крючья для ловли акул с привязанными к ним цепями. — Прежде всего, надеюсь определить вид акул. Род их известен — Carcharias, но к какому они принадлежат виду?.. Где этот пройдоха Падин? Послушай, Падин, насади этих «младенцев» на крючки, но обращайся с ними так, будто ты в них души не чаешь, и дай им пропитаться доброй алой кровью. А я в это время постараюсь обмануть этих хищниц, которые плывут сзади и сбоку.

Взяв ведро, наполненное кровью, он стал медленно выливать его содержимое в кормовой шпигат правого борта. Моуэт и Пуллингс хором издали крик отчаяния, увидев испорченной краску, а матросы, забыв про борта, которые им придется отдраивать, любопытной толпой повалили на корму. Их ожидания не были обмануты: как только акулы учуяли кровь, хотя и сильно разбавленную, они всплыли на поверхность и стали метаться. Черные плавники высоко вздымались над белыми бурунами. Еще два ведра, вылитых с кормы, образовали в воде розовое облако и привели их в состояние бешенства. Утратив всякую осторожность, они пытались запрыгнуть на борт корабля, ныряли у него под килем, пересекали кильватерную струю и возвращались назад с пугающей быстротой и ловкостью, то наполовину выскакивая из воды, то оставаясь у самой поверхности моря, которое кипело и пенилось.

— Бросайте первого «младенца», — приказал Стивен. — Пусть она его заглотит хорошенько, не вырывайте его из пасти, черт бы вас побрал.

Едва стоявший на корме матрос успел обвить шлаг вокруг кнехта, как прочный линь надраился; акула, надежно заглотив крючок, начала бешено метаться у правой раковины, а вторая хищница в слепом бешенстве принялась рвать большие куски мяса из тела и хвоста подруги.

— Следующего «младенца»! — закричал доктор и вылил за борт остаток крови. Вторая акула оказалась сильнее первой, и совместными усилиями они отвернули «Сюрприз» на три румба от его прежнего курса.

— А теперь что будем делать? — спросил отец Мартин, разглядывая гигантский, зубастый улов. — Может, отпустить? Если мы станем поднимать их на борт, то ударами хвостов они наверняка наделают бед.

— Почем я знаю? — отозвался доктор. — Тут слово за капитаном.

— Идти в бейдевинд, — приказал капитан рулевому, который, вместо того чтобы следить за картушкой компаса, наблюдал за представлением. Затем обратился к боцману: — Мистер Холлар, завести пару булиней на нок бизань-рея. Попытайтесь поднять этих тварей так, чтобы они не порвали ванты.

Матросы дружно взялись за дело и постарались на славу: мощные, очень тяжелые и злобные существа вскоре оказались на борту, не повредив оснастки судна. Теперь, лежа на палубе, они казались гораздо больше и свирепее, чем были на самом деле. Страшные челюсти щелкали так, будто захлопывался люк шахты. Все моряки, каких знал Стивен, испокон веку испытывали ненависть к акулам. И эти твари не были исключением. Парни ликовали при виде издыхающих чудовищ, всячески понося их. Однако доктор удивился тому, что недавно наказанный Нейджел с прибаутками сам пинал ногами наиболее крупную из акул. Позднее, когда матросы с полубака унесли с собой один из хвостов, чтобы украсить им как амулетом нос, и они с отцом Мартином занялись анатомированием акул, Нейджел вернулся и очень робко спросил, нельзя ли ему взять совсем маленький кусочек акульего хребта. Он хотел привезти его своей маленькой дочке.

— Отчего же нет, — отвечал Стивен. — Можете отдать ей и это, — добавил он, доставая из кармана три жутковатых треугольных зуба (необходимых для определения вида акулы).

— О сэр! — благодарно воскликнул Нейджел, тотчас завернув их в носовой платок. — Большое вам спасибо. — Сунув подарок за пазуху, он обо что-то ударился лбом и поморщился от боли, после чего неуклюжей походкой пошагал прочь. Посередине прохода остановился и, оглянувшись назад, крикнул: — Она будет страшно рада, сэр.

Стивен оказался пророком, во всяком случае в этот день. Еще до вечернего концерта, который состоялся после короткого построения, все окончательно забыли об утренней экзекуции, чему способствовали всеобщее кровопускание и азартная ловля акул. Кок исполнил балладу из восьмидесяти одной строфы о шотландском пирате Бартоне под аккомпанемент трех волынок, а зарождающийся хор под управлением отца Мартина довольно удачно исполнил часть оратории, которую он надеялся исполнить целиком до того, как они вернутся домой. Еще будучи пассажиром линейного корабля, которым раньше командовал капитан Обри, капеллан научил наиболее одаренных матросов «Мессии» правильно выводить мелодии и произносить тексты. На «Сюрпризе» оказались многие из его прежних певчих. Сам отец Мартин пел неважно и плохо играл на музыкальных инструментах, но он был превосходным учителем, и матросы любили его.

Когда концерт окончился, многие остались на палубе, чтобы насладиться вечерней прохладой. Холлом был одним из них. Он сидел на продольном мостике левого борта, свесив ноги, и время от времени брал аккорды на испанской гитаре, принадлежавшей Хани. Он подбирал мелодию и, когда подобрал ее, то дважды очень негромко пропел слова, затем ударил по струнам и на этот раз запел звонким мелодичным голосом, как заправский тенор. Стивен не обращал внимания на слова, пока Холлом не затянул рефрен: *«Не поздней июня, розочка моя, как ни упирайся, я вкушу тебя!»*, который он повторил три или четыре раза, чуть изменяя мелодию и интонацию, которую можно было бы назвать шутливо-доверительной. «Золотой голос», — думал Стивен, глядя на певца. Доктор заметил, что, хотя лицо Холлома было обращено к противоположному борту, он время от времени оглядывался на нос, и, проследив за его взглядом, увидел, как миссис Хорнер собрала свое шитье, поднялась с места и при третьем повторе припева с недовольным выражением лица спустилась вниз.

Глава четвертая

Суда Вест-Индской компании были замечены рано утром, когда Джек плескался в прозрачной зеленой воде. Под ним не было ничего, кроме глубины в тысячи саженей, и ничего с обеих сторон, кроме африканского берега, в нескольких сотнях миль слева, и еще более далеких Америк справа. Он плавал и нырял, нырял и плавал, наслаждаясь прохладой, осязая воду всем обнаженным телом. Джек чувствовал себя великолепно, сознавая свою силу и радуясь ей. В этот непродолжительный отрезок времени, когда он находился не на судне, ему не надо было ломать голову над бесчисленными вопросами, связанными с экипажем, корпусом, вооружением корабля, темпами его продвижения, наиболее удачным выбором курса — вопросами, которые постоянно угнетали его, когда он находился на борту фрегата. Он любил «Сюрприз» так, как не любил ни один другой знакомый ему корабль, но полчаса, проведенные вне его, доставляли ему особую радость.

— Прыгайте в воду! — крикнул он Стивену, стоявшему на кат-балке с растерянным, неуверенным видом. — Не вода, а шампанское.

— Вы всегда так говорите, — пробурчал доктор.

— Не бойтесь, сэр! — произнес Кэлами. — Скоро вы перестанете бояться воды. Как только окунетесь, вам понравится.

Стивен перекрестился, набрал воздуха, зажал нос одной рукой, заткнул ухо другой и, закрыв глаза, прыгнул, шлепнувшись ягодицами о поверхность воды. Вследствие его любопытного свойства — отсутствия плавучести — значительное время он находился под водой, но затем все-таки вынырнул, и Джек ему сказал:

— Теперь на «Сюрпризе» нет ни материального, ни духовного руководства, ха-ха-ха! — Это было правдой, поскольку все судовые шлюпки были спущены на воду, чтобы из-за жары они не рассохлись. На последней из них сидел отец Мартин. Они находились у кромки Саргассова моря, где капеллан успел собрать великолепную коллекцию водорослей, а кроме того, изловил трех морских коньков и семь видов пелагических крабов.

— На горизонте парус, — крикнул впередсмотрящий, когда туманная дымка растаяла с лучами восходящего солнца. — На палубе, два румба справа по носу парус... два паруса. Три парусника с поднятыми брамселями.

— Стивен, — произнес Джек. — Я должен сию же минуту вернуться на корабль. До шлюпок доберетесь? — Оба плавали (если так можно было назвать судорожное передвижение рывками чуть ли не под водой, которое демонстрировал доктор) ярдах в тридцати от корабля, что было непосильной для доктора дистанцией.

— О, — произнес он, но тут в рот ему попала вода.

Стивен закашлялся, снова набрал в рот воды и, по своему обыкновению, начал тонуть. Джек привычно поднырнул под доктора, схватил его за редкие волосы и потащил наверх. Как обычно, Стивен сложил руки, закрыл глаза и лег на спину. Отбуксировав его к шлюпке отца Мартина, капитан быстро подплыл к кормовому штормтрапу, поднялся на борт и в чем мать родила полез на марс. Мгновение спустя он приказал принести ему подзорную трубу. Первое его предположение, что это возвращающиеся домой суда Вест-Индской компании, подтвердилось. Услышав пронзительный голос жены сержанта, миссис Джеймс, он все же послал за штанами, которые ему принесли наверх.

Спустившись на палубу, Джек проложил курс с таким расчетом, чтобы перехватить их, лишь незначительно отклонившись от общего направления, и поспешил в столовую каюту, откуда доносился аромат кофе, тостов, жареного бекона и чего-то еще. Стивен уже сидел за столом и за обе щеки уплетал сосиски. Едва капитан занял свое место, как появились Моуэт и молодой Бойл. Время от времени приходили гардемарины, докладывавшие о появлении незнакомых судов и их поведении. Прежде чем трапеза была окончена, расстроенный Кэлами сообщил:

— Это всего лишь суда Вест-Индской компании, сэр. Капитан Пуллингс докладывает, что ближайшее из них — это «Лашингтон».

— Рад слышать это, — отозвался Джек Обри. — Киллик, передай, пожалуйста, моему коку, чтобы он сегодня расстарался. С нами будут обедать три капитана. Можешь принести ящик шампанского, если встретимся рано. Заверни полдюжины бутылок в мокрое одеяло и подвесь их к бизань-рею с наветренной стороны тента.

Гости прибыли рано и отбыли поздно, розовые и веселые, после обеда, завершившегося праздничным пудингом, которым по праву гордился новый капитанский кок, и обильным возлиянием. Веселый получился обед, поскольку двое капитанов — Маффит и Мак-Куэйд — в свое время вместе с Джеком Обри, Пуллингсом и Моуэтом, служившими на одном корабле, в Индийском океане затеяли драку с французской эскадрой. Им было о чем рассказать друг другу, вспомнить, как ветер сменил направление, а гордый месье де Линуа повернул и бросился наутек.

После того как суда медленно разошлись, на прежде жизнерадостном лице Джека Обри, расхаживавшего взад и вперед по шканцам, появилось мрачное, сосредоточенное выражение. Маффит, опытнейший из капитанов Ост-Индской компании, сообщил ему, что ни разу в жизни пояс штилей и переменных ветров между зонами зюйд-остовых и норд-остовых пассатов не был столь широк. Он и его товарищи потеряли зюйд-остовые пассаты на двух градусах северной широты, им пришлось ползти как черепахам и буксировать суда шлюпками, пока они не добрались до зоны действия первого настоящего, впрочем, не очень-то сильного норд-остового пассата. Учитывая не слишком быстрое продвижение фрегата, Джек подумывал, не стоит ли ему двигаться на запад, оставив прежнее намерение добраться до островов Зеленого Мыса с их изобилием пресной воды, и рассчитывать на тропические ливни, которые так часто проливаются на широте от девяти до трех градусов к северу от экватора.

Вода, собранная с парусов и тентов, имеет отвратительный привкус пеньки и смолы и поначалу почти непригодна для питья. Однако главное преимущество заключалось в том, что они бы сэкономили несколько суток, поскольку он не был уверен, что «Норфолка» тоже притормозили штили. Но в то же время Джек сомневался в том, что «Сюрприз» сможет собрать в бочонки дождевую воду. В этой полосе широт ливневые грозы были хоть и очень сильны, но коротки. Фрегат прошел зону переменных ветров, ни разу не попав под дождь, хотя капитан неоднократно видел грозовые фронты по обеим сторонам горизонта или бродячие грозовые тучи, проливавшиеся в трех-четырех местах одновременно, причем между ними наблюдались участки спокойной воды протяженностью в несколько миль. О судьбе же не имеющего запасов воды судна, попавшего в полосу безветрия, было даже страшно подумать. С другой стороны, атмосфера в этих тропических широтах, хотя и была раскаленной, как в аду, все же отличалась значительной влажностью. Жажда здесь не слишком-то ощущалась, гораздо больше пресной воды использовалось для вымачивания солонины, чем для питья.

Джек Обри настолько погрузился в эти размышления, что, музицируя со Стивеном, вместо того чтобы создавать негромкий фон к продолжительной теме для виолончели, фон, являвшейся частью исполняемого в медленном темпе (и, пожалуй, скучного) произведения, которое они великолепно изучили, он сбился на той точке, где нетрудно перейти на другое сочинение того же композитора, и спохватился, лишь услышав режущий ухо диссонанс и возмущенные крики Стивена. Что это он вытворяет и куда катится?

— Тысячу раз прошу извинить меня, — произнес Джек. — Я исполняю произведение в ре-минор, только сейчас сообразил, что не туда заехал, но я исправлюсь. Извините меня, я удалюсь на минуту. — Выйдя на палубу, он изменил курс не дающего ему покоя «Сюрприза» на зюйд-вест-тень-зюйд и, вернувшись назад, произнес с довольным видом: — Вот так-то. Возможно, мы умрем от жажды в ближайшие несколько недель, если не пойдет дождь, зато «Норфолк» не прозеваем. Хочу сказать, — продолжал он, похлопывая по стулу, — шансы, что мы его пропустим сейчас, невелики. Но, с другой стороны, боюсь, вам придется сообщить бедному отцу Мартину, что мы так и не увидим островов Зеленого Мыса.

— Несчастный будет сильно разочарован. Он знает о жуках гораздо больше, чем я, а на островах Зеленого Мыса имеется огромное множество великолепных представителей класса жесткокрылых, хотя поверхностному взору и ограниченному уму их вид может показаться отталкивающим. Я постараюсь подготовить его к этому известию. Но знаете, что я вам скажу, Джек? Нынче вечером наши сердца далеки от музыки. Я говорю это и о себе тоже. Пожалуй, я прогуляюсь по палубе, подышу воздухом, а затем лягу спать.

— Вас не обидела моя рассеянность, Стивен? — спросил Джек Обри.

— Что вы, дружище! — отозвался доктор. — Мне было не по себе еще до того, как мы сели за ноты. Музыка никак не шла на ум.

Это было правдой. В тот день Стивен просмотрел скопившиеся у него в каюте бумаги, выбросив большую часть из них и приведя остальные в некое подобие порядка. В мусор была отправлена и пухлая пачка писем от «Доброжелателя», в которых тот регулярно сообщал доктору, что жена изменяет ему. Обычно эти послания возбуждали в нем только смутное желание узнать, кто это так старается. Но теперь, отчасти оттого, что ему приснился дурной сон, а отчасти потому, что факты были против него (ведь, *на первый взгляд*, он действительно волочился за Лорой Филдинг), к нему вернулась тревога, которую Стивен испытал, когда в Гибралтаре на «Сюрприз» было доставлено холодное и нравоучительное письмо его супруги. Хотя с многих точек зрения их брак вряд ли можно было считать удачным, Стивен был искренне привязан к жене, и мысль о том, что она сердита на него, а также невозможность примириться с ней путем редкой переписки лишили доктора душевного покоя. Правда, он надеялся, что письмо, доставленное Реем, все же убедит миссис Мэтьюрин в его неизменной привязанности к ней вопреки тому, что данное в нем объяснение присутствия миссис Филдинг на корабле поневоле было неудовлетворительным и во многих отношениях даже ложным. Теперь, находясь в подавленном состоянии, доктор вдруг осознал, что ложь иногда обладает такой же убедительностью, как и правда. И та, и другая постигаются интуитивно. Что же касается интуиции, то у Дианы Мэтьюрин по этой части все было в порядке.

Он постоял на шкафуте, вдыхая воздух, приносимый свежим ветром, после чего на ощупь добрался до трапа на квартердек. Ночь была темна — хоть глаз коли, — на черном бархатном небе ни единой звездочки. Движение корабля Стивен ощущал по тому, как вздымался, а затем падал вниз корпус фрегата, по дрожи поручней под его пальцами, по скрипу блоков и такелажа, по шелесту парусов над головой. Но он не различал ни парусов, ни тросов, ни даже ступенек трапа, по которому карабкался. Стивен как будто ослеп, и только когда его нос оказался над уровнем квартердечной палубы, доктор снова прозрел: светилась картушка компаса, возле которого находились старшина-рулевой — седовласый моряк по имени Ричардсон — и его молодой помощник Уолш. Рядом с грот-мачтой он различил еще одну темную фигуру. Приглядевшись к ней, он произнес:

— Доброй ночи, мистер Хани. А что, отец капеллан на борту?

— Это я, сэр, — фыркнув от смеха, произнес Моуэт. — Мы с Хани поменялись вахтами. Да, отец Мартин все еще не спит. Он находится в баркасе, по корме от нас. Сомневаюсь, что они доберутся до корабля раньше рассвета. Вон какая темнотища. Вы можете разглядеть его, если перегнетесь через борт. — Стивен так и сделал: несмотря на очень теплую воду, море светилось совсем слабо, но это мерцание все же позволяло разглядеть за кормой кильватерные струи буксируемых фрегатом шлюпок. На самой дальней из них маячил головной убор капеллана. — Можете составить ему компанию, — предложил доктору Моуэт. — Я помогу вам перелезть через фальшборт, если захотите.

— Не захочу, — отозвался Стивен, оценив расстояние, какое пришлось бы ему преодолеть, и усилившееся волнение, трепавшее вереницу шлюпок — командирский баркас, гичку, прогулочную шлюпку и оба катера. — Не хочу накликать беду, но послушайте, Джеймс, разве эти шлюпки не швыряет самым ужасным образом из стороны в сторону? Не увлечет ли их в пучину кильватерной струей, и не погибнет ли отец Мартин?

— Что вы, сэр! — возразил Моуэт. — Никакой опасности нет, а если ветер и усилится, то я уберу марсель, подтяну отца капеллана к борту и подам ему трос. Разве не приятно наконец-то идти с ветерком? Ведь с тех пор, как мы покинули Гибралтар, мы впервые делаем больше пяти узлов. В начале вахты впередсмотрящий начал докладывать об этом, а теперь, должно быть, если бы мы смогли, то увидели бы у форштевня мощные буруны. *Летит над волнами корабль, лишь сокол догонит его»*.

— Это ваши стихи, мистер Моуэт?

— Увы, нет. Гомера. Господи, что это был за талант! С тех пор, как я начал его читать, я даже перестал думать о том, чтобы писать самому. Он же такой... — Не закончив фразу, восхищенный Моуэт умолк.

— А я и не знал, что вы эллинист, — заметил Стивен.

— Ну какой из меня эллинист, сэр? — улыбнулся Моуэт. — Я читал его в переводе. Эту книгу мне подарила на память одна молодая дама в гибралтарском кафе под названием «Чапмен» — великолепном заведении. Я принялся читать ее потому, что преклонялся перед дамой, и еще потому, что надеялся ошарашить беднягу Роуэна красивыми образами и строфами, когда мы с ним увидимся, но не удержался и стал читать дальше. Вы знаете Гомера?

— Я почти не читал его на английском, — признался Стивен. — Хотя как-то заглядывал в переводы мистера Поупа и госпожи Дасье. Надеюсь, ваш перевод лучше.

— О, скажу без ложной скромности, он великолепен — иногда он гремит, словно прибой о скалы, ведь «Илиада» написана таким звучным гекзаметром. Я уверен, что этот перевод очень похож на греческий оригинал. Нужно показать его вам. Но, если я не ошибаюсь, вы читали поэму в подлиннике.

— У меня не было выбора. В детстве меня плеткой заставляли читать Гомера и Вергилия, Вергилия и Гомера. Сколько тогда было пролито слез. Но, несмотря на это, я его полюбил и вполне согласен с вами: он самый выдающийся из поэтов. Конечно же, «Одиссея» — великолепное произведение, хотя Улисс никогда не был мне по душе. По-моему, он чересчур часто лгал. А если человек лжет без меры, то, к сожалению, он становится фальшивым и больше не вызывает к себе симпатии. — Стивен говорил это с убежденностью: его собственная закулисная, тайная деятельность зачастую требовала мучительного для нравственного чувства двуличия. — ...Да, не вызывает симпатии. И я не стану переубеждать тех, кто заявляет, что Гомер не приложил особого старания при создании поэмы. Но «Илиада»! Спаси, Господи, его душу! Такое произведение, как «Илиада», не сможет превзойти ни один автор!

Моуэт воскликнул, что доктор совершенно прав, и принялся декламировать особенно полюбившийся ему отрывок из поэмы, но вскоре сбился. Но Стивен почти не слушал его; в его памяти всплывали яркие образцы, и он с воодушевлением продолжал:

— А поистине героические масштабы, на фоне которых мы кажемся такими жалкими и бледными! А несравненное искусство с самого начала и до благородного конца, когда Ахилл и Приам негромко беседуют ночью, зная, что они обречены! Благородный конец, их достойная кончина, поскольку я считаю погребальный ритуал всего лишь необходимой формой, почти приложением. Книга насыщена смертью, но в то же время сколько в ней жизни!

Пробило четыре склянки, прервав их беседу, и с разных концов корабля стала доноситься перекличка впередсмотрящих и часовых:

— Спасательный буй, все в порядке!
— Мостик правого борта, все в порядке!
— Скула правого борта, все в порядке!

Затем отрапортовали остальные вахтенные. Помощник плотника, принесший с собой фонарь, доложил, что в льялах одиннадцать дюймов воды — утром ее можно будет выкачать за полчаса. Вахтенный штурман, недолго посуетившись с фонарем и песочными часами, воскликнул:

— Семь узлов одна сажень, сэр. — Моуэт записал эти данные на грифельную доску.

Фонарь скрылся в люке, и вновь их окружила темнота, ставшая еще чернее, и Стивен произнес:

— Жил некогда глупый обитатель города Лампаска по имени Метродор, который считал богов олицетворением всего: огня и воды, неба и солнца и так далее... Насколько я помню, Агамемнон был у него верхним слоем воздуха. Целый легион книжных червей толковал Гомера вкривь и вкось, находя у великого слепца множество скрытых подтекстов. Некоторые утверждали, что «Одиссея» — не что иное, как огромная раздутая метафора, что ее создатель — просто ловкий сочинитель акростихов. Но, насколько мне известно, ни один из этих бумагомарак не заметил того, что ясно, как солнце в полдень: помимо того, что это величайшее в мире эпическое произведение, «Илиада» — нескончаемый вопль протеста против супружеской измены. Убиты сотни, какое там, тысячи юных героев, Троя залита кровью и охвачена пламенем; дитя Андромахи сброшено с крепостной стены, сама она уведена в плен, чтобы носить воду для гречанок; огромный город разрушен до основания, а жители его истреблены. И причиной такой катастрофы стала обыкновенная супружеская измена. В конце концов, героиня даже не полюбит своего недостойного героя. Джеймс Моуэт, ответьте, можно ли одобрить супружескую измену?

— Никак нет, сэр, — отвечал Моуэт с невидимой в темноте улыбкой. Улыбался он, во-первых, припомнив собственные похождения, а во-вторых, потому, что был уверен, как и многие на «Сюрпризе», что доктор делил с миссис Филдинг не только стол, но и койку. — Ни в коем случае. Иногда я подумывал о том, чтобы намекнуть ему, но такие вопросы слишком деликатны, и я сомневаюсь, что из этого выйдет толк. Слушаю, Бойл, в чем дело?

«Кого он имел в виду под словом *ему*?» — подумал Мэтьюрин.

— Прошу прощения, сэр, — отвечал Бойл, — но, по-моему, с баркаса сигналят.

— Тогда ступайте на корму и выясните, что произошло. Возьмите мой рупор и спросите громко и четко.

Бойл спросил громко и четко и, вернувшись назад, доложил:

— Насколько я смог понять, отец капеллан желает знать, не ожидается ли ухудшение погоды.

— Об этом-то мы и молимся все время, — отозвался Моуэт. — Но, пожалуй, лучше всего поднять баркас на борт. Нашему капеллану немного не по себе. Спуститесь вниз и помогите ему подняться по кормовому трапу. Освещения из капитанской каюты будет достаточно.

— Как вы любезны, — произнес отец Мартин, сев на шпиль, чтобы отдышаться после подъема. — Шлюпку швыряло самым немилосердным образом, и последние полчаса я не мог производить наблюдения.

— Что же вы наблюдали, сэр?

— Светящиеся организмы, в большинстве своем это крохотные пелагические ракообразные, копеподы. Но для исследований мне нужна более спокойная погода — такая, какая стояла почти во все время плавания. Как мне хочется, чтобы волнение снова утихло до того, как мы окончательно покинем зону саргассов.

— Ничего не скажу насчет саргассов, — отозвался Моуэт, — но, думаю, вы можете быть вполне уверены, что, прежде чем мы пересечем экватор, нам предстоит немало безветренных дней.

Действительно, задолго до того, как они пересекли экватор, дувшие в корму фрегата пассаты стихли, паруса поникли, напрасно пытаясь поймать малейшее дыхание ветерка; на гигантских волнах зыби корабль отчаянно качало.

— Вот она какая — экваториальная штилевая полоса, — заметил отец Мартин, поднявшись на палубу в своем лучшем сюртуке — том самом, который он надевал, когда его приглашали в капитанскую каюту, — и принялся с удовлетворением разглядывать жаркое, давящее сверху небо и гладкое, как стекло, море. — Всегда мечтал увидеть, как она выглядит. Для меня это праздник, но, пожалуй, сюртук лучше снять — по крайней мере до обеда.

— Какое это имеет значение? — отозвался Стивен, как никогда снедаемый духом противоречия из-за бессонной ночи, большую часть которой он боролся со своим тайным пороком — спиртовой настойкой опиума, которая, бывало, утешала его в минуты тревоги, несчастья, лишений, боли и бессонницы в течение многих лет, но которую он перестал принимать (кроме случаев медицинских показаний) после женитьбы на Диане. — Этот сюртук защищает вас от лучистой энергии солнца, а значит, механизм вашего тела функционирует при постоянной температуре. Как вам известно, арабы в пустыне ходят закрытые с головы до ног. Мнимое облегчение — всего лишь иллюзия, вульгарная ошибка.

Однако отец Мартин был не из тех, кого легко переубедить. Когда они спустились вниз, он, сняв сюртук, аккуратно сложил его на койке и произнес:

— И все-таки вульгарная ошибка удивительно освежает.

— Что касается экваториальной штилевой полосы, — продолжал Стивен, — то я полагаю, что вы неверно использовали этот термин. Насколько я понимаю, на языке моряков экваториальная штилевая полоса — это состояние, определенные условия, а не градусы широты и долготы. Его можно уподобить состоянию раздражения. Ребенок, да и взрослый, упаси нас Бог, может оказаться в состоянии раздражения где угодно. Так и судно может заштилеть повсюду, где оно окажется в продолжительной полосе безветрия. Возможно, я ошибаюсь, зато капитан Обри знает это наверняка.

Действительно, капитан Обри знал правильный ответ, но, поскольку они были гостями, он ухитрился согласиться с обоими, хотя больше склонялся к мнению капеллана. Джек глубоко почитал отца Мартина, ценил его, однако не приглашал к столу так часто, как следовало бы. И теперь, как бы в виде компенсации, не только очень часто наполнял бокал судового пастыря и отрезал ему лучшие куски бараньей ноги, но также поддерживал его точку зрения. Дело в том, что Джек чувствовал себя несколько неловко в присутствии капеллана. У него почти не было знакомых из духовных особ, и почтение к сану заставляло капитана носить на лице постную маску и вести серьезные беседы, главным образом на темы морали. Хотя Джек никогда не получал удовольствия от пикантных или — смотря по компании — сальных разговоров, эти внешние рамки приличия угнетали его. Кроме того, хотя отец Мартин любил музыку, исполнителем он был никудышным, и после одного или двух музыкальных вечеров, где у него ничего не клеилось и он то и дело рассыпался в извинениях, его больше не приглашали в капитанскую каюту музицировать. Поэтому Джек был более обыкновенного внимателен к своему гостю, не только хваля его (вполне искренно) за проповедь, произнесенную утром, не только потчуя его закусками и вином так, что мало кто смог бы выдержать такую нагрузку при температуре в сто четыре градуса по Фаренгейту и влажности восемьдесят пять процентов, но и рассказывая подробно о парусе, который будет спущен пополудни за борт, чтобы получилась купальня для тех, кто не решался купаться в открытом море, боясь утонуть. Это привело к наблюдениям, связанным с нежеланием моряков, в особенности рыбаков, учиться плавать. Сидевший на дальнем конце Пуллингс, имевший чин капитана, мог иметь собственное мнение и произнес:

— Давненько вы никого не спасали, сэр.

— Пожалуй, что так, — согласился Джек Обри.

— А что, капитан часто спасает людей? — спросил отец Мартин.

— Ну еще бы! Одну или две души, а то и больше за время каждого плавания. Пожалуй, вы могли бы укомплектовать целый баркас гребцами из спасенных вами людей, сэр. Разве не так, сэр?

— Пожалуй, что так, — рассеянно отвечал Джек. Затем, чувствуя, что недостаточно внимателен к другому гостю, спросил: — Надеюсь, мы увидим вас сегодня за бортом, мистер Холлом. Вы умеете плавать?

— Как топор, сэр, — отвечал Холлом, впервые открывший рот. Затем, после непродолжительной паузы, добавил: — Но вместе с другими побарахтаюсь в парусе. Это редкое наслаждение — немного охладиться.

Наслаждение было действительно редким. Даже ночью казалось, что кровавый месяц излучает жару, а в течение одуряющих, душных часов дня от лучей солнца, даже часто скрытого низкими облаками, в швах палубы плавился пек, а с деталей рангоута капала смола. Из-под краски выступала камедь, стекавшая по бортам корабля, медленно буксируемого на зюйд-вест. Каждые полчаса гребцов меняли. Иногда гладкую поверхность моря теребил горячий капризный ветерок, и тогда все матросы кидались к брасам, чтобы поймать его. Однако «Сюрприз» успевал пройти не больше мили, как ветер ослабевал, а то и стихал вовсе. Лишенный хода фрегат раскачивало на зыби так, что, несмотря на усиленные, вновь заведенные ванты и спаренные бакштаги, мачты, с которых были опущены на палубу брамсели, того и гляди были готовы упасть за борт. Не только миссис Лэмб, но и некоторые новички с «Дефендера» лежали пластом в своих койках.

Утомительное это было время. Казалось, что оно не кончится никогда. Новое местоположение, определенное по солнцу в полдень, с трудом можно было отличить от предыдущего, да и то только с помощью точнейших приборов. Жара добиралась до самых глубин фрегата, отчего собравшаяся в льялах вода невыносимо воняла, так что обитателям кают, находившихся на нижних палубах, в том числе Стивену и отцу Мартину, было не до сна. А когда они пытались устроить ночлег на палубе, застилая парусиной сочащуюся из всех швов смолу, их немилосердно гоняли с места на место озверевшие от пекла матросы. Наступило время, когда рушились самые прочные основы: не опасавшийся жары и даже, как саламандра, наслаждавшийся ею, Стивен все же снял свой шерстяной сюртук, такие же панталоны и добротные шерстяные чулки; теперь и он появлялся на палубе в просторной белой куртке, расстегнутой на впалой груди, легких нанковых панталонах и широкополой соломенной шляпе, изготовленной для него Бонденом, которого он обучил грамоте много лет назад в этих самых водах. Правда, воды были тогда гораздо прохладнее, а переход куда более быстрым и не требовавшим больших расходов душевной энергии. Тем временем Джек Обри, уничтожив весь свой личный запас светлого эля, вместе со штурманом вновь и вновь пересчитывал запасы воды, прибавив к основному количеству то, что осталось в 159 галлонных емкостях, лежавших в нижнем ряду, а также в закупоренных бочках емкостью в 108 галлонов, размещавшихся в бортовых коридорах. Подсчеты их обескуражили. Даже исходя из предложенного казначеем расчета галлон в день на человека, что далеко не соответствовало норме галлон пива в отечественных водах, запасы питья уменьшались почти по полтонны в день, причем без учета огромного количества воды, необходимой для того, чтобы сделать солонину съедобной.

Корабль задел край ливневого шквала на широте 6° 25′ N, но матросы успели лишь расстелить тенты и паруса, отмыв их для сбора воды во время следующего дождя. Несколько бочек все же удалось наполнить, но вода в них была такой соленой, пахнущей смолой и шлихтой от новой парусины, что, пока все не дошли до ручки, пить ее было невозможно. Тем не менее Джек приказал затарить ее. Если положение не изменится, то вскоре любой будет готов отдать десятилетнее жалованье даже за кружку помоев.

Джек был обеспокоен не только нехваткой воды, но и медленным продвижением фрегата. Он знал «Норфолк» и был уверен, что если им командует кто-то из американских офицеров, которых он встречал на борту «Конституции» или будучи в бостонском плену, то его противник мчится на юг на всех парусах, выжимая из своей оснастки все мыслимые узлы. Американец даже может наверстать потерянный месяц задержки и миновать мыс Сент-Рок раньше него. Беспокоил его и экипаж собственного корабля. Моряки «Сюрприза» покорно приняли в свою среду разномастную рвань, отнеслись к новичкам по-доброму и по первости едва ли не нянчились с ними. Однако, несмотря на совместный тяжкий труд по буксировке корабля и измененному капитаном вахтенному расписанию, большинство бывших матросов «Дефендера» остались для них чужаками. Почти все телесные наказания были вызваны ссорами между сторожилами и новоселами фрегата. Джек Обри с тревогой ждал дня, когда они пересекут экватор. Грубые забавы, обычно сопровождавшие традиционную церемонию явления Нептуна, могут принять безобразные формы. Он знал случаи, когда людей, которых недолюбливали, калечили, пользуясь удобным поводом, а одного так и вовсе утопили во время «игры с конем». Это произошло еще в бытность Джека помощником штурмана на «Формидабле». Тревога его росла еще и потому, что люди становились все более раздраженными из-за того, что им приходилось работать в условиях одуряющей жары и скудного питания. Разумеется, являясь вторым после Бога хозяином корабля, он мог запретить праздник, но ему было бы стыдно доказывать силу своей власти именно таким способом.

Вдобавок к прочим напастям, в воздухе царила какая-то непонятная ему атмосфера. Проведя большую часть жизни на флоте, Джек умело подбирал себе людей и знал экипажи разных судов лучше большинства офицеров, достигших его звания. Да и жизненного опыта, в отличие от иных командиров, ему было не занимать. Так, один сварливый капитан у мыса Доброй Надежды разжаловал его, тогда еще мичмана, в рядовые, заставив юного Джека жить, есть, спать и работать вместе с простыми матросами. Это обстоятельство позволило ему близко изучить привычки и настроения моряков, объяснило значение их взглядов, жестов и даже молчания. И теперь он был уверен, что на борту назревают какие-то неприятности, пока скрытые, но, по негласному мнению команды, неизбежные. Совершенно очевидно, что можно было не опасаться ни зреющего мятежа, ни игры по-крупному, какую устраивали на судах, где водились большие призовые деньги, поскольку у матросов «Сюрприза» к настоящему времени не осталось ни гроша за душой. Однако в воздухе носилось какое-то возбуждение, ощущалась какая-то тайна, которая вопреки очевидному могла быть обусловлена любой из этих причин.

Интуиция не подвела Джека; правда, было одно «но»: тайну знали все, кроме него самого, капеллана и, разумеется, старшего канонира. На военном корабле, где такая теснота, было невозможно что-либо скрыть от посторонних глаз, и все матросы знали о шашнях, которые мистер Холлом затеял с миссис Хорнер. Для этого он занимал исключительно выгодную позицию, поскольку его койка висела в кубрике мичманов, а хозяйство старшего канонира, где миссис Хорнер заботилась о гардемаринах, находилось совсем рядом — рукой подать. Почти никто из команды не мог появиться там, не обратив на себя внимания, и теперь отъевшийся и взбодрившейся Холлом полностью использовал это преимущество.

Среди команды распространилось мнение, что он злоупотреблял этими возможностями; что, начав очень осторожно, помощник штурмана очень быстро обнаглел, а сколь веревочке ни виться... Холлом был не из тех, кто наводит страх на матросов или доносит на них, подводя под порку, поэтому сильной неприязни он не вызывал. Но поскольку моряком он был никаким, то и уважением тоже не пользовался. Несмотря на его нынешнее везение, которому все завидовали, Холлома продолжали считать предвестником бед. На корабле он оставался чужаком. То же самое во многом относилось и к Хорнеру, мрачный характер и скрытая жестокость которого не вызывали к нему расположения матросов, хотя, с другой стороны, его уважали за то, что он отменный артиллерист, и боялись его гнева.

И матросы следили за обоими этими чужаками, следили с живейшим интересом в то свободное время, которое у них оставалось после изнурительных попыток вытащить корабль из зоны переменных ветров, буксируя его шлюпками. По мере того как осторожность влюбленных ослабевала, зачарованным зрителям казалось, что вот-вот грянет развязка. Но эти предположения, хотя ими свободно обменивались, не достигали капитанских ушей. В кают-компании, едва в ней появлялся капеллан, фривольные разговоры тотчас стихали.

Поэтому Джек Обри по-прежнему не понимал смысла многозначительных взглядов, которые он замечал, находясь на своем привычном посту у наветренного борта. Но если бы он это и знал, то все равно приказал бы отправить шлюпки на ловлю полосатых тунцов. На рассвете на палубе стали находить десятки летучих рыб, а как только взошло солнце, стали видны их преследователи, которые целыми стаями скользили у самой поверхности воды. Экипажи шлюпок, работавшие с рвением с помощью сетей и удочек, несколько раз доставляли на фрегат богатый улов. Это была рыба, на которую не надо было тратить драгоценную пресную воду. Кроме того, полосатый тунец, вместе с его близким родственником, крупным тунцом, как сообщил отцу Мартину Стивен, не только теплокровная рыба, но и средство, стимулирующее половое чувство.

Вся команда фрегата, кроме миссис Лэмб, наелась рыбы до отвала, и после этого пиршества снизу раздались чудные звуки «Июньской розы», исполнявшейся Холломом, который сменился с вахты. На палубе появился старший канонир, решивший проверить одну из каронад на полубаке. Песня тотчас стихла. Находившийся на полубаке канонир сунул в карман руку за платком и, не найдя его, направился к себе в каюту.

Влюбленную парочку выручила команда «Свистать всех наверх», поскольку Джек Обри решил, что темно-багровая туча на норд-остовом горизонте, из нижней части которой вырывались молнии, возможно, предвестник шквала, приближающегося к ним. Он счел, что самое время убрать брам-стеньги, хотя их подняли всего несколько часов назад, надеясь поймать последние вздохи ветра, принесшего им летучих рыб.

Решение его оказалось своевременным, поскольку шквал налетел гораздо раньше, чем могли предположить капитан, Пуллингс и штурман. Совершив несколько зигзагов, он с шипением промчался над гладью моря, появившись по левому борту. Белая линия, сопровождаемая полосой непроницаемой тьмы, приближалась со скоростью тридцать пять миль в час. Вдоль белой полосы носились три маленькие белые птички. Шквал налетел на корабль с диким воем, повалив его на правый борт и сбив с ног Стивена и отца Мартина, которые, пытаясь разглядеть в подзорную трубу птиц, неблагоразумно отпустили поручни и упали в шпигат подветренного борта. Не успели чьи-то добрые руки поднять их, как воздух превратился в сплошную ревущую стену теплого дождя, такую плотную, что оба с трудом могли дышать, ползя вверх по наклонившейся палубе, подальше от шпигатов, из которых струями била вода.

— Прошу прощения! — прокричал отец Мартин, пытаясь перекрыть адский шум. — То есть я хотел сказать: «полундра!». Так выражаются моряки, когда падает какой-то предмет. Хватайтесь за кофель-планку!

Минут десять «Сюрприз» мчался вперед под зарифленным фор-марселем, и как только ветер немного стих, матросы стали расстилать паруса и тенты, а также доставать бочки. К сожалению, гроза быстро израсходовала свои силы, напрасно залив палубу, а часть содержимого грот-бом-брамселя, натянутого между стойками полубака, куда для веса были положены ядра, пролилась, когда мистер Холлом, погруженный в свои мысли, развязал не тот узел.

И все-таки за этот короткий промежуток времени удалось собрать воды дней на восемь — очень чистой. Все женщины, даже заморенная морской болезнью миссис Лэмб, наполнив сыскавшиеся лохани и ведра, первым делом замочили свои панталоны. Лучше всего было то, что шквал сопровождался устойчивым ветром — первым дуновением зюйд-остовых пассатов.

Разумеется, за такие блага надо было расплачиваться. Рассохшиеся палубы превратились в решето, и на «Сюрпризе», весело мчавшемся вперед, звонко раздавалось эхо капели, пробивавшейся до самой нижней палубы и трюма, отчего промокли все продукты, кроме помещенного в обитое цинковыми листами хранилище хлеба, все каюты и подвесные койки. Не успело тропическое вечернее солнце внезапно нырнуть в воду, как жаркий, спертый воздух наполнился запахом плесени. Плесень синяя, зеленая, а иногда пятнисто-серая появилась на книгах, одежде, обуви, судовых приборах, суповых брикетах и, разумеется, на мощных бимсах, под которыми все спали и о которые все, кроме капитана, то и дело бились лбами. Это объяснялось не тем, что Джек Обри был приземистее остальных (ростом он был свыше шести футов), а тем, что подволок в его каюте был выше. Вернее, в каютах, поскольку у него их было три: помещение, расположенное по левому борту, через которое проходила нижняя часть бизань-мачты, где располагалась тридцатидвухфунтовая каронада и где он трапезовал, если число гостей не превышало четырех-пяти человек; спальня его находилась на правом борту, а по корме — великолепная, просторная каюта, занимавшая всю ширину корабля и освещаемая чудным, изогнутым, с наклоном внутрь широким окном из семи секций. Это было самое просторное, светлое, излюбленное помещение на корабле — владения Киллика, которое постоянно драили, протирали, скоблили и полировали. В нем пахло пчелиным воском, чистой морской водой и свежей краской.

— Может, помузицируем сегодня вечером? — предложил Стивен, вылезая из своей зловонной конуры.

— Избави бог, — вскричал Джек. — Пока дует этот божественный зефир, мне нужно управлять кораблем, находиться на палубе.

— Судно поплывет и без вас, у вас, слава богу, превосходные офицеры, и они в любом случае стоят на постах, по вахтенному расписанию.

— Вы совершенно правы, — отозвался Джек. — Но при особых обстоятельствах долг капитана находиться на палубе, заставляя корабль двигаться вперед хоть усилием воли, хоть, простите, пердячим паром. Вы можете сказать, что это все равно что купить пса и самому лаять у ворот конюшни...

— После того как конюшня заперта, — добавил Стивен, подняв руку.

— Вот именно. После того как конюшня заперта вами же. Но, видите ли, помимо неба и земли, существует кое-что еще. Стивен, располагайтесь-ка у меня в каюте и играйте сами. А может, пригласите отца Мартина или займетесь транскрипцией Скарлатти для скрипки и виолончели?

— Нет, спасибо, — отозвался Стивен, который не любил оказываться в роли явных любимчиков, и исчез в душной кают-компании, чтобы сыграть на полпенни в вист вместе с капелланом, мистером Адамсом и штурманом. В этой игре была необходима особенная внимательность, поскольку там же Говард — офицер морской пехоты — учился играть на немецкой флейте по самоучителю и извлекал из этого инструмента самые чудовищные звуки. Рядом с ним Моуэт декламировал отрывки из «Илиады». Читал он негромко, но с огромным наслаждением, так что доктор Мэтьюрин ничуть не расстроился, когда фельдшер позвал его на вечерний обход больных вместе с мистером Хиггинсом.

Стоявший на палубе капитан Обри откусывал от куска остывшего горохового пудинга, который был у него в одной руке, а другой он держался за задний грот-брам-штаг. Джек и впрямь действительно способствовал продвижению корабля и сокращениями мышц живота, и постоянным усилием воли, и другими, гораздо более важными, методами. Совершенно верно, у него были знающие офицеры, а в особенности Пуллингс и Моуэт, которые изучили дорогой их сердцу фрегат как свои пять пальцев. Но капитан знал свой фрегат гораздо дольше — он вырезал инициалы «Д. О.» на клотике фок-мачты еще в ту пору, когда был непослушным юнгой — и без ложной скромности мог заявить, что управлял «Сюрпризом» гораздо лучше остальных.

С таким же успехом Джек мог бы скакать на норовистом коне, которого сам выпестовал. Хотя он никогда не выбирал трос и не сжимал в руках штурвал (за исключением тех случаев, когда ему хотелось ощутить вибрацию пера руля и определить точный угол, при котором оно начинало работать), у него был послушный экипаж — люди, вместе с которыми он добывал великолепные призы, скрывался от заведомо превосходящих сил противника, благодаря которым он чувствовал корабль как бы продолжением своего тела. Он давно отказался от всякой показухи, от того, чтобы плыть с зарифленными марселями, как делал это в первые дни похода. Теперь «Сюрприз» рассекал мрак ночи, мчась на всех парусах, в том числе верхних и нижних лиселях, и пока что они выдерживали нагрузку. Что касается матросов, то большинство из них понимало, что это еще один случай, когда им приходится иметь дело с превосходящими их силами, силами природы: недаром они заметили, что капитан сохранил первые бочки недоброкачественной дождевой воды. Тем более что от вездесущих вестовых они узнавали о всех беседах в капитанской каюте и кают-компании, да и сами подслушивали разговоры начальства на шканцах. Даже последние упрямцы и самые тупые дундуки поняли, что надо во что бы то ни стало вырваться из штилевого капкана: недаром лучших рулевых вне очереди ставили на руль, штурман был на палубе каждую вахту и настойчиво напоминал, что нужно ставить кливеры и стаксели с молниеносной быстротой.

Джек Обри стоял на шканцах и на рассвете, используя каждый вздох океана, каждое дуновение ветра для того, чтобы корабль продвинулся немного дальше, чтобы он развил чуть большую скорость. Ветер зашел к югу настолько, что «Сюрпризу» пришлось идти в самый крутой бейдевинд, отчего задние шкаторины косых парусов вибрировали. С восходом солнца ветер значительно усилился, и теперь корабль показывал, на что он способен, идя круто к ветру. Руслени подветренного борта скрылись в великолепной пене носового буруна, белая полоса изгибалась вдоль борта такой глубокой кривой, что обнажилась медная обшивка средней части днища, за кормой расстилалась широкая прямая полоса кильватерной струи. Каждые пять минут фрегат проходил морскую милю. Пригласив зевак и вызвав обе подвахты, капитан выстроил их вдоль фальшборта с наветренной стороны, чтобы придать судну остойчивость, поставил грот-бом-брамсель и продолжал стоять, вцепившись в снасть, чтобы не скатиться с палубы. Промокший до нитки, с исхудалым лицом, заросшим ярко-желтой щетиной, он выглядел невероятно счастливым.

Джек Обри продолжал стоять на том же месте и в полдень, когда ветер чуть ослаб, но по-прежнему дул с обнадеживающим постоянством с ост-зюйд-оста, доказывая, что он-то и есть настоящий пассат. Когда солнце пересекло меридиан, сам капитан, штурман и все остальные офицеры с бесконечным удовлетворением установили, что в промежуток между настоящей и предыдущей съемкой координат «Сюрприз» прошел расстояние в 192 мили, окончательно вырвавшись из зоны штилей и переменных ветров.

После раннего обеда вторую половину дня Джек провел в койке, лежа на спине и храпя с такой силой, что даже те матросы, которые находились у рынды, перемигивались и посмеивались, а миссис Лэмб, качая головой, тихим голосом сообщила жене сержанта морской пехоты, до чего же ей жаль бедняжку миссис Обри. Но при построении Джек был на ногах. Поскольку обе подвахты вызывались ночью, вечер он посвятил очень популярному и необременительному учению: матросы и морские пехотинцы стреляли из мушкетов по бутылкам, подвешенным к ноку фока-рея. Когда барабанщик наконец ударил отбой, Джек удивил Пуллингса и Моуэта, заметив, что завтра, вероятно, они начнут окраску судна. В том, чтобы шкрабить палубы, особого смысла не было, поскольку смола в пазах еще слишком мягка, но было бы очень неприятно, если бы какой-то «купец» или португальский военный корабль увидел «Сюрприз» в его нынешнем плачевном состоянии.

Это было сущей правдой. Хотя каждое утро, когда появлялась такая возможность, за борт спускалась шлюпка, старшина которой и его помощники смывали с бортов швабрами все, что только можно смыть: смолу, вар, пек, маслянистые пятна, испорченный нарядный «нельсоновский» бордюр в виде шашечек и ободранная краска не порадовали бы глаз любящего свой корабль старшего офицера. Но такого рода делами обычно занимались позднее, когда появлялась вероятность, что качество окраски заставит всех зрителей разинуть рты от восхищения. В настоящее же время «Сюрприз» находился более чем в пятистах милях от ближайшей точки побережья Бразилии. Кроме того, окраска корабля всегда означает снижение скорости хода, и хотя ее следовало завершить до того, как они достигнут глубин, измеряемых ручным лотом, Пуллингс рассчитывал, что капитан задержится по эту сторону экватора лишь в случае ливневого шквала, для того чтобы наполнить водой многочисленные пустые бочки. Однако они с Моуэтом с младых ногтей воспитывались в условиях, исключавших сомнения в справедливости отданных распоряжений, поэтому офицеры ответили: «Есть, сэр!» — хотя и с едва заметным колебанием.

Доктор Мэтьюрин был более свободен в своих мнениях. Придя вечером в капитанскую каюту, он дождался, когда Джек Обри закончит исполнять затейливое рондо, и затем спросил:

— А разве мы не станем спешить, чтобы пересечь завтра экватор, сэр?

— Не станем, — с улыбкой ответил капитан. — Если этот ветер продержится, а он почти наверняка станет вести себя как истинный пассат, то я надеюсь в воскресенье пересечь экватор на двадцати девяти градусах западной долготы. Так что завтра вы окажетесь совсем рядом со знакомыми вам скалами Сан-Паулу.

— Неужели правда? Отличная новость! Надо будет обрадовать бедного отца капеллана. Скажите, а что за рондо вы исполняли?

— Рондо Молтера.

— Молтера?

— Да. Вы знаете Молтера Болтера. Вы наверняка слышали о Молтере Болтере! Ха-ха-ха! — Перестав наконец смеяться, Джек вытер глаза и чихнул. — На меня словно бы озарение нашло, будто бенгальский огонь вспыхнул. Господи, ну что я за трепло! И когда я только поумнею? Молтер Болтер... Надо будет повеселить Софи. Я пишу ей письмо, чтобы отправить его с каким-нибудь «купцом», направляющимся домой, если встретим его на следующей неделе у бразильских берегов, что вполне возможно. Молтер Болтер, надо же!

— Кто говорит загадками, тот и в карман к тебе запросто залезет, — отозвался Стивен. — Вы со своими отговорками совсем заморочили мне голову. Да кто он такой, этот Молтер? — спросил доктор, беря в руки аккуратно переписанную партитуру.

— Иоганн Мелхиор Молтер — немецкий композитор прошлого века, — уже серьезно ответил Джек. — Наш приходской священник очень высокого мнения о нем. Я переписал это произведение, куда-то его заложил и обнаружил его всего десять минут назад под нашим Корелли до-мажор. Кстати, не желаете сыграть Корелли сейчас, в столь знаменательный день?

Но следующий день никто бы не назвал знаменательным. «Сюрприз» обвешался беседками с обоих бортов, и все матросы принялись шкрабить краску, сбивать молотками ржавчину с железных деталей корпуса, а затем красить их и чернить. Рано утром Стивен сообщил отцу Мартину о том, что они приближаются к скалам Сан-Паулу, где в соответствующее время года гнездятся не только всевозможные виды крачек, но и два вида олуш — бурая и гораздо более редкая синелицая олуша. Время не было соответствующим, но какая-то надежда увидеть отставших птиц была. Освободившись от своих обязанностей, доктор и капеллан захватили с собой стулья, выбрали удобные места для наблюдения и принялись отыскивать в подзорные трубы олуш, разглядывая скалы, одиноко возвышавшиеся над поверхностью океана.

Не успели они просидеть и десяти минут, как их попросили отодвинуться: «Осторожно, тут окрашено, сэр, ради бога, не испортите краску!» Когда же они были прижаты к изящной резьбе кормовых поручней, то услышали, что могут побыть там немного, но трогать ничего нельзя. Ни в коем случае нельзя было даже дышать на сусальное золото, пока не высох белок, не говоря уже о том, чтобы класть подзорные трубы на фальшборт. Даже со шлюпки им было бы удобнее выцеливать в окуляры птиц, хотя в ярде над уровнем моря дальность горизонта не превышала трех миль. Но шлюпки были подняты на борт судна для шкрабки и окраски. Когда же натуралисты попытались отстоять свои права, им посоветовали не поднимать хвост и запомнить, что тут корабль, а не плавучий зверинец.

Не кто иной как Кэлами посоветовал им подняться на фор-марс, откуда (поскольку фор-марсель был убран) можно было обозреть чуть ли не весь шар земной. Он помог им подняться, усадил их с удобством на сложенные лисели, которые там хранились, принес подзорные трубы и по соломенной шляпе каждому, чтобы ученые мозги не расплавились под отвесными лучами гигантского солнца, жаркого как топка, а также целый карман сушеных хлебных обрезков, известных как «мичманские орехи», чтобы заморить червячка, поскольку, скорее всего, обед будет поздним.

С этого наблюдательного пункта они впервые заметили птицу-фрегата, а затем, услышав крик впередсмотрящего, сидевшего на грот-брамсель-рее, увидели белую отметину на горизонте в тот момент, когда на зюйд-весте над водой выступили скалы Сан-Паулу.

— Ого! — произнес отец Мартин, поднеся подзорную трубу к своему единственному глазу и старательно наводя окуляр на фокус. — Неужели же это?.. — В сторону корабля устремился строй крупных птиц, летевших довольно быстро и не слишком высоко. В сотне ярдов по правому траверзу они замедлили полет, застыли в воздухе, а затем одна за другой, по примеру атлантических олуш, принялись нырять, поднимая тучи брызг. Вынырнув, они вновь взлетали, кружили, опять ныряли еще некоторое время, а затем все разом устремились на норд-ост.

Отец Мартин сделал перерыв. Опустив подзорную трубу, он повернул к Стивену сияющее лицо.

— Я видел синелицую олушу, — произнес он, тряся доктора за руку.

Задолго до того, как пробило семь склянок, матросы, благоухая скипидаром, отправились есть свой обед, источавший тот же запах. Спустя полчаса заполнилась и кают-компания, откуда громко раздавалась удалая песня. Вскоре на марсе появился посыльный, оповестивший обоих наблюдателей, что их ждут за столом.

— Передайте от меня благодарность капитану Пуллингсу, — отозвался Стивен, — и скажите, что я буду только к ужину.

Отец Мартин сказал то же самое, и оба возобновили созерцание бесплодных островов, которые были уже совсем рядом.

— Ни былинки, ни листочка, — заметил Стивен. — И ни капли влаги, кроме той, что проливается с неба. Птицы, что слева, думаю, всего лишь глупыши; но та, что на самом верхнем валуне, — это олуша, мой дорогой, бурая олуша. Бедняжка не очень похожа на себя, потому как линяет, но все-таки это настоящая бурая олуша. А белые пласты на скалах — это, разумеется, птичьи испражнения, местами достигающие нескольких футов в толщину. От них так несет аммиаком, что просто задыхаешься. Однажды, когда птицы высиживали птенцов, я был на этих островах. Яйца попадались на каждом шагу, а птицы были совсем ручные — хоть в руки бери.

— Как вы полагаете, капитан не остановится хотя бы на полчаса? — спросил отец Мартин. — Представьте себе, какие там могут быть жуки. Нельзя ли объяснить ему?..

— Мой бедный друг, если что-то и может сравниться с тупым безразличием морского офицера к птицам, так это его столь же тупое безразличие к жукам. Вы только посмотрите на эти свежевыкрашенные шлюпки. Сейчас мы развиваем скорость в пять узлов, а тогда я смог высадиться на берег только потому, что стоял штиль, было воскресенье и один офицер очень любезно доставил меня на остров на шлюпке. Его звали Джеймс Николс. — Он вспомнил беднягу Джеймса, который утопился возле той скалы, что осталась в миле от них. Несчастный моряк поссорился с женой и тщетно пытался помириться с ней. От Николса Стивен в мыслях перешел к браку вообще — этому сложному социальному институту. Он слышал о породе ящериц, живущих на Кавказе, которые размножаются партеногенетически, без всяких сексуальных отношений со всеми сопутствующими им сложностями. Их научное наименование Lacerta saxicola. Брак с его печалями, заботами и непрочными радостями занял мысли доктора, и он ничуть не удивился, когда тихим, доверительным тоном отец Мартин сообщил ему, что давно привязался сердцем к дочери одного настоятеля, молодой особе, с братом которой он увлеченно занимался ботаникой в университете. Она занимала более высокое, чем он, положение в обществе, и ее подруги смотрели на него неодобрительно. И все-таки благодаря тому, что дела отца Мартина пошли в гору (теперь его годовой доход составлял 211 фунтов 8 шиллингов), он подумывал о том, чтобы просить ее руки. Однако его тревожили сомнения. Одно из них заключалось в том, что ее подруги могли счесть, что даже 211 фунтов 8 шиллингов — сумма недостаточная. Вторым была его внешность: несомненно, Мэтьюрин заметил, что у него всего один глаз, что, несомненно, говорило не в его пользу. Ко всему прочему, он не мог должным образом выразить свои чувства в письме. Нельзя сказать, чтобы отцу Мартину было чуждо сочинительство, но в эпистолярном жанре он не силен. Быть может, Мэтьюрин будет настолько любезен, что согласится взглянуть на его послание и даст ему откровенную оценку?

Солнце нещадно нагревало фор-марс. Бумага в руке Стивена скручивалась, и настроение его постепенно падало. Отец Мартин был на редкость славный, умный, начитанный человек, но когда он принимался писать, то будто вставал на необычайно высокие ходули и от этого неудобства время от времени впадал в развязность, создавая тем самым поразительно искаженное представление о себе. Стивен вернул письмо со словами:

— Написано действительно очень изящным стилем, с необычайно красивыми оборотами, которые, я уверен, тронут сердце любой дамы. Но, дорогой мой отец Мартин, позвольте мне сказать, что весь ваш подход ошибочен. Вы только и делаете, что извиняетесь. С начала до конца вы держитесь чрезвычайно приниженно. У меня в голове вертится одна цитата, которую, как и имя ее автора, я не могу вспомнить. Смысл ее в том, что даже самая добродетельная женщина презирает мужчину, страдающего бессилием. А разве все это самоуничижение не наводит на такую мысль? Убежден, что наилучший способ сделать предложение — кратчайший. Надо написать очень простое, предельно внятное письмо примерно такого содержания: «Моя дорогая мадам, прошу удостоить чести выйти за меня замуж. Остаюсь, дорогая мадам, с совершенным к Вам почтением. Ваш покорный слуга». Письмо выражает самое существо дела. На отдельном листке, возможно, стоит указать свой доход, на что обратили бы внимание друзья этой дамы, наряду с выражением готовности выполнить те условия, какие они могут считать нужными.

— Возможно, и так, — ответил отец Мартин, складывая письмо. — Возможно, и так. Премного благодарен вам за совет.

Однако не требовалось большой проницательности, чтобы понять, что он остался при своем мнении, что он по-прежнему цеплялся за свои тщательно взвешенные периоды, свои сравнения, метафоры и прочие разглагольствования. Он показал письмо Мэтьюрину отчасти в знак доверия и уважения, будучи искренне привязанным к нему, и отчасти из расчета, что Мэтьюрин, похвалив его послание, возможно, добавит несколько ловких фраз. Подобно большинству заурядных авторов, отец Мартин не нуждался ни в каком откровенном мнении, которое расходилось бы с его собственным.

— Действительно, до чего же удивительно верный голос у мистера Холлома, — помолчав, произнес капеллан. — Истинный подарок для любого церковного хора. — После этого оба принялись обсуждать жизнь судовых капелланов, врачей и различные обстоятельства на самом «Сюрпризе». Он продолжал: — Этот корабль не похож ни на один из тех, на которых я служил. Никто не истязает матросов палками и линьками, нет рукоприкладства, почти не слышно грубых слов. Если бы не эти злополучные матросы с «Дефендера» и не их ссоры со старой командой «Сюрприза», то, пожалуй, не было бы и телесных наказаний. По крайней мере, не было бы той бесчеловечной порки, которую мы наблюдали. Этот корабль разительно отличается от того, на котором я служил прежде: там порку устраивали чуть ли не каждый день.

— Совершенно верно, — отозвался Мэтьюрин. — Но следует учесть, что матросы «Сюрприза» плавают вместе много лет. Все они военные моряки, а не люди с сухопутья и уж вовсе не любимчики лорд-мэра. Все они достаточно опытные мореходы, которые работают дружно и которым не нужно палки. Никто никого не пугает, не оскорбляет, никому не угрожает, как это принято на не столь счастливых кораблях. Но, увы, «Сюрприз» вовсе не типичное явление для военного флота.

— Действительно, — согласился отец Мартин. — Но даже здесь грубость в порядке вещей. Если бы так обращались ко мне, это было бы невыносимо.

— Вы имеете в виду обращение: «Эй вы, косолапые псы, грязные ублюдки»? Просто увалень Дэвис и его помощники, не прибегая к помощи закрепленного за ними гардемарина, попытались протащить на корму легкий трос, чтобы повесить беседку, но сделали это не так, как приказали, а как им самим вздумалось. Ну, и зацепили гафель лиселя, после чего и послышалось это жаркое приветствие со шканцев. Конечно, слова грубые, но, ей-богу, от мистера Обри они стерпели бы и не такую брань, лишь снисходительно улыбнувшись да покачав головой. Он один из самых решительных боевых командиров, а решительность — это качество, которое матросы ценят выше всего. Они продолжали бы молиться на него, даже если бы он драконил их почем зря. Но капитана Обри никак нельзя упрекнуть в несправедливости.

— Что правда, то правда. Это чрезвычайно благородный, достойный господин, — согласился отец Мартин, перегнувшись через ограждение, чтобы разглядеть последний из островков, оставшийся в жарком мареве далеко за кормой. — И все-таки какая несгибаемость... Пройдя по океану пять тысяч миль, он не мог уделить наблюдениям и пяти минут. Но я вовсе не жалуюсь, это было бы черной неблагодарностью после того, как я увидел синелицую олушу, вернее шесть синелицых олуш. Прекрасно помню, как вы меня предупреждали, говоря, что для натуралиста жизнь на корабле — это девятьсот девяносто девять упущенных возможностей и одна, которой, быть может, удастся воспользоваться. Однако нечистый напоминает, что завтра мы станем на плавучий якорь и будем оставаться в таком неподвижном состоянии бог знает сколько времени: предстоит церемония перехода через экватор.

Впрочем, церемония оказалась довольно чинной, поскольку, по исключительно редкому стечению обстоятельств, она выпала на воскресенье, когда на палубе был водружен алтарь. Еще более редким обстоятельством было то, что она происходила на свежевыкрашенном корабле, где все матросы помнили, что на них праздничная одежда, а краска еще не высохла, швы только что промазаны пеком и над самыми вельсами нанесен слой черни. Кроме того, отец Мартин прочитал проповедь, составленную преподобным Донном, а хор исполнил несколько удивительно трогательных гимнов и псалмов. В разноплеменной команде были африканцы, поляки, голландцы (довольно многочисленная группа), латыши, малайцы и даже, как было установлено по судовой роли, один немой финн. Однако большинство экипажа составляли англичане, причем исповедовавшие англиканскую веру. Богослужение велось на английском, а не на непонятной матросам латыни, и тронуло все сердца. Всеобщее настроение, в целом, оставалось серьезным даже после воскресного пудинга с изюмом и грога, а немногим чересчур разгулявшимся ребятам готовые навести порядок то и дело напоминали: «Не испорти краску, корешок, не лезь куда не надо, черт бы тебя побрал!»

«Сюрприз» вновь поставил фор-марсель и лег в дрейф почти на линии экватора. На борт корабля поднялся Нептун со своей свитой и стал обмениваться традиционными приветствиями и остротами с капитаном, а от тех, кто никогда прежде не пересекал экватор, потребовал выкупа, угрожая строптивым обритием головы. Отец Мартин и гардемарины заплатили выкуп, а остальных (все сплошь бывшие матросы «Дефендера») привели к лохани. Но особого рвения среди цирюльников не наблюдалось, поскольку все время слышались окрики: «Не испорти краску, Джо!», а непристойные шутки, обычно произносившиеся Нептуном, звучали редко из-за воскресного дня и присутствия капеллана. Вскоре церемония закончилась, никто не пострадал, однако у всех осталось чувство неудовлетворенности. Но дело исправил концерт, устроенный вечером, — первый концерт в Южном полушарии. Пели все матросы, а потом кок Оридж мощным голосом исполнил песню «Британские моряки»:

> Оставьте, юные глупцы, свои мечты о море,
> Иначе принесете вы родным одно лишь горе.

Отец Мартин не бывал ни на Канарах, ни на островах Зеленого Мыса, ни даже на скалах Сан-Паулу. Похоже на то, что ему не удастся побывать и на землях Нового Света. Пять суток спустя, на рассвете, с «Сюрприза» увидели мыс Сент-Рок — далекую, едва заметную полоску, после чего свернули в сторону более оживленных маршрутов, куда течения и местные ветра привлекали многие суда, шедшие из Северной Америки и Вест-Индии к югу от Ресифи, мористее[1] широкой дельты реки Сан-Франсиску. Причем шедшие с точки зрения моряка совсем близко от берега. Землю можно было заметить, забравшись на топ мачты, она имела вид узкой полоски и отличалась от облаков более четкой формой. Здесь-то Джек и намеревался подстеречь «Норфолк», выставив подальше от берега капитанский катер, а за ним баркас, с которыми он должен был поддерживать визуальную связь. Он занимал избранную позицию уже в течение нескольких часов, когда в лучах утреннего солнца появилась «Любезная Катерина», направлявшаяся домой, в Лондон, со стороны устья реки Ла-Плата. У капитана «Катерины» не было ни малейшего желания встречаться с командиром «Сюрприза», так как он прекрасно понимал, что тот может заставить его отдать нескольких лучших матросов. Но у него не оставалось выбора: у Джека Обри были барометр, гораздо более быстроходный корабль и в десять раз большее количество матросов для того, чтобы поставить паруса. Капитан «Катерины» поднялся на борт фрегата с кислым лицом и судовыми документами, но ушел с довольным видом и в подпитии, поскольку Джек, как в силу характера, так и руководствуясь определенной политикой, всегда щедро угощал капитанов торговых судов. На «Катерине» не видели и не слышали ни о «Норфолке», ни о каком другом американском корабле в южных водах. Никаких разговоров о них не было ни в Монтевидео, ни на острове Санта-Катарина, ни в Рио или Бахии. Капитан «Катерины» внимательно отнесся к письмам «Сюрприза», сразу поместил их в почтовый ящик и пожелал всем счастливого возвращения.

В течение дня Джеку попались еще четыре судна, или барка, которые сообщили ему то же самое, что и лоцман,

---

[1] Дальше в сторону открытого моря.

который подошел узнать, не нужна ли им проводка вверх до Пенедо. Ступив на палубу фрегата, лоцман напугал находившихся на шканцах, издав радостный вопль и принявшись целовать мистера Аллена в обе щеки — однажды штурман долгое время жил в доме отца лоцмана в Пенедо, поправляясь после болезни желудка. Но лоцман тотчас же завоевал всеобщее расположение, заверив капитана Обри, что ни один военный корабль не прошел бы мимо мыса так, чтобы он, лоцман, его не заметил. Тревога, терзавшая Джека, рассеялась, уступив восхитительному чувству облегчения: хотя он непозволительно долго добирался сюда, выяснилось, что он опередил американца.

— Великолепно, — заявил он, обращаясь к Пуллингсу и Моуэту. — Думаю, что нам придется крейсировать здесь меньше недели, даже если «Норфолк» задержался из-за слабых ветров. Если мы станем держаться на достаточном расстоянии от берега с таким расчетом, чтобы двуглавый холм находился у нас по траверзу, американец должен будет пройти достаточно близко к берегу, что позволит нам воспользоваться течением и погодными условиями, а уж тогда мы им покажем, где раки зимуют. Не думаю, что американец захочет уклониться от сражения, тем более что будет находиться с наветренной стороны от нас.

— А как с водой?.. — заикнулся было Пуллингс.

— Конечно же, вода первое дело, — согласился Джек. — Но если беречь воду, нам ее хватит на неделю. К тому же в здешних широтах в это время года не проходит и недели без проливного дождя. Надо заранее приготовить бочонки и тенты, чтобы не замешкаться. Если же дождей не будет, то штурман знает удобное место для приема воды недалеко отсюда вверх по реке. А чтобы не пропустить неприятеля, выставим дозор на шлюпках. Даже если «Норфолк» и проскользнет мимо, то далеко он не оторвется. Не успеет опомниться, как мы обрушимся на него.

Дни тянулись медленно — невероятно жаркие дни, отчего всех ужасно мучила жажда. Некоторые, правда, наслаждались жарой, в их числе Стивен и Финн, который впервые после того, как они вышли из Гибралтара, молча снял меховую шапку. Зато мистер Адамс задыхался и обливался по́том, поэтому его пришлось посадить в гамак, натянув над ним тент. Миссис Хорнер совершенно утратила свою привлекательность: она пожелтела и похудела. Все заметили, что стушевался и ее менестрель: не были слышны ни «Цветы срывают в мае», ни «Июньская роза», стихли и пламенные аккорды испанской гитары. Да и сама преступная любовная связь больше не вызывала острого общего интереса, отчасти потому, что растянулась на столько тысяч миль, что стала в глазах команды едва ли не почтенной, но в гораздо большей степени оттого, что матросам, вымотанным артиллерийскими учениями в такую жару, не хотелось ни перемывать этой парочке кости, ни подсматривать за ней.

Сейчас-то и пошли в ход личные капитанские запасы пороха. Хорнер и его помощники целыми часами набивали картузы, и каждый вечер экипаж застывал на поверке перед боевыми учениями. А потом из обоих бортов вырывались длинные зловещие языки пламени и клубы дыма от орудий, стрелявших поочередно, начиная с носовых и кончая кормовыми, по пустым бочкам из-под солонины, буксируемым за кормой в пятистах ярдах, зачастую с потрясающей точностью и быстротой, близкой к той, какую прежде всегда показывали канониры «Сюрприза», когда из одной пушки успевали произвести два выстрела за минуту десять секунд, хотя в составе прислуги почти каждого орудия был или бывший матрос с «Дефендера», или пациент гибралтарского желтого дома.

На пятые сутки в полдень с суши подул ветер, принесший с собой запах речного ила и тропических джунглей. К сожалению, дождя так и не было, зато прилетел жук Chrysomelid — первое поистине южноамериканское насекомое, которое сподобился увидеть отец Мартин. Он бросился вниз, чтобы показать находку Стивену, но Хиггинс сказал, что доктор занят, и предложил капеллану присесть, закусить галетой и выпить рюмку бренди из запасов лазарета. Отец Мартин едва успел отказаться: галета в такую жару застрянет в горле, если ее не запить чем-то более утоляющим жажду, чем бренди. В эту минуту старший канонир вышел из своей каюты с потемневшим, мрачным лицом.

— Хотя он и неказист, — заметил Стивен, разглядывая насекомое сквозь лупу, — но знаю наверняка, что никогда не видел такого экземпляра прежде и вряд ли смогу угадать даже его род. — Он отдал жука капеллану и произнес: — Отец Мартин, я вспомнил и ту цитату, и имя его автора: Сенак де Мелан. Боюсь, что я заставил его говорить более выразительно, чем следовало бы. В действительности он сказал следующее: «Даже самые добродетельные женщины — les plus sages[1], — сторонятся бессильных мужчин». И далее продолжил: «Стариков презирают, поэтому нужно скрывать свое убожество и прятать от посторонних уродливые стороны жизни — нищету, беды, болезнь, неудачи. Начинается с того, что людей трогает до невозможности бедственное состояние их друзей; вскоре чувство это превращается в жалость, в которой есть нечто унизительное, затем в умение мастерски давать советы и, наконец, в презрение». Разумеется, последние соображения не имеют ничего общего с предметом, который мы обсуждали, но мне кажется, что они... Лейтенант Моуэт, дорогой, чем я могу вам помочь?

---

[1] Самые мудрые (*фр.*).

— Прошу прощения за то, что наступил на вашего жука, — отвечал Моуэт, — но капитан хотел бы узнать, пригодно ли это питье для человеческого организма. — Он протянул доктору кружку, наполненную дождевой водой, собранной давным-давно севернее экватора.

Стивен понюхал ее, отлил немного в колбу и посмотрел на ее содержимое в лупу. На его мрачном, сосредоточенном лице появилась восторженная улыбка, которая расползалась все шире и шире.

— Вы только взгляните, — сказал он, передавая колбу отцу Мартину. — Пожалуй, это самый прекрасный бульон из водяного мха, который я когда-либо видел. Мне кажется, я различаю некоторые африканские формы.

— Я вижу здесь же довольно неприятные на вид полипы и какие-то организмы, несомненно находящиеся в тесном родстве с возбудителями опасных недугов, — отозвался отец Мартин. — Я не стал бы пить эту бурду даже ради получения должности настоятеля собора.

— Передайте, пожалуйста, капитану, — сказал Стивен, — что такая вода непригодна даже для мытья палубы и что он должен плыть вверх, вниз или куда-то еще, чтобы попасть к благородным струям реки Сан-Франсиску и наполнить наши бочки из прозрачных, дарующих здоровье волн, текущих меж берегов, покрытых роскошной, экзотической растительностью, где раздаются крики тукана, ягуара, разных обезьян, сотен видов попугаев, летающих среди великолепных орхидей, в то время как огромные бабочки невероятной красоты порхают над землей, усеянной бразильскими орехами и опутанной боа-констрикторами.

У отца Мартина вырвался нетерпеливый восторженный жест, но Моуэт продолжал:

— Капитан опасался, что вы ответите именно так, и поручил мне в этом случае обратиться к отцу Мартину, чтобы в очень тактичной форме спросить, подходят ли молитвы, которые мы произносим на родине для дарования дождя, для корабля, находящегося в море. Видите ли, нам очень нежелательно оставлять свою позицию, если есть хоть какой-то шанс набрать дождевой воды.

— Молитвы ниспослания дождя кораблю, находящемуся в море? — удивлённо переспросил капеллан. — Сомневаюсь, что такие молитвы существуют. Но я посмотрю в своих служебных книгах и завтра сообщу о том, что удастся узнать.

— Не уверен, что нам придётся ждать до завтра, — отозвался Джек Обри, услышав ответ. — Взгляните в подветренную сторону. — Там, на горизонте, собирались тёмные тучи, и, несмотря на яркое солнце, склонявшееся к западу, из них вырывались молнии. Даже на судне воздух был наэлектризован, и боцманский кот прыгал на полубаке вокруг рангоута в состоянии крайнего возбуждения. Шерсть у него стояла дыбом.

— Может, поверим небесам и растянем чистые тенты и дефлекторы? — предложил Пуллингс.

— Надеюсь, что судьба будет к нам благосклонна, — отвечал Джек. — До сих пор, как мне кажется, она не была чересчур добра. Так что растягивайте. Кроме того, я считаю, что нам следует спустить на палубу бом-брам-стеньги и завести тали для укрепления мачт. Мертвая зыбь усиливается.

Пуллингс сделал то, что ему велели. После того как вернулись шлюпки, которые вели дальнее наблюдение, он распорядился, чтобы их подняли на палубу и закрепили на кильблоках, а не привязали, как обычно, к корме. До начала ночной вахты, которую приняли у Хани Мейтленд и Холлом со своими матросами, казалось, что всё это напрасный труд.

— Вы хороший сменщик, Мейтленд, — произнес Хани, добавив затем казенным тоном: — Сдаю вам корабль. Зарифлены марсели и второй кливер. Идти курсом ост-зюйд-ост, пока не пробьет две склянки, затем сделать поворот через фордевинд, лечь на курс вест-норд-вест и следовать им до конца вахты. Если начнется дождь, принять соответствующие меры.

— Есть идти курсом ост-зюйд-ост, совершить поворот, принять соответствующие меры, — отозвался Мейтленд.

— Господи! Какие шаровые молнии! — воскликнул Холлом, помощник вахтенного офицера, показывая на огни Святого Эльма, которые вспыхивали возле утлегаря и лисель-спирта, ярко выделяясь при тусклом свете луны.

— Не тычьте в них пальцем, ради бога! — произнес Хани. — Беду накличете. Тенты на шкафуте, шланг растянут вдоль борта, аварийные фонари приготовлены и стоят под полубаком. Если верить своим глазам, то, судя по тому, что творится с подветренной стороны, еще до наступления утра нам предстоит нечто похожее на всемирный потоп.

— Не сообщить ли доктору о шаровых молниях? — предложил Мейтленд. — Это же редкое явление.

— Знаете, — отозвался Хани, — я тоже подумал об этом. Но налицо лишь игра стихийных сил. Не знаю, скажет ли он нам спасибо, если мы разбудим его среди ночи ради того, чтобы показать, как расшалились электрические флюиды. Вот будь у них перья и неси они яйца, я бы давно послал за ним.

По этой причине Стивен ничего не знал об огнях Святого Эльма. Находясь на одной из нижних палуб, он раскачивался в подвесной койке, описывая дугу, которая увеличивалась по мере усиления мертвой зыби. Уши у него были заткнуты восковыми пробками, а разум, до этого терзаемый мыслями о Диане, и тело, угнетенное духотой, были теперь успокоены порядочной порцией опиумной настойки. Поэтому он ничего не знал ни о проливном дожде, чуть не затопившем корабль во время «собачьей вахты», ни о поднявшейся затем буре, напоминавшей торнадо, которая под оглушительный грохот и непрерывное сверканье голубых и оранжевых молний швыряла корабль, почти исчезавший среди волн, достигавших чуть ли не верхушек мачт. Настойку опиума Стивен начал принимать вновь, поскольку, после зрелых и совершенно объективных размышлений, как врач убедился в ее необходимости для того, чтобы как следует выспаться и на следующий день приступить к своим обязанностям. Кроме того, не зря же сеют мак, а отказ от природных лекарств — это непростительная гордыня, столь же еретическая, как и мысль о том, что любое удовольствие непременно греховно. К тому же был праздник Св. Абдона. После длительного воздержания настойка подействовала великолепно, но даже полпинты настойки опия (а он ею не злоупотреблял, как в прежние времена) не помешали бы ему услышать страшный грохот, с которым молния ударила в корабль, расплавив веретено станового якоря и воспламенив заряды семи носовых пушек левого борта. Хуже всего было то, что она вдребезги разбила стянутый железными обручами бушприт.

«Французский флот атакует, — спросонья подумал Стивен. — Надо захватить инструменты и спешить в лазарет, упаси нас, Господи, от всяческого зла». Затем, ощутив босыми ногами лужу дождевой воды, переливавшейся между переборками каюты, и от этого окончательно проснувшись, сообразил: «Что за чушь. Мы же в Новом Свете и должны, как это ни смешно может показаться, воевать с американцами».

Однако орудийных выстрелов он больше не слышал и после продолжительных размышлений и неудачных попыток зажечь свет поднялся на палубу, которая с носа и кормы была освещена фонарями. Судно держалось носом против ветра, работал пожарный насос, заливая дымящиеся обломки бушприта. Последний удар грома истощил грозу, и, хотя волны были по-прежнему высоки, небо над близкой сушей очищалось от туч. От снующих в одном исподнем моряков он узнал, что это не сражение, никто не ранен и что они не идут ко дну. Вернувшись на почти опустевшую квартердечную палубу, доктор присел на люльку каронады. Тут же раздался вопль: «Он падает!» — и бушприт длиной в сорок футов со страшным треском рухнул в воду. Посыпались распоряжения, затем офицеры все как один ринулись к месту происшествия. Их примеру последовал отец Мартин. Но, увидев Стивена, он остановился возле доктора и негромко произнес:

— Похоже, мы потеряли бушприт. Кажется, капитан очень огорчен.

— Совершенно верно. Они его очень ценят, это бревно, оно необходимо им при повороте на ветер, а может быть, от ветра.

— Мистер Аллен, — произнес Джек Обри. — Ветер достаточно силен, воды эти вы знаете. Вы сумеете провести корабль до Пенедо?

— Никак нет, сэр, — отозвался штурман. — Ни с бушпритом, ни без него. Песчаные мели в устье реки постоянно перемещаются, без лоцманской проводки тут не обойтись. По чести говоря, я бы не решился на такую проводку, даже если бы у нас был надежный компас, которого нет, и даже если бы сейчас был день. Но, если позволите, я возьму баркас, доставлю на нем лоцмана и распоряжусь, чтобы на верфи Лопеса как можно быстрее изготовили новый бушприт. Если ветер не переменится с приливом, я доберусь до места сразу после рассвета. Возможно, корабль, соблюдая осторожность, сможет подойти ближе к берегу и бросить якорь на глубине, скажем, двадцати саженей милях в двух-трех от первой мели.

— Отлично, мистер Аллен, — отозвался капитан. — Действуйте.

Поскольку падение бушприта повредило основание фок-мачты, пришлось потерять какое-то время, чтобы спустить на воду быстроходный, с обшитым медью днищем, баркас. Во время этой операции Стивен обратился к штурману:

— Мистер Аллен, не смогу ли я быть вам полезен на берегу? Я довольно сносно говорю по-португальски.

— Этого не нужно, доктор, хотя от души благодарю вас. Я как бы родственник семейству Лопес, а также Морейра. Но если вы не боитесь немного промокнуть и хотите меня сопровождать, то, пожалуй, я смогу показать вам нечто занятное для ботаника, если только эти растения не смыло во время ливня, что маловероятно. Отец Мартин, если угодно, может присоединиться к нам. Я не суеверный, и капеллан на баркасе мне не помешает.

Баркас был остойчив, но его сильно захлестывало. Он переваливался с гребня на гребень, всякий раз зачерпывая большое количество воды, которую выливали за борт два матроса. Штурман сидел за румпелем и правил на созвездие Южного Креста. К тому времени, когда они вошли в устье, все промокли до нитки и окоченели. Волны, шедшие с моря, с шумом разбивались об отмели. Отыскивая фарватер, штурман то и дело выпускал румпель, наклоняясь вперед, чтобы разглядеть очертания берега в тусклом, сером свете — предвестнике утренней зари. Дважды баркас садился на мель, но два матроса, по одному с каждого борта, по пояс в воде, без труда сталкивали его на глубину. Наконец, увидев длинный шест с привязанной к нему тряпкой, Аллен произнес:

— Вот мы и добрались. — И под углом к течению стал править к длинному низменному острову. Баркас мягко ткнулся в песчаный берег, на который спрыгнул Макбет со сходнями для Стивена и отца Мартина. Аллен обратился к ним: — Я доберусь до Пенедо, чтобы договориться там с верфью, и велю лоцману по пути к кораблю захватить для вас завтрак. Оттолкнись, Макбет. — Когда баркас оказался на гладкой воде, штурман крикнул: — Опасайтесь аллигаторов, господа.

Доктор и капеллан стояли на плотном белом песке отмели. Было достаточно светло, чтобы увидеть неподалеку на склоне купу деревьев. Они показались им невероятно высокими и массивными. Еще больше развиднелось, и оба убедились, что это пальмы невероятной толщины, высотой намного больше ста футов, с огромными веерообразными листьями, которые четко вырисовывались на фоне светлеющего неба.

— Неужели маврикия винифера? — шепотом спросил отец Мартин.

— Наверняка маврикия, но какой именно вид, сказать затрудняюсь, — отозвался Стивен.

Оба медленно, с трепетом, как в храм, вошли в рощу. Кустарников в ней не было: весенние разливы и ливни лишили почву мелкой растительности, поэтому величественные деревья высились ярдах в десяти друг от друга, будто огромные серые колонны.

Бесшумно ступая, они очень скоро оказались в темноте: так плотно переплетались высоко над их головами ветви. Роща была наполнена теплой ночной тишиной, лишь на опушке раздавались голоса птиц. Не сговариваясь, оба повернули направо и, вернувшись на край рощи, оказались возле песчаного берега реки. Солнце поднималось со стороны моря, блеснула яркая вспышка света, достигшая недалекого противоположного берега.

Отраженный свет и краски того берега буквально ослепили их, стоящих в тени кромки леса, возле сверкающей песчаной полосы. Словно во сне, в полнейшей тишине возвышалась огромная стена до невозможности ярко-зеленых деревьев двадцати или тридцати разновидностей. Отец Мартин сцепил пальцы и что-то восклицал, взирая на эту картину. Коснувшись его локтя, Стивен кивнул в сторону трех деревьев, стоявших на некотором расстоянии вверх по течению реки. Они походили на огромные соборные башни, превышая остальные деревья футов на двести. Одно из них было сверху донизу усыпано темно-красными цветами.

Доктор и его спутник сделали еще несколько шагов среди пальм и оказались на не защищенной деревьями белой песчаной отмели. Слева возле кромки воды нежился двадцатифутовый кайман; справа, освещенная ярким солнцем, стояла алая каравайка.

Глава пятая

Изувеченный фрегат, обезображенный до неузнаваемости, как человек, оставшийся без носа, дождавшись прилива, с чрезвычайной осторожностью пробирался среди подводных песчаных кос и отмелей дельты. Им управлял сосредоточенный лоцман, который отправил своих помощников вперед, чтобы те разметили повороты фарватера вехами. Затем фрегат, с трудом меняя галсы, стал подниматься вверх по реке. В конце каждого короткого галса (поскольку на уровне Пенедо река Сан-Франсиску сужалась до одной мили) нос фрегата оттаскивали шлюпки. Однако уже при свете факелов корабль пришел на место, лишь однажды задержавшись посередине фарватера в ожидании прилива. К своему величайшему удовлетворению, Джек Обри убедился, что Аллен и Лопес, владелец верфи, успели подобрать отличное дерево для нового бушприта, плотники уже вытесывают бом-утлегарь из великолепного дуба, а утром первым делом установят треногу, чтобы извлечь из гнезда сломанное основание.

— Этот Лопес мне по душе, — признался он Стивену. — Он понимает и как дорого для нас время, и необходимость тщательной обивки кожей гнезда для бушприта. Я почти не сомневаюсь, что еще до воскресенья мы выйдем в море.

— Значит, задержимся всего лишь на трое суток, — сказал Стивен. — Бедный отец Мартин. Я говорил, что мы пробудем здесь гораздо дольше, и он настроился на то, что увидит боа-констриктора, ягуара, ночную обезьяну с совиной мордой, а также соберет достаточно полную коллекцию местных жуков. Но вряд ли можно все это успеть за такое короткое время. Впрочем, я согласен с вами относительно сеньора Лопеса. Он весьма любезный, гостеприимный господин. Пригласил меня переночевать и познакомиться с одним господином из Перу, большим любителем путешествий, который тоже гостит у него. Насколько я понял, этот господин преодолел Анды и, должно быть, хорошо изучил внутренние области страны.

— Уверен, что это так, — отозвался Джек Обри. — Но я умоляю вас, Стивен, не мешайте Лопесу пораньше лечь в постель. Нельзя терять ни минуты. Представьте себе, какими мы будем раззявами, если «Норфолк» ускользнет, пока мы тут копаемся. Мы должны приняться за работу еще затемно. Совсем не хочется, чтобы завтра Лопес страдал от похмелья и недосыпа. Намекните ему, что с удовольствием станете развлекать перуанского господина, если он отправится на боковую.

Никаких намеков Лопесу не понадобилось. По-испански он разговаривал с трудом и, видя, что оба гостя прекрасно понимают друг друга, извинился под тем предлогом, что рано утром ему предстоит взяться за работу. Хозяин пожелал гостям спокойной ночи и оставил их на просторной веранде в обществе прирученных животных — мартышек трех видов, старого лысого тукана, компании сонных попугаев и какого-то косматого существа, забившегося в угол, которое могло оказаться ленивцем, муравьедом или даже ковриком для вытирания ног, если бы время от времени оно не портило воздух, громко выпуская газы и при этом всякий раз строго оглядываясь, а также удивительно изящной, маленькой голубой цапли, которая то входила, то выходила. На столе стояли две бутылки белого портвейна, в стороне от него висели два гамака. На минуту зашел Лопес, чтобы напомнить гостям о москитных сетках.

— Не скажу вам, сеньоры, чтобы у нас в Пенедо водились москиты, — пояснил он, — но следует признаться, что при переходе луны из одной фазы в другую вампиры становятся чересчур назойливыми.

Впрочем, летучие мыши им не досаждали, поскольку мыши-вампиру нужна спящая жертва, эти же собеседники (хотя хищники наблюдали за ними, вися вниз головой на стропилах) спать так и не легли. Они беседовали всю ночь напролет, наблюдая за тем, как заходит серп молодого месяца, как целая процессия крупных, ярких звезд плывет по небу. Освещенные ими, на миг показались более миролюбивые летучие мыши с размахом крыльев в два фута. Внизу, в реке, в каких-то нескольких ярдах от них, в лунном сиянии был виден след проплывающих черепах и изредка слышен плеск аллигатора. Примостившаяся на коленях Стивена мартышка с львиной гривой тихонько посапывала, не обращая внимания на продолжавшийся разговор. Собеседники обсудили злополучную карьеру Бонапарта (которой, увы, не было видно конца), неудачи Испании в Новом Свете и почти неизбежную потерю ею своих колоний.

— Хотя, когда я смотрю на чудовищ, которые выползают, чтобы вершить политику в таких местах, как Буэнос-Айрес, — произнес перуанец, — я иногда опасаюсь, что наше независимое состояние может оказаться даже хуже опеки метрополии.

На исходе ночи они вернулись к геологии Анд и трудностям, с которыми сталкиваешься при переходе через них.

— Я никогда бы не преодолел горы, если бы не вот это, — перуанец, кивнул на полупустой пакет с листьями коки, лежавший на столе. — Когда мы почти достигли вершины перевала, ветер усилился, он швырял нам в лицо град, отчего перехватывало дыхание. На такой высоте приходилось делать два вздоха, чтобы хватило сил на один шаг. Мои спутники находились в таком же состоянии, две из наших лам сдохли. Я подумал, что нам нужно возвращаться, но проводник отвел нас в нечто похожее на укрытие среди камней, достал свой мешочек с кокой и коробку лайма и пустил их по кругу. Каждый из нас пожевал шарик — мы называем его «акуллико», — и затем, без малейшего усилия взвалив на себя свои ноши, мы быстрым шагом двинулись вверх по крутому склону навстречу пурге, преодолели вершину и спустились вниз, где нас встретила более благоприятная погода.

— Ничего удивительного, — отвечал Стивен. — После того, как вы были настолько добры, что впервые дали мне «акуллико», я почувствовал, как мой ум проясняется, а душевные и физические силы увеличиваются. Ничуть не сомневаюсь, что смог бы переплыть реку, находящуюся перед нами. Однако делать этого я не намерен. Предпочитаю наслаждаться разговором с вами и моим нынешним блаженным состоянием — ни усталости, ни голода, ни сомнений, но умение понимать и обобщать, что со мною прежде редко бывало. Листья коки, сударь, самое безвредное лекарственное растение, с которым я когда-либо сталкивался. Я читал об этом средстве у Гарсиласо де ла Вега и в записках Фолкнера, но даже не подозревал, что оно обладает такой могучей силой.

— Конечно, это лучшая высокогорная кока с плоскими листьями, — заметил перуанец. — Это дар моего близкого друга, который сам ее вырастил. Теперь я всегда путешествую, имея с собой объемистый пакет с зельем самого последнего урожая. Позвольте налить вам бокал вина. Во второй бутылке еще кое-что осталось.

— Вы очень любезны, но не стоит переводить добро. После первого приятного головокружения я совершенно утратил чувство вкуса.

— Что там за шум? — воскликнул перуанец, заслышав доносившиеся с «Сюрприза» звуки дудок и громкие команды:

— На палубах! Подниматься для заступления на вахту. Иду с острым ножом и чистой совестью. Эй, на палубах! Койки вязать!

Помощники боцмана поднимали спящих на нижних палубах, и в темноте вспыхнули золотом все открытые порты фрегата.

— Побудка касается лишь морских пехотинцев, — сказал Стивен. — Они прибирают палубу до рассвета. Потому как нельзя оскорблять восходящее светило недостойным его зрелищем. Боюсь, что этот ритуал восходит к языческим суевериям.

Немного погодя звезды начали тускнеть; небо на востоке посветлело, и через несколько минут вдали, над морской гладью, показался край солнца. Непродолжительный рассвет, а затем сразу наступил долгий день. Капитан Обри вышел из каюты, а сеньор Лопес из своего дома. Встретились они на причале. Лопеса сопровождала надоедливая обезьяна, которую пришлось припугнуть, чтобы заставить вернуться домой, а Джека Обри — штурман, знавший португальский язык, а также боцман, который должен был следить за ремонтом.

Когда утро было в разгаре, работой занималась уже вся команда, вернее сказать, все, кто остался на борту, поскольку Пуллингс на баркасе и Моуэт на катере с выделенными им матросами вышли из устья реки и стояли в морском дозоре. Но и на фрегате хватило матросов. Корабль был ошвартован возле треног, и плотники верфи хлопотали на его носу. На землю летели большие гладкие щепки: плотники орудовали своими инструментами, вытесывая новый бушприт, утлегарь и бом-утлегарь. Боцман вместе с помощниками и группой самых толковых моряков снимал почти весь стоячий такелаж, чтобы натянуть его заново после установки нового бушприта. На палубе и у бортов копошилась целая армия конопатчиков. Для этих сложных операций можно было использовать лишь немногих бывших матросов «Дефендера»; но ведь грести-то они с грехом пополам могли, поэтому вместе с морскими пехотинцами их отправили к источнику, находившемуся чуть выше по течению реки, чтобы пополнить запасы воды.

— Я чувствую себя прискорбно, видя, как братья мои трудятся в поте лица, а я бездельничаю, — произнес отец Мартин.

— А я вот не чувствую, — отозвался жизнерадостный, несмотря на бессонную ночь, Стивен. — Пойдемте прогуляемся. Мне сказали, что за мангровым болотом имеется тропинка, которая ведет через лес к открытой поляне, а на поляне растет пальма, название которой я, увы, забыл. Но я помню, что на ней растут круглые пунцовые плоды. У нас мало времени, будет жаль растерять его, напрасно бия себя в грудь.

Времени было мало, но вполне достаточно для того, чтобы отца Мартина укусила ночная обезьяна с совиной мордой; причем укус был опасным, до самой кости. Дело было так: миновав мангровое болото, они шли широкой лесной тропой, с обеих сторон окруженной стеной яркой зелени, прочное основание которой составляли деревья, переплетенные ползучими и вьющимися растениями, кустами, лианами и растениями-паразитами так, что внутрь не могло проникнуть ни одно существо, кроме змеи. Оба шли, улыбаясь как дети, пораженные бесчисленным количеством разнообразных бабочек, иногда им попадались колибри. После первых десяти-двадцати минут они так привыкли к стрекоту насекомых, что перестали обращать на него внимание и шли как бы в полной тишине, встречая очень мало птиц, да и эти немногие не пели. Однако, придя на поляну, где росли разбросанные далеко друг от друга деревья, они спугнули стаю разноцветных попугаев. Там на утоптанной тропе они увидели колонну марширующих муравьев, тащивших листья. Колонна была шириной в фут и такой длинной, что не было видно ни ее начала, ни конца. Разглядывая муравьев, Стивен увидел, что они состоят из двух видов — воинов и рабочих. Из любви к науке он на глаз определил количество насекомых на квадратный фут и возможный вес ноши, чтобы тем самым приблизительно установить размер груза, переносимого армией. Однако с арифметикой у него были нелады. Он царапал заостренным прутиком цифры на широком пальмовом листе, когда услышал испуганный крик отца Мартина: крик доносился от дупла в дальнем конце поляны.

— Тише! — воскликнул доктор, нахмурясь. — Три пишем, семь в уме.

Однако вопль повторился, в нем явственно звучало страдание. Повернувшись, доктор даже издали увидел, что рука отца Мартина залита кровью. Он бросился к нему, доставая перочинный нож и крича на ходу:

— Кто вас укусил? Змея?

— Нет, — ответил отец Мартин со странным выражением восторга и боли на лице. — Это была ночная обезьяна с совиной мордой. Она выглядывала отсюда. — Он показал на дупло. — У нее была такая милая полосатая мордашка с круглыми любопытными глазами, что я рискнул...

— До самой кости прокусила, — произнес Стивен. — Ноготь-то вы как пить дать потеряете, если только останетесь живы. Пусть кровь течет, дружище, пусть течет. Не сомневаюсь, что обезьяна была бешеной; и с кровью, Бог даст, яд выйдет. А теперь я вам перевяжу руку, и мы поспешим на корабль. Рану нужно как можно раньше прижечь. А где обезьяна?

— К сожалению, она сразу же убежала. Надо было позвать вас раньше.

— Давайте последуем ее примеру. Нельзя терять ни секунды. По берегу реки бежать легче, чем по мангровому болоту. Спрячьте руку за пазуху и имейте в виду, что платок мой.

На бегу под палящим солнцем отец Мартин, тяжело дыша, произнес:

— Не всякий может похвастать тем, что его укусила ночная обезьяна с совиной мордой.

Преодолев заросли молодого бамбука, путники выбрались на песчаный берег реки, ставший шире из-за отлива. Перед ними возникли два моряка — увалень Дэвис и Толстозадый Дженкс; с угрюмым видом они сжимали подобранные на берегу палки.

— Да это же доктор! — воскликнул Дэвис, который был посообразительней приятеля. — А мы подумали, что это индейцы-людоеды.

— Или тигры, — подхватил Дженкс. — Рыщут тут в зарослях, крови нашей хотят.

— Что вы тут делаете? — спросил Стивен, знавший, что оба матроса приписаны к дозорному баркасу.

— А вы слышали новость, сэр? — спросил Дэвис.

— Какую новость?

— Он ничего не слышал, — сказал Дэвис, пихнув локтем Дженкса.

— Так расскажи, — отозвался Дженкс.

Суть, извлеченная из горы словесного сора, заключалась в том, что «Норфолк» прошел мимо устья реки под незарифленными парусами, держа курс на зюйд-зюйд-вест, что капитан Пуллингс тотчас отправил баркас в Пенедо и что они с трудом отыскали фарватер. Поскольку прилив уже сошел на нет, то баркас на последнем участке так часто садился на мель, что чересчур грузным Дэвису и Дженксу, без которых можно было обойтись из-за наличия попутного ветра, велели добираться на своих двоих, наказав остерегаться тигров. Что касается мистера Моуэта, то его катер, прочно севший на песчаную банку, будет ждать, пока фрегат спустится вниз по течению.

— Баркас должен был добраться до места час назад, — предположил Дэвис. — Бьюсь об заклад, на фрегате теперь все носятся как угорелые.

Матросы действительно носились как угорелые и хлопотали как пчелы, причем под началом чрезвычайно активной матки. Обеды в капитанской каюте, кают-компании и кубрике мичманов были отменены, нижние чины довольствовались десятиминутными перекусами. Все работы по наведению внешнего лоска были прерваны; за собственный счет Джек, чтобы скорей покончить с бушпритом, нанял такую толпу плотников, что они, толкаясь, с трудом могли орудовать инструментами. С наступлением темноты работа продолжалась при свете огромных костров, разведенных на берегу; и, хотя еще многое предстояло довести до ума, Джек Обри был вполне уверен, что с вечерним приливом фрегат будет готов к плаванию.

— А вас не смущает, что это будет пятница? — спросил Стивен.

— Да неужто пятница? — вскричал капитан, который из-за жестокой спешки потерял счет дням. — Господи, и то правда. Ну, и что из того? Мы тут ни при чем, так уж получилось. Ничего страшного. Кроме того — только никому не говорите об этом, — в нашу пользу два фактора. Во-первых, «Норфолк» шел под незарифленными основными парусами, хотя мог бы поднять гораздо больше парусов, так что мы сможем его догнать, если поднапрячься. Во-вторых, приливы сейчас высокие и мы быстро и без помех выйдем в открытое море.

Ну а в-третьих, нежданно-негаданно прибыл Моуэт: матросы его баркаса чудом умудрились сняться с мели и появились в Пенедо перед самым рассветом. С их помощью — на баркасе были лучшие такелажники, — работа стала спориться куда быстрее. Новый бушприт поставили на место к половине одиннадцатого; к одиннадцати он был стянут бугелями и найтовами. Были установлены и новый утлегарь, а также все штаги и ванты. Джек Обри распорядился соединить сплеснением главный брас и, обратившись к Пуллингсу, произнес:

— Покрасочные и отделочные работы придется отложить до выхода в море. Конечно, у корабля вид неказистый, но я никогда не предполагал, что за это время мы успеем столько сделать. Попросите, пожалуйста, штурмана передать сеньору Лопесу, что мы будем рады принять его приглашение. Он знает, что мы должны расстаться с ним при смене прилива. Ей-богу, я бы не отказался от обеда, да и от бокала вина тоже!

Вина за праздничной трапезой было хоть залейся, хватало и еды (особенно черепашьего мяса). С застольными песнями дело обстояло хуже. По мнению Джека, штурман слишком громко горланил морские куплеты, которые выучил, служа на английских и американских торговых судах. Но мысли капитана были слишком заняты приближением прилива, ему было не до музыкальной критики, и, как только гардемарин, которого он поставил на дежурство у хронометров, явился доложить точное время, Джек поднялся из-за стола, сердечно поблагодарил сеньора Лопеса и вышел из дома в сопровождении Стивена и штурмана, не отозвавшись на просьбу лоцмана выпить напоследок за святого Петра.

Уровень прилива был исключительно высок, высок настолько, что мелкие волны захлестывали край набережной, поскольку большая часть прилива пришла с подветренной стороны, хотя теперь ветер сменил направление на зюйд-вестовое. После того как эта огромная масса воды начнет спадать, размышлял Джек, смотря на дальний берег, заливаемый водой, она понесет «Сюрприз» к морю со страшной скоростью. И если даже ветер будет умеренным, они все равно окажутся вдали от дельты без всякого маневрирования, поскольку благодаря высокому уровню воды им не придется следовать извивам фарватера, как это было при малой воде. Необычно высокий уровень воды имел еще одно преимущество: Стивен шагнул в лоцманскую шлюпку и с удобством расположился в ней, не упав на днище, не свалившись за борт и даже не ушибив ног. Лоцман и его помощник взялись за весла и направились к фрегату, который уже находился на фарватере, удерживаемый двумя буями на якорях, которые были изготовлены из бочек, принадлежавших верфи, и ждал лишь приказания командира, чтобы отчалить.

— Итак, мы отбыли, — заметил отец Мартин, разглядывая залитую солнцем яркую стену зелени с правого борта, мимо которой они проплывали.

— Будь это цивилизованное научное путешествие, мы могли бы задержаться недели на три, — отозвался Стивен. — Как ваша рука?

— В полном порядке, благодарю, — отвечал капеллан. — Если бы она находилась в гораздо худшем состоянии, я все равно считал бы это пустяковой платой за несколько тех дивных часов... Мэтьюрин, если вы наведете подзорную трубу на то огромное дерево на мысу и взглянете чуть вправо, то сумеете разглядеть нечто похожее на стадо обезьян.

— Я их вижу. Это ревуны. Черные ревуны.

— Ревуны, говорите? Да, несомненно. Хотелось бы, — добавил он негромким голосом, чтобы его не услышал лоцман, — чтобы этот малый не так шумел.

— Что-то он разошелся, — согласился Стивен. — Давайте пройдем вперед.

Но даже на носу, куда они перебрались, веселье лоцмана не давало им покоя: он подражал крику ягуара, издавая низкий рев. Хуже всего было то, что он вывел корабль на середину реки, откуда нельзя было подробно разглядеть ни один из берегов. Начался отлив, и судно удивительно быстро полным бакштагом понеслось под марселями и кливером. Быстро оно неслось до тех пор, пока не налетело на песчаную банку. Палуба ее наклонилась в сторону кормы, а из-под киля поднялось огромное облако ила и песка. Матросы тотчас бросились убирать паруса, а Джек Обри, выбежав из каюты, кинулся на нос с криком:

— Измерить глубину! Меряйте глубину, живо!

Перегнувшись далеко через носовой фальшборт, он стал разглядывать воду, начавшую светлеть. Корабль так глубоко врезался в банку, что дно оказалось в метре от шпрюйт-портов.

— Забросьте лот подальше, — распорядился капитан, обращаясь к старшине-рулевому в надежде, что удастся обнаружить небольшой просвет, с тем чтобы можно было стащить фрегат вбок. Никакого просвета, однако, не оказалось, и пока старшина раскачивал лот, чтобы забросить его во второй раз, Джек увидел под носом корабля кустарники и тростник. Банка оказалась настолько высокой, что растительность на ней была едва покрыта водой. Бросившись на корму, капитан увидел, что Пуллингс и Моуэт уже спускают шлюпки на воду.

— Перлинь из порта кают-компании! — крикнул он, проходя мимо.

Корма сидела в воде угрожающе низко, и перо руля, очевидно, выбило из стояка, но сейчас это не имело значения.

— Бросить лот под кормовой подзор! — скомандовал Джек Обри, и тотчас послышался плеск.

— Глубина без малого две сажени, сэр! — испуганным голосом доложил старшина.

Дело было плохо, но не безнадежно.

— Правый становой якорь в баркас, — распорядился Джек. — Верп и перлинь на красный разъездной катер. — Он перегнулся через фальшборт, чтобы понаблюдать за течением с целью определить границы банки, и увидел, что лоцман и его помощник отчаянно удирают на своем ялике, успев удалиться от фрегата на целых двести ярдов. Приказав штурману выливать за борт из бочек питьевую воду, Джек кинулся вниз, где боцман и команда плечистых матросов из обеих вахт с ритмичными возгласами подавали на корму один из новых пятнадцатидюймовых перлиней: «Раз-два, взяли, еще взяли, а ну, дружно...» Дела тут шли на лад, и, бросившись на палубу, приказывая спустить шестерку и цилиндрический буй, он успел поблагодарить Бога за то, что у него превосходные офицеры и слаженная команда.

Когда капитан спрыгнул в шестерку, верп уже был погружен в красный катер, становой якорь свешивался с кат-балки над самым баркасом; за борт выливалась пресная вода, что быстрыми темпами облегчало корабль.

Шестерка носилась взад и вперед, словно игривый щенок, в поисках глубин и надежного грунта. На первом подходящем месте Джек Обри кинул через фальшборт буй и подозвал баркас, экипаж которого греб изо всех сил с якорем на борту и перлинем позади. Приходилось выгребать против ветра и усилившегося течения. От напряжения лица гребцов побагровели, а весла опасно гнулись возле уключин. Нельзя было терять ни секунды, поскольку, как было известно любому моряку, уровень воды может упасть на тридцать футов. За последние десять минут глубина над банкой и вокруг судна уменьшилась на целых пять дюймов, так что если им не удастся сняться с мели до конца этого прилива, то на следующий раз надежды мало, поскольку уровень воды не будет таким высоким. Кроме того, была опасность, что корабль переломится надвое, когда вода из-под него уйдет.

— Навались! Дружней навались! — вопил Пуллингс на баркасе, и ему вторил Моуэт на катере: — Навались, навались!

Добравшись до цилиндрического буя, матросы баркаса со всеми предосторожностями сбросили за борт тяжелый якорь. Катер устремился туда, где находилась шестерка, с которой сообщали о том, что под ней подходящий грунт, и выбросил верп, закрепив, таким образом, становой якорь. Поднявшись в шестерке, Джек закричал в сторону фрегата:

— Пошел шпиль! На корабле, пошел шпиль! — И тотчас матросы на шканцах принялись надраивать перлинь.

Когда шлюпки вернулись, на фрегате вовсю кипела работа: барабан шпиля вращался, но очень медленно. Матросы на вымбовках тяжело дышали. Стивен и отец Мартин пытались им помочь, но, когда, поднявшись из шлюпок на палубу, матросы тоже бросились к шпилю, Джек оттолкнул Стивена и занял его место со словами: «Я тяжелее». Затем могучим голосом заревел:

— А ну, навались! Навались, ребята. Ходи веселей!

Теперь были заняты все вымбовки. Шпиль делал полные обороты, железные палы пощелкивали: перлинь вот-вот был готов лопнуть. Посмотрев на корму, Стивен убедился, что толстый трос вытянулся в струнку. Сила натяжения вдвое уменьшила его толщину.

— Дожимай! — хриплым голосом закричал Джек, выкладываясь изо всех сил. — Ходи веселей! Навались!

Но шпиль почти не вращался. Щелчок — продолжительная пауза, затем еще один щелчок.

— Ходи веселей! Ходи веселей!

Щелчки палов стали все более частыми, кок заорал: «Мы слезли с мели!» — и те, кому не хватило места у шпиля, грянули «ура». Но выяснилось, что с места сдвинулись якоря. Фрегат даже не пошевелился, а лишь глубже увяз в иле. К тому времени уровень воды в реке упал на два фута.

— Отставить! — скомандовал Джек, выпустив из рук вымбовку. — Капитан Пуллингс, — произнес он, посмотрев на реку и берега. — Думаю, что по мере продолжения отлива корабль накренится на правый борт. Всем срочно готовить подставы. Кроме того, надо отыскать на суше твердый участок для орудий, чтобы во время следующего прилива облегченный корабль смог сняться с мели.

«А может быть, — произнес он мысленно, — нам удастся сделать это при самом высоком уровне следующего сизигийного прилива. Господи, пошли нам завтра хороший прилив».

«Бывали такие моменты, моя душенька, — писал Диане Стивен, указав на письме: «С берегов реки Сан-Франсиску», — когда ты была не слишком довольна Джеком Обри. Но если бы ты понаблюдала за ним эти последние две недели, то, я уверен, признала бы в нем героические качества и известное великодушие. Как я тебе уже сообщал, пьяный лоцман посадил корабль на мель посередине реки на пике самого высокого прилива, и, стараясь изо всех сил, мы не смогли стащить судно, оно даже не сдвинулось с места. Не удалось снять его с мели и во время следующего прилива, уровень которого был недостаточно высоким, чтобы фрегат мог оторваться от илистого дна. После этого оставалась лишь одна надежда на смену луны, когда бывает сизигийный прилив — самый высокий. Мысль эта нас утешала, но с каждым днем наша добыча удалялась от нас на сотню-другую миль. От этой добычи зависят счастье Джека, его карьера и репутация. Вдобавок ко всем напастям, не было никакой уверенности в том, что следующий сизигийный прилив достигнет необычайно высокого уровня того прилива, во время которого „Сюрприз" оказался на мели. Однако за все это время я ни разу не услышал от Джека ни одной жалобы, возгласа „Черт бы все побрал!" или одного из тех более крепких выражений, которые так часто слышишь на корабле и которые он походя изрекает по сущим пустякам. Конечно же, он заставлял всех выкладываться целыми днями, поскольку надо было свезти на берег все орудия наряду с бессчетным количеством провизии и других припасов. А при отливе пришлось отрыть канал под днищем корабля, чтобы легче было стащить его с мели в нужный момент. Надо было подвесить и перо руля. Я не помню, чтобы во время всех этих работ он хотя бы раз выругался или кого-то отчитал. Самое любопытное было в том, что это его спокойствие буквально завораживало матросов. Они, нервничая, поглядывали на него и продолжали выполнять свои обязанности с поразительной добросовестностью. То же относилось и к отцу Мартину, и ко мне. В первые дни, когда корабль следовало разгрузить как можно быстрее для того, чтобы его корпус не покоробился или не переломился во время квадратурного прилива, все умелые матросы использовались для работы с пушками, а отцу Мартину, казначею и мне доверили шестерку (противная лодчонка), чтобы буксировать на ней к берегу тяжелые бочки. Уверяю тебя, мы постоянно ощущали на себе бесстрастный, решительный и повелительный капитанский взгляд. Ощущали его на каждом шагу и робели, как школяры.

Однако через несколько дней нас освободили от трудовой повинности — с кровоточащими руками и, без сомнения, надорванными спинами, но освободили, поскольку больше не оставалось не требующей особых навыков работы. Должен признаться, что последняя неделя была особенно сносной. Это единственная известная мне тропическая река, не зараженная москитами, хотя совсем рядом имеются обширные болота с изобилием птиц. Представь себе, если можешь, дорогая, *розовую* колпицу; кроме того, там в изобилии всевозможные растения. Я редко видел более счастливого человека, чем мой друг отец Мартин в те дни. По его мнению, можно было совершить такой вояж лишь ради жесткокрылых. Но, помимо того, что он собрал коллекцию чрезвычайно интересных жуков, он также видел боа, что было одним из его заветных желаний. Мы гуляли по дикому лесу, беседуя о ягуарах, когда нас сбил с ног какой-то предмет, который я принял за тяжелый сук или кусок лианы. Однако эта лиана извивалась с такой силой, что я тотчас понял, что на самом деле на нас с дерева упала огромная змея. Но змея эта сама так перепугалась, что стала метаться во все стороны. Я увидел, что отец Мартин держится за нее обеими руками, и принялся втолковывать ему, что его поведение опрометчиво, необдуманно, неразумно. Мне следовало бы напомнить ему о судьбе Лаокоона, но змея, сжав мою шею хвостом, заставила меня замолчать. Задыхаясь, отец капеллан объяснил мне, что это боа — а боа удивительно миролюбивые создания, — и он хочет только взглянуть на его рудиментарные конечности, после чего отпустит его, не причинив Божьей твари никакого вреда. Тут бедное существо опомнилось и рванулось (если только подобное слово применимо к такой толстой и почти бесконечно длинной рептилии). Змея решительно освободилась из объятий отца капеллана и стрелой взвилась вверх. Больше мы ее не видели. Судя по яркой окраске и смущенному состоянию ума, рептилия, должно быть, недавно сменила кожу. Самое замечательное то, что мы ежедневно производим опыты над растениями, которые напоминают листья куки, или коки, и которые подарил мне один перуанский путешественник. Стоит пожевать их самое непродолжительное время, как удивительным образом обостряются умственные способности, приходит какое-то радостное чувство, отступают голод и жажда. У меня имеется значительный запас таких листьев, потому что, думаю, это зелье поможет мне отделаться от одной моей пагубной привычки. Возможно, ты заметила, что для борьбы с бессонницей и некоторыми другими недугами я использую настойку опиума, и привычка эта становится досадной. Не думаю, что речь идет о злоупотреблении, тем более о пристрастии, и все-таки у меня появилось нечто вроде потребности, наподобие потребности в табаке. Мне хотелось бы от нее отделаться, и я думаю, что эти ценные листья окажут нужное воздействие. Их свойства поистине поражают меня, и я вложу в письмо несколько листиков, чтобы ты смогла испытать их на себе. В период особенно тяжелой работы и волнений я предложил их Джеку, но он сказал, что если они помогают обходиться без сна и пищи, то они ему не нужны: в эти напряженнейшие дни ему нужны сон и еда. Короче говоря, он ни за какие коврижки не станет принимать никаких снадобий до тех пор, пока корабль не окажется на плаву.

Теперь фрегат на плаву — опрятный, щеголеватый, не имеющий никаких повреждений. Во время сизигийного прилива, наступившего прошлым вечером, его буквально сорвало с банки, вернее острова. Но при этом мы потеряли якорь. На его поиски ушло столько времени, что приходится ждать следующего прилива, когда великолепный сеньор Лопес, Бог даст, выведет нас в открытое море. Я хотел было прибавить: „если он успеет", но в тот момент, когда мое перо застыло в воздухе, за изгибом реки я увидел его шлюпку. Теперь он на борту нашего судна, и после того, как он выведет нас из устья, я вручу ему это письмо».

— Вручу ли? — произнес он вслух, перечитав свое послание.

Тон его был ошибочен, пожалуй, оскорбительно ошибочен. Предполагалось, будто между ним и его женой нет никаких размолвок, и сознание такого предположения придавало письму элемент фальши, досадной искусственности. Стивен медленно скомкал письмо, разглядывая изящное суденышко, шедшее фарватером мимо злополучного острова. Но потом, наблюдая, как это суденышко швартуется у борта фрегата, и думая о том, что не увидит суши до тех пор, пока не окажется в Тихом океане, он разгладил листок и приписал: «Бог знает, когда придет к тебе это письмо, но, случись это рано или поздно, оно послужит залогом моей любви к тебе».

«Сюрприз» потерял шестнадцать суток, которые следовало наверстать; и хотя «Норфолк», вероятно, двигался на юг с крейсерской скоростью с целью сэкономить припасы, запасные детали рангоута и сберечь паруса, он вряд ли делал меньше пяти узлов, даже если брал на ночь двойные рифы на марселях. Следовательно, разрыв между ними составлял две тысячи миль.

По этой причине фрегату было необходимо спешить вовсю. Высадив лоцмана, «Сюрприз» поставил все паруса, какие только можно. В этом не было ничего необычного: командира «Сюрприза» всегда, в продолжение почти всей его карьеры, поджимало время, вечная гонка стала его естественным состоянием. Досуг в море был таким же ненормальным явлением, как искусственно вызванный штиль. И все же, при всей спешке, Джек не собирался доводить команду до предела, как это случалось, когда его целью становился корабль, находившийся в поле зрения или за линией горизонта: тогда он с чистой совестью мог рискнуть сломанной стеньгой. Но капитан вовсе не намеревался превращать преследование в рискованную гонку, помня, что впереди его ждет Тихий океан, где не найдешь ни одного судового поставщика, не говоря о доке. Он снова возблагодарил Провидение за то, что оно послало ему таких офицеров, как Пуллингс и Моуэт, которые заставят фрегат идти вперед ночью и днем с решимостью и энергией, не уступающими его собственным.

— Наконец-то мы сможем снова заняться морским ремеслом, — произнес он с удовлетворением, когда фрегат вышел в Южную Атлантику крутым бейдевиндом, воспользовавшись норд-остом — поистине морским ветром, в котором не ощущалось ни единого из запахов земли. — Возможно, нам удастся привести корабль в приличный вид — из развалины, пригодной лишь на слом. До чего же не хочется жаться к суше, — добавил он, посмотрев в сторону Бразилии — бледной полоски земли, видневшейся в западной части горизонта еле-еле, но все-таки недостаточно далеко для моряка дальнего плавания, худший враг которого — подветренный берег. — *«Морской простор, где волны месяц осыпают поцелуями, не по душе мне»*, — процитировал он Моуэта, но затем, подумав, что судьба, возможно, воспримет эти слова как вызов, схватился за кофель-нагель и сказал: — Разумеется, я говорю это фигурально.

Джек не принадлежал к тем ретивым служакам, которые считали, что образцовое судно — это то, на котором стеньги заменяют на пять секунд быстрее, чем на остальных кораблях, стоящих в гавани, где медь изделий сияет ярче солнца в любое время и в любую погоду, где гардемарины носят белые панталоны в обтяжку, шляпу набекрень и высокие сапоги с отворотами, украшенными галуном и золотой кисточкой, хотя не понятно, как в такой обуви брать рифы; где ядра, сложенные на стеллажах, тщательно красятся чернью, а закопченные дужки суповых бачков драят до серебристого блеска. Но он любил, чтобы медные детали на «Сюрпризе» были начищены, а окрашенные поверхности выглядели сносно. Его старшему офицеру это нравилось еще больше, и, как это ни странно, нижние чины, которым приходилось выполнять всю эту бесконечную черную работу, были вполне с ними согласны. Именно к ней они привыкли и ценили то, к чему привыкли, хотя задолго до рассвета и до завтрака им приходилось ползать по мокрой палубе, пропесочивая ее и шлифуя камнем; они не роптали, даже если им приходилось орудовать кистью, когда атлантическая зыбь валяла фрегат с борта на борт и с носа на корму так, что его с трудом удерживали на курсе четыре матроса, стоявшие на штурвале. Большая часть вахтенных в это время находились рядом, чтобы в случае нужды прийти на помощь. Подобное случалось нечасто, поскольку, как правило, ветры были по отношению к кораблю не добрее, чем в начале вояжа. Не раз суеверные моряки косились на Холлома, этого пожирателя ветра, из-за его удачного плавания в личных водах старшего канонира.

«Сюрприз» на всех парусах мчался на юг, распространяя вокруг себя запах свежей краски. Как только краска высыхала, чувствовался еще и острый, волнующий запах порохового дыма. Редко случалось, чтобы вечерняя поверка проходила без стрельб хотя бы из мушкетов. Еще реже дело обходилось без артиллерийских учений. По словам Джека, чем хуже погода, тем больше проку от них, поскольку вряд ли вы столкнетесь с противником, когда на море тишь да благодать. Кроме того, полезно вовремя выяснить, как человек весом под двести пятьдесят фунтов сможет устоять на подпрыгивающей у него под ногами палубе. Существовали две основные причины бурной капитанской деятельности. Во-первых, Джек Обри искренне наслаждался жизнью: у него был жизнерадостный сангвинический характер, его печень и легкие находились в отличной форме, и если окружающий мир не относился к нему довольно немилосердно, что время от времени случалось, то он просыпался с радостным настроением и предчувствием счастливого дня. А поскольку он получал такое удовольствие от жизни, он намеревался прожить как можно дольше, и ему казалось, чтобы достичь этого, следовало в бою отвечать на два неприятельских бортовых залпа тремя своими, причем смертельно точными. Вторая причина, тесно связанная с первой, заключалась в том, что в его представлении образцовый корабль — это прежде всего сильная, опытная команда, которая способна превзойти противника умением маневрировать и стрелять, корабль, где дисциплина дружит с удачей, — словом, боевая единица, которая должна побеждать приблизительно равного по силе противника.

Увлекаемый теплым Бразильским течением, градус за градусом фрегат уходил на юг. Они миновали тропик Козерога еще до того, как успел установиться отмечаемый ударами рынды, размеренный распорядок дня, какой существует на судах с незапамятных времен. Свежевыкрашенный корабль радовал взор, медные детали были вычищены до блеска во время вынужденного докования; на мачтах фрегат нес паруса, соответствующие хорошей погоде, и, освещенный с кормы солнцем, в оперении верхних и нижних лиселей, имел необыкновенно элегантный вид. Гардемарины получили представление о прошедшем неопределенном времени в греческом языке, абсолютном аблативе, а также о началах сферической тригонометрии. Этим наукам они внимали без особого воодушевления, зато с интересом изучали вместе с Бонденом подковообразный сплесень[1] или какие-то другие необыкновенные узлы, которые они учились вязать с Шустрым Дудлом — матросом, который, будучи совершенно косноязычным, никогда ничего не объяснял, но показывал, что нужно делать, по нескольку раз, проявляя великое терпение. Бывало, он раз десять показывал, как нужно заделывать юферс в штаг катера, не произнося ни единого слова. Остальную часть дня они почти не видели отца Мартина; иногда казалось, что капеллан, как и его ученики, рад откреститься от синусов, тангенсов и секансов. На самом же деле все свободные часы он систематизировал свою обширную, хоть и собранную в спешке коллекцию бразильских жесткокрылых. Только теперь он смог оценить это богатство — многообразие новых видов, родов и даже семейств. Они со Стивеном рассчитывали на несколько счастливых, спокойных месяцев, которые можно будет посвятить классификации этих существ, хотя Стивен не испытывал особого пристрастия к жукам, да и служебные обязанности (а также нежелание упустить из виду какую-нибудь пролетающую птицу или проплывающего кита) зачастую отвлекали доктора от ученых трудов.

Хиггинс как ассистент при хирургических операциях все больше не удовлетворял Стивена. Вне всякого сомнения, этот человек виртуозно рвал зубы, но во всем остальном по части медицины и хирургии был дремучим невеждой, да еще к тому же дерзким и заносчивым.

---

[1] Вид морского узла, предназначенного для сращивания тросов.

Кроме того, он злоупотреблял доверчивостью простодушных матросов. Конечно, и Стивену, чтобы успокоить мнительных, приходилось прибегать к своего рода надувательствам, предписывая безвредные, но и бесполезные лекарства; однако Хиггинс переходил всякие границы, прибегая к снадобьям, не очень-то полезным для здоровья. Кроме того, он начал получать незаконные доходы как от больных, так и от тех, кто просто хотел поваляться какое-то время в лазарете, наслаждаясь бездельем. Поэтому доктор решил сам заботиться обо всех пациентах, ограничив обязанности Хиггинса удалением зубов. При этом он знал, что ему не удастся окончательно покончить с частной, вернее тайной, практикой своего помощника, поскольку матросы были верны своей натуре. Во всяком случае, Стивен следил за тем, чтобы их не травили, и запирал у себя в шкафчике наиболее опасные лекарства.

До полудня Стивен осматривал фок-мачтовых матросов, затем в сопровождении Джека Обри осмотрел больных в лазарете. Что касается офицеров, то они обычно записывались на прием через фельдшера. Но так происходило не всегда, особенно когда шла речь о сотрапезниках из кают-компании, поэтому Стивен ничуть не удивился, услышав стук в дверь спустя несколько дней после того, как они вышли из Пенедо. Дело в том, что несколько офицеров и унтер-офицеров все еще страдали желудком, объевшись черепашьим мясом и тропическими фруктами. Но, оказывается, это была миссис Хорнер, пришедшая в тот момент, когда все матросы находились на палубе, поскольку «Сюрприз» лег в дрейф, чтобы опросить «купца», шедшего со стороны Ла-Платы. Когда он предложил осмотреть ее в кают-компании в присутствии мужа, она отказалась. Она также не хотела, чтобы при осмотре присутствовала миссис Лэмб или жена сержанта. По правде говоря, продолжительный осмотр не понадобился: было и так ясно, что миссис Хорнер беременна. Когда Стивен сообщил ей об этом, она сказала:

— Да. И не от Хорнера. Вы знаете о его слабости, доктор, он сам мне признался, что советовался с вами. Забеременела я не от него, и если он об этом узнает, он меня убьет. Он человек ужасный. Если я не освобожусь от плода, он меня убьет. — После продолжительного молчания она прошептала: — Он меня убьет.

— Очень жаль, — отвечал Стивен. — Не стану делать вид, будто не понимаю, чего вы от меня хотите, но этого не произойдет. Я сделаю все, что в моих силах, чтобы помочь вам, но только не это. Вы должны попытаться... — Тут воображение изменило ему. Он замолчал, уставившись в пол, понимая, в какую она попала беду и какое испытала разочарование.

— Да, я знаю его, — сказала миссис Хорнер мертвенным голосом. — Он меня убьет...

Через несколько секунд она, по крайней мере внешне, пришла в себя и поднялась, оправив передник: жалкая, немощная и еще такая юная.

— Прежде чем вы уйдете, — произнес доктор, — я должен сказать вам две вещи. Во-первых, всякое вмешательство в ход природного процесса чрезвычайно опасно. Во-вторых, природа сама нарушает свои законы, поскольку более одной беременности из десяти оканчиваются естественным выкидышем. Надеюсь, вы будете заходить ко мне по крайней мере раз в неделю. Возможно, вы будете чувствовать себя не вполне хорошо, и тогда, пожалуй, придется как-то вас взбадривать.

Было очевидно, что она вряд ли слышала, что он говорит, хотя сделала книксен после того, как доктор замолчал. Выходя из каюты, молодая женщина пробормотала:

— Он меня убьет.

«Пожалуй, так оно и будет», — подумал Стивен спустя несколько минут. Он вышел на палубу, чтобы отделаться от неприятного чувства и послушать, о чем рассказывает «купец». В нескольких футах от него на продольном мостике стоял как всегда хмурый старший канонир — могучего телосложения мужчина с длинными, неловкими руками.

Стивен пришел слишком поздно и застал лишь семафорный обмен любезностями между расходящимися разными галсами кораблями, разделенными уже четвертью мили аквамаринового, покрытого белыми барашками моря. Пуллингс сообщил ему, что полученные новости самые неутешительные: «Норфолк» не заходил в устье реки Ла-Плата, что могло бы сэкономить «Сюрпризу» по крайней мере несколько сотен миль, но проследовал прежним курсом. Капитан одного баркаса из Монтевидео сообщил, что видел американца где-то возле сорокового градуса южной широты, а значит, воспользовавшись попутными ветрами, он значительно оторвался от них.

— Единственная наша надежда теперь, — сказал Моуэт, — это встретить какое-нибудь судно, которое видело, как американец перевооружается, скажем, в порту Дезир, прежде чем направиться к мысу Горн. Иначе нам наверняка придется последовать за ним в Тихий океан. И еще неизвестно, удастся ли нам тогда отыскать эту иголку в стоге сена.

— Но ведь мистер Аллен знает все убежища наших китобоев, а китобои — единственная цель «Норфолка»!

— Конечно. Но за последние годы границы китобойного промысла переместились далеко на юг и запад, и если мы не захватим американца у берегов стран, где бывал наш штурман — у побережья Чили, Перу, Галапагосских островов, Мексики и Калифорнии... Если фрегат ушел на запад на три тысячи миль, а то и больше, то как мы его вообще сможем отыскать в этих водах? В тех краях не ведется торговля, там не встретишь «купца», который мог бы сообщить о замеченном американце, не найдешь порта, где можно было бы услышать какие-то известия о нем. Для этого нужна необыкновенная удача, а удачи в этом окаянном вояже нас пока не балуют.

Корабль шел все дальше и дальше на юг, но ни одного судна не попалось ему навстречу. Дни превращались в недели, а гладкое, как зеркало, море оставалось пустынным. И все это время дули слабые, переменные, иногда приносящие жуткий запах гнили ветры. Хуже всего было то, что они были слабые. Три ночи подряд Джеку снился один и тот же сон: будто бы ему достался конь, у которого так разъезжались копыта, что седок то и дело касался обеими ногами земли, и люди смотрели на него с неодобрением и даже откровенным презрением. Всякий раз он просыпался в поту, испытывая чувство тревоги.

Постепенно воздух и море становились холоднее, и каждый день во время полуденных астрономических наблюдений солнце удалялось, по крайней мере, на градус от линии зенита. К этому времени все гардемарины научились довольно точно определять его высоту. Джек Обри с удовлетворением наблюдал за тем, как они вычисляют местоположение корабля к югу от экватора и к западу от Гринвича, а иногда вызывал их к себе, чтобы послушать отрывок из оды на латинском языке (в настоящее время они терзали бедного Горация) или склонение греческого существительного.

— Если завтра все они утонут, — заметил он, обращаясь к Стивену, — то их отцы не смогут упрекнуть меня в том, что я не выполнил своего долга по отношению к ним. Когда я сам был зеленым юнцом, никому не было дела до того, верна или нет моя прокладка курса, что же до моих занятий латинским или греческим...

Джек почти ежедневно приглашал их поочередно к своему столу — как завтрак, так и обед со своим капитаном делили один или два юных моряка.

Во время этого продолжительного, медленного перехода у всех появилась уйма времени, и возобновились обычные приглашения к столу, иногда становившиеся несколько однообразными: капитан обедал вместе с офицерами в кают-компании; тем, кому положено трапезовать в кают-компании, поочередно обедали в капитанской каюте; а мичманы по одному и по двое трапезовали то тут, то там. Чем дальше на юг уходил фрегат, тем более скудным становился стол. Оба кока старались, как могли, но личные припасы сходили на нет. Понтий Пилат — кают-компанейский петух — все еще кукарекал, когда на шканцы выносили клетки с птицами, и его куры время от времени несли яйца; коза Аспазия самоотверженно давала молоко для священного ритуала кофепития в капитанской каюте, но последняя овца сдохла чуть южнее сороковой параллели: она была острижена — нет, скорее обрита для ее же блага вблизи экватора и не смогла выдержать резкого похолодания. Настал день, когда даже на капитанском столе появилась солонина. Джек Обри извинился за изменения в меню, поскольку приглашал гостей «разделить вместе с ним бараньe седло», но капеллан возразил:

— Ну что вы, что вы! Такой вкусной соленой свинины с таким изумительным сочетанием ост-индских специй я еще никогда не ел. Но даже если бы подали самую простую кашу, какую едят в пост, все равно это был бы пир. Дело в том, что этим утром, сэр, в половине девятого, я впервые в жизни увидел пингвина! Как уверяет меня доктор, это был королевский пингвин, который плыл рядом с кораблем с чрезвычайно большой скоростью и изяществом. Он словно летел по волнам!

Действительно, «Сюрприз» оказался на границе вод Тихого, Атлантического и Индийского океанов: эти воды непрерывным потоком устремляются вокруг света, и в них водится значительное количество морских обитателей крайнего юга. Совершенно неожиданно изменились цвет, температура и даже характер моря. Крупные альбатросы тут еще не встречались, но можно было ждать появления буревестников, вилохвостых качурок, китовых птиц и, разумеется, множества пингвинов. На следующий день после этой перемены капеллан со Стивеном вылезли из теплых коек, едва заслышав знакомый звук: это драили камнем палубу высоко у них над головами. Звук этот скорее ощущался, чем слышался, так же как ощущалась легкая вибрация корпуса и тугих снастей. Он ощущался и в кают-компании, где буфетчик оделил каждого миской горячей каши. К этому времени — отец Мартин успел умыться и даже побриться при свете сальной казначейской свечи — на востоке показалась бледная серая полоса. Вниз спустился Хани с босыми, покрасневшими от холодной, мокрой палубы ногами, чтобы в тепле надеть чулки и башмаки. Он сообщил им, что через пять минут лопатами и швабрами сгонят с палубы воду и что ночной моросящий дождь прекратился:

— Ветер от норд-оста с попутной волной. Но по-прежнему очень холодно. Если подождете, то после завтрака, судя по тошнотворной вони, будет вяленая треска.

Оба ответили отрицательно, предпочитая выйти на палубу до того, как будет подана команда убрать койки в эти сетчатые штуковины вдоль бортов, которые так мешают вести наблюдения. Они поднимутся наверх, как только палубы как следует просохнут...

— Сэр! Сэр! — закричал босоногий Кэлами, спустившись вниз. — Там, рядом с нами, огромный, здоровенный кит.

Кит действительно оказался рядом и был в самом деле огромен. Это был кашалот с гигантской, словно обрубленной головой, который находился на траверзе русленей. Темное тело могучего животного достигало семидесяти пяти или восьмидесяти футов в длину, производя впечатление спокойной силы. Рядом с ним фрегат казался скорее баркасом. Верхняя часть его головы и туловища находилась над поверхностью воды, и из дыхала била толстая белая струя пара. Она была направлена вверх и вперед. За это время можно было досчитать до трех. После небольшой паузы животное ненадолго опустило голову в воду, затем подняло ее и снова пустило струю пара. Вновь и вновь повторяя эти действия, кашалот плыл рядом с кораблем, регулируя скорость легкими колебательными движениями огромного горизонтального хвоста. До тела, погруженного в прозрачную, свинцового оттенка воду, казалось, можно было достать рукой. Оно было одинаково хорошо видно как над, так и под поверхностью моря. Доктор и капеллан, словно зачарованные, стояли у поручней и молча наблюдали за кашалотом.

— Это и есть один из тех самых быков на восемьдесят бочек, — заметил штурман, стоявший рядом со Стивеном. — Может, даже на девяносто. Мы их называем вожаками, хотя обычно они разгуливают в одиночку.

— Похоже на то, что он ничуть не встревожен, — прошептал Стивен.

— Действительно. Уверен, что он глух. Я встречал старых кашалотов, которые были не только глухи, но и слепы на оба глаза, хотя казалось, что с ними все в порядке. Но, пожалуй, ему нравится находиться в обществе. Так бывает со многими китами-одиночками, как и с дельфинами. Скоро он уйдет под воду, он достаточно надышался, и теперь... — Но речь штурмана внезапно прервал звук мушкетного выстрела, нарушившего тишину. Бросив взгляд вдоль фальшборта, Стивен увидел офицера морской пехоты, не успевшего снять ночной колпак, с дымящимся ружьем в руках и широкой идиотской улыбкой на лице. Голова кита погрузилась в бурлящую воду, и животное, изогнув дугой огромную спину и подняв хвост, на долю секунды повисло над поверхностью воды и камнем пошло ко дну.

Стивен посмотрел вдаль, чтобы не проявить охватившую его ярость, и тут ему предстало необычное для этого времени дня зрелище: на мостике стояла миссис Лэмб, жена плотника. Она ждала, когда воцарится тишина, и поспешила к врачу.

— Доктор, пожалуйста, пойдемте со мной. Миссис Хорнер совсем плоха.

Она действительно была плоха. Согнувшаяся пополам на койке, с желтым, залитым по́том лицом, с волосами, разметавшимися по щекам, она пыталась задержать дыхание, чтобы справиться с болью. В углу каюты с растерянным видом стоял ее муж. Жена сержанта, опустившись на колени, утешала больную:

— Ну, потерпите, дорогуша, потерпите.

В то утро Стивену было не до миссис Хорнер, но, едва войдя в каюту, он без слов понял, что произошло: ей сделали аборт. Миссис Лэмб знала об этом, но остальные не знали, и в перерывах между приступами боли единственное желание миссис Хорнер заключалось в том, чтобы выпроводить их из помещения.

— Мне нужен свет и воздух, два таза горячей воды и несколько полотенец, — повелительным голосом произнес Стивен. — Миссис Лэмб будет мне помогать. Для остальных тут нет места.

Произведя беглый осмотр и решив неотложные проблемы, доктор поспешил к себе за медицинским набором. По пути он столкнулся со своим помощником — Хиггинсу некуда было деваться, и он отступил в сторону, чтобы пропустить доктора. Тот взял его за локоть, подвел к решетке так, чтобы на лицо Хиггинса падал свет, и сказал:

— Мистер Хиггинс, мистер Хиггинс, вас повесят, если я ее не спасу. Вы наглый, подлый, злобный, невежественный идиот, а теперь еще и убийца в придачу. — Хиггинс умел постоять за себя, когда его припирали к стенке, но в водянистых глазах Стивена была столько змеиной ярости, что он лишь понурил голову, не найдясь с ответом.

Несколько позднее, оказавшись в лазарете, одном из немногих мест на корабле, где можно было говорить, не опасаясь быть подслушанным, Стивен обнаружил там старшего канонира, который спросил, что за недуг приключился с его женой, каков характер ее заболевания.

— У нее женская болезнь, — ответил Стивен, — причем довольно распространенная. Однако случай сложный, боюсь, дела ее очень плохи. Единственная надежда на крепость ее организма. Сколько лет миссис Хорнер?

— Девятнадцать.

— И все-таки вы должны быть готовы ко всему. Возможно, она справится с лихорадкой, а возможно, и нет.

— Это не из-за меня? — тихим голосом спросил офицер. — Не из-за того, ну, вы знаете, что я имею в виду?

— Нет, — отвечал Стивен. — Вы тут совершенно ни при чем. — Он посмотрел на его потемневшее, угрюмое и жесткое лицо. «Неужели он способен на привязанность? — подумал доктор. — Любовь? Какое-то нежное чувство? Или в нем лишь говорит гордыня, забота о своей собственности?» Доктор не нашел ответа, но на следующий день рано утром, когда ему пришлось сообщить Хорнеру, что больной не стало лучше, у Стивена появилось ощущение, что после первого шока главным чувством старшего канонира стал гнев — весь мир был виновен в том, что его жена осмелилась заболеть. Это открытие ничуть не удивило доктора: за долгие годы медицинской практики на берегу ему встречалось множество мужей и даже любовников, которых злила болезнь женщины, будто единственной причиной болезни было желание подложить им свинью. Вместо сочувствия они испытывали раздражение.

Рассвет не спешил, задерживаемый мелким дождем из идущих с норд-оста туч. Когда же развиднелось и исчезла пелена дождя на зюйд-весте, послышался крик впередсмотрящего:

— На палубе! По правой скуле парус!

Джек Обри, сидевший у себя в каюте и подносивший к губам первую чашку кофе, услышал этот вопль. Стукнув чашкой об стол и пролив половину кофе, он кинулся на палубу.

— Эй, на мачте! — крикнул он. — Где ты его увидел?

— Сейчас ничего не вижу, сэр, — отозвался наблюдатель. — Судно, по-моему, находилось в направлении один румб по правой скуле с корпусом, видимым над горизонтом. Мне кажется, оно шло в крутой бейдевинд галсом левого борта.

— Наденьте же, сэр! — сердито закричал Киллик, поспешив за капитаном и протянув ему штормовой плащ с капюшоном, так называемую Магелланову куртку. — Надевайте. Что я, бегать буду за вами, что ли? Я всю ночь ее чинил, черт бы ее побрал, — недовольно бормотал вестовой.

— Спасибо, Киллик, — рассеянно отозвался Джек Обри, надевая капюшон на непокрытую голову. Затем громко скомандовал:

— По местам! Брамсели и всепогодные лисели ставить!

Других парусов и не требовалось. По команде капитана марсовые устремились вверх, ванты с обоих бортов почернели от множества людей. Не успел боцман свистнуть в дудку, как паруса были подняты и расправлены с чрезвычайной быстротой. После того как «Сюрприз» резво помчался вперед, вздымая буруны, впередсмотрящий снова доложил о том, что видит парусник, который успел совершить поворот через фордевинд и теперь держит курс на чистый зюйд.

— Мистер Блекни, — обратился Джек Обри к юному гардемарину, насквозь промокшему от дождя, но розовому от возбуждения. — Живо на фок-мачту с подзорной трубой. Будете докладывать, что видите.

Действительно, судно совершило поворот через фордевинд, докладывал гардемарин: он увидел его кильватерную струю, которая увеличивалась на глазах.

Даже находясь на шканцах, Джек Обри и остальные моряки, столпившиеся возле подветренного фальшборта, могли различить силуэт судна, появившегося вдалеке из серой мглы. Но это было лишь бледное пятно, не более того.

— А вы не видите «вороньего гнезда»? — допытывался капитан.

— Никак нет, сэр, — отвечал юноша после продолжительной паузы. — Уверен, «вороньего гнезда» на нем нет.

Все офицеры одновременно улыбнулись. Всякий парусник, встреченный в здешних водах, почти наверняка должен быть китобойным судном или же военным кораблем. Но ни одно китобойное судно не выйдет в море без «вороньего гнезда». Это важный и наиболее заметный элемент его оснастки. Следовательно, перед ними военный корабль. Возможно, с «Норфолком» тоже случилась какая-то беда или он попал в сильный шторм. Возможно, ему пришлось ремонтироваться в каком-то тайном южном убежище. Вполне возможно, что всего лишь в нескольких милях с подветренной стороны от них находится неуловимый американец.

— На палубе! — громко, но разочарованно доложил впередсмотрящий. — Это всего лишь бриг.

Радостного волнения как не бывало. Конечно, ну конечно же, это пакетбот, бриг «Даная», вспомнили все. Судя по тому, как недалеко он от них ушел, бриг двигался чрезвычайно медленно. Конечно, он повернул вспять и кинулся удирать на всех парусах, не зная, что ему повстречался именно «Сюрприз».

— Черт бы его побрал, — произнес Джек, обращаясь к Пуллингсу. — Несомненно, мы его допросим. Давайте поднимем короткий вымпел, как только они сумеют его разглядеть. Но не раньше. Незачем трепать впустую дорогую ткань. — С этими словами он вернулся к своему кофе. Узнав, что доктор Мэтьюрин занят с пациентом, покончив с кофе, капитан в одиночестве принялся за трапезу.

Но «Даная» вела себя как-то странно. Очевидно, она не поверила сразу флагу «Сюрприза», как и полагалось в таком случае. Но настораживало то, что она не ответила удовлетворительным образом и на секретный сигнал, хотя видимость стала достаточной. Еще одно подозрительное обстоятельство: она стала понемногу приводиться к ветру — словно для того, чтобы оторваться от них, поднимая на бизань-мачте через продолжительные промежутки времени непонятные сигналы. «Даная» была великолепным ходоком, как и следовало ожидать от пакетбота; неся большую парусность, она удалялась от «Сюрприза».

Пуллингс отправил в капитанскую каюту вестового с целью сообщить, что ему не по душе эта игра в кошки-мышки, и Джек Обри вернулся на палубу. Держа в руке кусочек тоста, он разглядывал бриг. Тот верно сообщил свои позывные, нес нужный флаг, а теперь поднял семафор «Везу срочные донесения». Сигнал означал, что бриг не только не остановится, но и не позволит, чтобы его остановили. Однако секретный сигнал вызывал сомнения: прочитать его было невозможно: едва подняв флажный набор, его тотчас же опускали.

— Повторите приказание, — произнес Джек. — И произведите предупредительный выстрел.

Аккуратно положив тост на станину каронады, капитан принялся разглядывать «Данаю» в подзорную трубу Моуэта. На судне царили неразбериха и суета. Набор флагов то поднимался, то опускался вновь, фал то и дело заедало. И вновь важный семафор исчез, прежде чем его успели прочесть. Джек Обри сам не раз прибегал к таким увёрткам, чтобы сберечь несколько драгоценных минут во время преследования. Такого рода неполадки были неубедительны для такого хорошего ходока, как «Даная»; их следовало сочетать с неумелым управлением, взятием рифов и развязавшимися сезнями. Нет, нет, так не пойдет. Бриг захвачен. Он находится в неприятельских руках и пытается оторваться от них.

Джек Обри быстро оценил обстановку — скорость ветра, течения, месторасположение пакетбота — и произнес:

— Свистать команду на завтрак, а затем мы приведемся к ветру. Если бриг захвачен, как я предполагаю, и если нам удастся захватить его, то вы, Пуллингс, отведете его домой.

— Благодарю вас, сэр, — отозвался Пуллингс с широкой улыбкой. С карьерной точки зрения такое решение командира устраивало его как нельзя лучше. Славой в сражении он себя не покроет: своим вооружением пакетбот значительно уступает фрегату и поэтому в схватку не вступит; но это ничего не значит, поскольку слава славе рознь. Офицер, приведший ценный приз, вновь захваченный у противника, будет располагать убедительным доказательством своего рвения и удачливости, что является важным качеством, когда речь зайдет о предоставлении ему должности.

— Правда, с ним придется повозиться, — заметил Джек, разглядывая бриг из-под ладони, защищавшей его глаза от солнца. — Можете сообщить об этом доктору. Он любит хорошую погоню.

— А где же доктор? — немного погодя спросил капитан, когда «Сюрприз» под всеми парусами мчался на юг, являя собой великолепное зрелище.

— Видите ли, сэр, — отвечал Пуллингс. — Похоже на то, что он всю ночь был на ногах: жена старшего канонира приболела. И теперь они с отцом капелланом мирно греются у печки в кают-компании, раскладывая своих жуков. Но доктор говорит, что если ему прикажут подняться и наслаждаться холодным дождем, а то и мокрым снегом, не говоря о штормовом ветре, то он, разумеется, с радостью повинуется.

Джек Обри легко представил себе и те мятежные заявления, которые Пуллингс не рискнул передать. Он произнес:

— Надо попросить Киллика сшить доктору Магелланову куртку. А вестовой мистера Мэтьюрина не в ладах с иголкой. Жена старшего канонира, говорите? Бедняжка. Думаю, она что-то съела. Но лучшего врача ей не найти. Помните, как он выскреб мозги бедного мистера Дея на шканцах старушки «Софи», а потом положил их на место? Эй, на носу, приподнимите на полсажени фор-стаксель!

Все внимание моряков «Сюрприза» было сосредоточено на бриге. Экипаж фрегата, начиная с капитана и кончая последним матросом, работал как один человек. Редко когда приходилось отдавать команду, использовались любая попутная волна, любое изменение ветра, то и дело регулировали кливеры и стаксели; брасы находились в умелых, чутких руках. Моряки «Сюрприза» были охочи до призов; у них было гораздо больше опыта по их захвату, чем у многих других экипажей; их аппетит рос с каждым удачно взятым «купцом», военным кораблем или заново захваченным бывшим своим судном. И теперь пиратская сторона их характера была особенно отчетливо видна. Хотя могло показаться, что ничего нельзя добавить к сочетанию охотничьего инстинкта с сильным желанием заработать денег, но в данном случае команду подгоняло еще и желание помочь капитану Пуллингсу. Конечно же, все слышали обещание Джека Обри. И это заставляло моряков работать с удвоенной силой, хотя «Даная» шла так резво и так хорошо управлялась, что, имея отрыв в пять миль, она имела шанс скрыться под покровом ночи. Но бледное солнце находилось еще высоко над горизонтом, когда бригу пришлось лечь в дрейф и, спустив марсели, оказаться у подветренного борта фрегата.

— Передайте доктору, что он должен подняться на палубу, нравится ему это или нет, — заявил Джек и, когда Стивен появился, сказал ему: — Вот пакетбот, о котором нам сообщили. Но его, должно быть, захватили люди с «Норфолка», поскольку бригом распоряжается призовая команда. К нам направляется американский офицер. Каковы ваши намерения?

— Может быть, мы побеседуем после того, как вы с ним поговорите? — отозвался Стивен, который не любил делать заявления при посторонних. — Я рад, что вы захватили судно, не открыв по нему орудийного огня. Я даже не представлял себе, что преследование проходит так успешно. Мы с отцом Мартином ожидали, что, прежде чем все кончится, будет много грохота и беготни. — Доктор взглянул на «Данаю»: немногочисленные моряки, шумно обнимающиеся на полубаке пакетбота с матросами «Сюрприза», были, очевидно, узниками, которые совершенно неожиданно для себя обрели свободу. Те, что находились на шкафуте, выглядели чрезвычайно подавленными и уставшими — прежде чем в свою очередь угодить в плен, им пришлось целый день поднимать и натягивать тросы, ставить паруса, затем снова убирать их. Совершенно очевидно, это была неприятельская призовая команда. Их командир — моложавый лейтенант, — скрывая свои чувства под маской невозмутимости, поднялся на борт фрегата и, отсалютовав находившимся на шканцах, протянул Джеку Обри свою шпагу.

— Нет, сэр, вы должны оставить ее у себя, — покачав головой, произнес Джек. — Клянусь честью, вы проявили себя с лучшей стороны.

— Думаю, нам удалось бы уйти, — отозвался лейтенант, — не потеряй мы столько парусов южнее мыса Горн и будь у нас более решительная и надежная команда. Но, во всяком случае, для нас нет бесчестья в том, что нас захватил столь прославленный ходок.

— Пожалуй, нам обоим не мешало бы перекусить, — сказал Джек Обри, ведя американца к себе в каюту. Обернувшись через плечо, он добавил: — Капитан Пуллингс, действуйте.

Капитан Пуллингс действовал очень умело. Он подвел пакетбот как можно ближе к фрегату, чтобы произвести замену экипажа до того, как стемнеет и почти наверняка воцарится ненастье. Прежде чем вернуться к своим подвесным койкам, Стивен и отец Мартин понаблюдали за снующими шлюпками, которые, раскачиваясь на свежеющих волнах, доставляли на «Данаю» матросов и морских пехотинцев с «Сюрприза», привозя на обратном пути бывших узников и американцев. На борту фрегата оказался и длинноногий мичман, державший в руках шканечные журналы и бумаги «Данаи».

— Вот ее судовые документы, — произнес капитан Обри, когда к нему пришел Стивен, с которым он хотел посовещаться. — Разумеется, многого мы из них не узнаем, поскольку английские записи прекратились после того, как судно было захвачено. Все остальное — это сухие сведения о курсе и погодных условиях, при которых они плыли дальше. В основном погодные условия были неблагоприятными. Однако пленные успели сообщить нам кое-какие сведения. Поскольку их, как и пакетбот, захватили по эту сторону мыса Горн, то они не знают наверняка, находится ли «Норфолк» по-прежнему в Тихом океане, однако им известно, что в Южной Атлантике он захватил два наших китобойных судна, возвращавшихся домой. Одно из них занималось промыслом целых три года, и все бочки в его трюмах были наполнены ворванью. Вот черновик рапорта, который Том Пуллингс захватит с собой. Из него вы сразу все поймете. Может быть, вы подправите стиль там, где сочтете нужным.

Стивен взглянул на знакомую шапку:

«Сюрприз», в море
(ветер с норд-оста, умеренное волнение)
49° 35′ S, 63° 11′ W

Милорд!
Честь имею уведомить вашу светлость о том, что...

и затем произнес:

— Прежде чем я прочту эту бумагу, ответьте мне на следующий вопрос. Если на борту пакетбота мы обнаружим сокровища, то где бы они находились в большей безопасности — у нас или у Тома?

— Что касается сокровищ, то, боюсь, капитан «Норфолка» тотчас наложил на них руку. Два железных сундука, набитых золотом, — шутка ли! Неужели вы полагаете, что они оставили бы это добро без присмотра? Да боже упаси! Я бы на их месте этого не допустил, ха-ха-ха!

— Предположим, что на судне есть тайник, где спрятаны документы, ценные документы, — терпеливо продолжал втолковывать Стивен, подвинув свой стул к Джеку и по-прежнему не повышая голоса. — Где бумаги будут в большей безопасности — у него или у нас?

Джек вскинул на доктора понимающие глаза:

— Каперы — вот в чем беда! На этом бриге Том может уйти от большинства военных кораблей, если только погода не испортится. Но начиная с Вест-Индии ему могут угрожать каперы — как французские, так и американские. Некоторые из них очень хорошие ходоки, а у него всего несколько пушчонок и мушкетов, да горстка людей. Риск нарваться на капера, конечно, не слишком велик в бескрайнем океане, однако должен сказать, что ваши таинственные бумаги у нас были бы в большей сохранности.

— Тогда не будете ли вы добры, пока не стемнело, последовать за мной на пакетбот, чтобы осмотреть место, где находились сундуки?

— Хорошо, — отозвался Джек. — Мне в любом случае хочется взглянуть на судно. Сумку захватить?

— Полагаю, что нет, — отвечал Стивен. — Но точная линейка нам пригодится.

Доктору было не по себе. Деньги всегда плохо влияли на его умственные способности, зачастую так запутывая ждущий решения вопрос, что он превращался в очень опасную проблему. Стивену весьма не понравилось то, каким образом ему сообщили о тайнике на «Данае», а воспоминание о письмах, в которых сэр Джозеф сообщал ему о мрачной, тревожной атмосфере, царящей в Лондоне, усугубило его пессимизм, и при этих изменившихся обстоятельствах он поддался соблазну махнуть на все рукой. В инструкциях не указывалось, как он должен действовать в нынешней обстановке, так что, как бы доктор ни поступил, любое его решение могло быть признано неверным. Но если он вовсе ничего не предпримет, а пакетбот еще раз захватят, то он будет выглядеть круглым дураком, если не изменником. А ну как выяснится, что тайник пуст? Что, если какие-то крысы добрались до этих бумаг? Что, если плененный мистер Каннингем сам окажется крысой?

Такие мысли вертелись в голове у доктора, пока он обшаривал длинную нишу в переборке каюты, где некогда обретался со своим багажом мистер Каннингем. Отверстия для болтов, которыми крепили ящики, были там хорошо видны. Испытывая известного рода облегчение, Стивен обратился к Джеку:

— Несчастные придурки дали мне неверные инструкции. Тут нет ничего. Возможно, так даже лучше.

— Вы разрешите мне взглянуть на эту бумагу? — спросил капитан.

— Да ради бога. Но тут написано черным по белому: «Нажать на третий болт под полкой на бакборте в трех футах девяти дюймах от переборки».

— Стивен, — заметил Джек. — По-моему, вы смотрите на полку, находящуюся на штирборте.

— Черт бы вас побрал, Джек! — воскликнул доктор. — Разве это не левая рука у меня? — продолжал он, подняв руку. — А то, что находится на левой, или невезучей, стороне, называется бакбортом.

— Вы забыли, что мы повернулись, — возразил Джек Обри. — Видите ли, мы сейчас обращены лицом к корме. Вы сказали: третий болт? — Нащупав металлическую головку, капитан нажал на нее, и тотчас же с громким стуком из выемки выпал металлический ящик. Ударившись углом о палубу, он открылся. Поставив наземь фонарь, Джек нагнулся, чтобы собрать вывалившиеся пачки ассигнаций и другие бумаги. Сгребая деньги, он воскликнул: — Бог любит нас! Что может... — Но тут же осекся и молча собрал пачки. Стивен окинул их беглым взглядом и, озабоченно покачав головой, снова уложил деньги в ящик.

— Самое лучшее — опечатать все это добро и отдать вам на хранение. Может, вы сами отнесете ящик на «Сюрприз»? А то вы знаете мою привычку падать из шлюпки в воду.

Оказавшись в капитанской каюте, Стивен растопил воск, прижал к нему гравированный брелок и, прикрепив к ящику клочок бумаги, протянул его капитану со словами:

— Тут указано имя получателя на тот случай, если со мной что-нибудь случится.

— Чертовски тяжелая ответственность, — с серьезным видом произнес Джек Обри, принимая ящик.

— Бывает ответственность и потяжелее, мой дорогой, — возразил Стивен. — Мне нужно навестить своих пациентов.

— Кстати, — отозвался Джек, — я вижу в списке больных имя жены старшего канонира. Надеюсь, ей стало лучше?

— Лучше? Ничего подобного, — выразительно ответил доктор.

— Жаль, — сказал капитан. — Может, навестить ее, принести цыпленка или бутылку портвейна? Или и то и другое?

— Послушайте, — оборвал его Стивен. — Я не уверен, что она выживет.

— О господи! — воскликнул Джек Обри. — Я не представлял себе, что ее дела так плохи. Надеюсь, вы каким-то образом можете ей помочь?

— Что касается помощи, — ответил доктор, — то я рассчитываю лишь на ее молодой организм. Ей всего девятнадцать, бедняжке, а в девятнадцать можно пройти через ад, чистилище и вернуться на грешную землю. Скажите, Том Пуллингс сразу покинет нас?

— Нет. Он останется с нами до утра. У меня много писанины.

— Мне тоже надо написать хотя бы одно письмо, — сказал Стивен. — Если смогу, то приду помочь вам разобраться с захваченной почтой, — добавил он, зная отвращение, которое питал капитан к чтению чужой корреспонденции, невзирая на ценность содержащихся в ней сведений. — Нам предстоит хлопотная ночь.

Ночь оказалась не только хлопотной, но и бессонной, зато им удалось обнаружить письмо некоего офицера по имени Калеб Гилл, где был описан предполагаемый маршрут «Норфолка» до самых Галапагосских островов. Достигнув этой точки, фрегат должен был повернуть на запад, чтобы попасть «в персональный рай моего дядюшки Палмера, куда мы хотим доставить шайку колонистов, которые желают оказаться как можно дальше от своих земляков». Под дядюшкой Палмером, очевидно, подразумевался капитан «Норфолка». Что же касается его «персонального рая», то он мог оказаться в любой точке Тихого океана. Однако, сравнивая даты, точки координат и мореходные качества «Норфолка», о которых он узнал от китобоев, Джек Обри был почти уверен, что встретится с неприятельским фрегатом гораздо раньше, чем тот достигнет Галапагосского архипелага; вероятнее всего, это произойдет у острова Хуан-Фернандес, где американец намеревался заправиться топливом и водой, или же поблизости от Вальпараисо, где он собирался ремонтироваться. Все это вполне устраивало бы Стивена, если бы не два пациента, ставших его головной болью. Одним из них был его старый друг Джо Плейс, который упал с трапа и, ударившись головой о рым-болт, проломил себе череп. Вторым — миссис Хорнер, которой его лечение никак не помогало.

— Меня удивляет, что наши моряки могут переходить с одного судна на другое и плыть на нем, не изучив его особенностей, — заметил отец Мартин, наблюдая со Стивеном, как, описав длинную дугу и повернувшись носом к норд-норд-осту, от них удаляется «Даная». Между тем «Сюрприз» продолжал идти курсом зюйд-ост.

— Как мне объяснили, рангоут и такелаж на всех судах одинаковы, — отвечал доктор. — Мореход разбирается в кораблях, как мы в скелетах позвоночных. Как мне представляется, на бриге некоторые тросы протянуты вперед, а на трехмачтовике они направлены назад. Однако для моряка это представляет не большую загадку, чем для анатома разнообразие желудков у жвачных животных или необычное строение нижней челюсти у ревуна. Однако я хотел сказать вовсе не это. Я знаю о вашем благочестивом намерении навестить жену старшего канонира. Однако, в связи с ее возбужденным состоянием и крайней физической слабостью, я должен просить вас воздержаться от визита до тех пор, пока не произойдет некоторое улучшение. Я запретил появляться у нее даже супругу. Но в то же время буду рад, если вы окажете мне помощь при проведении довольно сложной операции. Ее надо делать безотлагательно, как только рассветет. Речь идет о депрессивном переломе. Я должен произвести трепанацию черепа бедняге Плейсу, и непременно сегодня. Говорят, что предстоит ненастная погода, а нам, естественно, не нужны пляшущая палуба и качающийся как маятник пациент. У меня имеется усовершенствованный трефин системы Лавуазье — самый совершенный инструмент с великолепной режущей кромкой. Если не возражаете, то вы можете крутить ручку!

Команда «Сюрприза», как большинство моряков в целом, была охоча до кровавых зрелищ. Матросам нравилось наблюдать за хирургическими операциями почти так же, как захватывать призы. И они понимали, что вскрыть череп далеко не так просто, как оттяпать руку или ногу. Такому пациенту нужно не только выжить, но еще и не повредиться в уме. Но уж тогда он станет как новенький: с серебряной заплатой на черепе и анекдотической историей, которая будет сопровождать его и его друзей до могилы.

Такую операцию доктор Мэтьюрин однажды уже проводил на палубе в открытом море при ярком солнечном свете, и многие видели ее. Теперь моряки вновь наблюдали за тем, как доктор проводит такую же операцию. Все было видно как на ладони: с Джо Плейса сняли скальп, обнажили череп, медленно вращая ручку инструмента, со скрежетом вырезали круглый кусок кости, затем оружейник расплющил монету в три шиллинга и привинтил ее к черепу, а заплату закрыли скальпом, который капеллан аккуратно пришил на место.

Зрелище было что надо — все видели, как побледнел капитан, а вслед за ним и Баррет Бонден — двоюродный брат пациента, как по шее Джо текла кровь, как выглянули на белый свет мозги — такое не каждый день увидишь, поэтому матросы старались не упустить из виду ни единой подробности. Такой в самом буквальном смысле слова анатомический театр был единственным развлечением за долгое время, и для некоторых оно оказалось последним. Штормовая погода, которую предсказало появление длинной, крупной зыби, идущей с зюйд-веста, падение барометра и угрожающий вид неба, обрушилась на них много раньше и с гораздо большей силой, чем они ожидали.

Однако «Сюрприз» был удачно спроектированным кораблем, с хорошими мореходными качествами, он был оснащен предохранителями бакштагов, брасов, вант и, разумеется, целой системой оттяжек. Бегучий такелаж был надежен, полный набор штормовых парусов заранее привязан, брам-стеньги опущены на палубу. Хотя ветер был очень крепким и нес с собой затрудняющие видимость дождь и мокрый снег, а кроме того, вначале он дул против волнения, создавая невероятную толчею, его нельзя было назвать жестоким, так что фрегат под зарифленными марселями мчался на юг с огромной скоростью в тучах брызг, то и дело врезаясь в зеленые волны: палубы были постоянно залиты водой, и передвигаться по судну можно было, лишь держась за спасательные леера, натянутые от носа к корме.

Шторм бушевал два дня и три ночи, тучи едва не задевали верхушки мачт, но на третий день небо прояснилось, и удалось произвести надежную полуденную съемку координат. К своему большому удовольствию, Джек убедился, что они находятся гораздо южнее, чем он предполагал и можно было судить по счислению: до острова Статен оставалось рукой подать.

Джек Обри долго совещался с Алленом, разложив на столе карты. На них были указаны разные долготы для множества труднодоступных островов, рифов и мысов. А над палубой в это время до самого юта трепыхалась мокрая одежда, которую пытались просушить в лучах бледного вечернего солнца. Джек вновь и вновь пытал штурмана о точности наблюдений капитана Колнета, и всякий раз Аллен утверждал, что готов в этом поклясться на Евангелии.

— Он же был учеником Кука, сэр, и всегда возил с собой пару арнольдовских хронометров, которыми пользовался постоянно. Они никогда не останавливались, погрешность между наблюдениями не превышала десяти секунд. Это было установлено, когда мы, возвращаясь домой, шли южнее острова Святой Елены.

— Пара арнольдовских хронометров? Отлично, мистер Аллен, — отозвался наконец-то удовлетворенный Джек Обри. — Тогда давайте проложим курс на мыс Сент-Джон. Когда пойдете на нос, передайте мистеру Мэтьюрину, что я буду сопровождать его во время вечернего обхода больных.

— Вижу, Стивен, — сказал Джек, обращаясь к доктору, который пришел за ним, — что у вас сегодня чертовски длинный список больных.

— Обычная картина: растяжения связок, повреждения пальцев и переломы, — отозвался Стивен. — Я им говорю: «У меня для вас запасных рук нет. Если вам в ближайшие два часа придется лезть на мачту, вы должны вылить свой мерзкий грог в шпигат». Но говорить им это — все равно что ставить мертвецу припарки. Прыгают, как хвостатые обезьяны, по вантам и падают с них, как бананы с пальмы. Естественно, как только начинается шторм, лазарет наполняется.

— Это меня не удивляет. Расскажите лучше о миссис Хорнер. Я часто думал о ней, когда нас так немилосердно кидало во все стороны.

— Она этого не замечала, поскольку все это время находилась в забытьи, во всяком случае подвесные койки великолепно приспособлены для пациентов, находящихся в море. Могу, пожалуй, сказать, что она справилась с горячкой — правда, мне пришлось побрить ей голову — и хотя ей грозит умственное расстройство, молодой организм, Бог даст, поможет ей преодолеть недуг.

Войдя без предупреждения в каюту старшего канонира, Джек не увидел в больной никаких признаков ни крепости, ни молодости. Если бы не предупреждение Стивена, то ее серое лицо и огромные круги под глазами были бы для него признаками близкой смерти. Миссис Хорнер с трудом нашла в себе силы взять косынку и обмотать ее вокруг голого черепа, при этом с укором посмотрев на доктора, и произнести: «Спасибо, сэр», когда капитан сказал, что она выглядит гораздо лучше и ей следует поскорее поправиться ради молодежи, которая очень скучает по ней, и, разумеется, ради мистера Хорнера. Он хотел было добавить, что «остров Хуан-Фернандес вернет ей румянец», но заметил, что доктор прижал палец к губам, и осознал, что разговаривает с миссис Хорнер так, словно это корабль, находящийся на значительном расстоянии, да еще с наветренного борта.

В лазарете он почувствовал себя гораздо легче, поскольку знал, как ободрить каждого в зависимости от характера и возраста. Обойдя несколько коек, Джек шутливо обратился к Плейсу, который приходил в себя после трепанации:

— Что ж, Плейс, хоть какая-то польза получилась. Во всяком случае, никто не сможет сказать: «Бедняга Плейс, нет у него за душой ни шиллинга!»

— Что вы имеете в виду, сэр? — спросил Плейс, прищурив глаз, и заранее заулыбался.

— А то, что к твоей голове привинчены сразу три шиллинга, ха-ха-ха! — засмеялся капитан.

— Вы совсем как Шекспир, — заметил Стивен, возвращаясь вместе с Джеком в его каюту.

— Многие из тех, кто читает мои письма и депеши, говорят то же самое, — отозвался капитан. — А что заставило вас сказать мне это именно сейчас?

— Потому что шуты в пьесах Шекспира любят изрекать остроты, которые бьют прямо по черепу. Вам только надо прибавить: *выходи за меня, да поживей* или же:

пошел-ка подальше, пока сифилис не схватил. Это же Гаммон чистой воды или Бэкон, да кто угодно.

— Это зависть в вас говорит, — отозвался Джек. — Как насчет того, чтобы немного помузицировать вечером?

— Очень хотелось бы. Только играть я буду неважно, ибо *утомлен до изнеможения*, как говорит наш американский пленник.

— Но послушайте, Стивен, мы тоже говорим: *утомлен до изнеможения*.

— Да неужто? А я и не знал. Во всяком случае, мы не произносим этих слов с гнусавым колониальным акцентом, напоминающим звук извозчичьего рожка на дублинской набережной. Оказывается, он в близком родстве с любезнейшим капитаном Лоренсом, с которым мы познакомились в Бостоне.

— Ну да, тем самым, который захватил Моуэта, командовавшего «Пикоком», и был так учтив с ним. Я намерен проявить все знаки внимания по отношению к этому молодому человеку и пригласил его с мичманом завтра отобедать со мной. Стивен, вы не возражаете, если мы обойдемся без обычного плавленого сыра? Его осталось совсем немного, хватит только для моих гостей.

Оба принялись играть без сыра на столе; играли до глубокой ночи, пока голова Стивена не упала на инструмент в промежутке между двумя частями исполняемого произведения. Доктор извинился и, полусонный, уполз к себе. Велев принести стакан грога, Джек опустошил его, повязал шерстяной шарф, связанный женой и сохранивший тепло и любовь ее рук, хотя и испорченный бразильскими мышами, дополнил гардероб штормовой курткой и вышел на палубу. Недавно пробило семь склянок первой вахты, шел мелкий дождь, дежурил Мейтленд. После того как глаза привыкли к темноте, Джек посмотрел на доску с записями показаний лага и пройденного расстояния. «Сюрприз» шел точно по курсу, но гораздо быстрее, чем он ожидал. Где-то в темноте с подветренного борта находился остров Статен. Он видел гравюры с изображениями его скалистых берегов, помещенные в «Вояже» Ансона, и не испытывал ни малейшего желания приблизиться к нему: ему не хотелось оказаться подхваченным мощными течениями и свирепыми приливными волнами, которые омывали оконечность Южной Америки, устремляясь в пролив Лемэр.

— Взять на гитовы прямой фок и следовать вдоль линии больших глубин, — скомандовал капитан.

Спустя несколько минут начался обычный ритуал измерения глубин: слышался всплеск тяжелого лота, заброшенного далеко вперед, крик «Берегись!», перемещавшийся к корме после того, как каждый из матросов, выстроившихся вдоль борта, бросал в воду последние шлаги диплотлиня, пока тот не оказывался в руках старшины у бизань-мачты, который докладывал показания диплота вахтенному мичману и кричал: «Готово!». После этого диплот передавался на нос, и процедура повторялась.

— Отставить! — скомандовал Джек Обри, когда пробило восемь склянок и розовые со сна мичманы во главе со штурманом сменили полуночную вахту. — Спокойной ночи, мистер Мейтленд. Мистер Аллен, я полагаю, что мы находимся мористее мыса Сент-Джон. Глубины немного больше сотни саженей, они плавно уменьшаются. Что вы на это скажете?

— Что же, сэр, — отозвался штурман. — Думаю, нам надо вмазать сало в лот и продолжать делать замеры глубин до тех пор, пока мы не окажемся где-то на девяноста саженях с белым ракушечником на дне.

Ударили в рынду один раз. Два. Наконец старшина доложил, поднеся диплот к фонарю:

— Девяносто пять саженей и белый ракушечник, сэр.

С чувством облегчения Джек Обри приказал выбираться на ветер. После того как «Сюрприз», отвернув, пошел прочь от коварного подветренного берега, по-прежнему двигаясь на юг, он со спокойной душой мог пойти к себе в каюту и лечь спать.

Едва рассвело, капитан снова был на палубе. День выдался ясный, ветер крепчал и дул порывами, без всякой системы; море было взволновано, небо обложено тучами. Ни с подветренной стороны, ни со всех остальных земля не просматривалась. Штурману после ночной вахты не помешало бы лечь спать, но он вместе с капитаном прокладывал курс, следуя которым корабль должен был обогнуть мыс Горн, не слишком удаляясь от берега, чтобы использовать переменные прибрежные ветры — сейчас они дули с норда и норд-оста. Это вполне устраивало их обоих.

В это время гости капитанской каюты доедали остатки хозяйского сыра под неодобрительными взглядами Киллика и его черного как уголь помощника. Недовольство на чернокожем, обычно светящемся белозубой улыбкой лице производит весьма неприятное впечатление. Обед прошел не слишком гладко. Обстоятельства не располагали к задушевному застолью; кроме того, жизнерадостный, улыбчивый и разговорчивый Джек, каким его знали друзья, предстал в совсем другом образе — высокого, внушительного, облаченного в великолепный мундир капитана, на лице которого отпечатались годы почти абсолютной власти. Именно так капитан принимал у себя двух американских офицеров, которым до него было расти и расти. Он и сам не предполагал, что может так измениться. Поэтому все расстались с хорошо скрытым чувством облегчения. Узники отправились в кают-компанию вместе со своими сотрапезниками Моуэтом и отцом Мартином, а Джек пошел прогуляться на шканцы.

Он убедился, что «Сюрприз» следует прежним курсом, хотя, судя по хмурому небу, вряд ли он будет идти им долго. Штурман все еще находился на палубе и время от времени оглядывал в подзорную трубу горизонт от правой скулы до траверза. Рядом с ним стояло несколько любопытных моряков, поскольку прошел слух, что если видимость не ухудшится, то приблизительно в это время может появиться мыс Горн.

Слух оказался справедливым: расхаживая по шканцам протяженностью в семнадцать ярдов, Джек не успел пройти и одной трети мили из целых трех, предписанных ему Стивеном для борьбы с тучностью, как впередсмотрящий закричал, что видит землю. Мейтленд, Говард и все здоровые гардемарины полезли на грот-мачту, чтобы получше разглядеть ее. Вскоре землю можно было наблюдать с палубы. Это был поистине мрачный край земли: торчавшая из пучины черная скала, о подножье которой вал за валом разбивались волны могучего прибоя.

На палубе прибавилось зевак, в их числе были доктор и капеллан. «Они выглядят так, будто никогда и не нюхали моря. Настоящие шпаки, бедняги», — сочувственно подумал Джек Обри, качая головой. Обратившись к любопытствующим, он заверил их, что это действительно мыс Горн, и разрешил им взглянуть на него в свою подзорную трубу. Отец Мартин был в полном восторге. Взирая на грозные отроги, разбиваясь о которые волны вздымали пену до невероятной высоты, он произнес:

— Следовательно, этот прибой, эти буруны уже и есть Тихий океан!

— Некоторые называют его Великим Южным морем, — ответил Джек Обри, — разрешая ему называться Тихим океаном лишь начиная с сороковой параллели. Но, мне кажется, он везде достаточно буйный.

— Во всяком случае, сэр, — продолжал отец Мартин, — то, что находится за этой чертой, это же край земли, другой океан, другое полушарие, какое это счастье!

— Отчего это всем так хочется обогнуть мыс именно сегодня? — спросил Стивен.

— Оттого, что есть опасность перемены погоды, — отозвался Джек. — Как вы должны помнить по плаванию на «Леопарде», в этих краях господствуют западные ветры. Но если нам удастся проскочить мимо мыса Горн, вместе с островом Диего-Рамирес, и продвинуться еще на несколько градусов, то западные ветры могут дуть, сколько им заблагорассудится. Мы все равно сумеем добраться до побережья Чили, оставив этот злополучный угол в дураках. Но дело в том, что, прежде чем мы обогнем его, зюйд-вестовый или даже сильный вестовый ветер может преградить нам путь. На этом мысу ничего страшнее зюйд-веста для нас нет.

Солнце зашло за багровые тучи. Бриз совсем стих. Между сменами ветров течение Мыса подхватило корабль и с большой скоростью потащило его на восток. В начале «собачьей вахты» на фрегат с диким воем обрушился зюйд-вестовый ветер.

Вой этот редко затихал в последующие дни и недели. Иногда ветер достигал такой силы, что мачты трещали, он ни разу не понизился до уровня, который в обычное время считался просто опасным, хотя теперь «просто опасный» ветер воспринимался бы как ласковый бриз.

Первые три дня Джек Обри старался изо всех сил сохранить, насколько можно, величину западного отшествия, используя ветер для того, чтобы добраться до шестидесятых широт. Моряки жестоко страдали от холода, а корабль — ото льда на палубе, деталях рангоута и такелаже. Паруса, залубеневшие от ледяных брызг, становились жесткими, как доски; тросы застревали в блоках. Фрегат продолжал идти все дальше на юг, несмотря на опасность рокового столкновения с айсбергом в ночное время. Он двигался на юг в надежде на перемену; но когда эта перемена наступила, то оказалось, что она к худшему. Западный ветер обрушился на них с немыслимой яростью, гигантские валы, мчавшиеся на восток, росли на глазах. Их разделенные серо-зелеными ложбинами вершины, с которых ветер срывал гребни, находились на расстоянии в четверть мили друг от друга. Фрегату ничего не оставалось, как лечь в дрейф. Но наступил такой день, когда вся поверхность моря — и высокие, как горы, волны, и ложбины между ними — превратилась в месиво воздуха и воды; и корабль погнало под косым фор-марселем в сторону от нужного курса. Каждый час этой кошмарной гонки означал целый день трудоемкого лавирования против ветра с тем, чтобы вернуть утраченные позиции. Хотя «Сюрпризу» и большинству его моряков были не в диковинку гигантские волны высоких южных широт — зловещих сороковых и еще более жестоких пятидесятых, — они не привыкли к тому, чтобы продвигаться или пытаться продвигаться им навстречу. Волны были настолько велики, что фрегат, шедший к ним носом, вел себя как ялик. Имея длину в сорок ярдов, он не мог уместиться между валами и двигался, отчаянно раскачиваясь во все стороны, съезжал с них, словно детские салазки с горы.

Доктор Мэтьюрин едва не погиб. Он собирался спуститься вниз (правда, неохотно, поскольку вокруг судна он насчитал не менее семи альбатросов), но тут заметил, что боцманский кот умывается на второй ступени трапа. Убедившись со временем, что его никто не собирается морить голодом, обижать или швырять за борт, он перестал заискивать и ласкаться. Бросив на доктора дерзкий взгляд, кот продолжал умываться.

— Это самый наглый из всех когда-либо виденных мной котов, — сердито произнес Стивен, перешагивая через него. Кот прыгнул в сторону, и в этот момент «Сюрприз» врезался в зеленую водяную гору. Бушприт фрегата задрался ввысь, и доктора, потерявшего равновесие, швырнуло вперед. К несчастью, палубная решетка была снята, и он с большой высоты упал на груду угля, который намеревались поднять с помощью гордена, чтобы использовать для подвесных камельков.

Кости доктора остались целы, но он получил множество ушибов и ссадин. Все это было очень некстати. В тот же вечер, в период затишья между двумя штормами, которые несли дождь с градом, бьющим как ружейная дробь, Джек Обри приказал убрать фор- и грот-марсели. На палубе находились две вахты, которые работали с гитовами (снастями, стягивавшими «пузо» паруса) и шкотами обоих парусов. И тут гитовы и снасти почти одновременно порвались. Поскольку шкоты были наполовину подняты, то паруса тотчас разорвались по швам. Грот-марсель захлопал с такой силой, что брам-стеньга тотчас бы упала, если бы Моуэт, боцман, Бонден и Уорли — старшина марсовых с тремя помощниками — не поднялись на мачту, не спустили обледенелый рей и не отрезали парус вплотную к рифам. Уорли стоял на перте подветренного рея, но соскользнул и тотчас исчез в ужасных волнах. В это время фор-марсель разорвался в клочья, а грот наполнился ветром и стал со страшной силой хлестать по сторонам. Моряки, прилагая к этому все силы, зачастую по пояс в бурлящей воде, спустили рей в крайнее левое положение. Затем они спустили и фока-рей, после чего принялись привязывать к стрелам шлюпки, которые едва не оторвало. Все это время «Сюрприз» дрейфовал, неся одну лишь бизань. В конце концов морякам удалось выполнить работу, после чего они принялись латать и сплеснивать поврежденный такелаж. Покалечившихся товарищей они благополучно спустили в лазарет.

После того как на корабле был наведен хоть какой-то порядок, Джек Обри тоже спустился во владения доктора Мэтьюрина.

— Как Дженкинс? — спросил он.

— Сомневаюсь, что он выживет, — отозвался Стивен. — Вся грудная клетка раздавлена... А Роджерса, по-видимому, ждет ампутация. Что с вами? — спросил он, указывая на руку капитана, обмотанную платком.

— Ногти вырвало, только и всего. Заметил не сразу.

С точки зрения моряков дела у них пошли на лад: ценой непрестанного труда удалось продвинуться в нужном направлении, и хотя ветер упорно продолжал дуть с веста, были дни, когда им удавалось лавировать, а не отстаиваться, теряя из-за встречного течения драгоценное расстояние. Но с медицинской точки зрения дела были плохи. Одежда моряков не успевала просыхать, сами они страшно зябли и зачастую пребывали в угнетенном состоянии духа. К своему ужасу, у некоторых Стивен заметил первые признаки цинги. На борту был только лимонный сок, а не лимоны, которые были бы гораздо полезнее, тем более что сок, как он подозревал, был поддельный. Доктор ухаживал за больными, удачно ампутировал раздробленную руку Роджерса и принялся за лечение новых пациентов. Хотя отец Мартин, фельдшер Прат — ласковый, смахивающий на педераста молодой человек — и миссис Лэмб были для него большим подспорьем в заботах о больных (чего нельзя было сказать о Хиггинсе), Стивену крепко доставалось. С капитаном он виделся редко, потому что тот почти неизменно находился на палубе или спал мертвецким сном. Доктор сам дивился тому, как ему недоставало их скромных трапез в кают-компании: вся живность, кроме бессмертной Аспазии, пошла в котел; все личные запасы были съедены или владельцами, или плесенью, и теперь моряки довольствовались скудным пайком, который хоть и не радовал желудок, но уничтожался быстро. Когда нельзя было растопить плиту на камбузе, приходилось всухомятку жевать сухари с тонкими ломтиками солонины. Стивен совсем вымотался, все его тело болело, доктора постоянно тревожили мысли о Диане — мучили предчувствия и плохие сны. На его счастье, у него были листья коки — этого волшебного растения, которое придавало ему сил днем и заставляло забыть о голоде и настойке опиума ночью, даруя отдохновение во мраке.

Какое-то время он проводил в обществе миссис Хорнер. Сначала, когда ему пришлось наблюдать за нею чуть ли не ежечасно, это было необходимо, а затем вошло в привычку, отчасти потому, что у старшего канонира было сплетенное из веревок подвесное кресло — единственный предмет корабельной меблировки, от которой у Стивена не болели избитые члены, а отчасти оттого, что он просто привязался к ней. Ничто он не ценил в женщине так высоко, как мужество, а мужества миссис Хорнер было не занимать. Она никогда не жалела себя, ни на что не сетовала, а когда ее схватывал жесточайший приступ боли, она издавала сердитый звук, чуть ли не рычание, и только.

Миссис Хорнер давно прониклась доверием к доктору и призналась в чувстве, которое испытывала к Холлому. Они намеревались вместе сбежать и открыть что-то вроде мореходной школы. Она будет готовить, вести хозяйство, чинить одежду, как делала это для судовых гардемаринов. Поначалу, слушая ее слова, произносимые чуть ли не шепотом, Стивен решил, что она говорит это в забытьи. Он не возражал и ласково утешал ее. Позднее, запретив ей эти неуместные речи, он обнаружил, что молодая женщина давно заметила его симпатию к ней и его строгие слова пропускает мимо ушей.

Что касается Холлома, то он с тех пор, как миссис Хорнер слегла, был сам не свой. Соблюдая внешние приличия, он не мог постоянно справляться о ее здоровье, по его просьбе это делали гардемарины, которые ежедневно спрашивали у доктора, как чувствует себя больная, и тотчас передавали слова Стивена несчастному любовнику. Хотя мичман робел перед Стивеном, раза два он все же притворился больным, чтобы расспросить его о ней. Но доктор на такие вопросы не отвечал. Он отпустил помощника штурмана, дав ему какого-то синего порошка, слабительного из александрийского листа и магнезии, и сообщив, что относительно своих пациентов может сказать лишь, живы они или мертвы, чем на корню пресек желание Холлома вызвать его на откровенность.

По мере того как «Сюрприз» медленно продвигался на северо-запад, в более теплые края, шел на поправку и молодой организм миссис Хорнер. С началом весны она почувствовала себя лучше — настолько, что Холлом нашел возможность видеться с ней. Он стал гораздо веселей, и в тесной треугольной каюте, которую он делил с писарем, Хиггинсом и мичманом-американцем, иногда вновь стали раздаваться его пение или звон гитары.

На второй день после бури, когда стало возможным поставить прямые паруса и незарифленные марсели, старший канонир — меткий гарпунер и человек, предочитающий живые мишени — убил тюленя, который высунул из воды любопытную морду. Стивен вырезал тюленью печень для своих цинготных пациентов и перед вечерним обходом понес первую порцию миссис Хорнер. Застав свою подопечную страстно целующейся с Холломом, доктор чрезвычайно сердитым голосом сказал:

— Покиньте помещение, сэр. Сию же минуту покиньте помещение, вам говорят. — Обращаясь к миссис Хорнер, походившей на перепуганного мальчика с ежиком коротких волос и пунцовым от конфуза лицом, которое было краснее, чем во время горячки, он произнес: — Съешьте, мадам. Сейчас же съешьте. — Положив тарелку ей на живот, он вышел из каюты. Холлом стоял с другой стороны двери, и Стивен бросил ему в лицо резкие слова: — То, что вы рискуете, это ваше дело, но я не потерплю, чтобы пострадал мой пациент. Я не позволю губить ее здоровье. Я доложу о вас капитану.

Произнося эти слова, он устыдился их праведного пафоса и удивился прозвучавшей в них откровенной ревности. Тут же доктор заметил, что направленный на него взгляд Холлома наполняется ужасом. Оглянувшись, он увидел могучую фигуру Джека Обри, заполнившую проход. Подобно многим рослым, сильным людям, Джек передвигался почти неслышно.

— О чем это вы собираетесь доложить капитану? — спросил он с улыбкой.

— О том, что миссис Хорнер чувствует себя гораздо лучше, — нашелся с ответом Стивен.

— Сердечно рад слышать это, — отвечал капитан. — Я как раз искал вас, чтоб вместе с вами нанести ей визит. Для всех болящих у меня хорошие новости. Наконец-то мы взяли курс на норд-норд-вест; ветер дует нам с левой раковины, и мы идем, постоянно развивая скорость одиннадцать узлов. Хотя я не могу сию минуту обещать молочных рек в кисельных берегах, но, во всяком случае, есть возможность очень скоро оказаться в теплых краях и спать на сухих постелях.

Оказавшись в капитанской каюте, Стивен принялся потихоньку настраивать свою виолончель, думая при этом: «Несомненно, это была обыкновенная ревность, да в придачу неодобрение ее выбора: малый ее не стоит — грош ему цена в базарный день, — vox et praeterea nihil[1], хотя vox у него превосходный. Впрочем, мужчины редко бывают достойны своих женщин». Джек Обри прервал эти мысли:

— Я не хотел заранее их обнадеживать, но если и дальше все пойдет как надо, а, судя по всему, именно так оно и пойдет, то недели через две мы должны добраться до островов Хуан-Фернандес. Признаю, переход был медленный и трудный, но вполне возможно, что «Норфолку» досталось еще больше. Не исключаю и того, — продолжал он задумчивым тоном, будто пытаясь убедить себя, — что на этом архипелаге мы его и накроем.

---

[1] Один только голос, и больше ничего (*лат.*).

Глава шестая

«Сюрприз» стоял в бухте Камберленд на заведенных с носа и кормы якорях, при глубинах сорок саженей, на единственном защищенном рейде в северной стороне острова. Джек Обри восседал в кресле под тентом и переваривал обед — суп из омара, три вида рыбы, седло ягненка, в меру прожаренный бифштекс из морского слона, — и созерцал ставший уже привычным берег острова Хуан-Фернандес. Не далее чем в двух кабельтовых начиналась великолепная поляна — полоса нежной зелени, по которой протекали два ручья, там до нынешнего утра стояла его палатка. Зеленая поляна была окружена столь же зеленым лесом, за которым возвышались круглые, скалистые горы причудливой формы — как правило, черные, но местами тоже покрытые растительностью на тех участках, где она могла зацепиться за камень, — не чересчур буйной тропической зеленью, а скорее элегантной растительностью графства Клер. По козьей тропе на одну из круч карабкались Стивен и отец Мартин, за которыми внимательно наблюдали Падин — вестовой доктора и бесстрашный скалолаз, обязанный своим богатырским сложением яйцам морских птиц, которыми он питался в детстве, — Бонден, несший через плечо моток дюймового троса, и Кэлами, который умолял путников смотреть, куда он ставит ноги, и не глядеть вниз. Возле них пели колибри, которые водились только на этом острове. Самец был ярко-розового, а самочка ярко-зеленого цвета.

После того как больные поправились, оба ученых все свое свободное время, остававшееся от изучения папоротников и эпифитов[1] острова Хуан-Фернандес, посвящали исследованию местности в поисках птичьих гнездовий.

Со стороны ущелья вблизи Восточной бухты послышалась трескотня: это Говард, офицер морской пехоты, американские офицеры и группа матросов, отпущенных в увольнение, бродили с ружьями по острову и стреляли во все, что движется. Небольшая группа состояла из самых умелых матросов, у которых до сих пор, пожалуй, не было и свободного часа: от зари до зари они занимались срочным ремонтом корабля. Для большей части команды увольнение произошло по сигналу вчерашней вечерней пушки, а нынешним утром моряки разбивали лагерь. Палатка, служившая лазаретом, была самой просторной, в ней разместились и все тяжелые цинготные больные, и другие пациенты. После установки палаток эти же моряки доставляли на судно воду, дрова, сушеную рыбу и другие припасы. Помимо наблюдателей, размещенных на горе Сахарная Голова, с которой открывался прекрасный вид на Тихий океан, на острове могло находиться еще десятка два человек, однако времени было в обрез. Всем следовало вернуться до окончания дневной вахты, после чего Джек собирался, воспользовавшись незначительным приливом, сняться с якоря, покинуть защищенный рейд и, поскольку ветер постоянно дул от зюйд-зюйд-оста, на всех парусах идти к Галапагосским островам. На острове Хуан-Фернандес «Норфолк» они не обнаружили, что, пожалуй, было кстати, поскольку многим матросам «Сюрприза» было не до драки — их и так ветром шатало. Не удалось найти и следов пребы-

---

[1] Автотрофные растения, не имеющие связи с почвой.

вания фрегата. Правда, большого значения это не имело, поскольку американец вполне смог заправиться водой на острове Мас-а-Фуэра, в сотне миль западнее, или зайти в Вальпараисо, где он намеревался заняться ремонтом. Итак, «Норфолк» пока не обнаружили; а усталый «Сюрприз» двигался очень медленно, и Джек был вынужден надолго задержаться на острове, чтобы подлечить больных и подремонтировать корабль. Несмотря на это, он испытывал удовлетворение. Очевидная задача «Норфолка» (если, конечно, он вырвался из штормовых южных широт, преодолев западные ветра) заключалась в том, чтобы постоянно прочесывать побережья Чили и Перу, ложась в дрейф ночью и рыская в поисках английских китобойных шхун днем. Поэтому, куда бы он ни направлялся — на Галапагосские острова или же в район китобойного промысла, — от Джека ему никуда не деться.

Для удовлетворения были у него и другие причины: хотя на судне вряд ли оставался лишний кусок парусины и десятицентовый гвоздь, оно снова было в полной готовности и без малейшей течи; на борту хватало пресной воды, топлива, сушеной рыбы и соленой тюленины, а все больные вернулись в строй. Похоронили только двух человек; это случилось в море у берегов острова Диего-Рамирес. Всем пошли на пользу овощи, свежее мясо, теплый климат и прочие блага жизни после свирепых ветров, сырости и постоянной стужи шестидесятых широт. Но нет худа без добра — после всех испытаний команда наконец превратилась в единое целое, тяжкий переход выковал настоящих моряков даже из самых ледащих матросов «Дефендера». Незаметно для себя они нашли общий язык со старожилами «Сюрприза» — прежние различия и враждебность исчезли. Матросы стали не столько более умелыми, сколько более дисциплинированными: после Южной Атлантики телесных наказаний не случалось. Но в семье не без урода — ничуть не изменился придурковатый чревовещатель цирюльник Комптон, любитель почесать языком. Не вписывался в общую картину и старший канонир. Хотя прежде на «Дефендере» он не служил, но оставался для всех чужаком, пил по-черному и, похоже, медленно сходил с ума. Джек не раз видел толковых морских офицеров, которые пропадали ни за понюшку табака. Хотя капитан военного корабля был на своем борту царь и бог, он едва ли мог помешать моряку, имеющему офицерский патент, губить себя, если тот, как Хорнер, не нарушал Дисциплинарного устава. Этот мрачный, грубый тип был добросовестным служакой и никогда не отлынивал от своих обязанностей. И все-таки Джек его недолюбливал. Зато молодежь грела капитанскую душу. Джеку Обри редко доводилось видеть более дружных и жизнерадостных обитателей мичманской каюты. Он даже мог ими гордиться. Когда фрегат огибал мыс Горн, мичманы вели себя великолепно, хотя Бойл сломал себе три ребра, а Уильямсон отморозил два пальца на ноге и кончики ушей, а из-за цинги голова его стала голой, как яйцо. Теперь они резвились на острове Хуан-Фернандес, охотясь на коз со стаей крупных диких собак, которых им удалось в известной степени приручить. Джек Обри улыбался, но его радостные мысли оборвал мушкетный выстрел и голос Блекни, вахтенного мичмана.

— Осмелюсь доложить, сэр, Сахарная Голова сигналит. Думаю, они судно заметили.

Действительно, так оно и оказалось, но из-за бокового ветра было невозможно прочитать семафор с горы. Не дожидаясь, когда расстояние сократится, Джек Обри бросился на полубак и во всю мощь своей луженой глотки заорал сигнальщикам на Сахарной Голове:

— Это китобой?

— Нет! — послышался дружный ответ. Сигнальщики махали руками и выразительно показывали в подветренную сторону. Приказав Блекни захватить с собой подзорную трубу, капитан забрался на салинг фок-мачты. Он принялся внимательно осматривать затянутый дымкой северный горизонт, но не увидел ничего, кроме стаи китов, десятка два которых вздымали фонтаны пара.

— Сэр! — закричал Блекни, стоявший на брамсель-рее. — Читаю семафор: *«Судно, находящееся по пеленгу норд-норд-ост на дистанции* столько-то миль (не могу прочитать цифры, сэр), *следует курсом вест»*.

На Сахарной Голове находились люди ответственные — старшина Уэйтли и два пожилых матроса первого класса. Для таких моряков слово *судно* обозначало лишь одно: «трехмачтовый корабль с прямым парусным вооружением». Фрегат, разумеется, тоже был судном, и поскольку судно, о котором они семафорили, не было китобоем (ведь китобойную шхуну можно узнать по «вороньему гнезду»), то оно вполне могло оказаться «Норфолком».

— Мистер Блекни, — произнес Джек Обри, — захватите с собой подзорную трубу и мигом на Сахарную Гору. Обратите внимание на то, какие паруса это судно несет, каков его курс и пеленг. Пусть наблюдатели с вещами спускаются вниз. Вы тоже возвращайтесь побыстрей, если не желаете провести на этом острове остаток своих дней. При таком ветре мы никогда не сможем вернуться сюда, как только ляжем на подветренный галс. — Затем, повернувшись к корме, он громко скомандовал: — Мистер Хани! Прикажите по местам стоять, с якорей сниматься.

Все, кто был и на борту, и на берегу, ждали этого приказа с той минуты, как наблюдатели на Сахарной Голове ответили на зов капитана. Не успел боцман отдать команду, как палуба корабля превратилась в потревоженный муравейник. Одни матросы навалились на вымбовки шпиля, другие принялись травить носовой швартов; полубаковые кинулись под палубу укладывать в бухту тяжелый и мокрый якорный канат. На это ушло куда больше времени, чем на то, чтобы отдать саму команду. Несмотря на суету, на фок-мачте фрегата успели поднять «Синий Питер» — флаг отплытия — и выстрелить из пушки, чтобы привлечь внимание к сигналу.

Услышав выстрел, Стивен и отец Мартин замерли на месте, и, прежде чем они сообразили, что означает этот звук, спутники заставили их повернуть назад и так поспешить вниз, что если на подъем они затратили полчаса, то спуск преодолели за пять минут. Ни Бондена, ни Кэлами не трогали замечания насчет излишней спешки, им были не понятны охи и ахи по поводу колибри и неотловленных жуков. После спуска с горы им пришлось, огибая бухту морских слонов, еще долго пробираться сквозь заросли сандаловых деревьев — «единственного места на острове, где можно найти мерценарию», как истошным голосом вопил отец Мартин. Моряки все же отконвоировали своих подопечных к берегу, после чего на красный катер погрузили под руководством Хиггинса трех последних больных (у одного была сломана нога, которая никак не сраталась; у второго ампутирована по самое плечо рука из-за антонова огня после обморожения; третий дошел до последней стадии сифилиса: минутное удовольствие, полученное в борделе много лет назад, вскоре должно было привести к общему параличу).

После того как замер звук дудки на барабане шпиля, прозвучали ритуальные слова «Якорь на панер, сэр!», а затем «Корабль к съемке с якоря готов!». Затем наступили тревожные минуты, поскольку якорь полз и мог зацепиться за опасный грунт. Вновь зазвучала дудка, матросы навалились на вымбовки, но барабан шпиля вращался все медленнее. Прибыла охотничья партия, уместившаяся в одну шлюпку. Возвратившиеся из увольнения навалились на гандшпуги.

— Пошел шпиль! — скомандовал боцман, почувствовавший, как якорь отрывается от грунта, и тотчас, пощелкивая палами, стал быстро вращаться шпиль, вместе с облаками ила поднимая со дна становой якорь. — Пошел живей! — Становой якорь крепил судно с кормы, причем якорный канат был подан в порт кают-компании, и хотя матросы фрегата обрадовались, увидев становой якорь поднятым из воды, но его надо было еще передать на нос. Задача эта была трудна сама по себе, поскольку становой якорь весил полторы тонны. Сейчас же она усложнялась еще и тем, что следовало развернуть корабль поперек бухты, чтобы поднять второй якорь, заведенный далеко вперед по носу, так что кипучая деятельность не стихала. Шпиль непрерывно вращался под звуки одной популярной матросской песенки, в то время как боцман и его помощники прыгали, словно резвые обезьяны.

Прошло какое-то время, прежде чем Джек обратил внимание на своих натуралистов:

— Вот и вы здесь, доктор. И вы, отец Мартин. Прошу прощения за то, что оторвал вас от ботанических исследований, но я рад, что вы вернулись на корабль. Противник вполне может оказаться от нас с подветренной стороны. Мы должны тотчас же отплывать, пользуясь попутным ветром. Мистер Моуэт, надеюсь, все на борту?

— Никак нет, сэр, — отвечал старший офицер. — Старший канонир, его жена и мичман Холлом до сих пор не вернулись.

— Мистер Хорнер не вернулся? Я готов поклясться, что он вернулся на баркасе. Выстрелите еще раз из пушки.

Было произведено три выстрела с продолжительными интервалами. Стреляя, «Сюрприз» медленно двигался по бухте. Не успели поднять малый якорь (якорный канат находился почти в отвесном положении), как доложили о том, что Хорнер оказался на месте высадки. Но он был один.

— Вот дьявольщина! Чем они там занимаются, черт бы их побрал? Цветы, что ли, собирают? — произнес Джек Обри, разглядывая гладь моря, взъерошенную зыбью, которую поднял долгожданный ветер, сопровождавшийся приливом. — Пошлите за ними шестерку. В чем дело, мистер Холлар?

— Прошу прощения, сэр, — отвечал боцман. — Шпиль снова забарахлил.

— Черт бы меня побрал! — выругался капитан. — Заведите дополнительный трос. — Дополнительный трос завели, чтобы ослабить натяжение якорного каната, и Джек Обри подлез под вымбовки, чтобы проверить состояние палов. Действительно, у одного из палов — откидных стопоров, насаженных на нижнюю часть баллера шпиля — обломился конец, а второй так перекосился, что в любую минуту мог выйти из строя. Если бы это произошло в тот момент, когда якорный канат был натянут, то любая волна, любое сотрясение корабля со страшной силой передались бы на вымбовки, которые стали бы вращаться в обратном направлении, раскидывая и калеча людей.

— Прикажете раздуть горн, сэр? — спросил Моуэт. Рано или поздно придется отковать, закалить и установить новые стопора. Но потратить на это сейчас несколько часов — значит прозевать не только прилив, но и тот слабый попутный ветер, который развевал вымпел.

Направляясь на корму, Джек увидел Мейтленда, разговаривавшего с Моуэтом. Шагнув навстречу капитану, старший офицер снял треуголку и неестественным, излишне официальным тоном произнес:

— Старший канонир прибыл на борт судна, сэр. Он прибыл один. Он говорит, что Холлом дезертировал и не желает возвращаться на корабль и что миссис Хорнер осталась с ним. По его словам, они намерены остаться на острове. Он повредил в лесу ногу и спустился к берегу.

Воцарилась странная атмосфера. Капитан воздержался от ответа на доклад и оглядел шканцы. Большинство офицеров находились на палубе. Лица у них были напряженные. Двое матросов, вернувшиеся на шестерке, стояли рядом и расправляли концы талей. Они были явно взволнованы, если не сказать испуганы. Очевидно, всем членам экипажа корабля было что-то известно; было также очевидно, что никто не намерен сообщить капитану, что произошло на самом деле. Даже доктор Мэтьюрин был будто не в себе. Следовало немедленно принять решение, причем лично. При обычных обстоятельствах дезертир должен был быть пойман; важное значение имел назидательный пример. Но тут был особый случай. На то, чтобы обыскать все пещеры и убежища на острове, могла уйти неделя. В такое-то время, когда в пределах видимости мог находиться неприятель! Взвешивая все варианты решения, Джек с трудом удержался от вопроса: «Не сказал ли артиллерист что-нибудь насчет их преследования, насчет того, чтобы вернуть на корабль хотя бы его жену?» Но тут он понял, что ответ на этот вопрос содержится в докладе Моуэта. Вопрос был бы бессмысленным, и с чистой совестью капитан приказал:

— Якорь поднять. — Затем добавил: — Что касается дезертирства, то к этому вопросу мы вернемся позже, если возможно. Примите на себя командование, мистер Мейтленд.

— По реям! — воскликнул офицер, и матросы полезли на мачты. — Паруса поднять! — И моряки принялись извлекать из чехлов паруса, держа их под мышкой.

— Паруса отдать. Выбрать шкоты.

Паруса были поставлены. Вахта левого борта выбрала шкоты фор-марселя, вахта правого борта — шкоты грот-марселя, а гардемарины и подвахтенные — шкоты бизани. Затем, немного опережая команду, они взялись за фалы и подняли реи; затем очередь дошла до брамселей. Паруса были поставлены в соответствии с ветром, и фрегат, проходя над малым якорем, без труда оторвал его от грунта. После этого матросы кинулись к шпилю и принялись выбирать якорный канат. Матросы проделали все эти операции, не задумываясь, благодаря длительной практике, но в тишине, которую можно было назвать мертвой. Не ощущалось никакого воодушевления от выхода в море и возможности скорого столкновения с неприятелем.

Многие моряки видели, как старший канонир поднялся на борт: вид его был мрачен, одежда забрызгана кровью. Кое-кто слышал, как механическим голосом, словно манекен, канонир докладывал о своем прибытии вахтенному офицеру. А гребцы шестерки рассказывали, как, опустившись возле уреза воды на колени, он отмывал руки и лицо.

Выйдя из-под прикрытия острова, фрегат поставил верхние и нижние лисели и лег на курс перехвата незнакомого судна. Блекни успел точно зафиксировать его местонахождение и установить, что оно движется левым галсом, по крайней мере на один румб между галфвиндом и бакштагом, неся прямые паруса и марсели. «Сюрприз» развивал скорость в восемь узлов, и Джек Обри рассчитывал приблизиться к незнакомцу вечером, а затем, убрав все паруса, кроме стакселей, укрыться до наступления ночи за линией горизонта, чтобы с рассветом на всех парусах устремиться к незнакомцу.

Забравшись на грота-салинг, капитан изучал в подзорную трубу дугу далекого горизонта — сектора в двадцать градусов, начиная от правой шкаторины фор-брамселя, и слышал, как переговариваются внизу на фор-марсе не заметившие его матросы. Разговаривали они тихо, чуть ли не шепотом. Но все равно можно было понять, что моряки расстроены. Расстроены по ничтожному, в общем-то, для них поводу — какой-то подшкипер всего лишь удрал с чужой женой, чтобы устроить с ней рай в шалаше на теплом, живописном острове.

Снова появились киты; на расстоянии не больше мили от фрегата появилось огромное, вздымающее фонтаны брызг стадо. Джеку Обри никогда еще не доводилось видеть этих великанов в таком количестве. Наверняка их насчитывалось свыше двух сотен особей.

— Невинная кровь пролилась под солнцем, — донесся чей-то голос с фор-марса. Это был Винсент, проповедник-самоучка, выходец с Запада.

— Черта с два невинная, — отозвался кто-то, по-видимому старик Фелпс.

Вдалеке что-то блеснуло. Это был явно не китовый фонтан. Наведя на подозрительное место подзорную трубу, Джек стал внимательно вглядываться. В окуляре маячил парус незнакомца, шедшего прежним курсом. Корпуса его, конечно же, не было видно, но это был он. Наклонившись, капитан тихо отдал команду, так, словно находящиеся на дальнем корабле моряки могли его услышать:

— Эй, на палубе! Убрать брамсели.

Медленно спустившись на палубу, капитан распорядился, чтобы «Сюрприз», оставаясь вне поля зрения незнакомца, продолжал следовать параллельным курсом, и затем вошел в свою каюту. Он так сросся со своим кораблем, что, хотя жил в сравнительной изоляции, остро ощущал тягостную атмосферу, царящую на его борту. По этой причине страстное желание капитана узнать, что готовит ему утро, естественным образом притупилось. Впрочем, это не помешало Джеку Обри принять все нужные меры; они со штурманом проложили точно рассчитанный курс, глухие крышки иллюминаторов были задраены еще до наступления темноты так, чтобы наружу не выбивался ни один луч света. Через полчаса после захода солнца корабль повернул на пять с половиной румбов к норду и, пользуясь устойчивым ветром, увеличил скорость до семи узлов, имея в запасе еще два на случай погони. Обращаясь к Моуэту, Джек сказал:

— Было бы бесчеловечно беспокоить беднягу Хорнера нынешним вечером. Сделаем вид, что он заболел, и попросим его старшего помощника — это, кажется, Уилкинс? — заменить своего начальника на боевом посту. Он человек надежный. Относительно состояния орудий у меня нет ни малейшего сомнения, но могут понадобиться зарядные картузы, в особенности если завтра нам повезет.

Корабль в эту безлунную ночь плавно рассекал воды, покачиваясь на длинных пологих волнах попутной зыби. Мерный гул ветра в снастях и плеск воды, доносившиеся до капитанской каюты, успокоили Джека, и он взялся за неоконченное письмо к Софи. «Хотя капитан обручен со своим кораблем, многое из того, что на нем происходит, он узнает последним, как муж-рогоносец. И это гораздо важнее, чем может показаться на первый взгляд. Люди огорчены, можно даже сказать, потрясены. Это не могло быть вызвано только теми событиями, о которых говорят — о том, как жена старшего канонира покинула его и сбежала с подшкипером. Я ненавижу тех, кто разносит слухи, не доверяю сплетникам и уж тем более не поощряю их. Равным образом я не разделяю взгляды капитанов, которые к ним прислушиваются. Хотя я уверен, что Моуэту, Киллику и Бондену, которых я знаю с незапамятных времен, хорошо известно, что происходит, я также уверен, что ни один из них не расскажет мне этого, если только я не заставлю их поделиться со мной секретом, чего я не сделаю. Есть только один человек, с которым я могу разговаривать откровенно — это Стивен. Но я не уверен, что он станет делиться со мной своими мыслями». Выйдя из глубокой задумчивости, Джек Обри крикнул:

— Послушай, Киллик. Передай привет доктору и скажи, что если он не прочь помузицировать, то я к его услугам. — С этими словами он достал из футляра скрипку и принялся настраивать ее, извлекая из инструмента жалобное гудение, писки и стоны, которые, однако же, так успокоили его, что он стал думать совсем о другом.

Исполнение старого доброго Скарлатти в ре-минор и вариаций на одну из тем Гайдна, которые они обычно с удовольствием импровизировали, продвинулось в этот вечер несколько дальше. Но и тот, и другой были не слишком увлечены музыкой, поэтому, когда Киллик принес вино и печенье, Джек произнес:

— Нам нужно лечь пораньше. Не исключено, что завтра мы можем обнаружить «Норфолк». Гарантий нет, но это вполне возможно. Однако, прежде чем лечь на боковую, хочу кое-что спросить у вас. Возможно, вопрос вам покажется неуместным, и я не обижусь, если вы не захотите отвечать на него. Что вы думаете об этом дезертирстве?

— Послушайте, дорогой мой, — отвечал Стивен. — Неэтично выведывать у судового врача что-либо относительно членов экипажа, поскольку почти все они рано или поздно становятся его пациентами. Подобно священнику, который не вправе разглашать тайну исповеди, медик не может обсуждать своих пациентов. Я не стану рассказывать вам ни о том, что я думаю об этом бегстве, ни о людях, замешанных в нем. Однако, если хотите, я расскажу вам, о чем думают на судне, не давая никакой гарантии в правдивости или ошибочности этих предположений и не прибавляя к ним ни собственного мнения, ни тех сведений, которыми я, возможно, располагаю.

— Прошу вас, Стивен.

— Ну так вот, все считают, что длительное время Холлом был любовником миссис Хорнер, о чем Хорнер узнал с неделю назад...

— От такого можно сойти с ума, — заметил Джек Обри.

— ...и что он увел их в дальний конец острова под предлогом серьезного разговора и там забил до смерти. У Хорнера с собой была дубинка, а сам он чрезвычайно сильный мужчина. Говорят, что он подтащил тела к краю обрыва и сбросил их в море. Люди жалеют миссис Хорнер, которая была так молода, великодушна, добра и никогда ни на что не сетовала. В меньшей мере они жалеют Холлома, сожалея, что этот невезучий человек вообще появился на борту судна. Они считают, что Хорнера загнали в угол, и, хотя его не любят, полагают, что он был в своем праве.

— Пожалуй, так оно и есть, — отозвался капитан. — И, насколько я знаю флотское начальство, оно его не выдаст. Не будет никаких доказательств его вины, расследование зайдет в глухой тупик. Благодарю вас, Стивен. Именно это я и хотел узнать. Будь я немного более проницателен, мне не пришлось бы задавать вопросов. Мне придется сделать вид, что я все принял за чистую монету, поставить «выбыл» напротив имени бедняги Холлома и постараться научиться смотреть в глаза Хорнеру.

Что касается того, чтобы смотреть в глаза Хорнеру, с этим трудностей не было. В конце ночной вахты чуть западнее, чем они предполагали, были замечены огни преследуемого корабля. Его обнаружили при первых проблесках рассвета; неизвестный фрегат, словно придавленный низким серым небом, как ни в чем не бывало шел прежним курсом. В одной ночной сорочке Джек вышел на палубу, где уже находился Хорнер. Канонир надел чистые белые полотняные панталоны и новую клетчатую рубаху. Из-за раненой или вывихнутой ноги он хромал, но расхаживал среди пушек, осматривая фитили, прицелы и замки с обычным хмуро-деловитым видом. Добравшись до шканцев, где стояли каронады, он несколько смутил окружающих, хотя сам ничуть не был обескуражен. Салютуя капитану, Хорнер привычно коснулся полей треуголки, держа в другой руке ночную подзорную трубу. Джек целиком отдался погоне; за два десятка боевых лет он стал своего рода морским хищником, который отбрасывал все второстепенное, как только появлялась возможность вступить в схватку с противником. Поэтому он приветствовал старшего канонира самым естественным тоном:

— Добрый день, мистер Хорнер. Боюсь, что наши шансы израсходовать ваши огневые припасы нынешним утром не слишком велики.

Взошедшее солнце подтвердило его правоту.

На палубе незнакомого корабля, облокотясь о поручни, стояло множество мужчин в небрежных позах. Некоторые из них курили сигары. Хотя на американском военном флоте и царили простые нравы, таких вольностей там все же не допускалось. И действительно, преследуемое судно оказалось испанским торговым кораблем «Эстрелла Полар», который шел из Лимы к реке Ла-Плата, чтобы оттуда проследовать в Старую Испанию. Судно охотно легло в дрейф, чтобы отдохнуть часть дня; и хотя его капитан не мог предложить Джеку ничего, кроме нескольких ярдов парусины в обмен на полосовое железо, он щедро поделился с британцем новостями. Действительно, «Норфолк» вышел в Тихий океан и после благополучного перехода вокруг мыса Горн заправился водой в Вальпараисо. Ремонтироваться ему почти не пришлось, что было кстати, поскольку Вальпараисо известен тем, что в нем нет ничего; причем это «ничего» стоит втридорога и доставляется вам после бесконечных проволочек. Американец отплыл, как только пополнил запасы воды, после чего захватил несколько британских китобойных шхун. Капитан «Эстреллы» слышал о том, что одна из них ночью горела вблизи скал Лобоса, словно огромный факел. Он также разговаривал со шкипером второй из них, под названием «Акапулько», которую призовая команда вела в Штаты. Это было прочное, но, подобно большинству китобоев, тихоходное судно. «Эстрелла» могла убрать фок- и грот-брамсели и при этом развивать скорость вдвое большую, чем она. Испанский капитан встретил этого китобоя возле линии тропика далеко отсюда — в двухстах милях к норд-норд-осту. Он будет рад доставить почту «Сюрприза» в Европу. Испанец пожелал Джеку счастливого пути, и оба судна, наполнив ветром марсели, с самыми учтивыми выражениями разошлись. Последние слова испанского капитана, произнесенные издали, прозвучали так: «Que no haya novedad».

— Что это значит? — спросил капитан Обри.

— «Только бы не было ничего нового», — перевел Стивен. — Смысл этого присловья в том, что лучшая новость — это отсутствие новостей.

Моряки «Сюрприза» обрадовались тому, что их письма попадут в Старый Свет; они были рады и половине куска парусины, так что попрощались с «Эстреллой» с самыми добрыми чувствами. Однако предвкушение удачной охоты не оправдало себя, и поэтому встреча с испанцем оказалась горьким разочарованием. Всех откровенно раздосадовали и та легкость, с какой «Норфолк» обогнул мыс Горн, и то, что американец захватил британские китобойные суда, которые они должны были охранять. У многих моряков «Сюрприза» были друзья или родные, работавшие на промыслах южных морей, и это добавляло остроты переживаниям. Особенно болезненно воспринял дурные известия мистер Аллен. Стоя на вахте, он всегда был суров и неулыбчив. Его ни в коем случае нельзя было назвать жестоким, поскольку он никогда не оскорблял и намеренно не обижал матросов, однако он был строг, и очень, а теперь эти качества проявлялись в нем особенно заметно. Он стоял на послеобеденной вахте в тот день, когда над морем сгустились тучи и полил дождь. Ветер тотчас стал заходить с разных сторон, и штурман то и дело гонял матросов ставить паруса, выбирать шкоты, а затем снова убирать паруса. Его сердитый, похожий на лай, голос не смолкая разносился над палубой.

Перед вахтой с ним долго совещался Джек Обри. На основании сведений, полученных от капитана «Эстреллы», было решено следовать курсом, которым китобои возвращались домой. Это был не тот курс, который вел прямо к Галапагосским островам, но штурман утверждал, что они потеряют совсем немного времени, если последуют по пути холодного течения, идущего вдоль побережья Чили и Перу и несущего тюленей и пингвинов чуть ли не до широты экватора. Доводы Аллена, помноженные на его опыт плавания в этих водах, показались Джеку убедительными, поэтому фрегат, поливаемый унылым дождем, шел курсом, по возможности приближенным к ост-норд-осту.

Унылым, невезучим было это плавание: отделавшись от одного неудачника в лице *бедолаги Холлома*, как стали теперь называть покойника, они получили в наказание другого, еще более худшего, который непременно накличет новую беду. Молодежь была искренне огорчена потерей миссис Хорнер, которая всегда была к ним добра, кроме того, они восхищались ее красотой. Капитан неожиданно добавил мичманам переживаний, заставив их трапезовать с Уордом, его писарем, Хиггинсом и долговязым американцем. Уорду не нравилось их общество (хотя у всех мальчишек были заплаканные глаза, и они вели себя тихо, как мыши), но это была только половина беды. Настоящей пыткой для юношей стало то, что они должны были разделять общество Хорнера.

Канонир отпраздновал возвращение холостяцкой свободы тем, что напился. Он напоил и одного из своих помощников — цирюльника Комптона, единственного человека из всей команды, которого можно было с большой натяжкой назвать его приятелем. Хорнер был хорошо обеспечен по части припасов: у него осталось три небольших бочонка испанского бренди, так что дым коромыслом стоял до самой «собачьей вахты». К ужасу находившихся на палубе вахтенных, снизу донесся его густой, грубый голос, певший про «Июньскую розу».

Много дней подряд «Сюрприз», раскачиваясь на волнах, рассекал бурные воды океана. Каждую ночь Хорнер пьянствовал с цирюльником, чей пронзительный, словно доносящийся из утробы голос вторил хриплому басу пускавшегося в пьяные откровения канонира. Эти громогласные откровения были слышны как на палубе, так и в нижних помещениях. У матросов его речи вызывали отвращение. Даже когда в один ясный полдень фрегат достиг прохладных бирюзовых вод Перуанского течения и белые зубчатые вершины Западных Анд засверкали в солнечных лучах где-то далеко на правом траверзе, настроение команды не изменилось. Моряки были угнетены и молчаливы; они считали Комптона сумасшедшим за то, что тот якшался с канониром, и не удивились, когда однажды вечером послышался шум драки и цирюльник с окровавленным лицом выскочил на палубу, преследуемый по пятам своим собутыльником. Хорнер споткнулся и упал. Его, мертвецки пьяного, подняли и отнесли вниз. У Комптона были порезана губа и разбит нос, коленки цирюльника дрожали. Тем, кто вытирал ему лицо, он признался:

— Я сдуру сказал ему, что она была беременна.

На следующий день канонир заявил, что желает проконсультироваться у доктора Мэтьюрина, который принял его в своей каюте. Хорнер полностью владел собой, но достучаться до него было невозможно. Он был так бледен, что загар будто бы смыло с его лица. У Стивена создалось впечатление, что, несмотря на внешнее спокойствие, его гостя душит лютая злоба.

— Я пришел повидаться с вами, доктор, — произнес он. Стивен поклонился, но ничего не ответил. — Она была беременна, когда заболела, — неожиданно произнес артиллерист.

— Послушайте, мистер Хорнер, — отвечал Стивен. — Вы говорите о своей жене, и я должен вам сообщить, что не вправе обсуждать моих пациентов — пусть даже бывших — ни с кем.

— Она была беременной, а вы ее резали.

— Мне нечего вам сказать по этому поводу.

Хорнер выпрямился во весь рост, нагнув голову, чтобы не удариться о бимс, и повторил гораздо более грубым голосом:

— Она была беременной, а вы стали ее резать.

Дверь распахнулась. В каюту ворвался Падин и обхватил канонира сзади обеими руками. Он был выше и гораздо сильнее Хорнера.

— Сейчас же отпусти его, Падин, — сказал Стивен. — Мистер Хорнер, сядьте в это кресло. Вы возбуждены. Вы очень расстроены и оттого вышли из себя. Вам нужно принять успокоительное. Выпейте вот это. — Он налил полстакана собственной опиумной настойки и протянул ему со словами: — Не стану делать вид, будто не понимаю, что вы имеете в виду. Но вы должны запомнить, что за всю свою жизнь я ни разу не использовал медицинский инструмент в целях детоубийства и никогда не стану этого делать. — Доктор говорил с убедительной доброжелательностью. Вероятно, именно это обстоятельство, наряду с его очевидной правдивостью, смягчило Хорнера, и он выпил содержимое стакана — такая доза успокоила бы дюжину человек, не привыкших к снадобью. Но через некоторое время к Стивену приполз Хиггинс, которого буквально колотило от ужаса — он был в состоянии не просто тревоги, а малодушного страха.

— Он сказал, что я ее зарезал. О сэр, вы должны защитить меня, я ваш помощник, ваш ассистент, вы должны меня защитить. Вас он уважает, а меня не уважает ничуть. — Это была сущая правда: скороговорку Хиггинса часто передразнивали, его алчность стала притчей во языцех. Он был настолько глуп, что унижал считавшегося обитателями нижней палубы медицинским светилом фельдшера, который поведал им о многих его проделках. Во всяком случае, операция по трепанации черепа Плейса, выполненная Стивеном, затмила прежние незначительные успехи Хиггинса на зубодерном поприще.

— Вы бы лучше держались от него подальше до тех пор, пока он не успокоится, — отвечал доктор. — Можете оставаться в лазарете и читать больным. Я попрошу Падина посидеть с вами день-два. Вы должны добиться расположения Хорнера, исправить то, что вы неосмотрительно разрушили. Говорите с ним учтиво, возможно, стоит преподнести ему небольшой подарок.

— О сэр, я дам ему полгинеи, даже целую гинею, нет, две гинеи этому честному малому и буду оставлять лазарет разве только на ночлег. А там мне нечего бояться, сэр, со всех сторон вокруг меня койки, а рослый американский мичман спит между мной и дверью.

В пятницу, в тот пасмурный, злосчастный день, когда Стивен с капелланом препарировали пеликана, одну из многих птиц, которых морской пехотинец Говард застрелил за то время, что фрегат шел по течению, изобиловавшему множеством пингвинов, дельфинов, всевозможных тюленей, морских львов и невероятным количеством мелкой рыбы, наподобие анчоусов, над которой постоянно кружили пернатые охотники, отец Мартин спросил:

— Что означает выражение «вознесение Ионы»?

Прежде чем Стивен успел ответить, вниз спустился Говард и сообщил, что на дистанции выстрела появилось какое-то странное существо, похожее на морского слона. Он выстрелил, но попал в его детеныша, потому что в момент выстрела появилась полоса тумана. Говард хотел, чтобы они взглянули на животное; оно было удивительное, чем-то отдаленно напоминавшее человека, но гораздо больше и какого-то серого цвета. Он очень настаивал.

— Уверен, вы стараетесь из добрых побуждений, мистер Говард, — сказал Стивен. — Но, умоляю вас, не нужно убивать животных больше, чем нужно для коллекционирования, препарирования или камбуза.

— Вы никогда не были охотником, доктор, — со смехом отозвался Говард. — Будь вы заядлым стрелком, вы бы меня поняли. Я только что снял на лету целую стаю поморников. И снова продолжу это развлечение. Два человека будут заряжать мне ружья.

— Вы сказали: «Вознесение Ионы»? — произнес Стивен. — По-моему, так говорят, когда сталкивают за борт непопулярного или невезучего человека.

— Такого не может быть, — возразил отец Мартин, не знавший о последних событиях. — Я слышал, что подобным образом отзывались о Хиггинсе.

— Неужели? — переспросил Стивен. — Пожалуйста, подержите кожу в натянутом состоянии, а я сейчас же вернусь.

В лазарете Хиггинса не оказалось, не было его и в койке. Во время поисков доктор заметил многозначительные взгляды, которыми обменивались некоторые матросы. Отведя фельдшера в сторону, он обратился к нему:

— Скажите, Джемми Прат, когда вы видели его в последний раз?

— Видите ли, сэр, — отвечал Джемми, — он в гальюн не ходит. Мочится в бутылку, а гадит в горшок. Но вчера вечером у него разыгрался понос, и он пошел на бак, а темно было — хоть глаз коли. С тех пор я его и не видел. Я думал, что он у вас или же на своей койке, а может, в бухту троса забрался. Я слышал, что у него где-то внизу было убежище, потому что он страшно боялся одного типа.

— Если он прячется внизу, — отвечал Стивен, — то к вечерней поверке точно объявится.

После барабанного боя были убраны переборки, на носу и корме фрегата навели порядок, все было готово к учениям. Матросы заняли боевые посты. Моуэт спешно осматривался, нет ли каких огрехов, чтобы отдать рапорт капитану: «Команда в сборе, все в трезвом состоянии, сэр». Боцман, разумеется, располагался на полубаке, плотник и его команда — на помпах и в бортовых коридорах, а старший канонир, его старшина и помощники занимали свои посты в крюйт-камерах. Но когда Джек через сумрачные нижние палубы спустился в лазарет, где выстроились Стивен, отец Мартин и фельдшер, готовые оказать помощь раненым, доктор произнес:

— Должен доложить, сэр, об отсутствии моего помощника мистера Хиггинса.

Учения обошлись без боевых стрельб из пушек главного калибра. Барабанщик дал отбой, после чего капитан распорядился тщательно осмотреть нижние палубы и трюм. Хиггинса могло придавить одной из больших бухт тросов, он мог просто упасть в люк и покалечиться. Матросы зажгли фонари, поскольку быстро надвигались сумерки: над рангоутом нависли темные тучи. Они принялись за поиски, но делали это без особой охоты, поскольку знали наверняка, что Хиггинс совершил «вознесение Ионы». Для них он не был большой потерей. И когда послышался жуткий вой, все кинулись на палубу, где сгрудились толпой.

Это был протяжный, невероятной силы вопль, не похожий ни на один звук, который, насколько мог судить самый старый из матросов, мог бы доноситься со стороны моря. Иногда казалось, что за бортом можно различить неясные очертания какого-то существа. Зловещий звук доносился со всех сторон. Во всяком случае, никто не осмелился выяснить, что это такое.

— Что за наваждение? — спросил Джек.

— Не могу сказать, — отозвался Стивен, — но предполагаю, что это то самое существо, чей детеныш был застрелен. Возможно, он был только ранен, а теперь умер.

Вой усилился до невыносимой высоты, после чего оборвался, перейдя в рыдание.

— Мистер Моуэт, — произнес Джек, которому тоже стало не по себе. — Тщательно ли осмотрено судно?

— Не вполне уверен, сэр, — отозвался старший офицер, повышая голос, чтобы заглушить вой, доносившийся теперь с левого борта. — Сейчас же выясню.

На все его вопросы был один ответ: «Да, все обшарили. Так что нет смысла снова спускаться вниз». Говорили ответственные люди — старшины и унтер-офицеры, которые сейчас лгали ему прямо в глаза. Хотя он и сам не хуже их знал, что невозможно заставить матросов вернуться в отдаленные, темные уголки корабля, когда вокруг творится такая чертовщина.

— Черт побери! — воскликнул Джек Обри, увидев пустой резервуар получасовых песочных часов, которые неукоснительно переворачивались в разгар любой битвы, даже когда корабль получал пробоину. — Будь я проклят! О чем вы думаете, черт бы вас побрал? Переверните часы и ударьте в рынду.

Вахтенный морской пехотинец перевернул склянку и неохотно пошел на нос, торопливо пробив под вой, слышный со всех сторон, восемь склянок.

— Вахте смениться, — произнес Джек. — Тысяча чертей, что вы тут стоите? Мистер Моуэт, после того как стемнеет, разрешается оставить освещение на жилой палубе. Старшина полиции, проследите за этим.

Капитан сделал паузу, чтобы убедиться в том, что вахта сменилась. На секунду ему пришло в голову, что распоряжение не будет выполнено. Он знал, в каких случаях моряки бывают встревожены и взволнованы, но никогда еще не видел их такими беспомощными. Однако большинство офицеров находились на палубе, а присутствие надежного, не склонного ни к каким фантазиям мистера Адамса, оживленно обсуждавшего со Стивеном и отцом Мартином проблему хранения эля в бутылках, помогало Мейтленду выполнить приказ. После того как было названо последнее имя, Джек Обри вернулся в свою каюту и стал мерить ее шагами, заложив руки за спину. Все это время, издавая жуткие крики, загадочная тварь перемещалась вокруг корабля.

— Позовите доктора, — распорядился он наконец, и, когда Стивен пришел, Джек Обри сказал: — Я слышал, как отец Мартин спрашивал насчет «вознесения Ионы». Я знаю, о чем говорят люди, и много об этом думал. Так не может продолжаться. Поскольку все уверены, что старший канонир совершил чудовищное злодеяние, и не одно, то не можете ли вы подтвердить, что он сошел с ума и должен быть посажен под замок?

— Не могу. Многие совершали то, что, по слухам, совершил он, и почти все они были признаны вменяемыми. Я не могу назвать человека безумцем только на основании подозрения или даже юридически подтвержденного доказательства, не изучив состояния его ума, не установив, действовал ли он сознательно. Для этого необходимо хоть какое-то обследование.

— Обследование, говорите? — переспросил Джек. — Очень хорошо. — Позвонив, он распорядился: — Вызовите старшего канонира.

Оба сидели, погруженные в невеселые мысли, пока распоряжение передавали на нос. Одно время крики за бортом стихли, но теперь они стали еще громче.

— Что это может быть? — вновь спросил сильно озадаченный Джек Обри.

— Не могу сказать, — перекрестившись, отозвался Стивен. — Предположительно, нечто вроде ламантина, хотя в этих широтах они не водятся. Упаси нас Господи от всяческого зла.

— Аминь, — заключил Джек. В этот момент дверь открылась. Вошел перепуганный до немоты Киллик.

— Канонир удавился, — еле вымолвил бедняга.

— Вы срезали веревку? — воскликнул капитан.

Стивен прочел ответ в бессмысленном выражении глаз буфетчика. Оттолкнув его, он бросился на нос, крича на бегу Бондену и помощнику боцмана:

— Приподнимите его и держите, пока я буду резать веревку.

Хорнера положили на койку. Отец Мартин спросил Стивена:

— Есть какая-то надежда? Или он свернул себе шею?

— Раз нет падения, то нет и перелома шейных позвонков, — отвечал Стивен.

— Следовательно, надежда есть. Я знал одного человека, который провисел двадцать минут и его сумели вернуть к жизни самыми обычными способами. Да он же совсем теплый. Вы нащупали у него пульс?

— Пожалуй, что да.

— Когда же вы пустите ему кровь? Не хочу вас учить, Мэтьюрин, но разве не следует немедленно пустить пациенту кровь?

— Не думаю, что в данном случае кровопускание поможет, — ответил Стивен и после краткой паузы продолжил: — Вам когда-нибудь доводилось возвращать с того света человека, решившегося свести счеты с жизнью? Вы видели отчаяние на его лице, когда он убедился, что попытка не удалась и все придется начинать заново? Мне кажется, что неверно принимать такое решение за другого. Тем более что вопрос жизни и смерти решается Творцом или Разрушителем.

— Не думаю, что вы правы, — возразил отец Мартин и принялся приводить противоположные доводы.

— Конечно же, вы опираетесь на великие авторитеты, — отозвался Стивен. Поднявшись, он подошел к телу, прижал ухо к груди канонира, открыл ему глаз и осветил его свечой. — Но, во всяком случае, моя помощь ему больше не нужна. Да упокоит Господь его душу.

— Я не могу похоронить его по-христиански, — произнес отец Мартин. Затем, минуту спустя, добавил: — Вой прекратился.

— Он прекратился еще минут пять назад, когда мы разговаривали, — отвечал доктор. — Думаю, лучше всего послать за его помощниками, которые зашьют Хорнера в койку и привяжут к ногам ядро. Я буду дежурить здесь до утра, когда тело можно будет опустить за борт, не расстраивая понапрасну моряков. Хочу вам сообщить, отец Мартин, что наиболее суеверные матросы могут рехнуться от такой душевной встряски, как это происходит с неграми, когда их проклинают колдуны.

Но едва забрезжил рассвет, капитан «Сюрприза» отправил матросов на салинг, чтобы проверить, не появилось ли что-нибудь интересное на освещенной первыми лучами солнца поверхности океана. Редко, очень редко выпадала на их долю удача, но все-таки матросы сломя голову взмывали на ванты даже в нынешних обстоятельствах, веря, что рано или поздно удача подарит приз, загнав его в зону досягаемости их орудий. Триста шестьдесят четыре раза в году на утреннем горизонте может не обнаружиться ничего, кроме какого-нибудь рыбачьего судна. Однако всегда существовала возможность, что наступит особенное утро, как и произошло на этот раз. Пронзительный крик: «Судно на горизонте!» — заставил матросов прекратить скоблить и драить палубу.

— Где именно? — отозвался штурман, который был вахтенным офицером.

— Против ветра, сэр, — отвечал впередсмотрящий. — Идет под марселями. По-моему, это китобой.

Через несколько минут, когда еще больше рассветнелось и звезды на западе погасли, Джека разбудили от тяжелого, тревожного сна неожиданная смена курса на шестьдесят четыре градуса и голос юного Бойла, кричавшего ему в ухо:

— Мистер Аллен, вахтенный офицер, докладывает о появлении на зюйд-зюйд-весте парусника. Мы считаем, что это китобойное судно.

Когда Джек Обри вышел на палубу, его встретили свежее солнечное утро, фрегат, идущий круто к ветру левым галсом, и немного нервничающий штурман, который произнес:

— Я принял на себя смелость изменить курс, сэр, потому что это может быть американец или его приз, который они гонят к себе.

— Правильно поступили, мистер Аллен, — отозвался капитан, заметивший марсели незнакомца, четко вырисовывавшиеся на ясном горизонте. — Совершенно правильно: нельзя было терять ни минуты, сейчас он начнет лавировать и постарается уйти.

— И вот еще что, сэр, — негромким голосом продолжал Аллен. — Пирс и Апджон — те, что с Гибралтара, — отнесли зашитый в койку труп старшего канонира на продольный мостик и, не разобрав, что от них требуется, выбросили мистера Хорнера за борт, когда судно выбралось на ветер.

— Может, так оно и лучше, — отозвался Джек, покачав головой. — Может, так... Эй, на носу, подтянуть гротмарсель. Мистер Аллен, мне кажется, что это судно несет фок- и грот-брамсели.

Когда солнце поднялось выше, Джек снова вышел на палубу и стоял, обхватив рукой наветренный фордун. На «Сюрпризе» окончились все утренние ритуалы, и теперь команда во главе с капитаном решала одну задачу: надо было добиться, чтобы фрегат развивал предельную скорость, не причиняя напрасного вреда своему рангоуту, парусам и такелажу. Преследуемое судно шло под приспущенными марселями, находясь в тринадцати или четырнадцати милях от них. Если бы фрегат шел в бакштаг, то, пожалуй, к обеду догнал бы его. Должно быть, ночью они разминулись, и теперь незнакомец находился с наветренной стороны. Поэтому «Сюрпризу» придется идти в крутой бейдевинд, навстречу крупной волне, подгоняемой свежим ветром. Разделявшее их расстояние следовало покрыть до захода солнца, прежде чем безлунная ночь скроет от них китобоя. Нагнать его было возможно, но следовало проявить все мореходное искусство, тщательно изучить возможности судна и расположить паруса таким образом, чтобы помешать кораблю приводиться к ветру.

Старания моряков не были напрасными. «Сюрприз» делал все, чтобы лишить ветра преследуемое судно. У штурвала по двое стояли лучшие рулевые, решившие не уступить сопернику ни дюйма за счет дрейфа, они использовали каждую возможность привести корабль ближе к ветру, в то время как матросы были готовы молниеносно и с рвением выполнить любую команду капитана с целью наилучшим образом расположить паруса. Со своей стороны капитан ощущал себя с кораблем единым целым: идти круто к ветру — это то, что он и его корабль умели великолепно. Стоя на качающейся палубе, он ощущал малейшее рысканье или запинку корабля. На нем был старый синий сюртук, поскольку утро выдалось прохладное, хотя они и находились вблизи линии тропика, а из-за брызг, которые летели над палубой всякий раз, когда фрегат разрезал форштевнем крупную волну, его свежевыбритое лицо стало ярко-розовым. С салинга он увидел, что китобой — английской постройки; Джек был убежден, что это американский приз, и это убеждение передалось команде. Все ветераны «Сюрприза» знали, что, если британское судно хотя бы в течение суток находилось в руках неприятеля, оно уже не возвращается прежним владельцам с учтивым поклоном и надеждой получить в награду жетон с благодарственной надписью, а становится спасенным имуществом, за которое полагалось то же вознаграждение, что и за взятый у неприятеля приз.

Когда Стивен довольно поздно (его разбудили звуки дудки, исполнявшей мелодию «Нэнси Доусон», которая звала матросов к полуденной порции грога) поднялся на уходящую из-под ног палубу, ему показалось, что повсюду господствует голубизна: голубое небо, по которому после многих пасмурных дней в самой вышине проплывали редкие облака; синее море в барашках; даже воздух, подпирающий паруса, казалось, имел голубой оттенок.

— Добрый день, доктор, — приветствовал его, сияя голубыми глазами, Джек Обри, облаченный в синий мундир. — Подойдите сюда и посмотрите на судно, которое мы преследуем.

Стивен медленно направился к корме, поддерживаемый чередой веселых морских пехотинцев и матросов, которые, не имея определенного задания, выстроились вдоль планширя наветренного борта, чтобы своим весом сделать корабль чуть более остойчивым. Проходя мимо них, он почувствовал общую перемену настроения: сердцем и умом экипаж был нацелен на погоню. Люди были внимательны и жизнерадостны, даже вчерашние события растаяли, как пена от кильватерной струи.

— Вон оно! — произнес Джек, кивнув в сторону левой скулы, где можно было увидеть китобойное судно, двигавшееся, неся брамсели правым галсом, на зюйд-ост.

— Но вы же идете почти в другую сторону! — вскричал Стивен. — Какое же это преследование?

— Видите ли, оно очень озабочено своим южным отшествием, — отвечал Джек Обри, — и каждые два часа или около того совершает поворот через фордевинд. Как видите, сейчас оно идет галсом правого борта. Однако такие маневры требуют времени; кроме того, я не намерен вызывать его подозрений. Поэтому мы не направляемся к нему, а движемся по возможности на юг, только галсом другого борта. Мне кажется, его капитан ничего не подозревает, принимая нас за испанцев. Мы подняли эту тряпку для того, чтобы он так и думал. — Стивен поднял глаза и с трудом обнаружил небольшой, величиной со средний чайный поднос, кусок занавески, привязанный к двум тросам, который трепетал на ветру вместе с неаккуратно завязанными рифовыми концами. — Но когда в следующий раз китобой будет совершать поворот, мы окажемся как бы на параллельных курсах, хотя это будут курсы сближения, поскольку мы идем круче к ветру и ход у нас быстрее. Я полагаю, что если все пойдет хорошо и ничего не случится, то через четыре их галса и два наших мы будем иметь преимущество перед противником.

— Насколько я понимаю, вы намерены захватить судно?

— Вы сегодня удивительно проницательны, доктор!

— А что заставляет вас думать, что это законный приз?

— Начнем с того, что это судно британской постройки, и хотя его командир управляет им довольно сносно, он делает это не так, как капитан, в распоряжении которого это судно находилось бы в течение года или около того. Кроме того, у него слабая команда, а на китобоях ходят крепкие ребята. Они очень долго возятся, совершая поворот. Вы увидите это сами в мою подзорную трубу, когда они станут менять галс. Все указывает на то, что это приз, возможно, тот самый «Акапулько», о котором рассказывал наш любезный испанец.

— И когда вы намерены с ним разобраться?

— Послушайте, — отвечал Джек Обри. — Не будем искушать судьбу. Я только хочу сказать, что если все сложится удачно и мы не допустим ошибки, а ветер, как видите, свежеет...

— Это скорее не ветер, а шторм.

— ...то, если повезет, еще до наступления темноты мы сможем взять за пуговицу его капитана.

Зазвучал барабан, дав сигнал к обеду в офицерской кают-компании, и они расстались, поскольку Джек намеревался остаться на палубе и перекусить сэндвичами, принесенными ему Килликом. Обедали в спешке, поскольку все офицеры, в том числе и американский лейтенант, не разжевывая, глотали куски, лишь бы не пропустить ни единого момента погони. Однако за столом велись разговоры, из которых следовало, что «Сюрприз» не поставил бом-брамсели, когда пробило три склянки, в то время как китобой поднял свои брамсели. Это было сделано отчасти для того, чтобы не потерять их, но главным образом чтобы китобою не показалось, что «Сюрприз» его преследует. Говорили и о том, что китобоя сильно валит на подветренный борт, а значит, хозяйничающие на нем моряки отнюдь не образцы совершенства. Моуэт с радостью припомнил, что они не теряли времени даром на острове Хуан-Фернандес, когда он заставлял матросов как можно ниже опускать скребки, чтобы почистить медную обшивку судна. Тогда это казалось напрасной тратой времени, зато сейчас оборачивалось прибавкой хода.

Вскоре казначей, капеллан и врач были предоставлены самим себе; в их распоряжении оказалась значительная часть большого серого пирога, изготовленного из почечного сала морского слона и украшенного вишнями с острова Хуан-Фернандес. Стивен заметил:

— Много раз я наблюдал легкомысленное поведение моряков, но никогда еще оно не было таким, как сейчас. Если вспомнить прошлую неделю, события вчерашнего дня — вспомнить озабоченные, я бы сказал, измученные лица молчаливых людей, когда не было слышно не только привычного смеха, но даже шуток и подначек и чувствовалось приближение неизбежной беды, и сравнить это с нынешним искрометным весельем, оживленными взглядами, желанием порезвиться, то невольно задаешь себе вопрос: неужели это были всего лишь детские капризы?..

— Черта с два детские капризы, — пробурчал буфетчик офицерской кают-компании, который допивал офицерское вино вместе с Килликом.

— ...Или столь же детская безответственность? Но если подумать о том, что эти же самые люди совершают кругосветные плавания, зачастую подвергаясь труднейшим испытаниям, то склоняешься к тому, чтобы обнаружить в их достоинствах известное постоянство.

— Я слышал, что эта беспечность объясняется тем, что от вечности их отделяет лишь дюймовая доска, — вмешался отец Мартин.

— Дюймовая доска? — от души рассмеялся казначей. — Уж если ты ведешь себя беспечно, когда под тобой крепкая дюймовая обшивка, то что можно сказать о нас, запертых на этом гнилом корыте? Можно сказать, что мы плывем на дымящейся пороховой бочке. Господи, да в днище «Сюрприза» есть такие места, которые можно проткнуть насквозь перочинным ножом. Дюймовая доска! Как бы не так!

— Сэр, сэр! — воскликнул Кэлами, вбежав в кают-компанию и остановившись за спиной у Стивена. — Китобой убрал марсели. С минуты на минуту мы совершим поворот оверштаг, а к концу вахты догоним его как пить дать. Вы позволите, сэр, — умоляюще взглянул он на доктора, — я возьму ломтик пирога? А то живот подвело от этой гонки.

В действительности «Сюрприз» догнал китобоя задолго до окончания вахты. Злополучный «Акапулько», введенный в заблуждение испанским флагом, который Джек приказал поднять, находясь в паре миль от него, выбрал на ветер фор-марсель и лег в дрейф. Американские моряки с испуганными лицами смотрели на то, как «Сюрприз» встал поперек скулы «Акапулько», быстро выдвинул из орудийных портов пушки и, подняв настоящий флаг, потребовал, чтобы капитан китобоя сдался.

У того не было ни малейшей возможности сопротивляться, и он, не мешкая, прибыл на фрегат. Это был удрученный молодой человек с очками на носу. Его звали Калеб Гилл, он приходился племянником капитану «Норфолка», который захватил столько китобойных шхун, что, хотя некоторые он сжег, ему все равно не хватало офицеров, чтобы увести в Штаты остальные.

Моряки «Сюрприза» были очень добры к мистеру Гиллу, да и то сказать: ведь он не причинил им никакого вреда, зато благодаря свой доверчивой натуре без особенных усилий с их стороны привел к ним приз, нагруженный по края китовым жиром и спермацетом, главным образом с других судов, что, по расчетам мистера Аллена, стоило сто тысяч долларов.

— Конечно, это превосходно, — отозвался с улыбкой Джек Обри, услышав рапорт штурмана. — Видит Бог, я не намерен отказываться ни от сотни тысяч долларов, ни от дареного коня, которому в зубы не смотрят; но у плотника и боцмана есть новость получше: «Акапулько» буквально *набит* деталями рангоута, тросами и парусиной, которых достаточно на три года плавания. Судно вышло на промысел всего полгода назад и вряд ли успело израсходовать что-то из своих запасов.

Завсегдатаи кают-компании были расположены к мистеру Гиллу, а матросы фрегата по-доброму отнеслись к команде китобоя, в которую входило несколько прежних членов экипажа «Акапулько». Опасаясь обвинения в поступлении на службу к врагам короля, они рассказали все, что знали, о передвижениях «Норфолка» — как прошлых, так и будущих. Однако именно Калеб Гилл сообщил Джеку сведения, которые помогли ему освободиться от терзавшей его тревоги. Гилл был человек начитанный, сродни скорее Стивену и отцу Мартину, чем большинству других моряков. Однако его интересы в большей мере касались людей — примитивных людей, и в меньшей — ботаники и зоологии. Увлеченный романтическими взглядами на благородных дикарей, он много путешествовал по землям, где проживали американские аборигены, досконально изучив их обычаи в эпоху мира и войны, быт, законы и историю. Однажды, когда матросы «Сюрприза» все еще вывозили с «Акапулько» все, что можно было погрузить в трюмы фрегата, а мистер Лоренс обедал вместе с Джеком Обри, все трое засиделись в кают-компании за бутылкой мадеры.

— Разумеется, я впал в отчаяние, когда был взят в плен, — признался американец, — но в личном плане я отчаялся еще раньше, когда мне приказали принять командование этим злосчастным «Акапулько», поскольку с самого начала плавания я всей душой стремился увидеть Маркизские острова: ваш анчар, сэр, ваш двухпалый ленивец, дронт, птица-отшельник едва ли важнее для вас, чем для меня Маркизы, в особенности остров Хуахива, который мой дядя всегда называл раем.

— Неужели раем? — переспросил Стивен, вспомнивший о письме, которое было обнаружено в почте, найденной на «Данае», где использовалась именно эта фраза.

— Да, сэр. Возможно, не тот идеальный пресвитерианский рай, но настолько благодатный, что он намерен создать на нем колонию. На борту у него уже имеется несколько колонистов. Я слышал различные и зачастую противоречивые рассказы о нравах островитян, но все были согласны с тем, что большое внимание там уделяется различным табу и родству; все соглашались, что народ этот необычайно приветлив и красив. Единственные его недостатки — это каннибализм и страсть к прелюбодеяниям. Но ни одна из этих склонностей не превратилась в религиозную систему. Отнюдь, в жертву местным божествам приносятся главным образом свиньи; что же касается каннибализма, то это всего лишь дело вкуса и наклонностей. А с прелюбодеяниями не связано никаких церемоний или принуждения.

— Уж не намерен ли ваш дядюшка перевоспитать островитян? — поинтересовался Стивен.

— Что вы, ни в коем случае, — отвечал Гилл. — Он полагает, что их вряд ли можно переделать. Это будет своего рода колония-утопия — воплощенная мечта о свободе. И все же мне так хочется понаблюдать за жизнью местных жителей, пока она не изменилась тем или иным образом. И поскольку я не могу увидеть ее свободным человеком, надеюсь, что увижу остров хотя бы как пленник. Насколько я понял, капитан Обри намерен посетить Маркизы? Но, может быть, мой вопрос не вполне уместен?

— Ничего подобного, — возразил доктор. — Мне не очень хорошо известны его намерения, но я спрошу у него. Я верю, что мы втроем сможем вступить на берег Хуахива до того, как островитяне будут развращены.

— Я тоже на это надеюсь. И еще как! — воскликнул Гилл, сцепив пальцы рук в радостной надежде.

Однако после того, как капитан Обри обдумал новости, а все припасы, какие могли уместиться на фрегате, были перевезены с китобоя, он вызвал штурмана и сказал:

— Мистер Аллен, какое-то время назад вы заметили, что у Баттерворта и Кайла, владельцев «Акапулько», имеются агенты в Вальпараисо.

— Так точно, сэр. По-моему, в Писко тоже. Большинство торговых домов, занятых промыслом в южных широтах, имеют агентов в Чили или Перу.

— Рад слышать это, поскольку, как я полагаю, они, вероятно, смогут разрешить одну из наших трудностей. Я не в состоянии выделить офицеров и матросов для того, чтобы отвести «Акапулько» домой. Однако мне очень не хочется разочаровывать экипаж и лишать его денег. Поэтому я намерен послать китобоя в Вальпараисо и передать его агентам, взяв с них обещание выплатить вознаграждение. В то же самое время я смогу освободить всех наших американских пленников под честное слово. Сами по себе они люди приличные, но считают, что находятся в адских условиях. Кроме того, меня заботит проблема их размещения и кормежки в течение довольно длительного времени. Проблема эта заботит и мистера Адамса. Таким образом, мы убьем сразу двух зайцев... — Помолчав, Джек нахмурился и мысленно добавил: «одним выстрелом», затем продолжил: — Не обращайте внимания на мое бормотанье. Я думаю, это будет наилучшее решение, если, конечно, не рассматривать радикальные варианты вроде того, чтобы выбросить их за борт.

— Совершенно справедливо, сэр.

— Но дело в следующем, мистер Аллен. Офицер, который доставит судно, должен знать, что он рискует застрять на берегу. Я не намерен быть связанным состоянием погоды, не намерен обмениваться бесконечными пошлостями с адмиралами портов, генералами, губернаторами, даже епископами, избави Бог. Но всего этого может избежать подчиненный офицер, действующий на основании срочного приказа. Поэтому я провожу «Акапулько» до какой-то точки в виду берега и буду ждать его день и ночь. Офицер должен привести его в гавань вместе с пленниками и, скажем, командой гребцов с катера, срочно осуществить сделку и тотчас выйти в море на катере, присоединясь к фрегату, не теряя ни минуты времени. Насколько мне известно, «Норфолк» намерен крейсировать в районе китобойного промысла у Галапагосских островов до конца месяца, и мы можем внезапно напасть на него. Тем не менее я считаю, что можно потерять сутки ради избавления от приза и пленников.

Сутки и ни минуты больше: офицер должен успеть за это время присоединиться к нам. Как человек, изучивший местные условия, мистер Аллен, считаете ли вы этот план осуществимым?

— Да, сэр, считаю. И хотя не люблю высовываться, позвольте заметить, что мне знакома обстановка в Вальпараисо, я сносно знаю язык и в течение двадцати лет знаком с сеньором Меткалфом, агентом.

— Превосходно, мистер Аллен. Тогда сделаем так. Подберите себе людей и немедленно вступите в командование призом. Если мы не хотим добраться до Галапагосов к шапочному разбору, тогда нельзя терять времени. Киллик, Киллик, послушайте. Передайте мои лучшие пожелания американским офицерам и скажите, что я хотел бы видеть их сию же минуту.

Глава седьмая

Унылым днем, под низким пасмурным небом, «Сюрприз» осторожно пробирался через пролив между Альбемарле и Нарборо — самыми западными островами Галапагосского архипелага. Плавание это оказалось чрезвычайно затруднительным: хотя переменчивый ветер был попутным, приходилось преодолевать мощное течение, шедшее, вопреки разумным причинам, с севера. По мнению мистера Аллена, это было вызвано тем, что в дальнем конце пролива, за скалой Редондо, в противоположную сторону со скоростью четыре и даже пять узлов шло еще более мощное течение, которое чуть восточнее полностью поглощало течение между Альбемарле и островом Джеймс. Мечась, словно гончая, между Галапагосскими островами, «Сюрприз» привык к очень сильным, возникающим по непонятным причинам течениям и к столь же непонятной погоде — туман вблизи экватора, помилуй Бог; пингвины трубят в тумане на самой линии экватора! — но именно это течение на глазах превращалось в опасную быстрину, и, поскольку усеянный рифами пролив не был изучен штурманом, Джек Обри сам взялся за проводку корабля.

Такого рода навигация была ему совсем не по душе, но это был его последний шанс обнаружить в архипелаге «Норфолк»: он мог скрываться в любой из трех или четырех закрытых бухт, грузя на борт черепах (мясо особей с острова Нарборо, весивших от двухсот до трехсот фунтов, отличалось изысканным вкусом), а также воду и топливо, так что «Сюрприз» мог застать неприятельский фрегат врасплох. Через пролив следовало пробираться очень осторожно, не только для того, чтобы не спугнуть американца, это и само по себе было опасное предприятие ввиду слабого, переменного ветра, усиливающегося течения и узкого пространства, в котором приходилось маневрировать среди скалистых берегов и — верх несправедливости — в виду двух берегов, очень похожих на подветренные, поскольку ветер, дувший со стороны фрегата, нес его на скалы Нарборо, в то время как прилив и течение стремились швырнуть его на берег Альбемарле. Наверняка так бы и произошло, если бы ветер изменил направление. Атмосфера на палубе была напряженной, все матросы стояли по местам, с обоих бортов было спущено по шлюпке, в которых лежали верп и перлинь. Матрос, стоявший на носовом руслене, то и дело измерял глубины и докладывал: «Лот пронесло, лот пронесло!»

Пролив постепенно сужался, и Джек Обри решил, что ему почти наверняка придется стать на якорь в ожидании прилива, даже если потребуется бросить становой якорь на глубине сто саженей.

— Следить за диплотлинем! — скомандовал он.

Совсем недавно берега находились на расстоянии меньше мушкетного выстрела друг от друга, теперь же они намного сблизились, увеличивая силу течения. Все матросы с мрачным видом смотрели на них; они наблюдали, как буруны ударяются о черные скалы слева и справа от корабля, как покатые берега, сложенные из потрескавшейся тускло-черной лавы, поднимаются к затянутым туманом вершинам. Лава была усеяна грудами шлака, главным образом черного, но иногда неестественного красного цвета, и напоминала отходы огромного литейного завода. Повсюду зияли кратеры, придававшие пейзажу причудливо-мрачный вид.

Полное спокойствие хранили только судовой врач с капелланом, то ли не понимавшие опасности быстрины, неизвестных глубин, переменного ветра и недостатка пространства, то ли не желавшие опускаться до таких мелочей. Расположившись у поручней подветренного борта, дрожащими от волнения руками они жадно направляли на берега подзорные трубы. Азартные натуралисты, чтобы ничего не пропустить, вначале пытались изучать берега с обоих бортов, крича друг другу о том, что наблюдают, однако вахтенный офицер положил конец этому вопиющему безобразию, как только Джек Обри вышел на палубу, поскольку наветренный борт — это священная территория капитана. Теперь им обоим пришлось довольствоваться созерцанием одного лишь острова Нарборо. Но и в этом случае объектов для наблюдений хватило бы, по мнению ученых мужей, и для двух десятков натуралистов. Вскоре оба убедились, что бесплодность прибрежных склонов была скорее мнимой, чем подлинной; среди груд природных шлаков можно было разглядеть несколько чахлых, лишенных листьев кустарников молочая, явно принадлежащих к классу Euphorbia, и опунции необыкновенной высоты, наряду с высокими колоннообразными кактусами, росшими почти повсюду на верхних склонах.

Но, хотя суша, несомненно, радовала любознательные взоры, в еще большей степени это можно было сказать о море. По мере того как пролив сужался, казалось, что в его водах животных становилось все больше: берега по обе стороны — не только небольшие отмели из черного песка и гальки, но даже кажущиеся неприступными уступы — кишели тюленями, обычными и ушастыми, морскими львами и морскими котиками, лежавшими в самых разнообразных позах. Одни из них спали, спаривались или просто фырчали в свое удовольствие, а другие играли в волнах прибоя или, проявляя крайнее любопытство, плыли рядом с кораблем, вытягивая шеи и глядя вверх. На скалах повыше, там, где оставалось не занятое тюленями место, располагались морские игуаны — черные, украшенные гребнями длиной с добрый ярд. Под самой поверхностью моря с большой скоростью плавали пингвины и бакланы, рассекая косяки серебристых, похожих на сардины, рыб. За кормой «Сюрприза», пуская ввысь фонтаны брызг, возлежала группа самок кашалота вместе со своими детенышами. Палуба корабля побелела от множества морских птиц, сидели они и на снастях, и на сетках для коек, и даже на кронштейне судового колокола, сводя с ума матросов, которым приходилось убирать их обильные испражнения, — от помета окислялся даже металл орудий. Когда доктор отворачивался, самых нахальных пернатых лупили шваброй. Но это не помогало: птицы тут же возвращались и усаживались на планшири шлюпок и на весла. В большинстве своем это были олуши — с маской, бурые, пятнистые, но чаще всего синелицые олуши — птицы-тугодумы с пустыми глазами. Когда-то в оставшейся вдалеке Атлантике они казались редчайшими в мире существами, но теперь, хотя приближение периода размножения сделало их поведение более оживленным и окрасило перепонки на лапах в красивый бирюзовый цвет, они вызывали куда меньший интерес, чем сухопутные птицы — маленькие серые зяблики или водяные пастушки. Насколько могли судить Стивен и Мартин, сухопутные птицы принадлежали к видам, совершенно незнакомым ученому миру. Из массы олуш одна пара привлекла внимание доктора. Ухаживание велось прямо на спине морской черепахи, и сила страсти была настолько велика (день выдался необычайно теплый и благоприятный для олуш), что самец решил было не тратить время на ритуальные танцы, но в самый ответственный момент черепаха погрузилась в воду, и любовный союз временно распался.

Штурман остановился позади ученых и, показывая на остров Нарборо, сказал:

— Должно быть, такой же вид был после гибели Содома и Гоморры, господа. Но выше по склону растительность более богатая. Если туман рассеется, вы увидите там много зелени — кустарники и деревья, покрытые разновидностью испанского мха.

— О, мы в этом убеждены, — со счастливым видом повернулся к нему отец Мартин. — Мы впервые находимся так близко от суши, что можем разглядеть игуан.

— Меня особенно восхищают высокие прямые кактусы, — заметил Стивен.

— Мы называем их кактусами крупноцветными, — сказал штурман. — Если их срезать, то внутри увидите своего рода сок, который можно пить, но он вызывает рези в животе.

Фрегат продолжал следовать дальше; черный скалистый берег медленно уходил вдаль. Под громкие команды, топот босых ног, скрип рей и пение ветра в снастях Стивен уносился мыслями в другие края. На его подзорную трубу уселась птичка. Нагнув головку, она внимательно посмотрела на него, почистила клювом перышки и сорвалась к острову, мгновенно слившись с фоном скалистого берега.

— Такое невозможно себе представить, — начал доктор. — Я тут размышлял о любовных церемониях рода человеческого. Подчас они столь же быстротечны, как и у олуш. Так бывает, когда пара, испытывающая взаимное влечение, обменявшись взглядами, скрывается от посторонних глаз. Я вспоминаю рассказ Геродота о греческих воинах и амазонках, которые встречались не только на поле брани, но и в кустах; есть и более свежие примеры, известные всей нашей команде. Однако в иные времена церемониальный танец с его наступлениями и ретирадами, ритуальными жертвами и символическими движениями растягивается без всякой меры, так что вожделенный финал может быть безнадежно испорчен перегоревшей страстью. Есть бесконечное множество разных видов ухаживания, они зависят от эпохи, страны и сословия, так что выявление их общих черт — весьма увлекательное занятие.

— Действительно, — отозвался отец Мартин. — Сия тема имеет первостепенное значение для всего племени человеческого. Удивительно, что ни один писатель не выбрал ее предметом особого исследования. Я имею в виду церемонию, а не сам акт, который отвратителен, груб и непродолжителен. — Он поразмыслил и минуту спустя продолжил: — Однако военный корабль — вряд ли подходящее место для изучения этого вопроса. Хочу сказать... — Улыбка на его лице угасла, а голос оборвался, когда капеллан вспомнил минувшую пятницу: тогда, по морскому обычаю, возле мачты устроили распродажу вещей Хорнера, перемешанных с какими-то жалкими шалями и нижними юбками. Никто, даже Уилкинс, исполнявший ныне должность старшего канонира фрегата, не позарился на это добро.

— Смотрите, доктор, — произнес подошедший к ним Говард, протягивая ему шляпу, наполненную подстреленной птичьей мелочью. — Разве я не пай-мальчик? Нет ни одной одинаковой.

Прислушавшись к общему мнению, Говард прекратил бессмысленный отстрел морских животных. Исключение составляли разве что морские черепахи и дельфины, чье мясо при смешивании с судовыми запасами соленого сала превращалось в превосходные сосиски. Теперь

Говард стал грозой птиц, садившихся на снасти такелажа. Олушам, совам, птицам-фрегатам, бурым пеликанам и ястребам он сворачивал шеи; птиц помельче убивал прутом. Стивен взял птичьи тушки, поскольку не любил убивать живность для своей коллекции сам, однако постарался убедить морского пехотинца знать меру, отбирать лишь нескольких птиц одного вида и запретить своим подчиненным убивать пернатых.

— Вы очень внимательны, мистер Говард, — произнес Стивен. — Я особенно признателен вам за этого желтогрудого крапивника, птицу, которую я не...

— О! — воскликнул отец Мартин. — Я вижу гигантскую черепаху! Двух гигантских черепах! Боже, какие огромные!..

— Где? где?

— Возле опунции.

У высокой опунции ствол был толщиной почти с дерево. Одна из черепах, встав на задние ноги, схватила ветку и стала тянуть ее к себе всем весом мощного куполообразного корпуса. Другая черепаха ухватилась за ту же ветку и тоже тянула ее, но в другую сторону. Отец Мартин воспринял это как пример неправильно понятой взаимной помощи; Стивен — как то, что каждая черепаха преследовала свою цель. Однако, прежде чем они успели выяснить, кто из них прав, ветка переломилась надвое, и каждое из животных удалилось с собственной частью добычи.

— До чего же мне хочется ступить хоть на один из этих островов, — произнес отец Мартин. — Какие открытия можно сделать в каждом разделе зоологии и ботаники! Если отряд рептилий может достичь такого великолепного разнообразия, то чего же можно ожидать от жесткокрылых? От бабочек, от явнобрачных растений? Но меня терзает мысль, что корабль может плыть бесконечно долго.

Тут коза Аспазия кинулась к Стивену в поисках защиты. После того как фрегат достиг берегов Альбемарле, ее преследовали маленькие темно-серые зяблики с крепкими клювами, которые садились ей на спину и выщипывали на ней шерсть, чтобы выкладывать свои гнезда. Животное натерпелось от стихий, грома, молний, военных действий, его обижали гардемарины, юнги, собаки, но нынешних мучений коза не могла вытерпеть и всякий раз, едва заслышав негромкое чириканье, бросалась к Стивену.

— Ну что ты! — успокаивал ее доктор. — Такая большая девочка, как тебе не стыдно! — Отогнав зябликов, он продолжал, обращаясь к отцу Мартину: — Вы тоже успокойтесь. Капитан Обри обещал, что, как только закончит поиски «Норфолка», корабль ляжет в дрейф, встанет на якорь, или как там у них называется, и он отпустит нас на берег.

— Как вы меня успокоили! Поистине, я бы не перенес... Смотрите, смотрите, еще одна черепаха. Настоящий голиаф, вон она спускается по склону. Какая величественная поступь!

Оба направили свои подзорные трубы на голиафа, который замер и был освещен так, что можно было пересчитать все пластины его панциря и сравнить их с панцирями тестудо обри, обитающих в Индийском океане, которых Мэтьюрин открыл, описал и дал им название, увековечив имя капитана фрегата, а также с более легкой, покрытой тонкими пластинами черепахой с острова Родригес. Он стал размышлять об островных черепахах, их происхождении и вообще об этом виде животных, очевидно глухих, поскольку они почти всегда хранят молчание, хотя изредка издают громкие крики или шипение. Животные эти яйценосные, они равнодушны к своему молодняку; крокодилы более заботливые родители, но черепахи, как правило, вызывают симпатию и вполне способны на привязанность. Он даже вспомнил примеры привязанности у черепах.

— Что за суматоха у нас на борту? — спросил Стивен, не отрываясь от подзорной трубы: в поле его зрения оказалась целая группа черепах, поднимавшаяся вверх по утоптанной тропе.

— Похоже, заметили какую-то шлюпку, но это не важно, — отвечал отец Мартин. — Как вы полагаете, а нет ли на этом острове жаб? Всем рептилиям я предпочитаю жаб. Причем гигантских!

— Если тут водятся гигантские черепахи, то почему бы не появиться и такой же жабе? Хотя на острове Родригес я не нашел никого из милых вашему сердцу представителей семейства земноводных. Мне с трудом удалось объяснить одному толковому туземцу, что такое лягушка, хотя я очень выразительно подражал ее движениям и издавал кваканье.

— Поберегитесь, сэр, поберегитесь! — взревел ютовый старшина, бесцеремонно расталкивая ученых мужей: звучали дудки, давая сигнал «Всем наверх!», и матросы разбегались по своим местам.

— Послушайте, Беккет, что случилось? — спросил старшину Стивен.

Однако, прежде чем Беккет успел ответить, «Сюрприз» стал плавно поворачивать. Знакомая команда «Руль под ветер!» сменилась другой: «Травить шкоты!», а затем следующей: «Пошел грота-шкот!» Маневр был выполнен безукоризненно, хотя ему мешали установленные на палубе катера. Посмотрев вперед, доктор вдалеке увидел вельбот, спешивший к ним, преодолевая течение.

«Сюрприз» лег на левый галс; хотя приливное течение уже стало идти на спад, вельбот все равно сносило и на сближение ему понадобилось три четверти часа.

Шлюпка приближалась с каждой минутой, в ней находилось шесть гребцов. Их рвение было настолько велико, что, даже находясь в какой-то сотне ярдов от фрегата, они продолжали грести так, что трещали весла, и при этом хором вопили: «Эй, на судне!»

Когда, не веря своему счастью, парни с вельбота, широко улыбаясь, стали подниматься по сброшенному им штормтрапу, выяснилось, что они почти потеряли голос. После того как они выпили два ведра воды, мастер-гарпунер хриплым шепотом, перемежавшимся гортанным смехом, поведал их историю. Это была часть экипажа «Бесстрашного Лиса» из Лондона, которым командовал Джеймс Холланд. Судно занималось промыслом чуть больше двух лет, но удача улыбнулась им только у Галапагосов, где они обнаружили множество китов. В первый же день они загарпунили трех, и шлюпки отправились на охоту, чтобы привезти еще нескольких, но тут опустился туман. Они зацепились за молодого, сильного самца на сорок бочек, который утащил их к северу от скалы Редондо, где их не смогли обнаружить товарищи, чтобы снабдить дополнительными бухтами линя. В конце концов кит утащил за собой гарпун, линь и все прочее, кроме самого вельбота. Им досталось: пришлось дни и ночи выгребать против ветра и течения, не имея ни воды, ни хлеба. И что они увидели, вернувшись назад? Бедного старого «Лиса» буквально рвал на части американский фрегат: он не только снял с него новую фор-стеньгу, но также перегружал из носового и основного трюмов китовый жир и спермацет на другое лондонское китобойное судно — «Амелию». К счастью, время было вечернее, вельбот шел со стороны берега, и его не заметили. Мастер-гарпунер бывал в здешних водах раньше и изучил остров. Они смогли укрыться в небольшой бухте, спрятать шлюпку среди пла́вника и забраться в старое пиратское убежище. Там нашлось немного воды, которая, правда, оказалась солоноватой; рядом было множество черепах и игуан, к тому же начали откладывать яйца олуши, так что в целом питались они неплохо, хотя и страдали от жажды. Вскоре они увидели, как американский фрегат прощается с «Амелией». Подняв звездно-полосатый флаг, она взяла курс на зюйд-тень-ост. На следующий день американцы погрузили на свое судно сотни две черепах, подожгли «Лиса» и, подняв якорь, вышли из пролива на запад. Экипаж вельбота бросился было тушить пожар, но полдюжины бочек с ворванью были проломлены, жир струился по палубе, и огонь был такой силы, что к нему невозможно было подступиться. Капитан сможет увидеть обугленный остов китобоя, если пройдет по проливу: «Лис» сел на риф к северу от бухты Бэнкса, сразу за якорной стоянкой.

— После того как американец вышел из пролива, он направился на чистый вест? — спросил Джек Обри.

— Видите ли, сэр, — отозвался мастер-гарпунер. — Пожалуй, курс был один румб к зюйду от веста. Мы с Томасом Мозесом снова поднялись в укрытие и следили, как американец шел в сторону горизонта курсом вест-тень-зюйд — прямым, как стрела. На фок- и грот-мачте он нес брамсели.

— Он шел к Маркизским островам?

— Совершенно верно, сэр. С полдюжины наших ребят проживают там, а с ними несколько янки. Сандвичевы острова нынче не те, что были когда-то, а Новая Зеландия — вообще жуть, не успеешь ступить на берег, как тебя сразу же сожрут.

— Превосходно, очень хорошо! Мистер Моуэт, этих людей нужно внести в судовую роль. Это отличные моряки, я уверен, нужно записать их матросами первого класса. Мистер Адамс выдаст им койки, постельные принадлежности, посуду. На пару дней они будут освобождены от работы, пусть приходят в себя. Мистер Аллен, мы выйдем из пролива, как только изменится направление приливного течения, и направимся к Маркизам.

— Черепах грузить не будем?

— Нам не до черепах. Мы и так сэкономили судовые припасы, так что разнообразия ради обойдёмся без кулинарных изысков. Нет-нет. Неприятель опередил нас на восемнадцать суток, так что нельзя тратить ни минуты на черепашатину, икру или чай со сливками. — С этими словами он, очень довольный, спустился вниз. Через несколько минут в капитанскую каюту ворвался Стивен.

— Когда же мы сделаем остановку? — вскричал он. — Вы обещали сделать остановку!

— Обещание было обусловлено обстоятельствами службы, а они изменились. Послушайте, Стивен, на меня работают прилив, течение и ветер. Мой противник имеет выигрыш во времени, так что нельзя терять ни секунды. Ловить букашек и вялить ящериц — дело интересное, но имеет ли оно отношение к поставленной перед нами задаче? Посудите сами.

— Бэнкс, к вашему сведению, был доставлен в Отахейте для того, чтобы следить за прохождением Венеры через меридиан, хотя астрономические наблюдения к победной реляции не подошьёшь!

— Вы забываете, что Бэнкс заплатил владельцу «Индевора» и что в то время мы не находились в состоянии войны. Задачей «Индевора» были лишь научные исследования.

Этого Стивен не знал, отчего он ещё больше рассердился, но взял себя в руки и произнёс:

— Насколько я могу судить, вы намерены дойти до конца этого длинного острова, что слева от нас, чтобы выйти в море с другой его стороны. — Джек Обри в ответ небрежно кивнул. — Если же мы с отцом Мартином пройдем через остров пешком, то окажемся на его другой стороне гораздо раньше корабля. Пропорция один к десяти. Небольшая шлюпка могла бы высадить нас без всякого труда и затем вернуться назад. Мы бы шли очень быстро, задерживаясь лишь для того, чтобы произвести ценные открытия источников пресной воды, залежей минералов, противоцинготных растений и тому подобного.

— Стивен, — отвечал Джек Обри. — Если бы ветер и течение действовали против нас, то я бы сказал «да», но это не так. Я обязан сказать «нет». — Высадка обоих ученых в полосе прибоя оказалась бы хлопотным делом, а прием их на западной стороне острова мог стать и вовсе невозможным. Что же касается «очень быстрой ходьбы» двух одуревших натурфилософов по заброшенному в океане острову, где полно растений и животных, неизвестных науке, то она могла продолжаться до тех пор, пока фрегат не сел бы на мель. Джек Обри хорошо помнил, как когда-то Мэтьюрин, потеряв всякий счет времени, застрял на берегу из-за какой-то мадейрской мокрицы. Однако капитан был огорчен из-за того, что друг разочарован, — это он ощущал особенно остро, видя за его спиной близкие берега островов. Еще больше он огорчился, увидев на обычно бесстрастном лице Стивена гневное выражение и услышав резкие слова:

— Хорошо, сэр. По-видимому, мне придется подчиниться силе. Я должен довольствоваться тем, что являюсь лишь винтиком военной машины, которая нацелена на разрушение, пренебрегает любыми открытиями и не в состоянии уделить науке и пяти минут. Не стану говорить о злоупотреблении властью; замечу только, что я, со своей стороны, считаю, что обещание следует выполнять, и должен признаться, что до настоящего времени мне никогда не приходило в голову, что вы можете придерживаться иного мнения или не умеете держать слово.

— Обещание мое было условным, — возразил Джек Обри. — Я командую кораблем Его Величества, а не частной яхтой. Вы забываетесь. — Затем с улыбкой, более любезным тоном добавил: — Но хочу сказать вам, Стивен, что буду держаться как можно ближе к берегу, и вы сможете наблюдать за обитателями островов с помощью моего лучшего ахроматического прибора. — С этими словами он протянул руку, чтобы взять великолепный, с пятью линзами «Доллон» — инструмент, который Стивену не разрешалось использовать из-за его привычки ронять подзорные трубы в воду.

— Можете засунуть свой ахроматический прибор в... — начал было Стивен, но тут же осекся и, взяв себя в руки, продолжил: — Вы очень добры, но у меня есть свой. Больше не стану вас беспокоить.

Доктор был страшно сердит: предложенное им решение — одна короткая сторона треугольника против двух огромной длины — казалось ему неоспоримым. Особенно его сердило то, что практически все, а не только старые друзья, вроде Бондена и Киллика, а также занимавшего привилегированное положение Джо Плейса (который буквально помыкал человеком, вскрывшим ему череп, и постоянно враждовал с Роджерсом, потерявшим всего-навсего руку), окружали его добротой и вниманием. Стивен всегда гордился тем, что умел сохранять volto sciolto, pensieri stretti[1] гораздо лучше многих, а тут какая-то малограмотная матросня вздумала утешать его в беде, которой, как он полагал, никто не должен был заметить.

Он со злорадством наблюдал за тем, что, несмотря на смену направления приливного течения, «Сюрприз»

---

[1] Лицо непринужденное, мысли тесные (*ит.*).

обходил остров очень медленно, потому что дважды поднимался встречный ветер. Фрегат миновал две отличные отмели, куда шлюпка вполне смогла бы высадить их, а затем забрать: первая находилась в бухте за рифом, на котором застрял почерневший остов китобоя. Совершенно очевидно, что они с отцом Мартином могли бы даже на четвереньках переползти через остров и все равно прийти вовремя. «В два раза быстрее!» — бормотал он, от досады колотя по планширю.

Стивен проследил за тем, как размытый, затянутый облаками остров исчез за кормой, и лег рано, закончив свои обычные молитвы молитвой для исправления озлобленного состояния ума, и теперь лежал с работой Боэция «*De Consolatione Philosophiae*»[1] и двумя унциями настойки опия.

Несмотря на это, когда в два часа ночи Падин разбудил его и медленно, с большим трудом сказал ему по-ирландски и по-французски, что мистер Блекни проглотил четырехфунтовое ядро картечи, Стивен проснулся не в духе.

— Не морочьте мне голову, — отозвался доктор. — Этот гаденыш врет, втирает очки, ломает комедию ради того, чтобы несколько дней бить баклуши. Что ж, я пропишу ему лекарство — век будет жалеть, что на свет родился.

Но когда Стивен увидел несчастного «гаденыша» — бледного, перепуганного, с виноватым видом сидевшего возле фонаря на палубе кубрика — и узнал, что ядро было одним из девяти, составлявших заряд четырехфунтовой пушки баркаса, он тотчас бросился за желудочным зондом и влил в Блекни огромное количество теплой соленой воды, добавив в нее немного рома. После этого

---

[1] «Об утешении философией» (*лат.*).

дюжие матросы схватили Блекни за пятки и перевернули его вниз головой. Заслышав между мучительными спазмами стук металла в тазу, доктор с удовольствием подумал о том, что не только спас пациента от верной смерти, но и — на какое-то время — избавил его от тяги к спиртному.

Несмотря на полный успех, на следующий день доктор все еще чувствовал себя мизантропом, и когда Адамс заметил, что на обед в офицерскую кают-компанию будет приглашен капитан и меню будет необыкновенным — чем-то вроде угощения у лорд-мэра, — он отозвался: «Да неужели?» — всем своим видом давая понять, что это не доставит ему никакого удовольствия. «Я помню, с каким видом этот бонвиван околачивался в порту», — пробормотал он про себя, косо посматривая на Джека с мостика на подветренном борту, в то время как «Сюрприз» плавно рассекал простиравшиеся до бесконечно далекого горизонта голубые воды Тихого океана. «Видел, как он самым бесстыдным образом распускал свой павлиний хвост в поисках какой-нибудь девки. Так же поступал и Нельсон, вкупе с прочими капитанами и адмиралами, которые всегда готовы задрать податливый подол. При виде причинного места они сразу забывают про долг перед Его Величеством. О долге вспоминают лишь тогда, когда речь идет о науке или каком-то полезном открытии. Да пропади он пропадом, этот фальшивый лицемер. Но, возможно, он не догадывается о своей фальши — pravum est cor omnium — в сердце гнездится порок, и изучить его невозможно. Воистину — чужая душа потемки!»

Несмотря на мрачный и мстительный характер, Стивен был воспитан в лучших традициях гостеприимства. Капитан был гостем кают-компании, и судовому врачу не пристало сидеть молча и дуться, как мышь на крупу. Принудив себя произнести четыре учтивые фразы, после подобающей паузы Стивен, низко поклонившись, изрек:

— Позвольте выпить с вами этот бокал вина, сэр.

— От всей души поздравляю вас, доктор, со спасением юного Блекни, — кланяясь в ответ, сказал капитан. — Не знаю, как бы мы сумели объяснить нашему старому приятелю, что его сын умудрился погибнуть от картечи, которая не сделала ни единой дырки в его теле. К тому же я не имею в виду французскую или американскую картечь.

— Как это его угораздило проглотить такой крупный предмет? — удивился отец Мартин.

— Когда я был безусым гардемарином и кто-то из юнцов болтал слишком много, мы заставляли его держать во рту картечь, — отозвался Джек Обри. — Мы называли ее пробкой для фонтана красноречия. Мне кажется, что Блекни просто пришлось заткнуть фонтан.

— Позволите передать вам кусочек бонито, сэр? — обратился к нему Говард, сидевший в центре стола.

— Будьте настолько добры. Великолепная рыба бонито, просто великолепная. Только ее бы и ел.

— Нынче утром я поймал семь штук, сэр, сидя на бизань-руслене и забрасывая снасть в край кильватерной струи. Одного я отослал в лазарет, еще одного — в мичманский кубрик, три штуки своим морским пехотинцам, а лучшую рыбу оставил для нас.

— Великолепно, великолепно, — снова повторил Джек. Обед получился действительно великолепный: лучшая зеленая черепаха, вкуснейший кальмар, ночью упавший на палубу, всевозможная рыба, пирог из дельфиньего мяса и, в довершение всего, огромное блюдо из дичи — галапагосских чирков, по вкусу не отличимых от настоящих чирков. Их наловил сетью сержант, подчиненный Говарда, бывший браконьер. Стивен не без досады заметил, что по мере того, как он закусывал и пил, его учтивость становилась все менее искусственной, его преднамеренно доброжелательное выражение лица все больше походило на непринужденную улыбку. Он опасался, что начнет получать удовольствие от трапезы.

> ...Взирай на паруса,
> Влекомые силой невидимой ветра,
> И рассекай череду валов,
> Навстречу кораблю бегущих, —

продекламировал Моуэт во время паузы, когда наполнялись бокалы — в течение некоторого времени они с отцом Мартином беседовали о поэзии. — Вот что я имею в виду.

— Это вы написали, Моуэт? — поинтересовался Джек Обри.

— Нет, сэр, — отвечал Моуэт. — Совсем другой парень.

— «Влекомые силой невидимой ветра», — повторил Мейтленд. — А вот говорят, что свиньи умеют видеть ветер.

— Минутку, господа, — воскликнул раскрасневшийся Говард, подняв руку и оглядывая всех блестящими глазами. — Вы должны извинить меня. Я редко говорю впопад. Во всяком случае, во время нынешнего плавания со мной этого не случалось, разве только близ устья Ла-Платы. С вашего позволения, сэр, — он поклонился капитану, — расскажу вам следующую историю. В бухте Корк жила одна старушка. У нее в домишке была всего одна комната. Купила она однажды свинью — *свинью*, вот в чем соль. Ее спросили: «А что же ты станешь делать со зловонием?» Ведь свинье не было другого места, кроме как в старушкиной каморке. «Что делать, что делать! — отвечала она. — Пусть привыкает к зловонию». Она, ясное дело, имела в виду...

Но объяснения Говарда потонули во взрыве хохота, причем первым прыснул Киллик, стоявший за спиной у капитана.

— «Пусть привыкает к зловонию», — повторил Джек Обри и, откинувшись назад, захохотал еще громче, отчего у него побагровело лицо и глаза стали голубее обычного. — Боже мой, боже мой! — произнес он наконец, вытирая глаза платком. — В этой юдоли слез человеку полезно время от времени веселиться.

После того как все поуспокоились, казначей посмотрел на старшего офицера и спросил:

— Отрывок, который вы процитировали, это была поэзия? До того, как начался разговор про свинью?

— Да, поэзия, — отозвался Моуэт.

— Но стихи эти не рифмовались, — заметил Адамс. — Я повторил их про себя, и они не рифмовались. Будь здесь Роуэн, он бы стукнул вашего поэта по черепу. Его стихи всегда рифмуются. Вот отличный пример:

> Раздался жуткий грохот корабля,
> Упали все, кто находился у руля.

— По-моему, есть столько же видов поэзии, сколько и видов парусного вооружения, — заметил штурман.

— Совершенно верно, — согласился Стивен. — Вы помните того милого Ахмеда Смита, секретаря мистера Стэнхоупа по восточным вопросам, с которым мы ездили в Кампонг? Он рассказал мне о любопытной форме стиха, название которого я забыл, хотя один пример его я запомнил:

> Смоковница растет на опушке леса,
> На берегу лежат в диком беспорядке
>   рыбачьи сети;
> Правда, что я сижу у тебя на колене,

Но это не значит, что ты можешь позволять себе другие вольности.

— А по-малайски эти стихи рифмовались? — помолчав, спросил казначей.

— Да, — отвечал Стивен. — Первая и третья строка...

Появление пирога помешало ему закончить фразу. Это был совершенно великолепный пирог, который внесли с законной гордостью и встретили аплодисментами.

— Что это такое? — воскликнул Джек Обри.

— Мы так и думали, что вы удивитесь, сэр, — ответил Моуэт. — Это плавучий остров, вернее архипелаг.

— Да это же Галапагосы! — произнес капитан. — Вот Альбемарле, вот Нарборо, а вот Чатам и Худ... Я даже не представлял себе, что кто-нибудь из нашего экипажа способен создать такое произведение — это шедевр, клянусь честью, достойный флагманского корабля.

— Его изготовил один из китобоев, сэр. Прежде чем стать моряком, он был кондитером в Данциге.

— А я отметил параллели и меридианы, — сказал штурман. — Они сделаны из густого сиропа, то же самое и экватор, только линии вдвое толще и подкрашены портвейном.

— Галапагосы, — произнес Джек Обри, разглядывая острова. — Настоящий макет для военных игр: показаны даже скала Редондо и Заколдованный Остров Каули, причем точно. Подумать только, мы так и не побывали ни на одном из них... Такова уж у нас профессия...

— *Ты, словно Божий суд, неумолим, о Долг!* — не удержался от цитаты Моуэт.

Но Джек Обри, разглядывая архипелаг, покачивавшийся вместе с судном, не слышал его и продолжал:

— Хочу сказать вам, господа, что, если мы выполним то, что нам предстоит сделать, и окажемся в этих местах, мы останемся в бухте мистера Аллена на острове Джеймса на несколько дней, и каждый сможет бродить по нему, сколько его душе угодно.

— Вы не отведаете кусочек архипелага, сэр, пока он не развалился? — спросил Моуэт.

— Не решаюсь испортить такое произведение искусства, — отозвался Джек Обри. — Но если мы не должны отказываться от пирога, — произнес он, взглянув внимательным взором на экватор, — то, думаю, надо пересечь эту линию.

Линия, линия, день за днем. Они шли на запад вдоль линии экватора или же чуть южнее ее. Очень скоро позади остались пингвины и тюлени, береговые птицы и почти вся рыба; вместе с ними исчезли мрак, холодное течение и низко нависшие облака. Теперь они, рассекая темно-синие воды, постоянно менявшие оттенок, плыли под бледно-голубым куполом неба, на котором время от времени в вышине появлялись белые перистые облака. Но плыли они вовсе не быстро. Несмотря на великолепный набор парусов, предназначенных для благоприятной погоды, — поставленные вверху и внизу лисели и бом-брамсели, — «Сюрприз» редко проходил от одной съемки координат до другой свыше сотни миль. Почти каждый день где-то после полудня ветер ослабевал часа на два-три, порою он стихал вовсе, и пирамида парусов печально обвисала, огромные пространства воды становились гладкими. И лишь изредка морскую гладь оживляли кашалоты, которые, держась на большом расстоянии друг от друга, двигались огромными стаями в двести-триста голов к берегам Перу. Каждый вечер со сменой вахты фрегат убирал все паруса, кроме марселей: несмотря на кроткую дневную погоду, ночью возможны шквалы.

Здешние воды были не изучены кораблями королевского флота — Байрон, Уоллис и Кук держались гораздо южнее или гораздо севернее, — и это медленное продвижение по казавшемуся бескрайним морю могло бы достать Джека Обри до самой печенки, если бы он не узнал от штурмана, что в этих краях солнце начинает отходить от линии тропика и что «Норфолк» ползет с такой же черепашьей скоростью. Аллен вел продолжительные разговоры с мастером-гарпунером — средних лет мужчиной по имени Хогг, который трижды побывал на Маркизах и дважды на Сандвичевых островах. Его опыт стал большим подспорьем для всей команды. Конечно, они спешили, но не так, как могли бы спешить, заметив преследуемое судно. В свежую погоду они не мочили паруса, поскольку знали, что «Норфолк» будет двигаться с еще более умеренной скоростью и когда доберется до Маркизов, то много времени потратит на плавание среди островов в поисках британских китобойных шхун. Действительно, нельзя было терять ни минуты, но и чересчур торопиться не следовало.

Снова, причем с поразительной быстротой, жизнь на корабле вошла в привычное, размеренное русло, и моряки «Сюрприза» вспоминали далекие и мучительно холодные дни сильно к югу от мыса Горн и даже злополучное плавание вдоль берегов Чили и Перу как посещение иного мира.

Каждое утро солнце вставало точно за кормой фрегата; оно озаряло чисто выдраенные палубы, которые вскоре оказывались скрытыми от взоров светила тентами. Хотя тут был не жаркий Гвинейский залив, где вар пузырился в палубных швах и смола капала сверху, тем более не Красное море — век бы его не видать, — температура достигала восьмидесяти градусов по Фаренгейту, и тень никому бы не помешала. Все ходили в парусиновых рубахах, переодевая их лишь в случае приглашения в капитанскую каюту, но мичманам и туда разрешалось надевать кашемировые жилеты.

Пожалуй, они были единственными, кто не вполне был доволен возвратом к размеренному морскому порядку. Занятия древнегреческим и латинским языками приостанавливались лишь в самые трудные дни, когда фрегат плыл в пятидесятых и шестидесятых широтах. Теперь же они возобновились с удвоенной силой; у капитана Обри тоже нашлось время для того, чтобы вести гардемаринов по лабиринту навигационной науки. Ночью он заставлял их запоминать названия и величину склонения и прямого восхождения огромного множества звезд, а также измерять угловое расстояние между ними и различными планетами или Луной. У него с Моуэтом появилось время и для того, чтобы учить их, как надо себя вести. Это означало, что следует очень рано вылезать из уютных коек, сменять вахтенных задолго до того, как пробьет судовой колокол, никогда не держать руки в карманах, не облокачиваться о поручни, не прикасаться к салазкам каронад и всегда помогать марсовым вязать рифы.

— Вас называют гардемаринами, — заявил им однажды Моуэт. — Вам предоставляют роскошную постель, кормят на убой, и единственное, что от вас требуется, это помогать марсовым, когда надо вязать рифы. Но что я вижу? За грот-брамселем наблюдают из гальюна...

— О сэр! — воскликнул Несбит, уязвленный несправедливостью замечания. — У меня только однажды вышла промашка.

— ...а фор-марсель, по-видимому, сам вяжет на себе рифы, в то время как гард храпит себе где-то внизу, как поросенок. Мне очень жаль наш флот, если им будут командовать такие пердимонокли, как вы, которые думают лишь о жратве да сне и пренебрегают своими обязанностями. Такого я не видел ни на одном корабле и не желаю видеть.

— Эти юнцы слишком заботятся о собственных удобствах, — согласился Джек Обри. — Они не представляют собой ничего, кроме шайки илотов.

— Прошу объяснить мне, какое значение имеет слово «илот» на флотском жаргоне? — поинтересовался Стивен.

— Никакого. Я лишь хочу сказать, что они обыкновенные юные бездельники, маленькие бесенята. Я должен их взбодрить и взбодрю, устрою сатанинскому отродью маленький адусик.

Возможно, такие попытки и предпринимались, но они оказались безуспешными. На «Сюрпризе» была веселая, жизнерадостная компания гардемаринов, где не было «стариков», терроризировавших остальных; и, по крайней мере до сего времени, еды им хватало. Они давно оправились от трудностей крайнего юга, хотя ничто не могло вернуть Уильямсону ни пальцев ног, ни кончиков ушей. У Бойла превосходно срослись ребра, а у Кэлами легкий пушок появился не только на черепе, но и на девичьем подбородке. Несмотря на трудную службу, нелегкие испытания и ежедневную зубрежку, они оставались веселыми ребятами. Мичманы даже научились плавать, чем мог похвастать далеко не каждый старый моряк. Пополудни, когда на судне становилось спокойно, большинство моряков ныряли в мелкий полотняный бассейн, но некоторые купались в море, поскольку с тех пор, как они покинули Галапагосы, ни одной акулы не было замечено поблизости от фрегата.

Это была одна из радостей их западного плавания, второй были состязания по стрельбе из пушек главного калибра или мушкетов, которые проводились почти каждый вечер по боевому расписанию. Но были и другие удовольствия, которые высоко ценились. В первые недели военных моряков веселило поведение китобоев, главным образом мастера-гарпунера Хогга. Он никогда не служил на королевском флоте. Хотя с самого его детства с короткими перерывами шла война, Хогг так и не понюхал пороху. Будучи китобоем и гарпунером, работавшим на южных промыслах, он имел отсрочку от службы, но ему не пришлось ею воспользоваться. Вербовщики никогда не беспокоили парня, поэтому до «Сюрприза» он ни разу не ступал на борт военного корабля. Жизнь свою он провел исключительно на китобойных шхунах — весьма демократической разновидности судов, — где матросы работали не за жалованье, а за долю от тех денег, которые мог выручить китобойный корабль. Хотя там и существовала мало-мальская дисциплина, среди экипажа, насчитывавшего около трех десятков человек, почти не было никакой иерархии — разумеется, там не было ничего, напоминавшего королевский флот, с гораздо более многочисленным личным составом, где порядки шканечной палубы отличались от порядков на полубаке как небо от земли и царили совсем другие взгляды на человеческое достоинство.

Мастер-гарпунер был толковым человеком — он разбирался в навигации, но был несколько простоват. Проведя детство в полудиких трущобах Уоппинга, а остальную часть жизни среди китобоев, он редко соприкасался с цивилизацией. Например, в первое же утро он едва не лишил сознания вахтенного офицера, воскликнув при встрече: «Как дела, дружище? Надеюсь, отлично?» А когда началось богослужение, его было трудно усадить на соответствующее место. «Совсем другое дело!» — громко произнес он, усевшись на перевернутый суповой бачок. Хогг очень внимательно наблюдал за певчими и аплодировал, когда те заканчивали псалмы. Когда отец Мартин надел стихарь, сосед Хогга произнес громким шепотом: «Сейчас капеллан начнет читать проповедь». «Да неужто? — воскликнул китобой, положив руки на колени, и, подавшись всем телом вперед, стал с живейшим интересом наблюдать за происходящим. — Я еще никогда не слышал проповеди». Затем, через несколько минут, у него вырвалось: «Вы пропустили две страницы. Эй, хозяин. Вы пропустили две страницы». Так оно и оказалось, поскольку отец Мартин, не слишком умелый проповедник, обычно поручал читать из Священного Писания кому-то более способному, как, например, Сауту и Барроу, и теперь, сбитый с толку новыми прихожанами, допустил непростительный промах.

— Соблюдать тишину! — скомандовал Моуэт.
— Но он пропустил две страницы, — повторил Хогг.
— Бонден, — произнес Джек Обри, отведя матроса в сторону. — Проведите Хогга на бак и объясните ему, как следует вести себя на королевском флоте.

Бонден объяснил, но не вполне убедительно, поскольку на следующий день, когда Несбит, самый младший из гардемаринов, отдавая приказания марсовым, обозвал одного из них, Хогг внезапно повернулся и, схватив юнца одной рукой, другой отшлепал его по ягодицам, приговаривая, что стыдно так разговаривать с людьми, которые ему в отцы годятся. Любой трибунал был бы вынужден приговорить Хогга к смертной казни, поскольку тридцать второй статьей Дисциплинарного устава никакое другое наказание за такое немыслимое злодеяние не предусматривалось. Джек убедил Моуэта и Аллена потолковать с ним как следует и объяснить чудовищность его поступка. Но тем не менее все матросы были убеждены, что китобои не постесняются сказать мистеру Адамсу, что он нечист на руку, или попросить у капитана стаканчик его лучшего бренди, когда у них появится желание промочить горло. Матросы часто с самыми серьезными минами упрашивали их обратиться к Джеку

Обри. «Давай же, дружище, — говаривали они, — не робей. Шкипер любит простого матроса и всегда нальет ему стаканчик, если тот попросит вежливо». Это не значит, что они не любили своих новых товарищей, напротив — поскольку китобои были не только свои парни, но и опытные моряки. Но их наивность была постоянным соблазном, против которого матросам «Сюрприза» было трудно устоять.

За прошедшую неделю китобои стали реже поддаваться на подначки. И хотя их можно было заставить соскочить с коек возгласом «Кит на горизонте!», никто уже не ловился на нехитрую удочку и не спрашивал у помощника плотника, где тут расклепывают кнехты, а также не обращался к старшине-канониру, чтобы тот выдал им сажень линии огня. Добродушные парни мгновенно менялись, когда пусть даже на огромном расстоянии от них, да еще с наветренной стороны появлялся американский китобой, который нетрудно было узнать по двухъярусному «вороньему гнезду» на грот-мачте. Хогг и его друзья дружно бросались на корму, полные ненависти и желания отомстить. И если Хани, который был вахтенным офицером, отказывался немедленно привестись к ветру, они принимались требовать того же от Джека Обри, крича ему в световой люк, откуда их уводили морские пехотинцы.

Немного поразмыслив, капитан убеждался, что преследование американца сопряжено со слишком большой потерей времени. Вызвав мастера-гарпунера, он ему сказал:

— Хогг, мы были очень терпеливы по отношению к вам и к вашим друзьям, но если вы будете продолжать вести себя таким образом, мне придется вас наказать.

— Они сожгли наше судно, — пробормотал Хогг.

Джек сделал вид, что ничего не слышал, но, видя слезы гнева и обиды, произнес:

— Не расстраивайтесь, дружище. «Норфолк», пожалуй, не так уж далеко, и вы сможете воздать им по заслугам.

Даже если бы американский фрегат находился на Маркизах, то, измеряя расстояния категориями гигантских пространств Тихого океана, где тысяча миль была вполне естественной единицей, это было бы не так уж и далеко. Другой единицей меры могла стать поэма: Стивен в это время читал взятую у Моуэта «Илиаду», осиливая в день по одной песни, не больше, чтобы продлить удовольствие. Начав почти сразу после Галапагосов, доктор дошел до двенадцатой песни и, основываясь на нынешней скорости хода корабля, должен был закончить чтение еще до того, как они доберутся до Маркизских островов. Читал он в послеполуденное время. Поскольку дни проходили спокойно и без всяких передряг, эти неизбежные недели перехода на запад как бы высчитывались из некоей целой величины. Вечера же Стивен и Джек Обри заполняли музицированием, наверстывая пропущенное в южных широтах удовольствие.

Каждый вечер они играли, расположившись в просторной каюте с открытыми кормовыми окнами, в которые было видно, как исчезает в темноте кильватерная струя. Мало что доставляло им большую радость. Несмотря на различия в национальности, религии, внешности, взглядах, они становились единым целым, когда речь шла об импровизации, разработке вариаций на ту или иную тему, которую они обыгрывали и так, и этак, когда скрипка вела разговор с виолончелью. Хотя это был язык, в котором Джек был поискуснее, чем его друг, и где он проявлял больше остроумия, оригинальности и эрудиции, их объединяли музыкальные вкусы, довольно высокий для любителей исполнительский уровень и неизменная увлеченность.

Но вечером того дня, когда Стивен примирил Ахилла с Агамемноном, а за кормой фрегата осталось свыше двух тысяч миль, они совсем не играли. Это объяснялось отчасти тем, что корабль рассекал мириады фосфоресцирующих морских организмов с того самого момента, как темно-красное солнце, рассеченное пополам бушпритом, опустилось в затянутое дымкой море, но главным образом тем, что моряки, собравшиеся на полубаке, танцевали и пели, производя гораздо больше шума, чем обычно. Порядок поддерживался лишь формально, поскольку матросы, успевшие собраться на носу, веселились как всегда, когда плавание проходило без всяких осложнений. Кроме того, на нынешний день выпадал праздник китобоев.

— Я рад, что отменил занятия со своей молодежью, — заметил Джек Обри, посмотрев в открытое кормовое окно. — Не видно почти ни одной звезды. Юпитер превратился в пятно, которое, полагаю, минут через пять исчезнет.

— Пожалуй, это случилось в среду, — невпопад ответил Стивен, далеко высунувшийся из окна.

— Я сказал, что Юпитер через пять минут исчезнет, — произнес Джек Обри голосом, рассчитанным на то, чтобы заглушить веселье на полубаке.

Но он не учел присутствия китобоев, которые голосами, способными заглушить рев кашалотов, в эту минуту запели: *«Вперед, друзья, вперед, друзья, пора нам отплывать»*.

Довольно нетерпеливо Стивен произнес:

— Я сказал, что, возможно, это произошло в среду. — Затем добавил: — Вы не передадите мне сачок с длинной ручкой? Прошу вас в третий раз. Я вижу существо, которое мне не достать этой жалкой...

Джек Обри довольно быстро нашел сачок с длинной ручкой, но когда подошел к окну, то Стивена там не было. Слышался лишь сдавленный голос, доносившийся из воды: «Веревку, веревку».

— Хватайтесь за катер, — воскликнул Джек и прыгнул вниз. Выплыв на поверхность, он не стал окликать вахтенных, зная, что красный катер находится на буксире за кормой. В этом случае Стивен уцепился бы за катер сам или же с его помощью. Тогда они могли бы влезть в кормовое окно, не останавливая корабль и не выставляя доктора перед матросами шутом гороховым и самым безнадежным на свете увальнем, каковым он, в сущности, и являлся.

Но катера за кормой не оказалось: должно быть, кто-то подтащил его к борту. Не было видно и Стивена; но в этот момент капитан увидел пузыри и услышал бульканье, доносившееся из взбаламученной, фосфоресцирующей воды. Он нырнул снова, погружаясь все глубже до тех пор, пока не увидел своего друга на фоне светящейся поверхности моря. Каким-то образом доктор запутался в собственном сачке: голова его и локоть застряли в ячейках, а ручка оказалась на спине рубахи. Джек освободил его, но для этого понадобилось сломать толстую ручку сачка и разорвать рубаху, одновременно поддерживая Стивена таким образом, чтобы его голова находилась над водой. Когда Джек наконец набрал воздуха и завопил: «Эй, на „Сюрпризе"!» — крик его совпал с припевом: «Кит плывет, кит плывет, кит плывет», который подхватил весь экипаж. Капитан положил Стивена на спину, и в этом положении доктор держался, пока море было спокойно, но, как назло, в тот момент, когда Стивен сделал вдох, случайная волна попала ему в рот, и он снова стал тонуть. Пришлось снова нырять за ним. В могучем крике «Эй, на „Сюрпризе"!» появилась нотка отчаяния: хотя судно плыло не очень быстро, с каждой минутой оно удалялось на сотню метров, и его огни уже тускло светились в тумане.

Джек продолжал вопить голосом, способным разбудить даже мертвых, но после того, как судно превратилось в бледное пятно, он замолчал, и Стивен сказал:

— Мне чрезвычайно жаль, Джек, что из-за моей неловкости вы подверглись такой опасности.

— Господь с вами, — отозвался Джек Обри. — Все не так уж страшно. Через полчаса или около того Киллик должен зайти ко мне в каюту, и Моуэт тотчас повернет корабль на обратный курс.

— Вы полагаете, что они отыщут нас в таком тумане, в такую безлунную ночь?

— Возможно, это окажется затруднительным для них, хотя, удивительное дело, предмет, плавающий на поверхности воды, хорошо заметен, если ты его ищешь. В любом случае, я буду часто кричать громче сигнальной пушки, чтобы помочь и им, и нам. Но, признаюсь, особого вреда не будет, если нам придется дожидаться дня. Вода тепла, как парное молоко, волнения нет никакого, кроме зыби, и если вы вытянете руки, выставите живот и откинете голову назад, чтобы уши оказались в воде, то убедитесь, что можете, как пить дать, держаться на воде сколько угодно.

Крики, заменявшие выстрелы сигнальной пушки, продолжали звучать очень долго. Стивен свободно держался на воде; они двигались, подхваченные западным экваториальным течением, курсом вест-тень-норд. Джек размышлял об относительности движения, о трудности измерения скорости в сочетании с течением, когда судно плывет по течению, а вы не можете ни бросить якорь, ни произвести наблюдение за каким-то постоянным предметом на суше. Он задумался над тем, как станет действовать Моуэт, после того как будет объявлена тревога. Если координаты были сняты добросовестно, а измерения скорости лагом произведены точно и записаны, тогда старшему офицеру не составит труда вернуться назад, идя круто к ветру или даже в один румб против него при условии, что ветер по-прежнему будет дуть от зюйд-ост-тень-зюйда и что его поправка на течение будет верной. Ведь ошибка в один градус за час плавания со скоростью четыре с половиной узла составит... Увлеченный расчетами, он только сейчас заметил, что Стивен, лежавший как бревно, совсем пал духом.

— Стивен! — позвал он, подтолкнув его, поскольку тот настолько откинул голову назад, что ничего не слышал. — Стивен, перевернитесь, обхватите меня за шею, и мы немножко поплаваем. — Ощутив его ноги у себя на спине, он воскликнул: — Вы не скинули башмаки. Разве вы не знаете, что в воде надо сбросить башмаки? Ну что вы за человек, Стивен?

То потихоньку плывя, то лежа на поверхности теплого моря, поднимаясь и опускаясь на волнах длинной, регулярной зыби, они продолжали двигаться. Капитан и доктор почти не разговаривали, хотя Стивен заметил, что ему стало гораздо удобнее, поскольку время от времени он мог изменять положение. Даже лежание на воде стало для него обыденным делом.

— Мне кажется, что теперь я могу исполнять роль Тритона, — сказал он. В другой раз доктор произнес: — Я весьма признателен вам, Джек, за то, что вы меня поддерживаете.

Однажды Джеку Обри даже показалось, что он уснул. Один раз их подбросило волной: неподалеку от них всплыл огромный кит. Насколько они могли разглядеть в фосфоресцирующем свете, это был старый самец свыше восьмидесяти футов в длину. Полежав минут десять — они слышали шумные вздохи и видели белые фонтаны, взвивавшиеся вверх через определенные промежутки времени, — кит изогнул корпус, взмахнул хвостом и беззвучно скрылся в пучине.

Вскоре после этого туман начал рассеиваться; появились звезды — сначала тусклые, затем яркие, и, к своему облегчению, Джек убедился, что рассвет ближе, чем он предполагал. Теперь он уже не слишком рассчитывал на то, что их спасут. Это зависело от того, заглянул ли Киллик к нему в каюту, прежде чем лечь спать. Совершенно очевидно, что он этого не сделал, иначе Моуэт повернул бы назад задолго до конца ночной вахты. Он примчался бы на всех парусах, какие только можно поставить, и спустил бы все шлюпки, расположив их с обеих сторон корабля на расстоянии слышимости, чтобы прочесать наибольший участок поверхности моря и подобрать их. Но ночная вахта уже закончилась. Если Моуэт не узнает об их исчезновении до утра, то милый «Сюрприз» уйдет далеко на запад и не сможет вернуться назад раньше вечера. Вероятность ошибки в определении течения значительно увеличится. В любом случае старший офицер не подумает, что они смогут продержаться до утра, тем более до конца дня. Хотя сначала вода показалась им теплой, оба основательно продрогли. Ко всему, Джек страшно проголодался, и оба чрезвычайно боялись акул. Долгое время никто не произносил ни слова, они обменялись парой фраз, лишь когда меняли положение. Какое-то время Джек поддерживал Стивена за плечи.

Он признавал, что у них очень мало надежды на спасение, и все-таки с нетерпением ждал рассвета. Солнечное тепло может чудесным образом взбодрить их, и вполне возможно, появится какой-нибудь коралловый остров. Хотя в пределах трех или четырех сотен миль на картах не было ни одного, это еще ни о чем не говорило — ведь здешние воды не были исследованы. Хогг говорил об островах, известных лишь китобоям и лесорубам, охотникам за сандаловым деревом, которые хранили в тайне их координаты. Больше всего он надеялся найти кусок пла́вника: пальмовые стволы почти вечные, а за последние несколько дней он видел несколько деревьев, влекомых течением, вероятно, от побережья Гватемалы. Обнаружив одно такое дерево, они могли бы продержаться на нем день, а то и больше, гораздо больше. Он перебрал в уме различные способы использования пальмового ствола, придумал, как придать ему устойчивость с помощью противовеса наподобие туземной пироги. Мысли были почти бесполезные, но они были лучше бесплодных сожалений, терзавших его последние несколько часов — сожалений о том, что оставил Софи на расправу судейским крючкам, о том, что не привел в порядок денежные дела, о том, что приходится расставаться с жизнью и со всеми, кого любил.

Между тем земля вращалась, а вместе с ней и океан; вода, в которой они плыли, повернулась к солнцу. На западе еще угасала ночь, а на востоке, с наветренной стороны, были заметны признаки пробуждающегося дня. И там, на фоне светлеющего неба, совсем близко появились очертания судна. Это был довольно крупный катамаран с широкой платформой или палубой, соединяющей оба корпуса, на которой было установлено крытое тростником жилище. Судно несло два косых паруса — на фоки грот-мачте — с «пузом», похожим на полумесяц. Эти подробности Джек приметил лишь после того, как издал громкий рев, заставив очнуться Стивена, который стал впадать в бессознательное состояние.

— Туземное судно, — произнес Джек Обри, указывая на него пальцем, и снова закричал. Судно походило на то, которое капитан Кук назвал «пахи».

— Как вы полагаете, они примут нас? — спросил Стивен.

— Ну конечно, — отвечал Джек, увидевший, как от борта судна отошло узкое каноэ с противовесом. Поставив треугольный парус, оно устремилось к ним.

На руле сидела молодая женщина. Вторая оседлала шесты, соединявшие узкое каноэ с противовесом, балансируя с удивительной грацией. В руке она держала копье и была готова метнуть его, когда вторая девушка выпустила из рук шкот, почти остановив каноэ в трех ярдах от терпящих бедствие. Однако, увидев, что они собой представляют, туземка, все еще удивленно хмурясь, оставила это намерение. Вторая девушка засмеялась, сверкнув белыми зубами. Обе были поразительно красивы — смуглые, длинноногие, одетые в одни лишь короткие юбочки. Обычно Джек был неравнодушен к изящной фигуре, красивой груди, округлым формам, но теперь он был бы рад и встрече со старым бабуином, лишь бы тот взял их со Стивеном к себе на борт. Воздев руки, он издал умоляющий звук, похожий на кваканье. Стивен сделал то же самое. Девушки со смехом наполнили парус ветром и помчались туда же, откуда приплыли, искусно правя утлой лодчонкой и держась невероятно близко к ветру. Продолжая нестись вперед, они, улыбаясь, жестами пытались объяснить, что их скорлупка слишком хрупка для двух мужчин, — дескать, добирались бы они до судна вплавь.

Во всяком случае, так истолковал их жесты Джек. Из последних сил он со Стивеном добрался до катамарана, который, к счастью, плыл в их сторону. Уже знакомые им девушки помогли доктору и капитану подняться на покрытую циновкой палубу. Незваных гостей встретила целая толпа молодых женщин, с ними были женщины постарше. Джеку было не до выводов и наблюдений, но он нашел в себе силы обратиться к жизнерадостной рулевой, той, что помогла ему: «Благодарю, благодарю вас, мадам», и с благодарностью посмотреть на остальных. Между тем Стивен произнес: «Дамы, я обязан вам сверх всякой меры». Затем оба сели, опустив головы, еще не осознав своего счастья, не в силах унять дрожь: с них ручьями текла вода. Стоявшие вокруг женщины что-то долго обсуждали. К ним обращались две или три женщины постарше, они задавали какие-то вопросы, подчас чьи-то смуглые руки дергали их за волосы и за одежду, но спасенные почти не обращали на это внимания. Наконец Джек ощутил жар поднимавшегося все выше солнца. Он перестал дрожать, но голод и жажда охватили его с удвоенной силой. Повернувшись к женщинам, которые по-прежнему внимательно наблюдали за ними, он жестами попросил еды и питья. Между морячками произошел спор; женщины постарше, похоже, возражали, но несколько из тех, что помоложе, спустились в правый корпус и принесли зеленых кокосов, небольшую связку сушеной рыбы и две корзинки — одну с квашеными плодами хлебного дерева, вторую с сушеными бананами.

Как быстро вместе с едой, питьем и солнечным теплом возвращается радость жизни! Спасенные стали оглядываться вокруг, улыбаться и вновь благодарить женщин. Строгая широкоплечая девушка-копейщица и ее более веселая подруга, казалось, считали их в известной мере своей собственностью. Одна из них вскрыла кокосовые орехи с соком и передала их гостям, вторая стала потчевать сушеной рыбой. Впрочем, собственность особой ценности не представляла: девушка с копьем, которую вроде бы звали Тайо, посмотрела на торчавшие из засученных штанин белые, волосатые, распухшие от воды ноги Джека и издала звук, обозначавший явное отвращение, в то время как вторая, Ману, схватила прядь его длинных соломенных волос, которые были распущены и свешивались на спину; намотав их на пальцы, она вырвала несколько волос и тут же, покачав головой, выбросила их за борт, после чего тщательно вымыла руки.

Между тем картина резко изменилась, почти так, как это бывает на военном корабле, хотя они не видели сигнала, не слышали ни свистка, ни колокола. Часть команды принялась тщательнейшим образом мыться, сначала свешиваясь над водой, а затем ныряя и плавая с легкостью дельфинов. На свою наготу они не обращали никакого внимания. Другие взялись за циновки, покрывавшие платформу, встряхнули их с подветренной стороны, связали, как заправские моряки, и подняли на размякшие от солнечных лучей фордуны. Третья группа принесла в корзинках из левого корпуса поросят и домашнюю птицу — живность определили на нос, где она сидела тихо и спокойно, как это часто бывает с животными, путешествующими по воде.

Занятым делом женщинам некогда было глазеть на незваных гостей, и Стивен, настроение которого удивительным образом поднялось, перестал смущаться и принялся осматриваться. Сначала он начал изучать занимавшуюся срочной работой команду, которая состояла из двух десятков молодых женщин и девяти или десяти среднего возраста, наряду с неопределенным количеством особ, которых не было видно, но чьи голоса доносились из глубины хижины. Те, что помоложе, были жизнерадостные, бесхитростные создания, миловидные, полные любопытства, болтовни и смеха, но зачастую густо татуированные. Они были довольно дружелюбны, хотя считали Джека и Стивена физически непривлекательными, если не хуже того. Но большинство из тридцати или сорока остальных женщин были настроены более сдержанно, если не враждебно. Стивен предполагал, что они не одобряют спасение, тем более кормление чужаков. Женщины все время о чем-то говорили на каком-то ласкающем слух языке, который он счел полинезийским.

Исключение составляли четыре самые молодые — они старательно пережевывали коренья, из которых изготавливается кава, и сплевывали волокнистую массу в миску. Стивен знал, что после того, как вместе с ней взболтают кокосовое молоко и смесь постоит некоторое время, ее можно будет пить. Он успел прочитать несколько работ про эти острова, но, поскольку доктору и в голову не могло прийти, что ему придется побывать здесь во время этого плавания, он не изучил местного языка, запомнив из прочитанного лишь пару слов, одним из которых было «кава». Поэтому он сидел, ничего не понимая, и вскоре перенесся мыслями от этого плавучего монастыря к туземному судну. Оно было явно подготовлено к продолжительному плаванию — одному из тех долгих плаваний полинезийцев, о которых он слышал. Совершенно очевидно, что такой катамаран способен совершить его: он восхищался двумя гладкими корпусами, на которых покоились платформа и жилое строение. Наветренный корпус действовал как противовес при боковом ветре, поэтому судно отличалось большей поперечной остойчивостью и меньшим сопротивлением воде. Такое усовершенствование вполне возможно использовать в королевском флоте. Мысль о том, чтобы заставить флотское командование рассмотреть проект военного корабля с двумя корпусами после страшного скандала, который оно устроило из-за незначительных изменений в конструкции кормы, заставила Стивена улыбнуться.

Затем его взор коснулся высоких форштевней, вернее носовых украшений. И тут смутные воспоминания об изобретательном проходимце, состоявшем на службе у Кромвеля — сэре Уильяме Петти с его судном, имевшим двойное дно, — тотчас вылетели у доктора из головы, поскольку к правому форштевню была принайтовлена деревянная скульптура высотой около шести футов, в весьма натуральном виде изображавшая трех мужчин. На плечах у первого стоял второй, а у второго третий мужчина; все трое были соединены огромным пенисом, который рос из чресел первого и поднимался над вторым выше головы третьего, за него-то все трое и держались. Фаллос, раскрашенный в красный и пурпурный цвета, без сомнения, некогда был еще больше, но его так изрезали и изувечили, что стало невозможно определить, принадлежал ли он всем троим, хотя это казалось вполне вероятным. Все фигуры были кастрированы, и, судя по свежим следам и глубоким сколам на дереве, сделано это было каким-то грубым инструментом совсем недавно. «Боже мой!» — пробормотал доктор и обратил внимание на второй форштевень. К нему был прикреплен высокий кусок дерева с вырезанными на обструганных боках правильными квадратными зубцами. Украшение походило на тотем и было увенчано черепом. Череп этот не слишком удивил Стивена — он видел еще один, валявшийся среди черпаков, изготовленных из скорлупы кокосовых орехов. Он знал, что в южных морях на них не обращают особенного внимания, зато по-настоящему встревожился, увидев, а через мгновение поняв, что собой представляют похожие на маленькие сморщившиеся кошельки предметы, прибитые к столбу: так в Европе лесники украшают вход в свое жилище головой птицы или животного.

Он хотел было сообщить Джеку о своем открытии и сделанных им выводах и отговорить его от проявлений дурного настроения, рекомендуя послушание, кротость, почтительность, ни в коем случае не допуская даже самого невинного ухаживания. Джек Обри оставил его, когда вторая половина команды стала мыться, а первая на наветренной стороне платформы принялась приводить в порядок свои прически. Он пошел на корму к противоположному борту, обращая особое внимание на обработанные доски, соединенные заподлицо, со швами, промазанными, по его мнению, волокнами кокосовых орехов, смешанных с каким-то клейким составом, на такелаж и паруса из тонких циновок, по краям обшитых ликтросом, изготовленным из невероятно длинного и прочного ползучего растения. Обогнув жилую рубку, в которой одновременно разговаривали громкими сварливыми голосами несколько женщин, он приблизился к рулю. Это было большое весло, но, к его удивлению, его перемещали не из стороны в сторону, как перо руля, а погружали, чтобы спускаться по ветру, и поднимали, чтобы приводиться. У женщины-рулевого было умное, несколько мужеподобное лицо, черты которого с трудом различались из-за прямых и спиральных линий густо покрывавшей его татуировки. Тотчас поняв его, она продемонстрировала применение весла; показала, что судно можно вести под довольно острым углом к ветру, хотя следовало учитывать большой дрейф. Угол она показала с помощью растопыренных пальцев и, надув щеки, изобразила усиление ветра. Но как он ни пытался объясниться посредством жестов, она не могла понять другие вопросы Джека, имевшие отношение к ориентации по звездам и цели плавания.

Он пробовал сделать вопросы более понятными, когда из-за рубки появились три полные пожилые женщины, ни дать ни взять — помощницы боцмана. Сопя от возмущения, они погнали его на нос, причем одна из них дала ему пинка, которому могла бы позавидовать норовистая лошадь. Все трое и еще несколько других женщин, судя по их виду, были очень разозлены. Они с четверть часа бранили его, после чего Джеку дали ступку, в которой лежали сухие коренья, и тяжелый пестик, а Стивена заставили ухаживать за поросенком. Подобно большинству животных, находившихся на палубе, он был помещен в корзинку, но, в отличие от остальных, ему не сиделось на месте, потому что нездоровилось. За ним надо было убирать и присматривать.

Некоторое время «боцманская команда» просто стояла сзади, награждая мужчин щипками и оплеухами, если поросенок капризничал или корни высыпались из ступки, а то и безо всякой причины. Но вскоре другие обязанности заставили их уйти прочь, и Джек негромко сказал:

— Зря я пошел на корму. Наше место перед фок-мачтой, и мы не вправе покидать его, если нам не прикажут.

Стивен готов был согласиться, добавить некоторые рекомендации касательно их поведения, изложить свою гипотезу относительно природы этого сообщества и сделать несколько замечаний о широкой распространенности каннибализма в южных морях, но тут Джек Обри прервал его словами:

— А у вас не горит в глотке, Стивен? У меня горит. Думаю, это из-за сушеной рыбы. Но им вроде бы не по нраву моя внешность, а вы почти такой же смуглый, как и они.

— Значит, не зря я принимал солнечные ванны, — отвечал Стивен, самодовольно разглядывая свой обнаженный живот. Доктор, действительно, любил загорать нагишом на марсовой площадке, и его тело не имело того мертвенного оттенка, каким отличаются голые европейцы. — Я почти не сомневаюсь, что в их глазах вы похожи на прокаженного, во всяком случае на больного. А цвет ваших волос отвратителен. Хочу сказать, для тех, кто к нему не привык.

— Так оно и есть, — сказал Джек. — А теперь будьте настолько добры, позовите девушку, которая сидит возле кокосовых орехов.

Первая попытка Стивена, который робким жестом изобразил жажду, оказалась неудачной: девушка поджала губы и холодно отвернулась с выражением законного возмущения. Вторая оказалась более успешной. Проходившая мимо Ману принесла четыре кокосовых ореха и вскрыла их акульим зубом, вставленным в рукоятку.

После того как они наилучшим образом утолили жажду, Ману заговорила с ними довольно строго, несомненно сообщив им нечто важное. При этом она один раз сложила руки вместе, словно бы молясь, и выразительно посмотрела на корму. Они ничего не поняли, но с серьезным видом закивали и произнесли:

— Хорошо, мадам. Конечно. Мы весьма признательны вам.

Стивен хотел было поведать Джеку о своем предположении, которое он извлек не только из созерцания головных фигур, но и из многих второстепенных признаков, форм поведения, ласк, ссор и примирений, что они находятся среди женщин, которые не любят мужчин, восстали против их тирании и плывут на какой-то остров, возможно расположенный где-то далеко, чтобы создать женское сообщество. Доктор хотел сказать, что он боится, как бы их не кастрировали, а затем не пробили головы и не съели. Но, прежде чем он успел раскрыть рот, его поросенок раскапризничался, захрюкал и загадил палубу. В это же самое время женщины заметили, что Джек недостаточно усердно работает с пестиком, и «боцманская команда» принялась за дело. После того как палуба была вымыта, женщины заставили Стивена выстирать штаны: требования к чистоте у этих дикарок были на удивление высокие. Доктору пришлось несколько раз прополоскать и выжать их, пока надзирательницы не остались довольны его работой. После того как крики, шлепки и щипки прекратились, Джек произнес:

— А вот, кажется, и капитанша со своим конвоем.

Это была полногрудая, приземистая женщина с более темной, чем у остальных, кожей, длинным туловищем и короткими ногами. У нее было миловидное, курносое, но чрезвычайно злое и властное лицо. Ее сопровождали две высокие женщины — преданность своей повелительнице явно заменяла им умственные способности. Каждая из них несла ветку пальмы с ручкой из твердой древесины, на которой был клюв из обсидиана и глаза из перламутра. Очевидно, это был символ власти, поскольку обе воздевали свои жезлы с очень важным видом. У капитанши никаких отличительных знаков не было, она что-то непринужденно отщипывала от предмета, который держала в руке, но при ее появлении все соединили руки и наклонили головы.

— Может, и нам следует принять почтительно-покорную позу? — пробормотал Стивен.

Когда капитанша подошла поближе, то он увидел, что она гложет человеческую руку — не то копченую, не то засоленную. Она посмотрела на Джека и Стивена без всякого удовольствия или интереса, не ответив на их поклоны и слова приветствия: «Ваш покорный слуга, мадам» и «Весьма польщен и счастлив находиться на вашем судне, мадам». Оглядев их, она затеяла продолжительный разговор с Тайо и Ману, которые, несмотря на сомкнутые руки, отвечали, судя по тону, довольно независимо. Стивен предположил, что девушки принадлежат к привилегированному классу: они были выше, с более светлой кожей и иной татуировкой. А отношение капитанши к Ману было более учтивым, чем к остальным женщинам.

Капитанша со свитой направилась на корму по левому борту. Несколько позднее Джек, повернув ступку таким образом, чтобы наблюдать за ними, заметил:

— По-моему, они готовятся к религиозному обряду.

И действительно, в центре платформы появилось нечто похожее на алтарь, на него положили шесть перламутровых дисков и нож из обсидиана, перед которыми был помещен ряд еще каких-то инструментов. Джек и Стивен снова стали менее внимательны к своим обязанностям, и опять какая-то женщина с рвением полицейского капрала пробудила в них чувство долга. Затем она еще что-то долго внушала им, сопровождая свою речь жестами. Хотя они не поняли ни слова, судя по интонациям, сварливая баба пыталась объяснить им, что такое хорошо и что такое плохо. Стоявшие позади нее Тайо, Ману и с полдюжины их веселых подруг передразнивали ее жесты и мимику столь искусно, что Джек не удержался и фыркнул от смеха. Скверная баба в ярости схватилась за палку с клювом, точь-в-точь такую, какие были у свиты капитанши. Таким орудием можно было проломить череп одним ударом, но она лишь пригрозила нерадивым работникам. Тут все принялись кричать, тыча куда-то за борт, где совсем рядом на правом траверзе Ману заметила акулу.

Хищница была средних размеров — двенадцать или тринадцать футов длиной — и неизвестного Стивену вида. Да и некогда ему было раздумывать, поскольку Ману, схватив с алтаря нож, нырнула между двумя корпусами. Что произошло дальше, он не мог понять, но вскоре услышал, как в нескольких ярдах от правого борта яростно мечется акула, увидел девушек и свою надсмотрщицу, которые от души хохотали при виде Ману, с которой текла вода. Акула с распоротым брюхом по-прежнему пыталась разнести корму ударами хвоста.

Никто, кроме Джека и Стивена, не обратил на это событие внимания; подготовка к обряду шла своим чередом, словно ничего особенного не произошло, разве что две девушки помогли Ману привести волосы в порядок. Надсмотрщица, в полосатой хламиде с какими-то висюльками, едва успела подбросить Джеку корней в ступку, мимоходом хлестнув его куском веревки, как ударили барабаны.

Церемония началась с танца: два ряда женщин, обращенных лицом к капитанше, ритмически наступали и откатывались, размахивая оружием, в то время как она что-то говорила нараспев, и в паузах ее речитатива все кричали: «Ваху!» Оружием были копья, инструмент из твердого дерева для проламывания черепа, называвшийся пату-пату (это название Стивен вспомнил, как только увидел его), а также дубинки, усеянные человеческими или акульими зубами. Все женщины, даже совсем юные девушки, разжевывавшие каву, владели ими весьма умело.

Танец продолжался так долго, что барабанный бой стал затуманивать сознание.

— Стивен, — прошептал Джек, — мне нужно в гальюн.

— Ну и хорошо, — отозвался Стивен, успокаивая поросенка. — Я видел, как женщины делают это здесь. Они, как правило, мочатся за борт.

— Но мне нужно снимать штаны, — сказал Джек.

— Тогда лучше всего спуститься в воду между двумя корпусами, придерживаясь за платформу. Хотя они, похоже, невинны, как Ева до грехопадения, кто знает, как они могут отнестись к мужским срамным частям?

— Думаю, это из-за сушеной рыбы, — сказал Джек. — Но, может, я смогу потерпеть. По правде говоря, эта злобная сучка, — продолжал он, понизив голос и кивнув в сторону «капитанши», — пугает меня. Не знаю, что у нее на уме.

— Валяй, Джек, валяй, пока есть такая возможность. Потом может быть хуже. Делай свое дело. По-моему, церемония подходит к концу.

Никогда еще Стивен не давал лучшего совета. Ритуал еще не окончился, когда через какие-то пять минут Джек снова сидел со своим пестиком и блаженным выражением на лице. Тут «злобная сучка» начала пространную речь, во время которой она то и дело, все более горячась, показывала на мужчин.

Речь закончилась, но она оказалась лишь прелюдией к главной части обряда. Огонь, замеченный Джеком на корме — раскаленные угли в чаше, которая плавала в другом сосуде, — принесли и поставили перед «алтарем». Вскоре потянуло горелым мясом и раздались ритуальные возгласы; однако, оглянувшись украдкой, Стивен заметил, что «капитанша» и ее свита в действительности пьют каву, приготовленную утром. Мясо на этом этапе их не привлекало.

— От кого-то я слыхал, что кава вовсе не опьяняет, — заметил Стивен, — что она не содержит алкоголя. Хотелось бы, чтоб так оно и было.

Однако напиток явно возбудил «капитаншу» и рослых женщин старшего возраста. Неуклюже пританцовывая, они потянулись цепочкой за своей предводительницей, которая держала в руке обсидиановый нож. Картина была бы уморительной, если бы человеческие челюсти, которые украшали их шеи, не были в большинстве совсем свежими, и пьяные или нет, но со своим оружием они обращались весьма умело.

Настроение «капитанши» и прежде было весьма недоброжелательным, теперь же оно стало просто свирепым. Она стояла перед мужчинами, согнув колени, и, набычившись, изрыгала слова, полные не то что неприязни, а настоящей ненависти. Однако не все были за нее; сторону «капитанши» явно приняли лишь те женщины, что постарше: они хором повторяли ее последние слова, когда она делала паузу, чтобы набрать в легкие воздуха. Но несколько женщин помоложе ее не поддерживали. Они казались озадаченными, недовольными; и Ману, и девушка-копейщица явно выступали за спасенных, они не только возражали во время пауз, но и осмеливались даже прерывать речь «капитанши», в результате чего подчас одновременно говорили все трое. Чаще всего «капитаншу» прерывала Ману, и Стивен все больше убеждался, что между ними обеими были какие-то особые отношения, которые придавали действиям девушки уверенность. Она то и дело указывала на белое неподвижное облако, видное по правой скуле, но всякий раз «капитанша» возражала, негодующе взмахивая обсидиановым ножом. Однако, несмотря на свирепость «капитанши», которая становилась все более яростной, Стивен понял, что роковое для них решение ускользает из ее рук. Он стал опасаться, что «капитанша» решится на какой-то чрезвычайный поступок, чтобы восстановить свою власть. И действительно, она отдала какие-то распоряжения, и самые рослые из женщин придвинулись к ним ближе; одни держали веревки, другие — дубинки. Но Ману снова оборвала «капитаншу», и, прежде чем та успела ответить, Стивен шагнул вперед и, указывая на чресла Джека Обри, произнес:

— Ба, ба, ба. Табу! — Это было третье слово на полинезийском языке, которое он знал.

Оно произвело немедленный эффект. «Табу?» — переспрашивали женщины. «Табу!» — повторяли другие. В их голосах звучали утверждение, удивление и озабоченность, но только не недоверие. Обстановка тотчас разрядилась: женщины, державшие дубинки, ушли прочь, и Стивен вновь сел к своему поросенку, который начал повизгивать. Доктор почти не обращал внимания на продолжение спора, который шел уже в более спокойных тонах, хотя отметил в общем хоре интонации обвинений, оправданий и упреков.

Джек и Стивен сочли разумным вести себя сдержанно и не разговаривать, хотя Джек прошептал:

— Они изменили курс. — И Стивен заметил, что судно направляется в сторону белого облака.

Вскоре спор стих. «Капитанша» и ее помощницы удалились в жилую рубку. У Стивена забрали его поросенка, а у Джека — ступку. Их посадили в правый корпус, где были сложены кокосовые орехи, пригодные для питья; там, где-то во второй половине дня, каждому из них выдали корзиночки с сырой рыбой, кашицей из хлебного дерева и корешками таро. Но ни жизнерадостности, ни веселья, ни любопытства не было. Еще недавно такую оживленную команду пахи охватили тоска и уныние; несмотря на заметную перемену в их положении, такая смена настроения повлияла даже на Стивена и Джека, наблюдавших с палубы за тем, как к ним приближаются облака и расположенный под ними островок. Когда Ману подплыла к ним на легком каноэ, чтобы отвезти их на берег, они заметили, что она перед этим плакала.

Островок, заброшенный среди бескрайнего океана, оказался очаровательным, но крохотным — не более десяти акров площадью. В центре рощица пальмовых деревьев, вдоль берега полоса ослепительно белого песка. Не далее чем в двухстах метрах от острова — широкий коралловый риф, окружающий его. Очевидно, Ману хорошо изучила остров: она провела каноэ через такой узкий проход в рифе, что расположенный с краю противовес задел водоросли. В нескольких ярдах от берега девушка развернула каноэ и отдала Джеку два перламутровых крючка с куском тонкой лески. Затем поставила парус круто к ветру; Джек оттолкнул каноэ, и оно помчалось к проходу, подхваченное сильным ветром, дувшим с траверза. Похожая на незабываемое видение, девушка стояла, выпрямившись во весь рост. Оставшиеся махали ей вслед до тех пор, пока каноэ не скрылось вдалеке, но Ману не оглянулась ни разу.

Глава восьмая

Ночью волнение усилилось, в результате чего к рассвету риф, окружавший островок, показался еще белее из-за вздымавшихся ввысь волн, разбивавшихся о него, в особенности с наветренной стороны. В воздухе стоял мощный размеренный гул валов. Джек услышал его, прежде чем открыть глаза, и понял, что усилился и ветер, повернувший против часовой стрелки на целый румб, в чем, выйдя из укрытия под пальмами, в котором, свернувшись калачиком, продолжал спать доктор, он убедился, после чего сел на белый песок, зевая и потягиваясь.

Ему открылась картина неописуемой красоты: солнце поднялось еще недостаточно высоко, чтобы заставить коралловый песок сверкать, зато оно высветило сочную зелень лагуны, белизну бурунов, синеву океана и целую палитру красок неба, от всех оттенков фиолетового цвета далеко на западе до переливов алого на востоке. Эта красота вместе со свежестью дня приводила в восторг ту часть его ума, которая не была занята попыткой определить вчерашний курс пахи и их нынешнее положение относительно «Сюрприза».

Попытки были, увы, безуспешны: голова капитана была слишком забита, чтобы заниматься сложными вычислениями. Вечером он просто убедил Стивена, что все хорошо и даже великолепно, после чего уснул, перебирая в памяти ряды цифр.

Накануне произошло столько всего, что Джек не обратил достаточного внимания на скорость хода и направление пахи, но он хорошо запомнил, что ветер тогда дул два-три румба позади траверза, кроме последнего галса. Что касается скорости, то все это время она едва ли превышала четыре узла. «Удивительно толково придуманное судно, — размышлял он. — Хотя не слишком прочное и на полных курсах идущее лучше, чем на острых. Не удивлюсь, если ночью, когда волнение усилилось, оно легло в дрейф, а теперь штормует под убранными парусами, в течение нескольких часов находясь под ветром».

Выходит, каждый час оно проходит четыре мили, а если учесть дрейф и галс в северном направлении, то его курс вест-норд-вест плюс-минус полрумба. Джек начертил на песке две линии, одна из которых изображала путь, пройденный туземным судном от той точки, где их приняли на борт, чтобы доставить на этот остров, а вторая — продвижение «Сюрприза» в западном направлении и его возвращение курсом бейдевинд. В настоящее время он должен снова двигаться на запад после того, как в темное время суток пролежал в дрейфе в какой-то точке на востоке, где они оба пропали, и может сейчас находиться где-то поблизости от нужного меридиана. Джек опустил перпендикуляр от острова на эту вторую линию, и у него на лице появилось мрачное выражение; проверил свои расчеты, и лицо его еще больше помрачнело. Даже если фрегат выдвинет шлюпки на значительное расстояние по бортам, вряд ли возможно заметить этот низменный, удаленный к северу остров, клочок суши, затерянный в безбрежном океане и не нанесенный ни на одну карту.

— Вряд ли это возможно, — произнес он, но тут, охваченный надеждой, вспомнил, что во время обрядовых плясок туземное судно сбилось со взятого им курса. Таким образом, перпендикуляр стал короче — правда, не намного — мили на полторы-две: их следовало умножить на каждый час танцев и разглагольствований, но этого было достаточно, чтобы ослабить тиски, сжимавшие ему сердце.

Вопрос заключался в том, сколько времени Моуэт будет продолжать поиски, спустив на воду все шлюпки и двигаясь медленно, возможно, зигзагом, стараясь прочесать как можно большую поверхность океана. Все знали, что Джек великолепный пловец, но ведь никто не может оставаться на воде неопределенно долго.

Учитывая задачу, поставленную перед фрегатом — преследование «Норфолка», — как долго может Моуэт продолжать поиски в пустынном, на первый взгляд, море? А может, он уже прекратил их? Правда, от Хогга он знал об островах, не отмеченных на картах, и все же...

— Доброе утро, Джек, — произнес Стивен. — Что за славный денек, правда? Надеюсь, вы так же хорошо выспались, как и я. Весьма освежающее погружение во тьму. Еще не заметили корабль?

— Пока нет. Скажите, Стивен, сколько, по-вашему, продолжались вчерашние пляски? Их, как бы вы выразились, обряд поклонения высшим силам?

— Совсем недолго, я в этом уверен.

— Но ведь то, что у нас принято называть проповедью, продолжалось несколько часов.

— Она показалась такой длинной из-за скуки и ужаса, которые наводила.

— Чепуха, — произнес Джек Обри.

— Послушайте, дружище, — заметил Стивен, — у вас такой свирепый вид — вы испортили свой рисунок на песке. Злитесь из-за того, что нет корабля? Я уверен, вы скоро увидите его. Объяснения, которые я от вас услышал вчера вечером, окончательно убедили меня. Более разумно, более связно нельзя было изложить. — Почесав голову, он спросил: — Вижу, вы еще не купались. Может, окунетесь, и это поднимет вам настроение.

— Может, и поднимет, — улыбнулся Обри. — Только я накупался на много лет вперед. До сих пор чувствую себя промокшим, как цуцик.

— В таком случае, — заключил доктор, — вы не сочтете неуместным мое предложение слазать на пальму за кокосами на завтрак? Я пытался проделать это несколько раз, но никогда не поднимался выше чем на шесть или семь футов. Затем падал, больно обдирая руки. В некоторых аспектах ремесла морехода я сущий профан, не то что вы — настоящий моряк.

Капитан действительно был настоящим моряком, но на кокосовые пальмы не залезал с тех пор, как был худощавым, стройным гардемарином, служившим в Вест-Индии. Он был по-прежнему подвижен, но весил свыше ста килограммов, поэтому с сомнением посмотрел на высоченные деревья. Толщина самого мощного ствола не превышала восемнадцати дюймов, а высота достигала сотни футов. Ни одно из них не стояло прямо даже в мертвый штиль, ну а сейчас, когда дул свежий ветер, они качались и гнулись вовсю. Но не их подвижность заставила Джека призадуматься (жестокая болтанка была для него делом привычным), а мысль о том, что подобный рычаг, не поддерживаемый вантами, штагами и фордунами, на конце которого находится такая тяжесть, создаст невероятную нагрузку на нижнюю часть ствола, неглубоко вросшего в коралловый, чуть прикрытый зеленью песок.

Джек Обри походил по роще, выбирая пальму потолще.

— Наконец-то, — произнес он, взглянув вверх на зеленую крону. — Во всяком случае, такая шапка зелени смягчит падение дерева, если оно все же произойдет.

Во время продолжительного и трудного подъема ему не раз казалось, что пальма, наклонявшаяся под самыми сильными порывами ветра до 45 градусов, под его тяжестью рухнет. Однако всякий раз дерево возвращалось в исходное положение, так что приходилось лишь крепче цепляться. В конце концов он добрался до зеленых ветвей, где смог задержаться и прийти в себя, вместе с ветвями описывая привычную для моряка траекторию, которая все же была чересчур бодрящей даже для человека, испытывавшего крайнюю степень возбуждения, голода и жажды. И когда ствол вернулся в прежнее положение раз в десятый, далеко в подветренном направлении Джек увидел туземное судно, лежавшее в дрейфе.

— Стивен! — крикнул он.

— Слушаю!

— Вижу пахи милях в двенадцати с наветренной стороны от нас. Судно лежит в дрейфе.

— Неужели? Послушайте, Джек, вы там потихоньку едите орех и пьете сок, а я тут погибаю от голода и жажды. Как вам не стыдно?

Пальма согнулась под порывом ветра, затем стала медленно выпрямляться, и тут капитан что есть силы закричал:

— Вон он! Вон он! — И действительно, на горизонте, за туземным катамараном, но гораздо южнее, он увидел марсели и нижние реи «Сюрприза». Фрегат шел правым галсом, направляясь в сторону катамарана. Ветер дул почти с траверза. Раскачиваясь на пальме, Джек рассказал об этом довольно подробно.

— И что же вы намерены предпринять? — кричал Стивен, стараясь перекрыть шум прибоя, свист ветра и стук ветвей.

— Ничего, — таким же громким голосом отвечал ему капитан. — Корабль находится в семи-восьми милях отсюда. Пока не построю сигнальную вышку, ничего нельзя будет сделать.

— Тогда я попрошу вас перестать раскачиваться с такой силой. Умоляю, сбросьте несколько орехов и давайте наконец-то позавтракаем.

— Тогда отойдите в сторону, — приказал ему Джек, стряхивая на землю целый ливень орехов, способных убить человека. Через несколько минут, спустившись на землю, он произнес: — А где крики «ура», где веселье?

— А с чего это кричать «ура» или веселиться?

— Оттого, что появился наш фрегат.

— Но вы же говорили, что он должен прибыть. Почему вы не сбросили зеленых орехов? Эти волосатые плоды тверды, как пушечные ядра. Неужели вы не умеете отличить хорошее от плохого, помилуй вас Господь и святая Богородица? Но я вскрою один из них, чтобы напиться, вы не возражаете?

— Пожалуйста. Я совсем обессилел после этих упражнений. Стивен, а нож у вас есть?

— Нет. Только карманный ланцет. Я захватил его с собой, чтобы перерезать узел на шнурке. Тех самых башмаков, которые вы заставили меня сбросить. Я вспомнил о нем только вчера вечером, когда он воткнулся мне в бок, когда я лег спать. Если бы я вспомнил о нем вовремя, то мы бы изготовили какую-нибудь памятку той милой широкоплечей девушке в знак признательности за ее доброту. Я вспоминаю о ней с большой теплотой.

Джек Обри был всем существом согласен с другом, добавив при этом:

— Но старые кокосы он открывает великолепно и, думаю, очень пригодится мне для того, чтобы сверлить отверстия, когда стану сооружать сигнальную вышку.

Работа над ее сооружением заняла целое утро и даже больше. Вышка представляла собой треногу, изготовленную из пальмовых веток, связанных между собой волокнами, сплетенными из листьев и пропущенными в отверстия, проделанные ланцетом. Вышка, увенчанная капитанской рубахой, была привязана к самой высокой пальме и удалась на славу. Она заметно выделялась своей угловатой формой на фоне округлых пальмовых вершин. Но к тому времени, когда сооружение было готово и он в последний раз спустился с пальмы, куда поднимался бессчетное количество раз, настроение у него упало. Он не был более убежден в пользе треноги и рубахи. С самого утра погода начала портиться: ветер, дувший с востока, усиливался и все больше стал заходить. Джек жадно наблюдал за перемещением фрегата и катамарана. К своему удивлению, он увидел, как экипаж пахи убрал рубку и натянул между мачтами циновку. С этим парусом судно помчалось с невероятной скоростью. «Сюрприз» спустился по ветру, чтобы перехватить его. Оба судна мчались на всех парусах пересекающимися курсами к подветренной стороне острова. На таком расстоянии время от времени из-за затянутого облаками неба Джек Обри видел поднимаемые на фрегате паруса. Между тем катамаран почти исчез. Капитан не мог понять, провел ли «Сюрприз» переговоры с «капитаншей» катамарана. Он видел, что ветер и волнение усилились, и знал, что даже если по счастливой случайности на его фрегате получили какие-то сведения от туземного судна, то они были отрывочными, неточными и совершенно ненадежными. При таком ветре, встречном волнении и течении корабль с прямым парусным вооружением мог добираться до острова хоть неделю и нисколько не продвинуться в восточном направлении. Это была бы лишь напрасная трата времени, которую нельзя оправдать неточными указаниями неразговорчивых и враждебно настроенных женщин, даже если предположить, что они что-то сообщат. Долг призовет Моуэта взять курс на Маркизские острова.

— Не надо отчаиваться, дружище, — произнес Стивен. — Располагайтесь поудобнее на земле, послушайте величественный гул моря.

— Да я уж слушаю, — отозвался Джек. — Наверняка где-то разыгрался нешуточный шторм, который разогнал такую зыбь. Вот что я вам скажу, Стивен. Думаю, непогода разыграется и в наших краях. Даже если этого и не произойдет, мы должны настроиться на то, чтобы продержаться на острове довольно долго. Для развлечения займемся рыбной ловлей и будем собирать моллюсков, если сумеем добраться до рифа.

Стивен принялся возражать: дескать, фрегат совсем рядом. Джек заявил, что тот слишком далеко ушел в подветренную сторону. Доктор стал объяснять, что в этом случае «Сюрпризу» нужно постараться попасть на наветренную сторону. Джеку Обри пришлось снова объяснять Стивену величину дрейфа, на которую снесет даже судно, обладающее самыми великолепными мореходными качествами; оно должно брать рифы или убирать паруса. Но тут он понял, что все его объяснения напрасны. Такое невежество невозможно преодолеть. Хотя ему, несомненно, удастся озадачить и расстроить Стивена, что не слишком-то поможет им обоим. Поэтому он спокойно выслушал заверения друга в том, что «Моуэт наверняка найдет способ преодолеть эти трудности; слова „невозможно" для военных моряков не существует, ничто не погасит их рвения. А если будет небольшая задержка, то он за это время успеет изучить флору и фауну острова. Совсем крохотная задержка, ведь и остров-то крохотный».

— Однако, — добавил Стивен после этих утешительных слов, — я размышлял о кораллах и был потрясен, ошарашен мыслью об этих неисчислимых мириадах крохотных живых существ, старательно, поколение за поколением, извлекающих кальций из морской воды в таких огромных количествах, что они смогли образовать этот остров, этот риф, не говоря о бесчисленном множестве других островов. На чем покоятся все эти острова? На скелетах других кораллов и полипов, на их известковых оболочках, количество которых не поддается воображению. Заверяю вас, Джек, что все здесь, кроме ничтожно малого количества случайно появившихся деревьев, —

он махнул в сторону пальм, — это кораллы, живые или мертвые, коралловый песок или коралловые отложения. Подстилающих пород тут не существует. Каким образом в этом глубоком бурном океане возникли коралловые образования? Сила волн очень велика, а эти крохотные существа очень хрупки. Как же возникли эти острова? Этого я сказать не могу, я даже не в состоянии выработать предпосылки для гипотезы.

— Вы говорите, тут нет никаких подстилающих пород?

— Совершенно никаких, дружище. Кораллы, одни кораллы и ничего, кроме кораллов. — Доктор умолк, покачав головой, и глубоко задумался.

Тем временем Джек Обри стал разглядывать лежащий по ту сторону зеленой лагуны риф, над которым взвивались белые шапки пены, думая о том, что пора раздобыть наживку и затем вооружиться привязанной к пальмовой ветке леской, которую им дала Ману. Он даже принялся размышлять о том, как добыть огон, но тут Стивен произнес:

— Учитывая все эти обстоятельства, я все больше убеждаюсь, что крупный округлый предмет размером со средней величины черепаху, но более рыхлый, находящийся на отмели справа от вас, не может быть валуном. Отнюдь. Я наполовину убежден, что это огромная глыба серой амбры, выброшенной морем на берег.

— А вы его не исследовали?

— Нет. По ассоциации с редкостью, дорогой ценой и другими моментами я тотчас вспомнил ту злополучную бронзовую шкатулку, которую нас угораздило найти, — шкатулку с пакетбота «Даная», которая сейчас находится на «Сюрпризе». И я убежден, что ее содержимое с тропической жадностью уничтожают крысы, тараканы, книжные черви или разного рода плесневые грибки, пожирая миллионное состояние. При этой мысли у меня подкосились ноги, с тех пор я тут и сижу.

«Тысяча шансов к одному, что нам никогда не понадобится бронзовая шкатулка. А серая амбра сгодится разве только на еду, — подумал Джек. — Если же погода будет ухудшаться и дальше — а начинает по-настоящему штормить, — то „Сюрприз" снесет под ветер на еще большее расстояние и тогда эти шансы увеличатся до десяти тысяч к одному, а то и больше, гораздо больше». Но, помогая Стивену встать, он проговорил вслух:

— Пойдемте взглянем. Если это серая амбра, то мы с вами богачи. Стоит только сходить к ближайшему меняле и получить ее вес золотом, ха-ха-ха!

Оказалось, что это вовсе не серая амбра, а глыба кристаллического известняка — крапчатого, с прозрачными вкраплениями, — что немало удивило Мэтьюрина.

— Как же такое могло произойти? — произнес он, смотря вдаль. — Ни о глетчерах, ни об айсбергах не может быть и речи... Как могла такая глыба попасть сюда? Неужели на судне? Я понял! — воскликнул доктор. — Она застряла в корнях большого дерева, вырванного из земли наводнением или смерчем, которое, пройдя бог знает какое количество тысяч миль, было выброшено на берег и сгнило здесь, оставив в целости свою неразлагающуюся ношу. Помогите же мне, Джек, перевернуть этот камень. Смотрите! — воскликнул он с сияющим лицом. — В этих углублениях до сих пор сохранились частицы корней, о которых я говорил. Какое открытие!

— Что вы имели в виду, когда упомянули о судне?

— Я имел в виду нашу шлюпку, разумеется. Баркас, который прибыл сюда, чтобы спасти нас, как это, судя по вашим словам, должно было произойти. О господи, Джек! — воскликнул он, подняв взор с совершенно иным выражением. — Как я смогу посмотреть им в глаза?

Доктор по-прежнему сидел возле камня, когда спущенный с фрегата баркас, руководствуясь указаниями капитана, сидевшего на пальме, проскочив опасный проход в рифовой гряде, пересек лагуну и врезался носом в берег.

— О сэр! — воскликнул Хани, спрыгнув с носа шлюпки и едва не задушив капитана в объятиях. — Как я рад видеть вас! Мы заметили сигнал часа два назад, но не посмели надеяться, что это вы. Как вы, сэр? А как доктор? — добавил он, озабоченно покачав головой.

— Спасибо, Хани, с ним все в полнейшем порядке, со мной тоже, — отвечал Джек Обри, пожимая руку молодому офицеру. Затем громким голосом, обращаясь к гребцам баркаса, которые сидели на банках, приветственно кивая головами и улыбаясь, в нарушение всех флотских уставов воскликнул:

— Здравствуйте, друзья. От всей души приветствуем вас. Долго пришлось грести?

— Часов восемь, сэр, — отвечал Бонден, засмеявшись, словно произнес самую остроумную шутку.

— Тогда вытащите баркас на пару футов и вылезайте на берег. Как только начнется прилив, нам, пожалуй, придется налечь на весла, но пока у вас есть время, чтобы промочить горло кокосовым соком. Мистер Кэлами, вы найдете доктора у камня на противоположной стороне острова, у среза воды. В шлюпке есть какое-нибудь питье и еда?

— На тот случай, если вы окажетесь живы, Киллик приготовил вам молочный коктейль и соленую тюленину, — отвечал Бонден. — А у нас имеются пайки.

— Тогда сообщите ему, что у вас есть коктейль и тюленина. Передайте, что мы намерены перекусить, пусть присоединяется к нам. Но, во всяком случае, пусть он готовится к тому, чтобы оставить остров как можно скорее. Боюсь, что может начаться шторм. Ну же, мистер Хани, расскажите, пожалуйста, как все происходило.

Выяснилось, что их хватились незадолго перед рассветом. Один матрос из кормовой команды увидел, что окна капитанской каюты открыты настежь. После того как Моуэту доложили об этом, тот вскричал: «Это доктор!» — и повернул корабль обратно. Все офицеры принялись вычислять курс, каким следовало идти, чтобы добраться до той точки, где капитана и доктора видели на борту. Этим курсом они шли в течение нескольких часов, четыре раза увидев плáвник, пока не добрались до рассчитанного места, которое определили с помощью отлично проведенной обсервации. Душа у всех ушла в пятки, а глаза почти ничего не видели оттого, что столько времени напрасно всматривались в даль. Затем легли в дрейф, постаравшись хоть немного подняться к ветру, чтобы противодействовать течению. Все офицеры находились на палубе или на марсовых площадках, и атмосфера на корабле походила на ту, какая царит на барже гробовщика с экипажем из немых. Перед рассветом, как и накануне, спустили шлюпки и с первыми лучами начали прочесывать поверхность океана, двигаясь на запад. Почти тотчас же обрадовались находке двух стволов деревьев — ободранных, но не пропитанных влагой, у которых была совсем небольшая осадка, что вселило в них новую надежду.

— Вскоре после этого, — рассказывал Хани, — шлюпка, находившаяся севернее остальных, один из катеров...

— Синий катер. Произошло это во время утренней вахты, когда пробило семь склянок. Прошу прощения, сэр, — произнес Бонден.

— ...просигналил, что видит какой-то предмет. Но оказалось, что это бочонок из-под солонины с клеймом американского военного флота, выброшенный совсем недавно.

— Говорите, бочонок из-под солонины? — чрезвычайно довольный, повторил Джек. — Продолжайте, мистер Хани.

После смены вахты Хогг, мастер-гарпунер с китобойного судна, явился на ют и сообщил, что к северу имеется остров. Когда его спросили, откуда ему это известно, он указал на белое облако и зеленое отражение на небе. Его поддержали другие южные китобои, которые объяснили, что островитяне всегда руководствуются такими ориентирами. В ответ на вопрос, далеко ли до него, он сказал, что миль двадцать, если это маленький остров, и гораздо больше, если крупный. Множество островов не нанесено на карты.

Если пропавшие нашли кусок пла́вника, то не могли ли они добраться до такого острова? Каково истинное направление течения? Неужели оно могло унести их так далеко на север? Таковы были вопросы, терзавшие командование фрегата. Будет ли верным решение перестать следовать известным курсом? Пришли к выводу, что расстояние до острова слишком велико, чтобы оправдать перемену курса при условии, что остров действительно существует. Но синему катеру было приказано в течение часа следовать курсом норд-норд-ост под всеми парусами, в то время как фрегат и другие шлюпки будут по-прежнему прочесывать горизонт. При этом исходили из предположения, что если остров существует, то он должен вызвать приток воды, привлекая к себе с большой площади пла́вник. Время шло медленно, но в конце концов заметили, что катер мчится назад. Сигнальные флаги, которые он поднял, было трудно прочитать, поскольку «Сюрприз» переместился к западу и мог видеть их лишь в продольном направлении, кроме того, небо затянуло тучами, и освещение ухудшилось. Лишь когда шлюпка оказалась на расстоянии слышимости, офицеры корабля поняли, что она видела не только низменный остров, но и находившееся далеко к вест-норд-весту от него двухмачтовое судно. К этому времени ветер стал крепчать и менять направление против часовой стрелки, начав дуть с оста или даже ост-тень-норда, волнение усилилось, явно начинался шторм. Хогг и другие китобои заявили, что такая зыбь — верный знак надвигающейся жестокой бури. Они решили, что у них остается единственный шанс, поэтому подняли семафор, чтобы шлюпки вернулись, и изменили курс; при этом на душе у всех кошки скребли . На «Сюрпризе» подняли все паруса, и вскоре впередсмотрящий, находившийся на мачте, заметил парусник.

— Это был я, сэр! — воскликнул Кэлами. — С помощью подзорной трубы старого Бойла, ха-ха-ха!

Хогг поднялся на марс и заявил, что это туземное судно — катамаран, напоминающий пахи с острова Туамоту, хотя немного отличающийся от него. Продолжая рассуждать, он заметил и остров, находившийся поодаль и восточнее судна.

Моуэт тотчас отрядил и снарядил баркас, приказав Хани на всех парусах идти к острову; сам же он намеревался выяснить, не подобрал ли катамаран пропавших и не сможет ли его экипаж сообщить им что-нибудь важное (ведь Хогг понимал язык туземцев), а затем лечь в дрейф, ожидая возвращения баркаса. Они договорились о рандеву на Маркизах в том случае, если разыграется нешуточный шторм.

Баркас, имевший парусное вооружение шхуны, был хорошим ходоком, но с самого начала было понятно, что о лавировании не может быть и речи, гребцам пришлось налечь на весла, но при таком волнении шлюпка стала не видна с острова. Через несколько часов матросы выбились из сил, поскольку им пришлось грести против волн. Но затем, встав на банку, Хани увидел рубаху Джека, развевавшуюся на пальме. Тогда-то гребцы и проявили свою силу, словно древнегреческие атлеты — в особенности Дэвис и Падин Колман, вестовой Стивена, которые так навалились на весла, что сломали их.

— Напомните мне, чтобы я высчитал стоимость весел из их жалованья, мистер Хани, — произнес капитан. После того как смех стих (пожалуй, это была его самая остроумная шутка с тех пор, как они покинули Гибралтар), он добавил: — Во всяком случае, те, кто натер себе руки, смогут передохнуть после того, как мы выберемся из лагуны. Я видел фрегат с подветренной стороны острова; с таким ветром мы догоним его до захода солнца и без вёсел. Бонден, сбегайте за доктором. — Дело в том, что тот передал через Кэлами, что не голоден, что ему нужно произвести несколько последних наблюдений и что он скоро придёт. — Скажите, что мы отплываем, и помогите ему сесть на кормовую банку, пока ставят в степсы мачты. — Повысив голос, Джек добавил: — Это было бы очень кстати, поскольку никто не передаёт доктору никаких добрых пожеланий и не спрашивает о здоровье. А ему между тем очень нездоровится, поскольку он столько времени провёл в море и, кроме солёной воды, ничего не пил.

Джек Обри мог бы и не говорить этого, во всяком случае морякам. С их деликатностью они никогда бы не упомянули о беде, которая стряслась со Стивеном, и тем более не дали бы ему понять, сколько беспокойства он всем причинил. Когда же доктор, неуклюже ковыляя, появился на отмели, его встретили с холодным равнодушием, которое стало не столь заметно после того, как эскулапа посадили в шлюпку, закрыли его колени брезентовым фартуком и накинули на плечи старую синюю куртку.

Во время плавания на запад с попутным волнением и попутным же сильным ветром настроение у Стивена немного поднялось, в особенности после того, как капитан рассказал об их пребывании на борту катамарана. Более внимательной и благодарной аудитории он не мог бы и пожелать. Слушатели чуть животы не надорвали, узнав о том, что Джека едва не кастрировали и какой страх испытывал Стивен, когда надзирательницы лупили его за поросячье дерьмо на палубе. Вступив в разговор, доктор добавил некоторые подробности и почувствовал себя гораздо непринуждённее. Но после того, как на фоне хмурого закатного неба стали видны фигуры моряков, бегавших по палубе близкого уже фрегата и размахивавших шапками, доктор снова приумолк.

Однако неподдельно теплый прием и та доброта, которая столь характерна для грубоватых порой военных моряков, сумели бы привести в доброе расположение духа гораздо более угрюмого человека, чем Стивен. Во всяком случае, снова понадобилась его профессия: партия, отправленная на катамаран, встретила жестокое сопротивление. Отец Мартин и Хогт, которые первыми высадились на судно с добрыми словами и подарками, почти тотчас же были избиты дубинками, а матросы, которые потащили их назад в шлюпку, получили ранения копьями, были избиты тяжелыми деревянными палками и исколоты бамбуковыми вертелами. Причем все это сопровождалось дикими визгами и криками. Пять человек лежали в лазарете с ранами, полученными спустя несколько секунд после попытки моряков высадиться на туземное судно, — ранами, которые было не под силу вылечить фельдшеру. После того как катамаран отошел, с него посыпался град камней, пущенных пращой, и дротиков, причинивших полудюжине моряков менее опасные раны.

— Они не обращали никакого внимания на пушечные выстрелы, — рассказывал Моуэт уже в каюте капитана. — По-моему, они даже не понимают, что это такое. Всякий раз, как мы пускали ядро над их головами, они принимались прыгать и размахивать копьями. Конечно, я мог бы сбить пару реев, но при таком волнении... Кроме того, мы видели, что вас на борту нет. И был уверен, что ничего путного они нам не скажут.

— Вы молодчина, Моуэт, — произнес капитан. — На вашем месте я бы испугался, что они возьмут фрегат на абордаж.

— Вот он, — произнес Стивен, оперировавший при свете последних лучей заката и казначейских свечей. — Я зацепил его хирургическими щипцами. По-моему, это зуб акулы, оторвавшийся от дубинки и вонзившийся в gluteus maximus[1] на поразительно большую глубину. Вопрос в том, какая это была акула?

— Можно посмотреть? — спросил отец Мартин довольно твердым голосом. На его скальп было наложено тридцать шесть швов, целый квадратный фут пластыря покрывал его ободранные плечи, но он был человек мужественный и прежде всего натурфилософ. — Несомненно, это акула, — произнес он, опустив зуб, поскольку лежал на животе: большинство матросов «Сюрприза» были ранены, когда, унося ноги, они развернулись к воинственным дамам тылом. — Но какая именно, сказать не могу. Однако я буду хранить его в табакерке и смотреть на него всякий раз, когда начну думать о браке. Или о женщинах вообще. Клянусь, больше никогда не буду снимать головного убора перед дамой, не вспомнив нынешний день. Вы знаете, Мэтьюрин, как только я ступил на палубу судна, того самого пахи, я поприветствовал женщину, встретившую меня, поклонился и обнажил голову, и она, воспользовавшись моментом, тотчас нанесла мне удар.

— Недаром говорят, что здесь край света, — отозвался Стивен. — Теперь покажите свою икру, пожалуйста. Боюсь, что нам придется вырезать из нее кусок. Я надеялся протолкнуть наконечник насквозь, но мешает большая берцовая кость.

— Может, подождать до завтра, — произнес отец Мартин, начавший терять самообладание.

— Зазубренный наконечник ждать не может, — возразил доктор. — Я не хочу видеть омертвения ткани или распространяющейся вверх гангрены. Прат, полагаю, отец Мартин хотел бы, чтобы его привязали, иначе он может взбрыкнуть, и я задену ему артерию.

Привычными движениями он обмотал первую цепь с кожаной прокладкой вокруг щиколотки отца Мартина

---

[1] Большая ягодичная мышца (*лат.*).

и вторую вокруг его колена. Прат надежно прикрепил и ногу, и самого пациента к рым-болтам. Эту процедуру Стивен повторял бесчетное количество раз, но те, кому предстояла операция, боялись спасительных для них пут как огня.

Стивен чувствовал себя на своем месте — в окружении инструментов, запахов воска, воды в льяле, пакли, корпии, рома и настойки опия, которую он давал тем, кого должен был резать. После того как он забинтовал отцу Мартину ногу, тот снова затих: настойка опия подействовала, и доктор вновь ощутил себя достойной частью команды корабля.

Поднявшись, Мэтьюрин швырнул операционный фартук в угол, вымыл руки и вошел в капитанскую каюту. Джек Обри что-то записывал в журнал. Подняв глаза, он с улыбкой произнес:

— А, это вы, Стивен, — и стал писать дальше, деловито скрипя пером.

Устроившись в своем привычном кресле, Стивен осмотрел прекрасное помещение. Все было неизменно: подзорные трубы Джека на стеллаже, шпага возле барометра, футляры с виолончелью и скрипкой лежат там, где лежали всегда, великолепный, отделанный золотом несессер вместе с пюпитром для нот — подарок Дианы мужу — стоит на прежнем месте. Злополучная бронзовая шкатулка с «Данаи» с неповрежденными печатями, как ему было хорошо известно, спрятана под рыбинами. И все же что-то было не так, и он тотчас заметил, что к кормовым окнам были прикреплены глухие крышки: уж теперь-то оттуда никто не мог выпасть.

— Нет, дело не в этом, — произнес Джек Обри, перехватив его взгляд. — Это все равно что запирать ворота конюшни после того, как лошадь украли. Очень глупое решение.

— И все же, боюсь, еще остались лошади, которых надо беречь.

— Не в этом дело. Полагаю, что нам предстоит нешуточный шторм, и я не хочу еще раз потерять рамы.

— Неужели дело так серьезно? А я-то думал, что волнение стихает.

— Так оно и есть. Только барометр резко упал — просто страшное дело... Простите, Стивен, мне надо дописать эту страницу.

Корабль то взлетал вверх, то опускался, то взлетал, то опускался на длинных волнах зыби. На бортовую качку не было и намека. Джек Обри продолжал скрипеть пером. Издалека слышался неприятный голос Киллика, который напевал: «Раз-два, дружно», и вскоре каюту наполнил запах плавленого сыра.

Это было их излюбленное кушанье по вечерам, но дело в том, что ни плавленого, ни иного сыра не было и за несколько тысяч миль. Неужели существует обман обоняния, думал Стивен, моргая на огонь качающегося как маятник фонаря. Вполне возможно. В конце концов, каких только видов обмана не существует? К тому же представления Киллика о том, что ему по праву принадлежит, отличаются флотской широтой: он ворует регулярно и старательно, как и боцман, но если боцман, по укоренившейся исстари привычке, может продавать наворованное, не задумываясь над последствиями, пока его не схватят за руку или он не нанесет непоправимый вред кораблю, то к буфетчику это не относится, поскольку Киллик никогда не переступал границы дозволенного. Его «приобретения» принадлежали ему самому и его друзьям, и вполне возможно, что он сохранил кусок почти непортящегося manchego или пармезана для какого-то собственного пиршества. Так что вполне реальный, существующий на самом деле сыр действительно жарился где-то совсем рядом. Стивен почувствовал, что у него текут слюнки и в то же время закрываются глаза. «Поистине, любопытное сочетание». Он услышал, как Джек говорил о том, что наверняка начнется шторм, и тотчас крепко уснул.

Глава девятая

Джек Обри нежился в постели, наслаждаясь своим возвращением к жизни. Было воскресное утро, согласно старинной флотской традиции, побудку сыграли на полчаса раньше обыкновенного, то есть после того, как пробило семь склянок, а не восемь. Делалось это для того, чтобы команда успела помыться, побриться и приготовиться к построению и церковной службе. Обычно он был на ногах вместе с остальными, но сегодня решил понежиться в постели, которая была гораздо мягче жестких пальмовых листьев и намного теплей и суше морских просторов. Звуки обычной приборки — швабрами и скребками из пемзы у него над головой — не беспокоили его, поскольку Моуэт не разрешил поднимать шума на юте. Однако, несмотря на заботу старшего офицера, Джек Обри прекрасно знал, который час: яркий свет и запах поджариваемого кофе сами по себе действовали как часы. Однако он продолжал лежать, испытывая наслаждение оттого, что жив.

Наконец аромат кофе сменился привычным запахом морских волн, смолы, нагретого дерева и снастей, а также воды в льяле. До его слуха донеслось постукивание пестика, которым помощник Киллика толок кофейные зерна в бронзовой ступке, взятой из лазарета. Дело в том, что Стивен любил кофе больше, чем Джек. Научившись приготовлению кофе по-арабски во время их плавания в Красном море (в остальных отношениях бесполезного), он запретил пользоваться обычной ручной мельницей. До слуха Джека также донеслась грубая брань Киллика, обрушившаяся на его помощника за то, что тот просыпал несколько зерен. Капитан заметил, что в ней прозвучали те же нотки праведного гнева, которые он слышал от грозных надзирательниц на борту катамарана или от миссис Уильямс, своей тещи. Он улыбнулся снова. Какое это удовольствие — жить. Даже миссис Уильямс и то вспомнить радостно.

Старый, но не по годам энергичный отец Джека, генерал Обри, член парламента, принадлежавший к крайним радикалам, похоже, задался целью погубить карьеру сына. Помимо политических осложнений, Адмиралтейство относилось к Джеку удивительно несправедливо с того самого времени, когда он получил младший офицерский чин. Обещанные ему корабли передавали другим капитанам, отказывались продвигать по службе его подчиненных — людей на редкость достойных, — то и дело проводя разбирательства по его рапортам и постоянно грозя отставкой, береговым бездельем и половинным жалованьем. И все же какими пустяками казались ему и козни лордов Адмиралтейства, и иски кредиторов по сравнению с тем, что он жив! Стивен, католик, уже успел воздать хвалу Господу; то же делал и Джек с его счастливым, благодарным складом ума, хотя и не в столь традиционной форме, радуясь и наслаждаясь жизнью, как даром Божьим.

Над головой послышался легкий стук копытец: это была Аспазия, которую только что подоили. Оказывается, времени гораздо больше, чем он предполагал. Джек сел в постели. Очевидно, Киллик прислушивался к тому, что происходит в спальне, поскольку он тотчас открыл дверь, впустив в помещение сноп солнечного света.

— Доброе утро, Киллик, — произнес Джек Обри.

— Доброе утро, сэр, — отозвался буфетчик, протягивая ему полотенце. — Будете купаться?

В здешних водах капитан обычно купался до завтрака. Чтобы не задерживать корабль, он обычно нырял с носового крамбола и поднимался на борт фрегата по кормовому трапу. Но на этот раз он отказался от купания и велел подать ему кувшин горячей воды. Кожа и особенно складки жира в нижней части живота были так раздражены соленой водой, что в настоящее время у него не было никакого желания окунуться.

— Доктор еще не встал? — спросил капитан, остановив движение руки, державшей бритву.

— Нет, сэр, — донесся голос Киллика из большой каюты, где он накрывал стол к завтраку. — Его разбудили ночью, когда у мистера Адамса появились сильные рези в животе оттого, что он переел и перепил, празднуя возвращение доктора. Но стоило поставить клистирную трубку, как все прошло. Я и сам мог бы воткнуть ее в эту старую задницу, — добавил он негромко, чтобы капитан не расслышал его слов.

Буфетчик не жаловал казначея, поскольку тот видел, как Киллик обирает матросов, морских пехотинцев, унтер-офицеров, гардемаринов и кают-компанию якобы ради заботы о капитане.

Несмотря на расстояние и ветер, было слышно, как Холлар и его помощники кричат в люки:

— Эй, на носу и на корме! Надеть чистые рубахи для построения, когда пробьет пять склянок. Парусиновые форменки и белые штаны. Эй, внизу! Надеть чистые рубахи, побриться к смотру после пяти склянок.

— Чистая рубаха, сэр, — произнес буфетчик, протягивая сорочку.

— Спасибо, Киллик, — отозвался Джек Обри.

Он натянул панталоны второго срока, заметив с сожалением, что, несмотря на все пережитые им лишения, они были все еще настолько узки в поясе, что пришлось не застегивать верхний крючок. А брешь прикрыть длинным жилетом.

— Скоро пробьет три склянки, сэр, — напомнил Киллик. — Слишком поздно приглашать кого-то на завтрак. Но так даже лучше, а то нынче утром Аспазия дала мало молока.

Свежий хлеб, а значит, и тосты давно отошли в прошлое, так же как яичница с ветчиной или бифштекс с луком, однако капитанский кок изготовил очень острое и вкусное, с хрустящей корочкой, блюдо из привезенной с острова Хуан-Фернандес сушеной рыбы, а Киллик достал одну из немногих оставшихся банок мармелада «Эшгроув Коттедж», который превосходно сочетался с галетами.

— Как жаль, что здесь нет Софи, — произнес Джек вслух, посмотрев на этикетки, которые она подписала своей рукой так далеко отсюда.

Пробило три склянки. Допив кофе, он поднялся из-за стола и надел портупею на парадный синий мундир, который протянул ему Киллик. В золоте эполет и с розеткой медали за сражение при Абукире, изготовленной из ткани, способной выдержать зимнюю погоду в водах Ла-Манша, Джек выглядел не только внушительно, но и нарядно. «Однако, — размышлял он, чувствуя, что ему становится жарко, — мне нельзя и виду подавать, что я переборщил. Другим тоже будет нелегко. — Затем, по веселости своего характера, добавил: — Il faut souffrir pour être beau!»[1] С этими словами он поправил сдвинутую набекрень треуголку.

— Доброе утро, Оукс, — поздоровался он с морским пехотинцем, стоявшим на часах у дверей его каюты, затем, выйдя на шканцы, произнес: — Доброе утро, господа.

Ему хором ответили:

---

[1] Красота требует жертв! (*фр.*)

— Доброе утро, сэр. — С этими словами взлетели треуголки, и тотчас же полдюжины жилетов спрятались под плотно застегнутыми мундирами.

Капитан привычно оглядел паруса, такелаж и небо. Лучшего он не мог пожелать: дул свежий ветерок, при котором, будь такая нужда, можно было бы поставить фор-брамсель. Но поверхность моря его тревожила. Шторм, к которому он приготовился, приказав поставить глухие крышки на кормовые окна, так и не разыгрался, хотя попутная зыбь не ослабла. Хуже того, килевая качка мешала матросам сложить в пирамиду возле грузовой стрелы свои флотские мешки, поднятые с твиндечных палуб, чтобы произвести там уборку. Зыбь, которая шла по диагонали с разных направлений, волнуя поверхность моря, при всем опыте Джека Обри, раздражала его. Что до предстоящей церемонии, то раз в неделю она происходила на всех военных кораблях, если этому не мешала непогода. Он был ее свидетелем не меньше тысячи раз.

Приглушенный разговор, который шел на подветренной стороне шканцев, затих. Старшина, стоявший на главном посту, прочистил горло и, как только последняя песчинка упала в нижнюю колбу песочных часов, прокричал:

— Перевернуть часы и пробить склянки!

Вахтенный морской пехотинец шагнул вперед, стараясь не упасть при такой качке, и под взглядами всего экипажа пять раз ударил в рынду.

— Мистер Бойл, — произнес Мейтленд, вахтенный офицер, обращаясь к гардемарину, исполнявшему обязанности его помощника. — Разбить экипаж по подразделениям.

Бойл повернулся к барабанщику, вскинувшему палочки, и скомандовал:

— Дать сигнал разбиться по подразделениям! — И барабан тотчас загрохотал, объявляя всеобщее построение.

Матросы, стоявшие там и сям рыхлыми кучками, стараясь не запачкать выстиранную, а то и украшенную вышивками праздничную форму, бросились строиться в зависимости от обязанностей — баковые, марсовые, канониры и ютовые (шкафутных на «Сюрпризе» не имелось). Выровняв носки по знакомым швам на палубе, они выстроились по обеим сторонам шканцев, на продольных мостиках и на полубаке. Морские пехотинцы уже стояли возле кормовых поручней. Мичманы проверяли матросов в своих отделениях, пытаясь заставить их стоять по стойке «смирно» и не разговаривать. После этого они отрапортовали лейтенантам и штурману; лейтенанты и штурман проинспектировали их вновь, стараясь заставить не вертеться и не поддергивать штаны. Затем лейтенанты отрапортовали Моуэту о том, что «весь экипаж налицо, надлежащим образом одет и вымыт». Старший офицер направился к капитану Обри и, сняв треуголку, доложил:

— Все офицеры отрапортовали, сэр.

— Тогда совершим обход корабля, мистер Моуэт, — отозвался Джек Обри и вначале направился на корму, где, прямые, как штык, в своих алых мундирах выстроились солдаты морской пехоты. Надраенные белой трубочной глиной пряжки перевязей сияли, блестели начищенные стволы мушкетов и пистолетов, волосы были напудрены, кожаные пояса затянуты так, что ни вздохнуть, ни охнуть. Хотя над палубой натянули тенты, солнце, едва успев подняться, уже нещадно палило спины. Матросы явно страдали. В сопровождении Говарда, вышагивавшего с обнаженной шпагой, и Моуэта капитан шел, вглядываясь в малознакомые ему лица морских пехотинцев, а те ничего не выражающими глазами смотрели куда-то поверх его головы.

— Весьма похвально, мистер Говард, — отозвался капитан. — Полагаю, вы можете распустить своих людей. Пехотинцы могут надеть парусиновые рубахи и ждать возле полубака начала богослужения. — Затем, по-прежнему сопровождаемый Моуэтом и очередным начальником подразделения, он совершил обход остальных участков корабля.

Началась совсем иная церемония. Здесь он знал каждого матроса, вернее большинство из них, досконально изучил их достоинства и пороки, помнил, кто что умеет. Здесь он не встречал равнодушных взглядов, отводимых в сторону, чтобы избежать обвинения в тупой дерзости. Совсем напротив: моряки были рады встрече с ним, они улыбались и кивали головами проходившему мимо них командиру, а Дэвис даже громко засмеялся. Кроме того, всем было совершенно очевидно, что спасенный капитан, только что вернувшийся на корабль благодаря сочетанию чрезвычайного везения и чрезвычайных усилий, если он человек порядочный, не мог заниматься мелочными придирками. Обход корабля был сугубо формальным, хотя и дружественным актом, превратившимся чуть ли не в фарс, когда к ним присоединился боцманский кот, который, задрав хвост, вышагивал впереди капитана.

На нижней палубе, освежаемой виндзейлем[1], Стивен коротал время в обществе своего пациента отца Мартина. По существу, они не бранились, но в них обоих жил дух противоречия. Что касается капеллана, то это объяснялось его ранами; что до Стивена, то это объяснялось проведенной гораздо хуже обыкновенного ночью вдобавок к двум по-настоящему мучительным дням.

— Возможно, и так, — произнес он, — но, по мнению общества, военный флот зачастую ассоциируется с пьян-

---

[1] Виндзейль — парусиновый рукав со вставленными внутрь обручами; предназначен для вентиляции судовых помещений.

ством, педерастией и жестокими телесными наказаниями.

— Я учился в одной знаменитой английской привилегированной школе, — отозвался отец Мартин, — и пороки, которые вы перечисляете, были там широко распространены. По-моему, это происходит везде, где собирается вместе большое количество мужчин. Но на военном флоте есть то, чего я не встречал нигде, — это ярко выраженная доброжелательность. Я не говорю об отваге и альтруизме моряков, которые не нуждаются в комментариях, хотя я никогда не забуду тех благородных парней, которые унесли меня с катамарана в шлюпку...

Несмотря на то что Стивен в тот день был несговорчив, он не мог не согласиться с другом. Дождавшись, когда капеллан закончит свою тираду, доктор спросил:

— Вам не довелось увидеть там высокую, стройную, широкоплечую молодую женщину с копьем, очень похожую на обнаженную Афину?

— Нет, я не видел ничего, кроме толпы темнокожих, некрасивых на вид дикарок, проникнутых яростью и злобой, — позор их пола.

— Думаю, что с этими созданиями дурно обращались, — возразил Стивен.

— Может, и так. Но довести свой протест до того, чтобы кастрировать мужчин, о чем вы мне рассказывали, мне кажется бесчеловечным и чрезвычайно жестоким поступком.

— Что касается лишения пола, то кто мы такие, чтобы бросать в них камни? У нас любая девушка, которая не может выйти замуж, становится как бы бесполой. Если она занимает слишком высокое или слишком низкое положение в обществе, то она может поступать, как ей заблагорассудится, отвечая при этом за последствия, но иначе она не сможет вступать в половые отношения или будет опозорена. Она горит желанием, и за это над ней насмехаются. Мы еще не упомянули о мужской тирании. Ведь в большинстве сводов писаных или неписаных законов жена или дочь — это всего лишь движимое имущество. Помимо этого, в каждом поколении сотни тысяч девушек становятся, по сути, бесполыми, а таких женщин презирают так же, как евнухов. Уверяю вас, отец Мартин, будь я женщиной, я вышел бы на улицу с пылающим факелом и мечом и стал бы оскоплять мужчин направо и налево. Что касается женщин с катамарана, то я еще удивлен их умеренностью.

— Вы были бы еще больше удивлены, если бы ощутили на себе силу их ударов.

— Позор всему миру за то, что они лишены радостей любви. По словам Тиресия, женщины испытывают их в десять раз острее, чем мужчины, — а может, в тридцать? — в компенсацию сомнительных радостей материнства и ведения домашнего хозяйства.

— Тиресий лишь повторяет жаркие фантазии Гомера: порядочные женщины не испытывают удовольствия от акта, но стремятся лишь...

— Глупость.

— Я вполне разделяю ваше недовольство, когда вас прерывают, Мэтьюрин.

— Прошу прощения. — Стивен прижал ухо к раструбу виндзейля и спросил: — Что это за сыр-бор разгорелся на палубе?

— Наверняка захватили катамаран, и теперь вы сможете воплотить ваши милосердные теории на практике, — отозвался отец Мартин без всякого ехидства.

Оба продолжали внимательно прислушиваться, и в это время послышались шаги человека, бегущего к корме. Открывший дверь Падин издавал нечленораздельные звуки, показывая большим пальцем назад.

— Сам пожаловал? — спросил Стивен.

Падин заулыбался и протянул доктору сюртук. Надев его, Стивен застегнулся на все пуговицы и поднялся, когда в каюту вошли капитан и старший офицер.

— Доброе утро, доктор, — произнес Джек Обри. — Как поживают ваши пациенты?

— Доброе утро, сэр, — отозвался Мэтьюрин. — Некоторые капризничают и нервничают, но надлежащая доза микстуры, которую они получат в полдень, их вылечит. Остальные чувствуют себя довольно сносно и ждут порции воскресного пудинга с изюмом.

— От души рад слышать это. Думаю, вам будет интересно узнать, что мы подобрали еще один бочонок с «Норфолка». На этот раз из-под свинины, совсем свежий, плавал высоко, с бостонским клеймом, изготовлен в декабре прошлого года.

— Следовательно, мы находимся близко от американца?

— Не могу сказать, каков между нами разрыв — неделя или больше, но ясно одно: мы оба находимся в одном и том же океане.

После ряда замечаний относительно бочонков, их дрейфа и признаков возраста отец Мартин произнес:

— Я полагаю, сэр, что вы намерены прочитать этим утром одну из проповедей преподобного Донна. Я сказал Киллику, где ее найти.

— Да, сэр, благодарю вас, он ее нашел. Но после того, как я с нею ознакомился, полагаю, что было бы уместнее, если бы ее прочитал человек ученый, настоящий служитель Господа. Сам же ограничусь Дисциплинарным уставом, в котором я разбираюсь, тем более что зачитывать его следует не реже чем раз в месяц.

Джек Обри так и поступил: во время паузы, которая последовала за пением сотого псалма, Уорд, который в таких случаях выступал как псаломщик, а также как секретарь капитана, шагнул вперед, достал из-под Библии тощую книжицу с текстом Дисциплинарного устава и передал ее Джеку Обри, который начал читать сильным, угрожающим голосом, явно получая от этого удовольствие:

— «В целях лучшего руководства и управления флотами Его Величества, военными кораблями, а также силами, расположенными на побережье, от которых, при Божьем благословении, главным образом зависит благосостояние, безопасность и могущество нашего королевства, согласно воле его Королевского Величества, опираясь на совет и согласие духовных и светских князей, а также общин, при настоящем составе парламента...»

Слова капитана достигали виндзейля отрывками из-за того, что, когда фрегат взбирался на вершину волны, ветер усиливался, а когда опускался в ложбину, ослабевал; к тому же фрагменты Дисциплинарного устава смешивались с беседой Стивена и отца Мартина, которые, заговорив о плывунчиках, переключились на птиц — менее опасную тему.

— А вы когда-нибудь видели плывунчика? — спросил доктор.

— Живьем, к сожалению, ни разу. Только на страницах книги, да и то это было не слишком четкое изображение.

— Описать вам его?

— Если вам угодно.

— «Все флаг-офицеры и все чины, служащие или имеющие отношение к судам или кораблям его Величества, виновные в лжесвидетельствах, брани, клевете, пьянстве, нечистоплотности или других поступках, оскорбляющих Божественный промысел, в нарушении хороших манер...»

— Но самка этой птицы гораздо крупнее и гораздо ярче. Это такое существо, которое не считает, что обязанности самки состоят лишь в том, чтобы содержать в порядке гнездо, высиживать птенцов и выкармливать их. Однажды я имел счастье наблюдать за четой таких птиц из рыбачьей хижины, расположенной на отдаленном мысу графства Мэйо. Поблизости находилась целая колония, но я наблюдал именно за этой парой, потому что она находилась совсем рядом с хижиной.

— «Если какой-нибудь корабль или судно будет захвачено в качестве приза, то никто из офицеров, матросов или иных лиц, находящихся у него на борту, не должен быть лишен одежды или каким-то образом ограблен, избит или подвергнут издевательствам...»

— В тот вечер она снесла последнее яйцо...

— Прошу прощения, — произнес отец Мартин, положив руку на колено доктора, — но сколько их всего было в кладке?

— Четыре: размером с яйцо бекаса и почти такого же окраса. В тот же самый вечер она исчезла, и бедный отец должен был сам высиживать свое будущее потомство. Я испугался, что с ней случилась какая-то беда, но ничего подобного: она снова объявилась. Я понял по ее поведению и странной белой полосе на боку, что она вволю накупалась в море и развлекалась у берега залива с другими самками и холостыми самцами. Все это время бедолага должен был высиживать птенцов под кочкой ближе чем в пятнадцати ярдах от меня, он, как мог, укрывал их от дождя и оставлял не больше чем на пять минут в день, чтобы покормиться. Когда вылупились птенцы, ему доставалось еще больше, потому что он должен был кормить их один. Все четверо вопили и пищали целыми днями, ухаживать за ними он не очень-то умел. Папаша стал озабоченный, похудел и частично облысел, а мамаша резвилась на заливе, преследуя одних кавалеров и подвергаясь преследованию других, крича «пип, пип, пип» и совершенно не заботясь о своем потомстве. Полагаю, эта птичка знала, как жить в свое удовольствие.

— Но вы, как женатый человек, Мэтьюрин, не можете одобрять такое поведение самки.

— Что касается этого вопроса, — отозвался Стивен, неожиданно ярко представивший, как Диана танцует кадриль, — то тут, возможно, самочка несколько перебарщивает. Но зато она в известной мере восстанавливает равновесие, нарушаемое бесстыдной неразборчивостью противоположного пола.

— «Всякое лицо, служащее на флоте, которое незаконным образом сожжет или подожжет арсенал или хранилище пороха, судно, шлюпку, кеч или хой[1], такелаж или снаряжение, принадлежащее им, а не неприятелю, пирату или мятежнику... будет предано смертной казни».

Эти слова прозвучали из вентиляционной трубы с особенной силой, и после довольно продолжительной паузы отец Мартин спросил:

— А что подразумевается под словом «хой», Мэтьюрин?

— Поскольку сегодня воскресенье, то скажу откровенно, что не знаю, — отвечал Стивен. — Но я слышал, что его применяли в неодобрительном смысле, к примеру: «Шел бы ты на хой голландский» или «На кой тебе этот хой».

Немного погодя Джек Обри употребил то же выражение: «Поскольку сегодня воскресенье», когда отказал в просьбе матросам, передавшим ее через марсовых старшин боцману, который передал ее старшему офицеру, а тот — капитану. Идея заключалась в том, что поскольку доктору давно хотелось посмотреть состязания боксеров, то его возвращение на корабль можно было бы отметить этим вечером несколькими поединками на полу-

---

[1] Хой — небольшое каботажное судно.

баке, разыграв приз, тем более что морские пехотинцы и даже китобои давно хвастались своим чрезвычайным мастерством и смелостью на ринге.

— Нет, — отвечал капитан. — Поскольку сегодня воскресенье, то, пожалуй, я не смогу разрешить состязания. Я уверен: отец Мартин согласится, что воскресенье — не тот день, когда можно колошматить ближнего своего голыми кулаками. Но если они решат обратиться к парусному мастеру, чтобы тот изготовил мягкие перчатки, и захотят боксировать как милосердные христиане, без намерения кого-то убить, без борьбы, подножек, удушающих приемов и хватанья за волосы, то, полагаю, сам архиепископ Кентерберийский не станет возражать. — Затем, обратившись к доктору, он произнес: — А я и не знал, что вы увлекаетесь состязаниями боксеров.

— А вы и не спрашивали, — возразил Стивен. — Конечно, я видел немало ярмарочных драк, но, как я сказал на днях Бондену, мне никогда не доводилось видеть наши настоящие бои по правилам, хотя это составная часть современной жизни. Лишь однажды мне едва не представилась такая возможность. В дилижансе я встретил одного удивительно любезного молодого человека — боксера по имени Генри Пирс.

— Бойцового Петуха? — воскликнули одновременно Джек Обри и Моуэт.

— По-видимому, да. Мне сказали, что он большая знаменитость. Он пригласил меня посмотреть на его бой с каким-то другим героем, кажется, Томасом Криббом. Но в последний момент оказалось, что я не смогу присутствовать на поединке.

— Так вы знакомы с Бойцовым Петухом, — произнес Моуэт, уважительно посмотрев на доктора. — Я видел, как он дрался с Громилой из Уоппинга на холмах в Эпсоне — оба к концу с трудом держались на ногах и почти ослепли от крови, заливавшей им лица. Час и семнадцать минут спустя, после сорока одного раунда, Пирс оказался единственным, кто был способен продолжать состязание, хотя он получил пять нокдаунов и Громила дважды обрушивался на него всем своим весом, как это делают некоторые профессиональные боксеры, когда на кону большие деньги.

— Как это вы умудрились не увидеть ни одного состязания, в толк не могу взять, — заметил Джек Обри: он не раз проезжал по пятьдесят миль ради того, чтобы взглянуть на Мендозу, Белчера или Голландца Сэма, часто посещавших заведение «Джентльмена Джексона», и даже сам потерял пару зубов во время любительских встреч. — Но нынешним вечером это можно будет исправить. У нас на корабле есть несколько великолепных боксеров. К примеру, Бонден стал чемпионом состязаний в Помпее, где участвовали команды восьми линейных кораблей и трех фрегатов. Дэвис — боец, который будет стоять, как троянский воин, до тех пор, пока ему не подсекут ноги. Говорят также, что очень опасен один из китобоев. Моуэт, шкура, которой мы закрываем тросовые талрепы, будет лучше и мягче, чем парусина.

— Пойду узнаю, сэр.

— Боже мой, Стивен, — произнес Джек Обри, когда они остались одни. — Какое удовольствие снова оказаться у себя на корабле, правда?

— Еще бы, — отозвался доктор.

— Еще нынешним утром я думал, как правы те, кто говорит, что лучше быть мертвым конем, чем живым львом. — Он выглянул из иллюминатора, очевидно мысленно повторяя сказанную фразу. — Нет, не так. Лучше погонять мертвого коня, чем живого льва.

— Вполне согласен.

— Пожалуй, я снова сказал не то. Точно помню, что мертвый конь упоминался, но за остальное не ручаюсь, хотя и горжусь тем, что знаю поговорки и умею вставлять их к месту.

— Не переживайте, дружище. Уверен, никакой ошибки нет. Эта мудрая поговорка учит правильно оценивать противника. Если хлестать мертвого коня — это детская игра, то такое же обращение со львом потенциально опасно, даже когда лев сидит в клетке.

Их нынешним противником была зыбь, и в своем желании развлечься все, кто был в это вовлечен, недооценили ее и продолжали проявлять легкомыслие, несмотря на очевидные доказательства. Даже после того, как волнение усилилось настолько, что корабль зарывался носом по самый фальшборт и стоять на ногах, не цепляясь за что-то, было невозможно, упрямцы твердили, что это сущий пустяк, к закату волнение уляжется, и всякий гребаный голландец, который норовит накаркать шторм, пустомеля, дурачина, хреновый моряк и окаянная ворона.

— Боюсь, что вас снова ждет разочарование, — произнес Джек Обри. — Но если волнение уляжется и судовые работы позволят, то завтра же мы устроим эти состязания.

Зыбь, вызывавшая постоянную килевую качку, несомненно, уменьшилась, однако Стивен, лежавший утром на койке с открытыми глазами, почувствовал какое-то неприятное перемещение корабля, не походившее ни на килевую, ни на бортовую качку — это был сильнейший крен непонятно в какую сторону, чего он никогда еще не испытывал. Это кренящее движение подвергало нагрузке набор судна и продолжалось, очевидно, уже значительное время, поскольку в каюте скопилось столько воды, что его башмаки отправились в плавание.

— Падин, — позвал он несколько раз и, не дождавшись ответа, произнес: — Куда подевался этот черномазый ворюга, черт бы его побрал?

— Господь и Дева Мария да пребудут с вами, господин, — отозвался Падин, открыв дверь, отчего в каюте стало больше воды.

— И с тобой да пребудут Господь и Дева Мария, — произнес Стивен, — а также святой Патрик.

Показывая куда-то наверх и несколько раз судорожно вздохнув, вестовой сказал:

— Разгулялся нечистый.

— Пожалуй, что так, — согласился Мэтьюрин. — Послушай, Падин, будь добр, дай мне сухие башмаки. Они в сетке на переборке.

Его каюта почти совпадала с центром тяжести корабля, и тем не менее амплитуда качки увеличилась, так что доктор два раза едва не упал: один раз в сторону, второй — назад. Единственным, кто оказался в кают-компании, был вестовой Говарда, который с испуганным видом произнес:

— Все господа офицеры на палубе, ваша милость.

Так оно и оказалось, среди них были даже казначей и Хани, который сменился с «собачьей вахты» и должен был крепко спать. Все высыпавшие на палубу стояли молча. Поздоровавшись, Стивен и сам не произнес больше ни слова. Горизонт был окрашен в пурпур с черноватым оттенком, а по небу в разные стороны с невероятной скоростью неслись огромные тучи, отливавшие темной медью. Повсюду почти непрерывно сверкали молнии, воздух содрогался от могучих раскатов грома, доносившихся откуда-то с кормы, но явно приближавшихся к кораблю. Волны были крутые и приходили со всех направлений, огромные шапки пены на них должны были быть взбиты очень крепким ветром. В действительности же ветер был не более чем умеренным. Однако, при всей его умеренности, он был поразительно холодным и свистел в снастях такелажа, издавая необычайно громкий и пронзительный звук. Брам-стеньги были уже опущены на палубу, и теперь все матросы крепили шлюпки к стрелам двойными концами, натягивая добавочные штаги, ванты, брасы и фордуны, накидывая двойные петли на пушки, закрывая передний люк и горловины брезентом и крепя его прижимными шинами. Появилась Аспазия, сунувшая мордочку в ладонь доктора, прижимаясь к его ноге, словно встревоженная собака. От неожиданного рывка он едва не упал, но спасся, ухватившись за ее рога.

— Держитесь, доктор, — крикнул ему капитан, стоявший возле наветренного фальшборта. — Разгулялась нынче непогода.

— Скажите, ради бога, что происходит? — спросил доктор.

— Что-то вроде шторма, — отозвался Джек. — На полубаке! Мистер Бойл, привяжите ее к кат-балке. Я расскажу вам во время завтрака. Птицу видели?

— Нет. Много дней не видел ни одной. А что за птица?

— Мне кажется, что-то вроде альбатроса или огромной чайки. Она давно преследует нас. Вон она, пересекает кильватерную струю, а теперь поднимается над бортом.

Стивен успел разглядеть огромные крылья и бросился по продольному мостику на нос, чтобы оттуда получше разглядеть птицу. Доктор упал с продольного мостика на шкафут всего с шестифутовой высоты, но его швырнуло со страшной силой, и он ударился головой о казенную часть пушки.

Его отнесли на корму и положили на капитанскую койку. Он казался мертвым, если бы не едва заметное дыхание и с трудом прощупывавшийся пульс. Именно здесь его нашел отец Мартин, выползший из недр корабля.

— Хорошо, что вы пришли, отец Мартин, — воскликнул Джек Обри. — Но ведь вам следовало лежать с вашей ногой... Я послал к вам человека узнать, не следует ли пустить больному кровь, поскольку вы разбираетесь в медицине. Мы не можем привести его в чувство.

— Я бы не рекомендовал кровопускание, — отвечал отец Мартин, ощупав безжизненно болтающуюся из стороны в сторону голову Стивена. — Бренди тоже, — добавил он, взглянув на две бутылки, одну из капитанской каюты, вторую из кают-компании. — Я действительно немного разбираюсь в медицине и убежден, что это не агония — поскольку нет хрипа, — а сотрясение мозга, которое следует лечить отдыхом, полным покоем, темнотой. Я загляну в книги доктора, если это возможно, но не думаю, что они мне противоречат. Думаю, ему будет куда лучше внизу, где бортовая качка ощущается гораздо меньше.

— Уверен, вы совершенно правы, — отозвался капитан и, обратившись к Киллику, сказал: — Позовите Бондена. Бонден, вы не сможете вместе с Колманом и, скажем, Дэвисом отнести доктора вниз, чтобы не растрясти его. А может, вам удобнее использовать тали?

— Удобнее, сэр. Я его не уроню ни за какие сокровища.

— Тогда займитесь им, Бонден, — произнес капитан и, пока закреплялись тали, спросил: — Что вы думаете, отец Мартин? Он плох? В опасности?

— Мое мнение мало чего стоит, но перед нами не простой случай падения с последующей травмой. Я читал, что такие бессознательные состояния могут продолжаться несколько дней, иногда оканчиваясь летальным исходом, а иногда превращаясь в естественный, укрепляющий сон. Если черепные кости целы, то, как я полагаю, зачастую решающим фактором является внутреннее кровоизлияние.

— Все готово, сэр, — заявил Бонден.

Его сопровождали самые сильные моряки, которые стали осторожно, как яичную скорлупу, дюйм за дюймом, спускать доктора вниз, пока он не оказался в собственной койке, которую Падин удерживал от раскачивания. Каюта была мала и несколько душновата, но в ней было темно и тихо; здесь было самое спокойное место на корабле, где среди безмолвия больному предстояло лежать часами.

Полчаса спустя, когда матросы стали опускать на палубу грот-стеньгу, там разразился ад кромешный; предохранительный трос с топа мачты, пропущенный через отверстие для зашлаговывания, порвался в тот самый миг, когда на судно обрушился теплый ливень. Стена воды была такой плотной, что люди слепли и с трудом могли дышать. С начала ливня до наступления полной темноты шла непрерывная битва с дикими порывами заходящего со всех сторон ветра, сопровождавшимися ударами грома и вспышками молний над самой головой и невероятно крутыми волнами, бравшимися неизвестно откуда: они били судно с такой силой, что, казалось, раздавят его. Фрегат словно налетал на риф, хотя глубины были такими, какие невозможно было измерить ни одним корабельным диплотом. Все это, наряду с обрушившимся на головы изумленных моряков водяным смерчем, сравнявшим на несколько минут уровень главной палубы с морской поверхностью, сопровождалось непрестанным оглушительным громом и огнями Святого Эльма, вспыхивавшими и сверкавшими на бушприте и кат-балках. Времени как такового больше не существовало — оно измерялось борьбой за жизнь в промежутках от одного оглушительного удара грома и вторжения масс воды до другого. В этих промежутках приходилось закреплять такие предметы, как шестерка, колонка компаса и грузовые стрелы, которые гуляли вовсю. Все это время матросы, как бешеные, откачивали помпами тонны воды, которую море и небо без передышки обрушивали на корабль. И все же меньше всего доставалось матросам, работавшим на помпах. Хотя им приходилось трудиться до полного изнеможения, зачастую по пояс в воде, задыхаясь от водяных брызг и дождевых струй, они во всяком случае знали, что им надо делать. Что касается остальных, то они постоянно находились в напряженном состоянии, готовые к любым неожиданностям — неслыханным и смертельно опасным. К примеру, волна швырнула в борт семидесятифутовый пальмовый ствол, который застрял в вантах грот-мачты, в то время как второй его конец с убийственной силой мотался из стороны в сторону, молотя по продольным мостикам и полубаку. Неизвестно откуда взявшийся встречный шквал ударил по немногим штормовым парусам, которые осмелился нести фрегат, отчего корабль вначале остановился, будто натолкнулся на скалу, а затем завалился так, что многие стали прощаться с жизнью. Действительно, если бы в этот критический момент одна из пушек, установленных с наветренной стороны, сорвалась со своего места, то она наверняка пробила бы борт фрегата.

Лишь после захода солнца ветер стал дуть с определенного направления и шторм обрел какую-то упорядоченность. Вихри задули на север, затем на запад; следом за ними на корабль налетел долгое время копивший силы юго-восточный ветер, который, несмотря на то что он перемежался идущими куда-то вкось шквалами, дул с невероятной силой и в результате нагнал зыбь, сравнимую лишь с той, какую им довелось встретить в пятидесятых широтах, далеко на юге.

Это был очень жестокий шторм, сопровождавшийся чрезвычайно опасной попутной зыбью. Но к такого рода штормам они привыкли. В отличие от дикой дневной непогоды, он принес известное облегчение. Матросов свистали на поздний ужин по полувахтам. Распорядившись сплеснить грота-брас, Джек Обри спустился вниз. Сначала он направился в лазарет, где должно было находиться несколько раненых матросов. Он нашел там отца Мартина, который едва ли не с материнской нежностью накладывал шину на сломанную руку Хогга. Рядом с ним стоял Прат, державший бинты и корпию. Но, разумеется, отец Мартин, отогнав его от пациента, взялся за дело сам.

— Молодчина, отец Мартин! — воскликнул капитан. — Надеюсь, что вы не слишком страдаете сами. Я вижу кровь у вас на повязке.

— Пустяки, — отозвался капеллан. — Я выпил настойки мистера Мэтьюрина — прошу вас, подержите это с минуту — и почти не чувствую боли. Я только что от него, никаких перемен я не нашел. С ним в настоящее время миссис Лэмб.

— Взгляну на остальных ваших пациентов, а затем, если это ему не повредит, навещу доктора.

Учитывая чрезвычайно неблагоприятные условия, раненых оказалось удивительно мало. Кроме сломанной руки, ни у кого не было более серьезных травм. Взбодренный этим обстоятельством, Джек Обри спустился вниз по трапу и, надеясь на лучшее, открыл дверь каюты. Однако при свете фонаря, качавшегося из стороны в сторону, Стивен походил на мертвеца: виски запали, нос заострился, в губах ни кровинки. Он лежал на спине, и его серое, совершенно неподвижное лицо было лишено всякого выражения.

— Еще пять минут назад я решила, что он умер, — проговорила миссис Лэмб. — Может быть, все еще изменится...

Во время ночной вахты, когда пробило две склянки, капитан, прежде чем лечь спать, спустился вниз еще раз проведать Стивена и никаких перемен не обнаружил. Никаких перемен не было и когда отец Мартин, ковыляя, поднялся наверх, чтобы подышать утренним воздухом на разгромленных шканцах. Он увидел следы беспорядка на носу и на корме и в течение некоторого времени наблюдал за тем, как корабль несется вперед под зарифленным марселем и кливером, рассекая море цвета темного индиго, исполосованное белыми шапками пены и брызг. Повсюду болтались концы тросов, валялись сломанные детали рангоута; ветер, свистевший в снастях, звучал на целых два тона ниже, чем обычно, обгоняя огромные попутные волны, достигавшие высоты клотика бизань-мачты.

— Что же вы теперь намерены делать? — спросил отец Мартин во время завтрака в кают-компании, ответив на все вопросы, касающиеся доктора.

— Что делать? — переспросил Моуэт. — То, что должен делать любой корабль, попавший в такой шторм: двигаться с убранными парусами и молиться, чтобы нас не захлестнуло с кормы и чтобы мы не наткнулись на что-нибудь ночью. Идти под убранными парусами, на ходу соединяя и сплеснивая оборванные концы.

Никакого изменения не произошло и когда отец Мартин получил приглашение перекусить в капитанской каюте. Джек Обри произнес:

— Не мне вас учить медицине, отец Мартин, но мне пришла в голову следующая мысль. Поскольку травма у доктора, по существу, такая же, как у Плейса, то, возможно, делу поможет аналогичная операция.

— Я тоже думал об этом, — отозвался капеллан, — и я успел прочитать некоторые из его книг, посвященные этой операции. Хотя я не обнаружил пролома черепа, что является обычным поводом для трепанации, я опасаюсь, что в месте удара в результате внутреннего кровоизлияния могла образоваться гематома, которая оказывает угнетающее воздействие на мозг.

— Тогда почему бы вам не попробовать осуществить такую операцию? Ведь это, похоже, его последний шанс!

— Я не рискну.

— Но вы же крутили ручку той штуковины, когда доктор делал операцию Плейсу.

— Да, но рядом со мной находился опытный хирург. Нет-нет, существует много других причин — мне придется многое прочесть, многое для меня потемки. Во всяком случае, ни один любитель не вправе оперировать на судне в штормовую погоду.

Джек Обри был вынужден согласиться со справедливостью слов отца Мартина. Но лицо его посуровело, и он в течение нескольких секунд постукивал по столу галетой, прежде чем заставить себя улыбнуться и сказать:

— Я обещал рассказать вам о погоде, как только у нас появится передышка. Мне кажется, что мы находились на южной стороне и возле хвостовой части тайфуна, который ушел в норд-вестовом направлении. Это-то объясняет и завихрения, и волны, которые обрушивались на нас со всех сторон. Вы со мной согласны, Моуэт?

— Да, сэр, — отвечал старший офицер. — И мы определенно находимся в совершенно других водах. Вы заметили огромное количество длинных, тонких, бледных акул вокруг корабля? Одна из них схватила воловью шкуру, которую привязали к якорь-цепи для размачивания. Когда я спустился вниз, чтобы справиться у Хогга, как он себя чувствует, он сказал, что часто видел их, приближаясь к Маркизам. Он также сказал, что буря еще не выдохлась, что она еще покажет себя как пить дать.

На этой ноте обед закончился. Прощаясь, отец Мартин сказал, что во второй половине дня займется чтением медицинских книг, очень внимательно изучит симптомы и, возможно, для тренировки попытается вскрыть трефином один из тюленьих черепов, которые у них с Мэтьюрином имеются. Поздно вечером он заявил, что все больше убеждается в том, что операция необходима, прежде всего оттого, что дыхание Стивена стало более затрудненным, и показал отрывки в работах Потта и Ля Фея, подтверждающие его вывод. Но какой толк от его убеждений, если корабль так мотает? При такой сложной операции ничтожный наклон, малейшая потеря равновесия могут означать смерть пациента. Нельзя ли положить фрегат в дрейф?

— Это делу не поможет, — возразил Джек Обри. — Более того, килевая и бортовая качка станут сильнее. Нет, единственная надежда на то, что волнение успокоится, а это, если не произойдет чудо, может случиться не раньше чем через три или четыре дня. Можно было бы укрыться за каким-нибудь рифом или островом. Но, судя по карте, до самых Маркизских островов нет ни единого клочка суши. Разумеется, имеется альтернативное решение — как бы это выразиться? — вы должны собрать свою волю в кулак. В конце концов, корабельные врачи не могут ждать у моря погоды. Если я не ошибаюсь, Плейса оперировали при довольно свежем ветре, когда пришлось идти под зарифленными марселями.

— Совершенно верно, только море было довольно спокойно. Однако мы должны различать робость и безрассудство. В любом случае, если бы я был уверен, что поступаю правильно, ввиду моей неопытности и остающихся сомнений я, разумеется, не смог бы оперировать без надлежащего дневного освещения. — Отца Мартина по-прежнему раздирали сомнения.

— Не могу видеть, как Мэтьюрин тает из-за недостатка внимания к нему, из-за недостатка смелости, — произнес Джек Обри: пульс, который улавливали его чувствительные пальцы, почти не прощупывался.

— Я не в силах смириться с мыслью, что Мэтьюрина может погубить моя неопытность или внезапный рывок корабля, — сказал отец Мартин, успевший проделать трефином Лавуазье отверстия в черепах, на которых он тренировался. — Только дураки врываются туда, куда ангелы боятся ступить.

«Сюрприз» мчался на запад по тем же темно-синим гигантским волнам, озаряемым ярким небом, в вышине которого плыли белые облака. Вокруг кипела работа: меняли такелаж, заводили новые тросы, укрепляли поврежденную бизань-мачту. Поврежденные пальмовым стволом ванты грот-мачты на наветренном борту были заменены и укреплены. Капитан возобновил прогулки на шканцах. Длина квартердека составляла ровно пятьдесят футов, и, не доходя до определенного рым-болта, ставшего тоньше и сверкавшего как серебро, он мог отсчитать по пятьдесят поворотов в любую сторону, что соответствовало миле на суше. Он шагал взад и вперед среди делового шума на корабле и непрестанного могучего гула ветра и мощных волн. С опущенной головой и суровым выражением на лице он, казалось, был настолько погружен в свои мысли, что остальные люди, находившиеся на шканцах, разговаривали очень тихо и держались подветренного борта. Однако капитан прекрасно знал, что происходит впереди, и, услышав крик марсового «Вижу землю!», он вцепился в ванты. Подъем был трудный: сильный ветер норовил уронить его, а рубаха, выбившаяся из-под панталон, хлестала по ушам, и он был рад, что впередсмотрящего не послали выше.

— Где, Симс? — спросил капитан, проникнув через лаз на марсовую площадку.

— Три румба справа по носу, сэр, — отвечал матрос, показывая в нужную сторону.

И действительно, когда корабль поднялся на гребень волны, в одиннадцати или двенадцати милях показался довольно высокий остров с признаками зелени.

— Молодчина, Симс, — произнес Джек Обри и скользнул через лаз вниз. Не успев спуститься на палубу, он закричал боцману, хлопотавшему на полубаке: — Пока оставьте это, мистер Холлар, и прикрепите к топам мачт легкие перлини.

— Есть, сэр, — отозвался с улыбкой боцман.

Это был испытанный прием капитана — на первый взгляд, чрезвычайно опасный, но в действительности очень эффективный. Лохматые, грубые тросы позволяли крепить к ним паруса, которые иначе выдернули бы мачты из степсов. Они не раз помогали фрегату захватывать призы и уходить от противника.

— Мистер Моуэт, — обратился к старшему офицеру Джек Обри. — Пошлите к штурвалу четверых крепких ребят и меняйте их каждые полчаса. Мы сейчас помчимся на всех парусах. Мистер Аллен, прошу занять пост управления. Курс норд-вест-тень-вест полрумба к весту.

Полчаса спустя, заметив Хогга, стоявшего с помощью товарищей на продольном мостике, капитан шагнул к нему и спросил:

— Ну как, мастер-гарпунер, видите остров?

— Вижу, дружище, — отозвался по-прежнему глухой к субординации Хогг. — Если посмотреть на нижнюю часть неподвижных облаков, то вы должны увидеть яркое круглое пятно, темное в середине.

— Кажется, я его вижу. Ну конечно, вижу.

— Яркое пятно — это прибой и коралловый песок, а темное — деревья. Лагуны вроде бы тут не имеется.

— А вы почем знаете?

— Потому что лагуна выделяется зеленым цветом. Остров довольно высокий, судя по количеству облаков.

Удивляюсь, что ты его не заметил, Билл. Он же виден как на ладони.

— Перлини натянуты, как положено, сэр, — доложил боцман.

— Отлично, мистер Холлар, — отвечал Джек Обри и, повысив голос, скомандовал: — Всем ставить паруса.

При новом курсе крепкий ветер задул почти в раковину фрегата, и капитан стал методично увеличивать парусность. Матросы давно поставили марсели, но до брамселей дело еще не дошло. Сначала капитан приказал поставить штормовой кливер, затем главный стаксель и после него, вместо зарифленного грот-марселя — грот-стеньга-стаксель. Всякий раз он ждал, пока корабль привыкнет к дополнительной ветровой нагрузке. Это у «Сюрприза» всегда выходило великолепно, словно у живого существа, что веселило душу капитана. Другого такого судна он еще не встречал. И когда фрегат помчался вперед с такой скоростью, какой он, по-видимому, еще никогда не развивал — подветренная кат-балка скрывалась под буруном от форштевня, — Джек Обри положил одну руку на фальшборт, чувствуя низкое гудение корпуса, как он почувствовал бы вибрации своей скрипки, а второй ухватился за бакштаг, определяя точную степень нагрузки.

Матросы привыкли к своему капитану и знали его непредсказуемый характер. Но никто не ожидал, что он прикажет ставить прямой фок, и с серьезными, сосредоточенными лицами кинулись выполнять команду. Чтобы притащить из шкиперской парус, выбрать и завернуть шкоты, понадобилось пятьдесят семь человек. Как только парусность увеличилась, «Сюрприз» накренился еще на несколько дюймов, затем еще и еще, пока не обнажилась широкая полоса медной обшивки с наветренного борта корабля, а вой ветра в снастях стал предельно пронзительным. Корабль, не отклоняясь от курса, мчался вперед, рассекая волны и вздымая форштевнем такой высокий бурун, что с подветренной стороны возникла двойная радуга. С бака на корму прокатилось негромкое «ура». Все стоявшие на шканцах улыбались.

— На руле не зевать! — взбодрил Джек Обри матроса у штурвала. — Если хоть раз рыскнешь, не видать тебе Портсмутского мыса. Мистер Говард, прошу вас, постройте своих людей на мостике вдоль наветренного борта.

Пробило четыре склянки. Бойл осторожно спустился по раскачивающейся палубе с лагом и вьюшкой для лаглиня под мышкой в сопровождении старшины, несшего малые песочные часы.

— Удвоить лаглинь до нулевой отметки! — приказал Джек Обри, желавший точно измерить скорость хода, для чего, прежде чем считать узлы, было необходимо отвести лаглинь в сторону от кильватерной струи.

— Есть удвоить лаглинь, сэр, — отрапортовал Бойл, изо всех сил стараясь говорить басом. Отмотав пятнадцать саженей до красной метки, он занял свой пост возле планширя и спросил:

— Чиста ли колба? — После того как ему доложили: — Колба чиста, сэр! — Бойл высоко поднял лаг, отведя его в сторону от борта и удерживая левой рукой вьюшку над собой.

— Опрокинь! — крикнул он, когда мимо него пролетел конец неразмеченного лаглиня. Песок начал пересыпаться, вьюшка завертелась, замелькали узлы. За операцией наблюдали все, кто был свободен. Старшина открыл рот, чтобы воскликнуть: «Стоп!», но прежде чем остатки песка высыпались в нижнюю колбу, Бойл пронзительно закричал, и вьюшка вырвалась из его рук.

— Прошу прощения, сэр, — доложил он Моуэту, на мгновение растерявшись. — Я упустил вьюшку.

Шагнув к капитану, Моуэт проговорил:

— Бойл очень извиняется, сэр, но он упустил вьюшку. Лаглинь кончился, а стопор, очевидно, был слишком жесток, и парень растерялся.

— Пустяки, — отозвался Джек Обри, которого, несмотря на тревожное состояние, радовала невиданная скорость. — Пусть повторит операцию с помощью четырнадцатисекундных песочных часов, когда пробьет шесть склянок.

К этому времени с палубы отчетливо просматривался небольшой холмистый остров, над которым нависли облака, а с марсовой площадки были заметны огромные волны прибоя. На наветренной стороне никакой лагуны не было, но на некотором расстоянии от острова к северо-востоку и юго-западу, похоже, шли рифы, за которыми виднелась более светлая вода.

Ветер ослаб, и «Сюрприз» уже не развивал такую ошеломительную скорость, но всем в память врезался незабываемый момент, когда с вьюшки размотались целые полтораста саженей лаглиня, прежде чем были перевернуты песочные часы. Во всяком случае, каждые четыре или пять минут корабль на милю приближался к суше.

— Отец Мартин, — сказал Джек Обри, спустившись в лазарет, — как вам известно, мы обнаружили остров и через час окажемся под его прикрытием и, возможно, высадимся на берег. В любом случае будьте готовы к операции.

— Пойдемте взглянем на больного, — предложил капеллан.

Падин Колман сидел рядом с доктором, перебирая четки. Он молча покачал головой, как бы говоря: «Никаких изменений».

— Ужасное решение, — произнес отец Мартин, покачиваясь вместе с судном и глядя на безжизненную маску, в которую превратилось лицо Стивена. — Прежде всего, симптомы не совсем совпадают с описанными в литературе. — Он снова и на этот раз гораздо подробнее стал рассказывать, какова, по его мнению, природа недуга.

Капеллан все еще продолжал свои объяснения, когда вошел Моуэт и вполголоса обратился к капитану:

— Прошу прощения, сэр, но с острова сигналят.

За время пребывания Джека Обри в каюте Стивена остров значительно приблизился, и сигнал был отчетливо виден в подзорную трубу: на высокой скале висел рваный синий с белым флаг. Вместе со старшим офицером Джек Обри забрался на фор-марс, откуда береговая линия была видна как на ладони: на скалы восточной стороны острова обрушивались огромные волны прибоя; на юг и запад убегала гряда рифов. Капитан приказал лечь в фордевинд и двигаться под зарифленным грот-марселем и прямым фоком. Миновав риф, он привелся к ветру и обогнул его, почти достигнув подветренной стороны острова. Здесь риф обрамлял довольно просторную лагуну, а на берегу, сверкавшем под лучами яркого солнца песчаной белизной, он увидел кучку людей, по-видимому белых, судя по штанам и рубахам. Несколько человек бегали взад и вперед и, выразительно жестикулируя, показывали куда-то на север.

«Сюрприз», слушаясь руля, малым ходом осторожно скользил в опасной близости от рифа. Глубины хватало, поскольку лотовый, стоявший на руслене, непрерывно восклицал:

— Лот пронесло! Лот снова пронесло!

Хотя волнение было по-прежнему велико, здесь ветер ощущался гораздо меньше, и благодаря почти полной тишине моряки «Сюрприза» чувствовали большое облегчение. Корабль опасливо пробирался вдоль рифа, местами поросшего кокосовыми пальмами, многие из которых были повалены или сломаны ветром. За рифом находилась тихая лагуна, на ее берегу сверкала отмель, тоже отороченная пальмами, над которыми возвышалась масса зелени с поломанными ветром ветвями, заметными только в подзорную трубу. На отмели суетились какие-то белые оборванцы, которые явно пытались указать направление. Они находились не дальше чем в миле, но из-за перемещения воздушных потоков с подветренной стороны голосов не было слышно, лишь иногда с суши доносилось слабое: «Эй, на корабле!» — или какие-то нечленораздельные звуки.

— Мне кажется, там имеется проход, сэр, — произнес старший офицер, показывая вдоль широкого рифа. И действительно, за островком с тремя вырванными с корнем и тремя целыми пальмами имелся канал, ведущий в лагуну.

— Эй, на носу, выбрать паруса «в доску»! — воскликнул капитан, внимательно вглядываясь вперед.

Когда корабль приблизился к проходу, с берега донесся вопль. Несомненно, это было предупреждение, поскольку поперек фарватера лежало затонувшее судно. Впрочем, предупреждение было излишним: в прозрачной воде и при приливе судно нетрудно было заметить. Его нос застрял в кораллах маленького островка, а корма глубоко врезалась в каменистый берег. Бушприт и мачты были сломаны, киль перешиблен, орудийные порты на шкафуте вдавлены внутрь. В правом борту от клюза до раковины зияла брешь, через которую в трюм заплывали длинные бледно-серые акулы. Несмотря на солнечные блики и волнение, узнать судно оказалось нетрудно: это был «Норфолк». Джек Обри тотчас закричал:

— Поднять вымпел и флаг.

Похоже, их появление вызвало испуг среди находившихся на берегу. Большая часть бросилась бежать в северном направлении; несколько человек остались на месте, разглядывая фрегат. Они перестали прыгать и махать руками. Джек Обри вернулся на шканцы, и корабль вновь медленно поплыл вдоль рифа. Береговая черта уходила внутрь; оказалось, что там имеется небольшая бухта, в которую впадал ручей, а по краям ручья стоит множество палаток и шалашей. Здесь людей было больше, расстояние до них, поскольку лагуна стала шире, значительнее, и голоса их были не слышны. Однако теперь, по-видимому по чьей-то команде подняв правые руки, все указывали куда-то на север, где риф, шириной в четверть мили, пересекал длинный извилистый канал.

В этой наиболее защищенной части острова прибойных волн не было, но зыбь доходила и сюда, то высоко поднимаясь по сверкающей поверхности кораллов, то отступая с могучим вздохом.

— Будь я неладен, если осмелюсь провести туда корабль во время прилива без промера дна, — произнес капитан и приказал спустить шлюпку.

Вернувшись с рекогносцировки, Хани сказал, что дальше пройти возможно, но надо успеть проскочить до начала прилива. Он отметил, что по обеим сторонам прохода и на дне сплошь острые, как бритва, коралловые отложения. Сейчас, во время отлива, сильное течение отсутствует, но поднимаясь, вода должна была мчаться с огромной скоростью, чтобы так разровнять дно. Возможно также, что тут поработал сильный шторм. Если капитан намерен провести корабль дальше, то, пожалуй, в наиболее опасных местах следует выставить пару буев.

— Нет, — ответил Джек Обри. — Так не пойдет. Мы находимся на глубине сорока саженей, под нами хороший, чистый грунт. При необходимости мы могли бы встать на якорь. Мистер Моуэт, пока я буду курсировать взад и вперед, возьмите мой катер, надлежащую команду морских пехотинцев и высадитесь на берег, разумеется, с флагом перемирия и вымпелом. Передайте мои наилучшие пожелания капитану «Норфолка» и попросите его без промедления явиться на борт нашего корабля и сдаться в плен.

После того как «Сюрприз» покинул Ла-Плату, катер не успели покрасить, гребцы не успели обновить свои широкополые соломенные шляпы; мундиры лейтенанта, мичмана и морских пехотинцев испытали антарктическую стужу и тропическую жару. И все-таки моряки «Сюрприза» гордились тем, что, даже находясь на краю света и выдержав такой необыкновенно свирепый шторм, они сохранили достойный внешний вид. Миновав извилистый канал, катер стал рассекать гладь широкой лагуны. Пока катер шел, вахтенные на палубе фрегата стали передавать друг другу небольшую подзорную трубу, выискивая на берегу женщин. Несмотря на горький опыт, полученный при знакомстве с командой туземного катамарана, они по-прежнему жаждали встречи с прекрасным полом. Моряков, бывавших прежде в южных морях, все остальные слушали разинув рот.

— Она была охочей до мужчин и доброй, как не знаю кто, — рассказывал Хогг, вспоминая первую встречу с обитательницей острова Оахуа. — Такими же были и остальные. Некоторых наших парней пришлось привязать к шесту. Иначе они бы попрыгали с судна в воду, хотя каждый из них стоил сорок, а то и пятьдесят долей.

— Нет там никаких женщин, — обращаясь к молодому марсовому, заявил Плейс, долго и внимательно разглядывавший берег. — Да и мужчин тоже. Пустынный остров, бродят по нему одни только бостонские бобы. А вон там, возле речки, стоит хлебное дерево, под которым разбита самая большая палатка.

— Срать я хотел на твое хлебное дерево, — обиженно ответил марсовый.

— Не дело так отвечать человеку, который тебе в отцы годится, Нед Гаррис, — пожурил его баковый старшина.

— Наглый засранец, — поддержали его еще два моряка.

— Я только пошутил, — оправдывался покрасневший Гаррис. — Я не хотел никого обидеть.

— Хотел, чтоб задницу тебе надрали, — заметил старшина сигнальщиков.

— Смотрите, сколько акул, — произнес Гаррис, чтобы сменить тему. — Такие длинные, тонкие и серые.

— Неважно, какие они — серые или розовые в оранжевую полоску, — оборвал его баковый старшина. — Не распускай язык, Нед Гаррис, только и всего.

— Они отчаливают от берега с американским капитаном на борту, сэр, — доложил Киллик капитану, сидевшему у себя в каюте.

— Расстегни мне, пожалуйста, Киллик, этот окаянный крючок, — произнес капитан, облачавшийся в мундир. — Должно быть, я толстею.

Он заглянул в столовую, где была приготовлена холодная закуска для капитана «Норфолка». Проглотив маленькую соленую галету, он прицепил шпагу. Не желая показаться нетерпеливым, Джек Обри расхаживал по шканцам, пока его пленного везли к фрегату. Он по себе знал, как чертовски неприятно сдаваться, даже если никто при этом не злорадствует. Но, с другой стороны, ему не хотелось показаться невнимательным, словно сдача в плен капитана первого ранга не имеет большого значения.

Выждав момент, он чуть сдвинул набекрень треуголку и вышел на палубу. Бросив беглый взгляд, он убедился, что Хани хозяин положения: мичманы выглядят вполне прилично, фалрепные — пожалуй, чересчур заросшие широкоскостые парни — умыты и держат белые перчатки наготове, морские пехотинцы построены; корабль, который перед этим курсировал взад и вперед, подходил ближе к рифу, удерживаясь против приливной волны, чтобы принять катер.

Джек Обри, по обыкновению, принялся расхаживать по шканцам, но, мельком взглянув после третьего поворота на низенькую фигуру, сидевшую на корме между Кэлами и Моуэтом, он посмотрел на нее снова, на этот раз гораздо внимательнее. Разглядывать ее в подзорную трубу было слишком поздно, однако, успев хорошо изучить в бостонском плену американскую морскую форму, он понял: тут что-то не так. Когда катер приблизился, он обратился к морскому пехотинцу Троллопу, стоявшему на часах:

— Троллоп, окликните шлюпку.

Солдат чуть было не брякнул: «Но это же наш собственный катер, сэр», но спохватился; его глаза стали похожи на оловянные пуговицы, и он, набрав воздуха в легкие, прокричал:

— Эй, на шлюпке!

— На шлюпке никого! — громко и отчетливо прозвучал ответ Бондена.

Это означало, что не следует ожидать прибытия на «Сюрприз» офицерского чина.

— Примите на себя командование, мистер Хани, — произнес Джек Обри, направляясь к поручням на юте.

Фалрепные сунули перчатки в карманы, гардемарины перестали смотреть почтительно, а Говард распустил своих пехотинцев. Крюковый подтянул катер к борту фрегата, и Моуэт быстро поднялся на корабль. С ошеломленным видом он кинулся на корму к капитану.

— Прошу прощения, сэр, — воскликнул он, — но война на окончена.

Сразу же за ним на борт поднялся жизнерадостный круглоголовый толстяк в форменном сюртуке, оттолкнувший в сторону Хани и с сияющей улыбкой направившийся к капитану. Протянув ему руку, он произнес:

— Мой дорогой капитан Обри, поздравляю вас с радостным событием — заключением мира. Я очень рад видеть вас вновь. Как ваша рука? Вижу, с ней все в порядке, она такой же длины, как и вторая, как я и предсказывал. Вы меня не помните, сэр, хотя, не хвастаясь, могу сказать, что вы обязаны мне своей правой рукой. Мистер Эванс уже точил зубья своей пилы, но я ему сказал: «Нет, давайте подождем еще денек». Я Бучер, бывший помощник судового врача на «Конституции», а теперь судовой врач «Норфолка».

— Конечно же, я помню вас, мистер Бучер, — произнес Джек Обри, вспоминая свой плен и тот мучительный переход в Бостон в качестве военнопленного, после того как американский корабль «Конституция» захватил английскую «Яву». — Но где же капитан Палмер? Он уцелел после гибели «Норфолка»?

— Он получил множество травм, но не утонул. Мы потеряли совсем немного человек по сравнению с тем количеством, которое могло бы погибнуть. Правда, остались почти нагишом, лишь у меня сохранился приличный сюртук. Вот почему к вам направили меня. Не мог же капитан Палмер явиться на борт английского военного корабля в рваной сорочке и без головного убора. Разумеется, он передает свои наилучшие пожелания. Он имел удовольствие встретиться с вами в Бостоне вместе с капитаном Лоренсом и надеется, что вы со своими офицерами отобедаете у него на острове в три часа.

— Вы говорили о мире, мистер Бучер?

— О да, и он расскажет о нем гораздо подробнее, чем я. Впервые мы узнали о нем от британского китобоя. Можете представить наш жалкий вид, когда нам пришлось отпустить этот великолепный приз. Затем это известие подтвердил капитан судна из Нантакета. Но скажите, сэр, правда ли, что вы намерены вскрывать череп доктору Мэтьюрину?

— При падении он получил очень опасную травму, и наш капеллан, который разбирается в медицине, полагает, что эта операция может спасти его.

— Если речь идет о трепанации черепа, то я к вашим услугам. Я провел десятки, нет, сотни таких операций, и у меня не погиб ни один пациент. Исключение составляют несколько больных, страдавших запущенными формами кахексии, когда пришлось провести операцию, чтобы угодить родственникам. Я провел трепанацию миссис Бучер, которая страдала постоянными головными болями, после чего она ни разу не пожаловалась на мигрень. Я искренне верю в благополучный исход операции. Я спас многих людей, находившихся на краю могилы, среди них были те, кто имел депрессивные травмы черепа. Вы позволите мне взглянуть на больного?

— Великолепный инструмент, ничего не скажешь, — произнес, обращаясь к отцу Мартину, Бучер, вертя в руках трефин Стивена. — В нем столько неизвестных мне новшеств. Думаю, это французское изделие? Помню, что наш друг, — продолжал он, кивнув в сторону Мэтьюрина, — говорил, что он учился во Франции. Не угодно ли понюшку, сэр?

— Благодарю, но я этим не балуюсь.

— Ну а я к нюхательному табаку привык, — отвечал Бучер. — Великолепный инструмент. Но я не удивляюсь, что вы не решились использовать его. Я и сам не рискнул бы оперировать даже при таком умеренном волнении, как сейчас, не говоря уже о том, какое вы описывали. Надо сейчас же отвезти его на берег, нельзя допустить, чтобы такое давление продолжалось еще одну ночь, иначе я не отвечаю за последствия.

— А не опасно его беспокоить?

— Конечно, нет. Надо завернуть его в одеяла, привязать к двум доскам эластичными бинтами, для ног, конечно, сделать упор и с помощью талей опустить его вертикально. Никакого вреда ему причинено не будет. А если капитан Обри пришлет своего плотника, чтобы тот сколотил небольшую избушку чуть покрепче наших палаток, то пациент будет чувствовать себя не хуже, чем в любом морском госпитале.

— Мистер Моуэт, — произнес Джек Обри, — я отправляюсь на берег с доктором. Когда прилив достигнет максимальной величины, будет слишком темно, чтобы войти в канал, поэтому встаньте на два якоря, увеличив длину якорь-цепи до двадцати саженей. По всей вероятности, я вернусь, когда все наладится, но если я не вернусь, завтра утром вы подойдете к берегу. Не забудьте про якоря, Моуэт.

Стивен, лицо которого было защищено от солнца, походил на мертвеца, когда его стали опускать в шлюпку — на этот раз это был баркас, более просторный, чем катер. Он низко осел в воду, потому что в него спустили еще плотника с помощниками, партию рабочих, погрузили строительную древесину, а также провиант, который, по мнению капитана, пригодится потерпевшим кораблекрушение.

Чтобы приветствовать их, капитан Палмер, ковыляя, вышел на левый берег речки, встав недалеко от палаток. Он попытался по возможности привести себя в порядок, но он от природы был очень волосат, так что густая борода с проседью наряду с рваной одеждой и босыми ногами придавали ему вид бродяги. Он был весь покрыт синяками и ссадинами, которые получил во время кораблекрушения. Тело капитана было облеплено самодельными пластырями и обмотано повязками, закрывавшими самые глубокие раны от ударов об острые кораллы.

Из-за волосатости и множества пластырей трудно было разглядеть выражение лица американца, но слова его звучали учтиво:

— Надеюсь, сэр, что, после того как все будет налажено, вы придете, чтобы выпить с нами. Насколько я могу судить, джентльмен на носилках — это ваш врач, которого будет оперировать мистер Бучер.

— Совершенно верно. Мистер Бучер оказался настолько любезен, что предложил свои услуги. Но если вы позволите, сэр, то сначала я прослежу, чтобы, пока светло, соорудили какое-то укрытие. Прошу вас, не беспокойтесь, — обратился он к Палмеру, увидев, что тот намерен провожать его. — По пути сюда я заметил лужайку, которая вполне подойдет для строительства.

— С нетерпением буду ждать вашего визита после того, как вы устроитесь и отдадите нужные приказания, — с учтивым поклоном произнес американец.

Этот поклон был, пожалуй, единственным знаком признания обеих сторон. Небольшая группа людей позади Палмера, очевидно оставшиеся у него офицеры, не произнесла ни единого слова, в то время как уцелевшая часть команды «Норфолка», численностью от восьми до девяти десятков, стояла на некотором расстоянии от них на правом берегу реки, а моряки с «Сюрприза» — на левом. Обе стороны неприязненно смотрели друг на друга, словно два враждующих стада крупного рогатого скота. Джек Обри удивился. В этой бессмысленной, никому не нужной войне никто, за исключением штатских, по-настоящему не испытывал враждебных чувств к противнику. Поэтому он ожидал, что нижние чины будут более доброжелательны друг к другу. Впрочем, ему было некогда долго предаваться таким размышлениям: оказалось, что найти сухое, открытое, светлое и хорошо проветриваемое место для строительства укрытия совсем не так просто, как он предполагал. Земля была усеяна сучьями деревьев, подчас огромных размеров, одни деревья были вырваны с корнем, другие опасно наклонились. Лишь в сумерках, после тяжелой, напряженной работы, удалось поставить крышу и положить пациента на прочный, изготовленный из только что срубленного сандалового дерева стол.

— Полагаю, отсутствие естественного освещения не доставит вам трудностей, мистер Бучер, — произнес Джек Обри.

— Ни в коем случае, — отозвался американец. — Я настолько привык оперировать в нижних помещениях, что предпочитаю работать при свете фонаря. Отец Мартин, будьте любезны, повесьте один возле стропил, а другой я поставлю вот здесь. Полагаю, что в таком случае свет от них будет перекрещиваться. Капитан Обри, если вы сядете на бочку возле дверей, то будете хорошо видеть, что происходит. Долго ждать вам не придется: как только я наточу скальпель, то сразу же сделаю первый надрез.

— Нет, — возразил капитан «Сюрприза». — Я навещу капитана Палмера, а затем мне надо будет вернуться на корабль. Попрошу вас сообщить, когда закончите операцию. Колман будет ждать снаружи, он и принесет мне известие.

— Разумеется, — отозвался Бучер. — Что касается возвращения на корабль нынче вечером, то даже не думайте об этом, сэр. Приливное течение мчится по каналу с бешеной силой. Выгрести против него невозможно, к тому же ветер будет встречным.

— Пойдемте, Блекни, — обратился Джек Обри к гардемарину, сопровождавшему его. Закрыв дверь, он торопливо пошагал прочь, чтобы не видеть, как Стивену вывернут скальп и положат его ему на лицо, а трефин врежется в живую кость.

В конце поляны они увидели яркий костер и моряков с «Сюрприза», ужинавших под прикрытием баркаса.

— Сходите перекусите, — обратился он к спутнику. — Скажите, что все идет как надо. Пусть Бонден после ужина принесет провизию, которую я приготовил для американцев.

Джек Обри продолжал неторопливо идти, прислушиваясь к шуму волн у дальнего рифа и время от времени посматривая на луну, еще недавно находившуюся в последней четверти. Ни звуки, ни зрелище были ему не по душе. Не по душе ему была и атмосфера на острове. По-прежнему погруженный в раздумья, он перешел через ручей.

— Стой! Кто идет? — крикнул часовой.

— Друг! — отвечал Джек Обри.

— Если друг, то проходи, — отозвался страж.

— Это вы, сэр? — произнес Палмер, приглашая британца в палатку, освещенную снятым с корабля топовым фонарем с фитилем, убавленным до предела. — У вас озабоченный вид. Надеюсь, все в порядке?

— Я тоже на это надеюсь, — отвечал Джек Обри. — Сейчас идет операция. Как только она закончится, мне сообщат.

— Уверен, все пройдет гладко. У Бучера еще ни разу не было провала. Он самый толковый врач у нас на флоте.

— Счастлив слышать это, — сказал английский капитан. — Надеюсь, операция продлится недолго. — До него донеслись приближающиеся шаги.

— Вы разбираетесь в приливно-отливных явлениях, отец Мартин? — спросил хирург, который пробовал остроту скальпеля, сбривая волосы у себя на предплечье.

— Ничуть, — признался капеллан.

— А это увлекательное занятие, — заявил Бучер. — В здешних местах они особенные: и не полусуточные, и не вполне суточные. К западу от острова находится огромный риф. Полагаю, именно он запирает течение и вызывает аномалию. Но, как бы то ни было, по этой или ряду иных причин во время сизигийного прилива вроде сегодняшнего вода будет мчаться с огромной скоростью, причем он будет продолжаться часов девять, если не больше. Он достигнет высшей точки только утром, и ваш капитан, можно сказать, застрянет здесь на ночь, ха-ха! Табачку понюхать не желаете?

— Благодарю вас, сэр, — отвечал отец Мартин. — Этим не увлекаюсь.

— Хорошо, что у меня водонепроницаемая табакерка, — произнес хирург, поворачивая голову Стивена и разглядывая ее, поджав губы. — А я всегда укрепляю свои силы перед операцией. Некоторые господа курят сигару. Я же предпочитаю нюхать табак. — Он открыл табакерку и достал оттуда такую большую щепотку, что часть табака просыпалась ему на грудь рубашки, а еще больше на пациента. То и другое он стряхнул платком, и тут Стивен едва слышно чихнул. Затем он с трудом сделал глубокий вдох, чихнул, как подобает доброму христианину, что-то пробормотал про колпиц, поднес ладонь к глазам, чтобы защитить их от света, и своим резким, скрипучим голосом, правда очень тихо, проговорил:

— Иисус, Мария и Иосиф.

— Держите его, — воскликнул Бучер, — иначе он поднимется. — И, обращаясь к Падину, находившемуся за дверью, добавил: — Эй ты, сходи принеси веревку.

— Мэтьюрин, — произнес американец, склонившись над Стивеном. — Вы пришли в себя! Как я счастлив. Я молился, чтобы это произошло. Вы сильно ушиблись, но теперь поправились.

— Погасите этот несносный свет! — вскричал больной.

— Лежите не шевелясь, сэр, и успокойтесь, — продолжал Бучер. — Мы должны уменьшить давление на ваш мозг. Немного неудобств, немного терпения, и скоро все будет кончено... — Но говорил он без особой уверенности, и когда Стивен сел, крикнув Падину, чтобы тот не стоял как истукан, а из любви к Господу принес ему кружку доброй пресной воды, американец положил свой скальпель и спокойно сказал: — Больше у меня никогда не появится возможность опробовать новейший французский трефин.

Помолчав некоторое время, капитан Палмер спросил:
— И как же ваш корабль преодолел этот шторм, сэр?
— В целом довольно благополучно, благодарю, не считая того, что мы потеряли несколько деталей рангоута и сломали бизань-мачту. Но основной удар шторм нанес, по-моему, где-то севернее. Нас захватил лишь его южный край, хвостовая часть.
— А мы оказались в самом центре, вернее на его переднем фронте, поскольку не успели заранее принять необходимые меры. Шторм обрушился на нас ночью. Можете представить, каково нам было, тем более что людей не хватало, так как многих мы отослали... — Палмеру не хотелось добавлять: «с призами», поэтому он повторил: «многих мы отослали», лишь изменив интонацию. Из его рассказа можно было понять, что шторм обрушился на «Норфолк» много раньше, чем на «Сюрприз». Произошло это гораздо севернее его счислимого места, в результате чего в четверг утром, когда американцы мчались вперед, подгоняемые гигантскими волнами, неся клочок паруса на обломке фок-мачты, к своему удивлению и ужасу справа по носу они увидели остров Старого Содбери.
— Этот остров, сэр? — Палмер кивнул.

— Так вы знали о его существовании?

— Знал, сэр. Иногда сюда заходят китобои. Он назван по имени Ройбена Содбери из Нантакета. Но обычно они его избегают из-за длинных и опасных отмелей в нескольких милях к западу от острова — эти отмели оказались от нас с подветренной стороны. Налететь на них означало лишиться всякой надежды на спасение, и мы взяли курс на остров Старого Содбери. Двое моих моряков, китобоев из Нью-Бедфорда, бывали здесь раньше и знали о проходе в рифах. — Американец покачал головой, затем стал продолжать: — Во всяком случае, мы потерпели кораблекрушение во время отлива, поэтому большинство из нас сумели перебраться с носовой части на островок, а оттуда, по рифу, на берег большого острова. Но спасти не успели ничего: ни шлюпок, ни продовольствия, ни одежды, почти никаких инструментов, ни табака...

— И нельзя было нырять, чтобы что-то достать?

— Нет, сэр. Нет. Здешние воды кишат акулами, серыми акулами, акулами Старого Содбери. Мой второй помощник и еще один мичман попытались проделать это во время отлива. От них не осталось ничего, что можно было бы похоронить, хотя акулы совсем небольшие.

Раздался окрик часового: «Стой! Кто идет?» Затем послышались хрип, звук ударов и громкий голос Бондена:

— Ты чего толкаешься, приятель? Не видишь, что он немой?

— Чего ж он не сказал? — слабым голосом ответил часовой. — Отпусти меня.

Ворвавшись в палатку, Падин коснулся лба окровавленными пальцами; он не мог произнести ничего членораздельного, но его сияющее лицо было красноречивее всяких слов. К тому же Бонден был готов помочь:

— Он хочет сказать, что никакой операции доктору не делали. Доктор сам поправился: вскочил, как в сказке, стал браниться, потребовал воды, потом кокосового молока, а теперь спит, никого к нему не пускают. И вот еще что. Припасы я принес, сэр. И скажу, сэр, что надвигается шторм.

— Спасибо, спасибо вам обоим: лучших известий принести вы не смогли бы. Скоро я к вам приду, Бонден. — Открывая сундучок, Джек Обри продолжал: — А вот здесь, сэр, кое-какая еда. Икры и шампанского, к сожалению, не нашлось, зато имеются копченая тюленина, свиное сало и дельфинья колбаса...

— Ром, портвейн и табак! — воскликнул Палмер. — Спаси вас Господь, капитан Обри! Я уж думал, что мне никогда не удастся их отведать. Позвольте мне добавить в кокосовое молоко капельку этого превосходного рома. А затем, если не возражаете, я позову своих офицеров — немногих из тех, кто у меня остался, и представлю их вам.

Джек улыбался, глядя, как Палмер откупоривает бутылку. Веселился, представляя себе бранящегося Стивена. Ром был разлит, коктейль приготовлен. Перестав улыбаться, британец начал:

— В вине, гроге и даже пиве есть благородные качества, которые отсутствуют в воде и кокосовом молоке. Поэтому, прежде чем выпить с вами, будет справедливо заявить, что вы должны считать себя военнопленным. Разумеется, я не стану доходить до крайностей. Не стану, к примеру, настаивать на том, чтобы вы сегодня же вечером вместе со мной отправились на корабль, или на каких-то иных строгостях. Обойдемся без ручных или ножных кандалов, — добавил он с улыбкой, хотя на «Конституции» на пленных британских моряков с «Явы» наручники надели. — И все же я считаю нужным прояснить причину принимаемых мною мер.

— Но, дорогой сэр, война закончена! — воскликнул Палмер.

— Слышу, — после непродолжительной паузы произнес Джек Обри не слишком доброжелательным тоном. — Но я не получил официального сообщения на сей счет, а ваши источники могут ошибаться. Как вам известно, военные действия продолжаются до тех пор, пока вышестоящее начальство не сообщает об их прекращении.

Палмер снова заговорил о британском китобойном судне «Вега» из Лондона, капитан которого лег в дрейф, чтобы показать купленную в Акапулько нью-йоркскую газету, где сообщалось о мирном договоре. Он также рассказал о судне из Нантакета, офицеры и команда которых говорила о мире как о решенном деле. Рассказывал он очень подробно и совершенно серьезно.

— Естественно, — продолжал он, — я не могу состязаться с двадцатью восемью тяжелыми орудиями, но надеюсь, что смогу вразумить офицера, который ими командует, если только он не увлечен кровопролитиями и разрушениями.

— Разумеется, — отозвался Джек Обри. — Но вы должны знать, что даже самые гуманные офицеры обязаны исполнять свой долг и что этот долг подчас может расходиться с их чувствами.

— Они также обязаны проявлять благоразумие, — возразил Палмер. — Все слышали о жестоких убийствах, происходивших в отдаленных концах мира спустя долгое время после окончания войны, — убийствах, о которых всякий порядочный человек должен сожалеть. Сколько кораблей напрасно потоплено и сожжено, сколько судов захватили лишь затем, чтобы вернуть их после бесконечных проволочек. Обри, неужели трудно понять, что если вы, злоупотребляя силой, отвезете нас в Европу в то самое время, когда эта злополучная, неудачная война с грехом пополам закончилась, то вашими действиями в Штатах будут возмущены так же, как и поступком капитана «Леопарда», когда он обстрелял «Чезапик»?

Это был умело нанесенный удар. Одно время Джек Обри командовал этим невезучим двухпалубником, вооруженным полусотней орудий, и он знал, что одному из его предшественников, Сейлсбери Хамфри, было приказано захватить нескольких дезертиров с королевского флота, укрывшихся на тридцатишестипушечном американском фрегате «Чезапик». Американский командир не разрешил провести обыск на его корабле, и тогда «Леопард» произвел три бортовых залпа, убив и ранив двадцать одного человека. Британскому капитану в конце концов удалось арестовать дезертиров, но этот инцидент едва не развязал войну и закрыл все американские порты для британских военных судов. Большинство офицеров, вовлеченных в инцидент, в том числе и адмирал, были списаны на берег.

— Допускаю, что капитан Хамфри действовал в соответствии с уставом, когда стрелял по «Чезапику», — продолжал Палмер. — Я этого не знаю, я не законник. Допускаю также, что вы будете действовать строго по уставу, если отвезете нас в Европу в качестве пленных. Но не думаю, что такая дешевая победа над безоружными, потерпевшими кораблекрушение людьми прославит ваш флот или доставит вам большое удовлетворение. Нет, сэр. Я надеюсь, что, пользуясь своими широкими полномочиями, вы доставите нас на остров Хуахива на Маркизах, расположенных меньше чем в ста милях отсюда, где у меня имеются друзья и где меня и моих людей сменят. Если вас это не устраивает, то, надеюсь, вы сможете оставить нас здесь и сообщить нашим друзьям, где они смогут нас найти. Я полагаю, что вы теперь возьмете курс на мыс Горн, а до Маркизских островов подать рукой. Мы сможем продержаться здесь месяц или два, хотя из-за урагана у нас сложно с продовольствием. Подумайте об этом, сэр, не торопитесь с решением. А тем временем давайте выпьем за здоровье доктора Мэтьюрина. — При этих словах яркая вспышка молнии осветила его озабоченное лицо.

— С большим удовольствием, — отозвался Джек Обри, осушив содержимое скорлупы кокосового ореха. Затем, вставая, добавил: — А теперь мне надо возвращаться на корабль.

Продолжительный и гулкий раскат грома заглушил первые слова американца, но английский капитан все же расслышал:

— ...надо было сообщить вам раньше... прилив будет продолжаться девять или десять часов, выгрести против течения в канале невозможно. Прошу вас, располагайтесь, — указал он на груду листьев, покрытых парусиной.

— Благодарю, но я схожу узнаю, как чувствует себя Мэтьюрин, — отвечал Джек.

Выйдя из-за деревьев, он принялся вглядываться туда, где за белой линией рифа должен был виднеться якорный огонь «Сюрприза». После того как его глаза привыкли к темноте, на западе, низко над горизонтом, он увидел его, похожего на заходящую звезду.

— Я уверен, что Моуэт держит ухо востро и не забудет про якорь-цепи, — произнес капитан.

Баркас вытащили на берег гораздо выше самой верхней отметки прилива и, перевернув его вверх дном, положили на обломки пальмовых стволов. Получился низкий, но вполне уютный дом. Его медная обшивка поблескивала при свете луны. Из-под планширя в подветренную сторону струился едкий дым дюжины трубок. На некотором расстоянии от баркаса взад и вперед прохаживался Бонден, дожидаясь командира.

— Ненастная погода, сэр, — заметил он.

— Это правда, — согласился Джек Обри, и оба принялись наблюдать за луной, время от времени выглядывавшей из-за носящихся по кругу туч, меж тем как внизу дул переменчивый несильный ветер.

— Похоже на то, что получится месиво, как и прежде. Вы, наверно, слышали про прилив, который продолжается девять часов?

— Слышал, сэр. Неприятную историю я узнал, когда шел сюда от палатки. Мне рассказал ее один англичанин. Он признался, что он с «Гермионы» и что в экипаже «Норфолка» есть еще десятка два таких, как он, не считая нескольких дезертиров. Сказал, что укажет их, если вы его не выдадите и обещаете наградить. Они страшно перепугались, увидев «Сюрприз». Сначала решили, что это русский корабль, и принялись кричать «ура», но, узнав, что это в действительности за корабль, перетрухали.

— Еще бы. И что вы сказали этому матросу с «Гермионы»?

— Сказал, что передам вам его слова, сэр.

Небеса, по которым с юго-востока мчалась огромная черная туча, озарились от края до края. Оба бросились в укрытие, но, прежде чем Джек Обри успел добежать, стена дождя обрушилась на него, промочив до нитки.

Сам не зная почему, он открыл и затворил за собою дверь молча. Вода текла с него ручьями, слышались шум ливня и раскаты грома. Отец Мартин, читавший книгу возле затемненного фонаря, прижал палец к губам и показал на Стивена, лежавшего, свернувшись калачиком, на боку. Доктор мирно спал, время от времени чему-то улыбаясь.

Проспал он до утра, хотя другой такой тревожной и бурной ночи Джек Обри еще не помнил. В час ночи поднялся ураганный ветер, из тех, что дико завывают в рангоуте и такелаже. Он набросился на уцелевшие деревья и кусты, а огромные волны прибоя, шедшие с юга, все множились, рождая низкий могучий гул, который все скорее ощущали, чем слышали в реве ветра и треске падающих деревьев.

— Что это было? — спросил отец Мартин после того, как налетел особенно свирепый порыв ветра и строение затряслось, словно от ударов молота.

— Кокосовые орехи, — отозвался капитан. — Слава богу, что Лэмб сделал такую прочную крышу: при подобном ветре их удары смертельны.

Стивен не слышал грохота кокосовых орехов, не видел первых, тусклых лучей рассвета, но с восходом солнца открыл один глаз, произнес: «Доброе утро, Джек!» — и снова его закрыл.

Джек осторожно выбрался из хижины и оказался среди изуродованного ветром ландшафта. По щиколотки в воде, он поспешил к берегу, где убедился, что баркас остался на месте. Встав на ствол упавшего дерева и опираясь о неповрежденную пальму, он достал карманную подзорную трубу и стал разглядывать белую от шапок пены, рваную поверхность океана. Джек обшарил горизонт во всех направлениях, наблюдал за каждой ложбиной, превращавшейся в водяную гору, смотрел тут и там, на севере и на юге, но «Сюрприза» нигде не было.

Глава десятая

— В голову мне пришли две мысли, — произнес Джек Обри, не отрывая глаз от отверстия в стене хижины, которая возвышалась над западным подходом к острову — заливаемым дождем участком моря, откуда в любую минуту мог появиться «Сюрприз». — Во-первых, ни в одном походе я не сталкивался с непогодой столько раз.

— Даже когда командовали дряхлым «Леопардом»? — спросил Стивен. — А мне припоминаются такие ветра, волны такой невероятной величины... — Ему также пришла на память далекая закрытая антарктическая бухта, в которой они много недель ремонтировались в обществе альбатросов, глупышей, гигантских буревестников, голубоглазых хохлатых бакланов и целой толпы совершенно ручных пингвинов.

— С «Леопардом» я натерпелся всякого, — признал капитан. — То же было и когда я служил зеленым мичманом на «Намюре». Мы эскортировали архангельский конвой. Я только что вымыл голову в растопленной изо льда воде, и мы с приятелем успели заплести друг другу косички (как и все моряки в те времена, мы носили длинные волосы, завязывая их узлом только во время работы, когда весь экипаж свистали на мачты). От норд-норд-оста дул сильный ветер, напичканный ледяными кристаллами. Я поднялся на рей, чтобы помочь вязать рифы на гротмарселе. Что это была за мука: пузо паруса все время вырывалось из рук, потому что одна из снастей порвалась, а я находился на наветренном ноке рея. В конце концов нам удалось выполнить работу, и мы уже были готовы слезать, когда с головы у меня слетела шляпа и за ухом у себя я услышал сильный треск. Это моя косичка ударилась о топенант. Она превратилась в ледышку и сломалась пополам. Клянусь вам, Стивен, она сломалась, точно сухая палка. Обломок подняли на палубе, и я сохранил ее для девушки, в которую был тогда влюблен. Она служила в «Кеппелс Ноб» в Помпее. Я думал, что подарок ей понравится, но оказалось, что нет. — После краткой паузы он добавил: — Косица была мокрой и оттого замерзла.

— Понимаю, — отозвался доктор. — Но, любезнейший, вы не находите, что несколько отклоняетесь от темы?

— Я вот что имею в виду. Хотя другие события моего послужного списка были более значащими, нынешний поход уникален: он протекает в непрерывных сражениях, но не с неприятелем, а с морем и небом. Второе, что я хотел отметить, — оглянувшись назад, продолжал Джек Обри, — это то, что чрезвычайно неудобно разговаривать с человеком, чье лицо сплошь закрыто волосами. Невозможно определить, о чем он думает, что он имеет в виду, лжет он или нет. Иногда люди с той же самой целью надевают синие очки.

— Если я не ошибаюсь, вы имеете в виду капитана Палмера.

— Совершенно верно. Последние дни, когда мы находились в такой тесноте вместе с отцом Мартином и Колманом, а вы были ко всему безразличны, мне не хотелось говорить о нем. — Под словами «последние дни» капитан подразумевал продолжавшийся трое суток чрезвычайно жестокий шторм, заставивший их безвылазно сидеть в хижине. К этому времени ветер ослаб до свежего, и хотя вновь пошел дождь, он отличался от прежнего удушающего, слепящего ливня. Люди расползлись по острову, подбирая разбитые бурей плоды хлебного дерева, выбирая те, что побольше, размером с каштан, а также кокосовые орехи, многие из которых, несмотря на толстую оболочку, оказались расколотыми. — Но давайте по порядку. Я действительно не знал, как мне к нему относиться. Мое первое впечатление было таково: то, что заявили Бучер и Палмер, — правда, война окончена. Я не мог допустить, чтобы офицер мог сказать явную ложь.

— Ах, оставьте, Джек, бога ради! Вы офицер, а, как мне известно, лгали бесчисленное количество раз, наподобие Улисса. Сколько раз вы поднимали чужие флаги: то вы голландец, то французский купец, то испанский военный корабль, словом, друг, союзник — все что угодно, лишь бы обмануть неприятеля. Да на земле будет рай, если правительства — будь то республиканские или монархические — станут выдавать такие офицерские патенты, которые помешают их обладателям пребывать во лжи, гордыне, зависти, лени, жадности, гневе и непостоянстве.

Джек Обри, изменившийся в лице при слове «ложь», пришел в себя, услышав слово «непостоянство».

— О! — воскликнул он. — Это же просто военные хитрости, вполне законные. Это же не откровенная ложь, когда ты заявляешь, что заключен мир, хотя прекрасно знаешь, черт тебя побери, что продолжается война. Можно приближаться к противнику под чужим флагом, что вполне допустимо, но если ты откроешь огонь, не успев спустить чужого и не подняв свой флаг, это будет просто-таки бесчестно, за это следует вешать. Возможно, штатскому трудно понять разницу, но, уверяю вас, морякам здесь растолковывать нечего. Во всяком случае, я не считал, что Палмер станет лгать, и поначалу намеревался отвезти их всех на Маркизы и там отпустить, взяв с офицеров честное слово не участвовать в войне до тех пор, пока их не обменяют, если произошла ошибка и никакого перемирия на самом деле нет. Однако пленение, как я его представлял себе, было не более чем формальностью. Это я хотел сразу же подчеркнуть. Я не хотел изображать из себя этакого любезного малого, который станет вместе с тобой обедать и выпивать, а потом заявит: «Между прочим, не изволите ли отдать мне вашу шпагу». Поэтому при первой же встрече я объявил, что он военнопленный. Я произнес это со всей серьезностью — помимо всего прочего, он гораздо старше меня, у него седая борода. Я несколько переусердствовал, сказав, что не заставлю его последовать ко мне на корабль в тот же вечер и что его людей не закуют в наручники. К моему удивлению, он воспринял все это совершенно серьезно, и я тогда подумал, что дело тут нечисто. Вспомнил, что, когда впервые сошел на берег, мне показалось странным, что моряки с «Норфолка» не очень-то обрадовались, увидев нас: ведь война окончена, а мы выступаем в качестве их спасителей. И тут я почувствовал, что тут что-то не так, кто-то явно собирался вытащить нашими руками каштаны из огня.

— Скажите мне, Джек, а как он должен был отнестись к вашему заявлению, что он военнопленный?

— Делая это заявление, я должен был ожидать, что, как и любой морской офицер, он примется проклинать меня, правда в соответствующих выражениях, или, сцепив руки, станет просить не сажать их в трюм и не пороть чаще двух раз в день. Если бы, конечно, он действительно был уверен, что заключен мир.

— Браво, Джек, ваш слоновий юмор, столь характерный для представителей флота Его Величества, по мере удаления от родных берегов становится изящнее. Кстати, если и был обман, то не явилось ли его виновником британское китобойное судно? Ведь, в конце концов, «Вега» могла и таким способом избежать пленения.

— Возможно, и «Вега» приложила тут руку. Однако к этому времени я был настолько полон сомнений, что не стал говорить о доставке их на Маркизы и освобождении под честное слово или чем-то еще. Ведь если война действительно продолжается, то я должен был бы арестовать их всех. Уклонение от этого было бы грубейшим нарушением устава. Сомнение в том, что тут что-то не так, вызвала во мне не только его излишняя серьезность, но тысяча мелочей, да и вся атмосфера, хотя точную причину этого я не мог понять до конца. А затем, возвращаясь в хижину, я узнал, что среди экипажа у Палмера, помимо обыкновенных дезертиров, находится несколько бывших матросов с «Гермионы». Разве я вам не рассказывал про «Гермиону»? — спросил Джек Обри, видя ничего не выражающее лицо доктора.

— По-моему, такого не было.

— Вполне возможно. Если бы не славный конец, это была бы самая безобразная история за всю мою жизнь. В двух словах она заключается в следующем. Одному господину присвоили звание капитана первого ранга, хотя ему вообще не следовало бы присваивать офицерского чина. Затем его назначили командиром тридцатидвухпушечного фрегата «Гермиона», и он превратил корабль в плавучий ад. В Вест-Индии экипаж взбунтовался и убил командира. Кто-то мог бы сказать: «поделом вору мука!», но дело в том, что мятежники зверским образом убили трех лейтенантов и офицера морской пехоты, а также казначея, врача, писаря, боцмана и гардемарина, за которыми гонялись по всему кораблю. После этого они привели корабль в Ла-Гайру и сдали его испанцам, с которыми мы тогда воевали. Мерзкая история от начала до конца. Но спустя некоторое время испанцы отогнали его в Пуэрто-Кабелло, где Нед Гамильтон, который в то время командовал милым «Сюрпризом» и имел превосходный экипаж, подошел к «Гермионе» на шлюпках и перерезал канаты, хотя она была пришвартована носом и кормой между двумя мощными батареями, а испанцы совершали регулярный обход на шлюпках. Помню, командирской шлюпкой командовал судовой врач — отличный малый по имени Мак-Маллен. Матросы «Сюрприза» убили множество испанцев, но большинство мятежников скрылось. Когда же Испания заключила с нами союз против французов, то многие из них бежали в Штаты. Кое-кто устроился на торговые суда, что было глупо, поскольку купцов часто подвергают досмотру. Когда кого-то из них находили, то его арестовывали и вешали: их точное описание, татуировки и остальные особые приметы были разосланы по всем базам, к тому же за их головы была назначена приличная цена.

— И среди матросов «Норфолка» находятся эти несчастные?

— Да. Один из них предложил указать на остальных, если ему разрешат стать свидетелем обвинения и выдадут награду.

— Доносчики. О, Боже, ими полон мир.

— Теперь получается совсем другая картина. В распоряжении у Палмера десятка два матросов с «Гермионы», не считая других дезертиров. Вслед за арестом им грозит виселица. Правда, если это иностранцы, то они могут отделаться полутысячей ударов плетью. Но матросов «Гермионы» ожидает верная смерть. Хотя наверняка это никчемный люд, долг Палмера защищать их, коли уж они ему служат. Даже в качестве номинальных военнопленных они все равно должны быть осмотрены, освидетельствованы и внесены в вахтенный журнал. Почти наверняка беглых бунтовщиков опознают, закуют в кандалы, и они будут сидеть в тюрьме до тех пор, пока их не повесят. Если же рассматривать этих людей как спасенных, потерпевших кораблекрушение во время мира, то их смогут погрузить на корабль вместе с остальными. По-моему, он рассуждает именно так.

— Возможно, это и есть та банда, о которой упоминает мистер Гилл в своем замечательном письме, которое мы нашли на пакетботе. Цитирую его по памяти: «Рай моего дядюшки Палмера, для которого у нас имеется несколько колонистов — людей, которые хотят поселиться как можно дальше от своих земляков».

— Можно войти? — спросил отец Мартин, остановившийся в дверях. На нем была брезентовая куртка; в одной руке он держал обруч от бочки, покрытый куском брезента, который служил ему примитивным зонтом. Другой придерживал ворот рубахи, куда он напихал кокосовых орехов и плодов хлебного дерева. — Прошу вас, возьмите орехи, пока они не упали, — произнес он и, когда Джек Обри отвернулся от отверстия, поинтересовался: — Вы еще не обнаружили корабль, сэр?

— Пока нет, — отвечал Джек. — Он никак не мог вернуться сегодня. Я настраиваю подзорную трубу с таким расчетом, чтобы, когда придет время, охватить как можно большую часть северо-западного горизонта.

— А нельзя ли прикинуть, через какое время фрегат сможет вернуться? — обратился к нему Стивен.

— Следует учесть много факторов, — отвечал Джек Обри. — Но если они смогли хотя бы на небольшое расстояние отойти к северу в конце первого дня, когда шторм немного ослаб, а затем повернули так, что ветер задул, скажем, от двух румбов с гакаборта, если им удалось уменьшить дрейф и проложить обратный курс на остров после третьего дня, то тогда, я полагаю, через неделю мы сможем рассчитывать на их появление. Отец Мартин, не одолжите мне свою куртку? Пойду взгляну на наших людей.

— Во время моей прогулки, вернее карабканья, я встретил мистера Бучера, — продолжал отец Мартин, услышав, как капитан Обри пошлепал по залитой дождем поляне. — У него тоже имеются башмаки, и он поднялся почти до самого истока ручья. Он очень подробно расспрашивал о вас, сказал, что в восторге от моего отчета и готов тотчас же прийти на помощь, как только у вас появится избыточное давление или состояние дискомфорта. Но он также говорил о корабле, причем таким образом, что мне стало совсем не по себе. Похоже на то, что где-то к западу есть гряда рифов или полузатопленных островов. Гряда имеет большую протяженность, что-то около сотни миль, и «Сюрприз», по его словам, не мог не налететь на нее.

— Возможно, мистер Бучер превосходный хирург, но он не моряк.

— Может, и так, но он ссылался на общее мнение офицеров «Норфолка».

— Я бы не стал предпочитать их мнение мнению капитана Обри. Ему известно о существовании этих рифов — он упоминал о них, когда мы обсуждали своеобразный характер прилива, — однако капитан вполне уверенно говорил о возвращении корабля.

— А мне и невдомек, что он знает о них. Для меня это утешение, большое утешение. Теперь я снова не тревожусь ни о чем. Позвольте мне рассказать о моей прогулке. Мне удалось достичь находящейся на склонах обнаженной почвы. Именно там, где можно перейти через ручей, текущий по узкому каменистому руслу из обломков обсидиана и трахита, я встретил мистера Бучера, который согласен, что остров явно вулканического происхождения. Именно там я увидел птицу, которую принял за водяного пастушка, не умеющего летать, хотя она, возможно, просто промокла.

На острове промокло все, все было пропитано влагой. Там, где на очень крутых склонах росли деревья, древовидные папоротники, подлесок, произошли оползни, и ручей превратился в широкую реку густой грязи и всякого мусора, которая впадала в лагуну.

Путь Джека Обри пролегал по ее левому берегу, заваленному стволами деревьев и вывороченным и подмытым кустарником. Вдалеке он увидел капитана Палмера. Сняв треуголку, британец воскликнул:

— Добрый день, сэр. — В ответ Палмер поклонился и сказал что-то о том, что «ветер меняет направление против часовой стрелки, и, возможно, снова пойдет дождь».

Такого рода обмен мнениями, иногда повторявшийся два раза в день, был их единственным способом общения в течение последующей недели. В целом это была унылая неделя: шел проливной дождь, благодаря которому ручей стал полноводным, но надежды на рыбную ловлю не сбылись. Растительная пища, которую собирали поблизости, закончилась. Расколовшиеся кокосовые орехи и поврежденные плоды хлебного дерева стали быстро гнить из-за влаги и тепла. Моряки «Сюрприза» принялись распускать на пряди тросы и спешно изготавливать из них рыболовные снасти. Но лагуна превратилась в грязное болото, и большинство обитателей ее покинули, хотя некоторые из них, не успев во время убраться восвояси, теперь разлагались в зловонных лужах. Однако продолговатые серые акулы никуда не исчезли, что делало рыбную ловлю с помощью невода и наметки чрезвычайно опасной, поскольку у зубастых тварей была привычка заплывать в очень мелкие места. Впрочем, с помощью наметки не удалось поймать ничего, кроме плавающих древесных обломков. Даже после того, как матросы с большим трудом перевернули вниз килем баркас и вышли на нем в лагуну, положение улучшилось ненамного: почти всю рыбу, которую удавалось поймать, выхватывали вместе с крючком и снастью акулы, а те экземпляры, которые удалось у них отбить, представляли собой снулого вида, распухших рыб с мертвенно-бледными колючими спинными плавниками. По словам Эдвардса, одного из китобоев, знатока южных морей, плавники этих рыб ядовиты, да и все прочее не очень-то полезно. Рыбная ловля с рифа при отливе приносила лучшие результаты, но там были свои сложности: приходилось преодолевать большие участки, покрытые жалящими кораллами и множеством морских ежей; вонзаясь в босые ноги, их острые шипы обламывались, причиняя сильную боль. На двух матросов, которые искали съедобных моллюсков, напали мурены, которые их покусали, как собаки, а безобидные на первый взгляд рыбки, напоминавшие морских окуней, какие водятся у острова Хуан-Фернандес, у тех, кто их ел, вызвали красную сыпь, черную рвоту и временную слепоту. Многие матросы хромали: хотя они привыкли бегать по палубе босиком, от гладких досок подошвы их ног не огрубели (башмаки они обычно надевали, лишь когда влезали на мачты) и поэтому вскоре были изрезаны шипами, вулканическим стеклом и коралловыми породами.

Несмотря на дождь и почти непреодолимые заросли и колючие вьющиеся растения, из-за которых было затруднительно ходить босиком, люди, понуждаемые голодом, а то и страхом, все-таки ходили по острову. В четверг Бонден сообщил капитану:

— Сэр, этот малый, Хейнс с «Гермионы», который хотел заложить своих корешей, боится, что они узнали об этом и хотят его прикончить. Он спрашивает, нельзя ли ему перейти к нам.

Джек Обри едва не вспылил, но затем подумал и сказал:

— Ничто не мешает ему соорудить себе шалаш в лесу неподалеку от нас, где он может прятаться до тех пор, пока не придет корабль.

Тем, у кого имелась обувь, ходить по лесу было проще, поэтому отец Мартин и доктор Бучер встречались довольно часто. Бучер оказался человеком дружелюбным, весьма разговорчивым; во время этих встреч капеллан выяснил, что экипаж «Норфолка» надеялся на приход русского военного корабля, который, как стало известно, исследовал центральную часть Тихого океана, или появление одной из полудюжины китобойных шхун из Нью-Бедфорда или Нантакета, промышлявших в здешних водах. Однако, хотя эти планы, на которые они возлагали такие надежды, были совершенно неопределенными, из досок потерпевшего кораблекрушение судна американские моряки намеревались построить шлюпку, на которой офицер и два-три лучших матроса добрались бы до Хуахивы, чтобы запросить там помощи. После того как пассаты задуют со своим обычным постоянством, плавание, даже с учетом длинного зигзага в обход опасных западных рифов, составило бы всего лишь около четырехсот миль — сущий пустяк по сравнению с вояжем плававшего в этих же водах капитана Блая протяженностью в четыре тысячи миль. Но у них было очень плохо с инструментами — они имели лишь небольшой ящик, который выбросило на риф какой-то шальной волной. Корабль же только что начал разваливаться: до сих пор им удалось снять с него лишь крышки люков, из которых соорудили почти бесполезный рыбачий плот.

К концу недели дождь пошел на убыль; перейти через верховья ручья стало проще, и все больше моряков с обеих сторон стали сталкиваться друг с другом. Это привело к первым неприятностям. Подобно остальным китобоям, Эдвардс был чрезвычайно озлоблен тем, что янки сожгли «Бесстрашного Лиса», и когда он встретил американца, то обозвал его сучьим потрохом, черномазым сифилитиком и огрел палкой. Недолго думая, американец пнул обидчика в пах. Через некоторое время их разняли плотник и один из его приятелей, после чего американец удалился, слыша вдогонку крики «Янки-пудель!» и «Держись своей гребучей стороны ручья!», поскольку экипаж «Сюрприза» считал само собой разумеющимся, что вся территория по эту сторону потока принадлежит им. Ручей казался как бы естественной границей, поскольку в тот же день чуть ниже по течению высокий американский мичман с рыжей бородой прогнал со своего берега Блекни, заявив, что если тот еще раз вздумает воровать их припасы, то будет изрезан на наживку.

Но эти инциденты не привлекали к себе особенного внимания, поскольку все ждали воскресенья — первого дня, когда, по словам капитана, можно будет увидеть их корабль. Погода на неделе, хотя вода лилась с неба и хлюпала под ногами, была благоприятна для его возвращения, поскольку ветер ослаб до умеренного и дул с направления зюйд-ост-тень-зюйд, а могучие удары волн прибоя о внешние скалы рифа превратились в постоянный негромкий гул.

В воскресенье капитанская бритва пошла по рукам господ офицеров, в то время как матросы воспользовались двумя хирургическими инструментами, которые не столько брили, сколько больно царапали, но все терпели боль, руководствуясь языческим поверьем, что чем больше они будут страдать, тем скорее увидят свой корабль. Под прикрытием баркаса был установлен алтарь, над которым натянули тент. Кафедру соорудили из носилок и шлюпочной банки, не сколоченных, а связанных вместе. Джек Обри послал записку капитану Палмеру, в которой указал, что если он сам, его офицеры и матросы решат присутствовать на богослужении, то их охотно примут. Однако Палмер отклонил приглашение под тем предлогом, что очень мало его подчиненных исповедуют англиканскую веру. Его ответ был учтив и хорошо изложен. Изложен устно мистером Бучером, поскольку у экипажа «Норфолка» не было ни бумаги, ни пера, как, впрочем, и всего остального. Бучер остался на службу, которая, несмотря на отсутствие богослужебных книг, была доведена надлежащим образом до самого конца. Среди моряков «Сюрприза», оказавшихся на острове, было пятеро из числа самых преданных судовых певчих, остальные подхватывали знакомые гимны и псалмы могучими голосами, которые разносились над лагуной и за пределами рифа. Отец Мартин не рискнул произнести собственную проповедь, а вновь обратился к преподобному Донну, цитируя его тексты, полагаясь на свою память, в остальных случаях перефразируя их. Все присутствующие, кроме двух десятков американцев, сидевших тут и там на противоположном берегу, слышали псалмы прежде, что было большим преимуществом для столь консервативного собрания. Его участники одобряли службу, восхищались ею, слушали ее с той же серьезностью, с какой их глаза обшаривали горизонт, силясь разглядеть на фоне чистого голубого неба пятнышко марселей.

Странно, что такое количество мореходов, привыкших к изменчивости океана и непредвиденности обстоятельств любого плавания, придавали особое значение первому дню, связанному с предсказанием капитана, словно именно этот день обладал каким-то магическим свойством. Но таково было настроение моряков по обоим берегам ручья, и после того, как в воскресенье фрегат не появился, моряки «Сюрприза» почему-то пали духом.

Не появился он ни в понедельник, ни во вторник, ни в среду, хотя стояла превосходная погода. Джек Обри заметил, что к концу недели Палмер кланялся не так низко, а в пятницу поклон его превратился в небрежный кивок. Приветствие могло означать многое, и не нужно было особой проницательности, чтобы понять: команда «Норфолка» сознавала свою многочисленность (их было в четыре раза больше, чем англичан), с каждым днем ее уверенность в себе крепла, и все труднее было бы принудить Палмера положить конец усиливающейся враждебности его людей, хотя отдельные стычки с драками грозили вылиться во всеобщее побоище.

Джек Обри ел себя поедом. Ему следовало остаться на корабле; его присутствие на суше никак не способствовало исходу предполагаемой хирургической операции, любой из офицеров смог бы заменить его и в остальном. Он вел себя как нервная старая баба. Если же он решил непременно разобраться с Палмером, то надо было прежде всего обратить внимание на приливное течение. Несмотря на ураган, умный моряк заметил бы признаки необычной периодичности этого явления и большую скорость течения в канале. Да и следовало непременно захватить с собой партию морских пехотинцев, а может, даже каронаду. Все оружие, каким располагали моряки «Сюрприза», были его шпага, кортик Блекни, карманный пистолет и отпорный крюк. Разумеется, у матросов были ножи, но ими были вооружены и почти все американцы.

— Вижу, вы беспокоитесь о судьбе «Сюрприза», дружище, — произнес Стивен, когда они с Джеком сели возле хижины, вглядываясь в вечернее море. — Надеюсь, вы не отчаиваетесь в судьбе наших друзей?

— Отчаиваюсь? Упаси Бог! — воскликнул капитан. — Фрегат прочный, с отличными мореходными качествами, а команда у Моуэта из опытных матросов. Я уверен, что если даже он не знал о том злополучном рифе, то, когда тросы порвались, инстинкт заставил его изо всех сил стараться не уходить под ветер. Судя по тому, как изменилось направление ветра, могу предположить, что он обошел банку с севера. Я опасаюсь за злополучную бизань-мачту. Мистер Лэмб того же мнения. Как он сожалеет, что не наложил на нее двойное крепление, пока было время!

— А что, потеря этой мачты будет иметь очень большое значение?

— Нет, если следовать полным курсом, поскольку при попутном ветре она не несет парусов; но если идти в бейдевинд, поворачивать в наветренную сторону, словом, для того, чтобы добраться до этого острова, она совершенно необходима. Если кое-как починенная мачта сломалась, то «Сюрпризу», определенно, пришлось направиться в открытое море. В таком случае он обязательно пошел бы на запад, и Моуэт взял бы курс на Хуахиву.

— Но ведь, поставив новую мачту, он мог бы вернуться?

— Да. Но поиски материала для мачты потребовали бы времени, а поскольку Лэмб и его помощники находятся здесь, то морякам фрегата было бы не так-то просто собрать ее детали, подогнать и поставить. Самое главное, ему пришлось бы много дней идти в бейдевинд против пассата и течения. Вполне возможно, что раньше, чем через месяц, корабль не вернется.

— Неужели? — спросил Стивен, озадаченно посмотрев на Джека Обри.

— Вполне. Ситуация, создавшаяся здесь, не может оставаться неизменной в течение месяца или даже меньшего времени.

Позади хижины послышались голоса. Хотя капитан Обри считал матросов с баркаса отличными моряками, он знал об их страсти к подслушиванию: теоретически водонепроницаемые переборки военного корабля, в силу этой страсти, были просверлены во многих местах, так что многие планы капитана облетали команду задолго до того, как становились приказами. Да и домашние проблемы большинства моряков оказывались предметами всеобщего обсуждения. Разумеется, это обстоятельство имело определенную пользу, поскольку придавало экипажу некоторую семейственность; но в данном случае Джек Обри не желал, чтобы его мнение стало широко известно, поскольку контакты между двумя командами не всегда были враждебными. Их наиболее мирно настроенные представители, встречаясь в лесу на «ничейной земле» выше ручья, зачастую затевали спокойные разговоры, в особенности если они были выходцами из нейтральных стран. К примеру, один финн рассказал поляку Якруцкому с «Сюрприза», что в команде «Норфолка» имеется сильная партия, возглавляемая двумя краснобаями. Он также утверждал, что офицеры «Норфолка», потерявшие свой корабль и должности, утратили и авторитет, а из-за этого стало некому поддерживать дисциплину, тем более что боцман и строгий старший офицер, перед которыми все ходили по струнке, утонули.

Но голоса принадлежали отцу Мартину и доктору Бучеру, которые вместе шли по тропинке. Бучер пришел навестить доктора Мэтьюрина и передать капитану Обри сообщение от капитана Палмера. Капитан Палмер передавал сердечный привет и просил напомнить капитану Обри о соглашении, согласно которому ручей должен обозначать границу между их территориями, за исключением участка берега, находящегося на стороне, принадлежащей морякам с «Сюрприза», который американские моряки должны пересекать без помех, чтобы попасть к оконечности восточного рифа. Однако капитан Палмер вынужден заявить, что небольшая группа его людей была вынуждена вернуться этим утром назад, поскольку подверглась насмешкам и была закидана морскими водорослями. Он полагает, что капитан Обри немедленно примет надлежащие меры.

— Прошу передать капитану Палмеру, наряду с моими лучшими пожеланиями, — отвечал Джек Обри, — что если это не была всего лишь детская забава, то виновники понесут наказание. Если американскому капитану будет угодно, то он может наблюдать за наказанием сам лично или прислать для этого своего офицера. В любом случае прошу передать мои сожаления и заверение в том, что этого больше не повторится.

— А теперь, Стивен, — произнес капитан, когда они остались одни. — Позвольте подать вам руку, отправимся в верхнюю часть острова. На черном утесе имеется площадка, с которой открывается великолепный обзор. Вы там еще не были.

— Непременно пойдем, — отозвался доктор. — А по пути, возможно, увидим водяного пастушка, замеченного отцом Мартином. Но, возможно, вниз вам придется тащить меня на спине: что-то ноги мои сдают.

При приближении топавшего башмаками и тяжело дышавшего капитана Обри искомая птица потихоньку спряталась в кусты, зато с голой вулканической площадки, до которой они в конце концов добрались, можно было видеть десятки миль покрытого белыми шапками волн океана в западном, северном и южном направлениях. Там резвились две стаи китов: одна на севере, другая на юге; внизу виднелись вся подветренная часть острова, рассекаемая ручьем, несшим темные, взбаламученные воды во все еще мутную лагуну, белая линия рифов и кажущиеся недомерками люди, разгуливающие по песку.

Мистер Лэмб и два его помощника заканчивали сколачивать хижину, которую начали строить для себя в тот самый злополучный воскресный день, когда «Сюрприз» не появился.

Подошедший к работавшим в тени деревьев англичанам молодой плотник с «Норфолка» приветливо произнес:

— Привет, кореша!

— Привет! — ответили они равнодушно, положив инструменты и глядя на него с нарочитым безразличием.

— Нынче вечером может начаться шторм, но день пока стоит ясный, грех жаловаться. — Англичане не захотели распространяться и на эту тему, и после короткой паузы плотник продолжал: — Вы не одолжите разводку для пилы? А то моя утонула вместе с судном.

— Нет, приятель, не одолжу, — отозвался мистер Лэмб. — Почему? Во-первых, потому что я никому свои инструменты не одалживаю. Во-вторых, не хочу помогать врагам короля, чтобы не болтаться на рее, спаси Господи твою душу, аминь!

— Но ведь война окончена! — вскричал американец.

— Расскажи это своей бабушке, приятель! — отвечал мистер Лэмб, сопровождая свои слова выразительным жестом. — Я не вчера родился.

— В четверг я встретил в лесу твоего кореша, — продолжал американец, указывая на Генри Чоулса, помощника плотника. — Это было под хлебным деревом.

— Точно, под хлебным, — с важным видом кивнул головой Чоулс. — У него еще три ветки сломались, толщиной в мачту. Я слышал его слова.

— И мы пожелали друг другу мира. Он ведь считает, что сейчас мир. Ясное дело, мир.

— Генри Чоулс хороший работник и честный малый, — произнес мистер Лэмб, внимательно посмотрев на него. — Но с ним беда: родился он в Сюрреее, и у него молоко на губах еще не обсохло. Нет, молодой человек, — очень дружелюбно взглянул он на американца. — Я повзрослел задолго до того, как ты перестал дристать в пеленки, и никогда еще не видел, чтобы в мирное время люди вели себя, как твои кореша. Думаю, что все это вы наврали, чтобы прокатиться домой на халяву и лишить нас наградных.

— Стивен, — произнес Джек Обри, протягивая ему карманную подзорную трубу, — если вы будете внимательно смотреть на ту сторону горизонта, куда я показываю, то увидите более ровную белую линию, уходящую вправо. Полагаю, это и есть та самая банка, о которой они говорили. Чертовски неприятная штука, если она оказывается под боком в ночное время. При таком ветре, как сейчас, выходя отсюда, пришлось бы полдня идти почти на чистый норд. — «Такой ветер, как сейчас» представлял собой теплый устойчивый пассат, круживший вокруг них на этой защищенной площадке, но певший неизменную песню над высоким хребтом, находившимся за ними. Это был славный ветерок, при котором ставят брамсели. — А разговор этот я завел вот почему. Я собираюсь удлинить баркас, чтобы добраться на нем в Хуахиву. Сделать это надо как можно быстрее, иначе нам будет нечего удлинять. Враждебность обостряется, и когда на острове не останется ничего съестного, она обострится до того, что мы можем быть продырявлены. Не думаю, что Палмер способен долго удерживать в руках своих матросов, а у парней с «Гермионы» есть еще больше оснований прикончить нас, чем у остальных, тем более что Хейнс сбежал от них и они знают, что он их выдаст. Видя, что «Сюрприз» не возвращается, они наглеют с каждым днем.

— Зачем же удлинять баркас?

— Затем, чтобы в него поместились все. Когда мы везли вас на берег, он погрузился по планширь. Чтобы выйти в открытое море, баркас нужно удлинить.

— Работа большая?

— Думаю, на неделю.

— А вы не считаете, что американцы могут отобрать его у нас, когда работа будет закончена или даже раньше? Мне известно, что они сами намереваются отправиться на Хуахиву за китобойной шхуной, которая, не дай Бог, захватит оттуда их друзей.

— Такая мысль приходила мне в голову. Не думаю, чтобы они осмелились напасть на нас, прежде чем мы начнем работу. Если же мы поспешим, то сможем найти способ пресечь их планы. Главная моя забота — продовольствие, его должно хватить на продолжительное плавание, поскольку у меня нет навигационных инструментов. Что касается воды, то наших бочонков хватит недели на три, если экономить. Надеюсь, нам удастся собрать несколько сотен крепких кокосовых орехов, содержащих молоко. Вопрос, где найти пищу. Поскольку с рыбной ловлей у нас ничего не получилось — а я рассчитывал на вяленую рыбу, какую мы заготавливали на острове Хуан-Фернандес, — мне хотелось бы знать, не можете ли что-нибудь посоветовать? Может, заготовить сердцевину древовидных папоротников? Какие-то корни? Кору? Водоросли?

— Действительно, когда мы поднимались наверх, мы прошли мимо карликовых бататов, которые иначе называются диоскорея. Я вас позвал, но вы ушли далеко вперед, тяжело дышали и меня не услышали. Увы, растения эти здесь встречаются редко, так же как и сухопутные крабы, поэтому бы я порекомендовал в основном акулье мясо. Возможно, оно не очень вкусно, и внешний вид его непривлекателен, но, как у большинства хрящеперых, оно довольно здоро́во и питательно. Ловить акул легко, а верхние их боковые части я рекомендую резать на длинные тонкие полосы, затем сушить и коптить.

— Но, Стивен, — возразил Джек Обри, посмотрев на полузатонувший остов «Норфолка», — представьте себе, чем они, должно быть, питаются.

— Не будьте таким брезгливым, дорогой: все живое на земле со времен Адама в той или иной мере питается бесчетным количеством мертвых существ, так что и все морские рыбы в первой, второй или сотой степени являются пожирателями всех утонувших. В любом случае, — добавил доктор, видя брезгливое выражение на лице капитана, — акулы очень похожи на малиновок, они защищают свою территорию с таким же упорством, и если мы будем ловить акул в дальней части канала, то никто не сможет обвинять нас в антропофагии, даже самой косвенной.

— Ну что же, — отвечал Джек Обри. — Я и без того толстый. Покажите-ка мне ваши бататы.

Бататы росли на щебенчатой осыпи, спускавшейся с высшей точки острова; тропинка, которая вела на площадку, шла вдоль нижнего края спуска. Здесь Стивен показал карабкающиеся кверху стебли и характерный лист единственного деформированного клубня, который он обнаружил, перевернув несколько камней.

— Этим чахлым растениям здесь плохо живется. Им нужен не щебень, а толстый слой влажной почвы. Но если вы подниметесь вверх, то, вполне вероятно, сумеете отыскать родителей этих карликов — прекрасно прижившиеся, благополучно развивающиеся растения с крупными, мощными корнями, растущими в давно заполненном породами кратере вулкана, откуда как бы рассыпались эти карликовые растения. Я очень слаб и подожду вас здесь. Если вам доведется по пути увидеть каких-нибудь жуков, пожалуйста, заверните их аккуратно в носовой платок.

Стивен сел на землю и с бьющимся сердцем, испытывая то особенное ощущение счастья, которое не изменяло ему с детства, увидел, как водяной пастушок вышел на открытый участок почвы, вытянул бесполезное, хотя и нарядное крыло, почесался, зевнул и пошагал дальше, позволив доктору перевести дух.

Джек Обри стал подниматься выше по краю осыпи, время от времени подбирая с земли бататы, которые становились все меньше и уродливее — вроде того картофеля, который он выращивал у себя дома. Однако, помня о кратере и о тех огромных клубнях, которые видел в былые времена, — безвкусных огромных плодах земли, каждого из которых хватило бы для того, чтобы накормить экипаж шлюпки, — он продолжал карабкаться дальше. Вершина оказалась гораздо дальше, чем он предполагал, а недавний потоп превратил кратер в озеро, с несомненно огромными бататами, но только гниющими под десятифутовым слоем тухлой воды. Зато с этой высоты он смог дальше и шире видеть простор океана и, отдышавшись, принялся разглядывать самую западную оконечность рифа или цепь затопленных островов. Горизонт отошел дальше, и Джеку Обри было легче представить протяженность и ширину рифа. Действительно, банка была довольно опасная, к тому же в ней не было ни единого прохода. Опираясь на холодные расчеты, он прикинул шансы фрегата на то, чтобы обойти ее в ту грозную, штормовую ночь. По всему выходило, что шансы эти были один к трем, и к глазам капитана подступили слезы.

Он пришел к выводу, что группа атоллов, расположенных далеко к северу, представляла собой наиболее опасный участок. Разглядывая его невооруженным глазом, он заметил вдалеке еле различимую точку. Достав подзорную трубу, Джек Обри убедился, что это судно. Он лег на живот и, положив оптический прибор на камень, прикрыл голову курткой, чтобы окуляр не отсвечивал. Ему тотчас стало ясно, что это не «Сюрприз», однако он не меньше четверти часа тщательно настраивал оптику, чтобы окончательно убедиться, что это американская китобойная шхуна, идущая на юг.

Китобой находился на западном краю бесконечной банки. Если он намерен посетить остров, то ему придется огибать мель и затем идти курсом бейдевинд. И тогда через неделю китобой будет здесь, если, конечно, ветер не усилится. Запомнив все, что было нужно, Джек сбежал с осыпи вниз.

— Простите, Стивен, — обратился он к доктору. — Я должен бежать в лагерь. Нельзя терять ни минуты. Следуйте за мной, как можете.

— Мистер Лэмб, — отдышавшись, обратился к плотнику капитан. — На пару слов. — Оба прогуливались вдоль верхней границы прилива. — Я хочу, чтобы вы удлинили баркас на восемь футов, чтобы мы смогли добраться до Хуахивы и присоединиться к нашей команде, если только она находится там. Можете ли вы это сделать, хватит ли вам инструментов и материалов?

— О господи! Ну конечно же, сэр. Деревья для изготовления шпангоутов мы смогли бы срубить не дальше чем в полусотне ярдов от берега.

— А если использовать только наличный материал? Нельзя терять ни минуты!

— Пожалуй, смог бы, сэр. Правда, придется разобрать докторскую хижину.

— Доктор устроится в палатке. Но, прежде чем удлинить баркас, нам следует вооружиться. Из чего можно изготовить кортики и абордажные крючья без ущерба для вашей работы?

— Что касается кортиков, то тут сложно: мне нужно постоянно затачивать пилы, — после некоторого раздумья отвечал Лэмб. — А вот с абордажными крючьями дело обстоит проще, сэр, — продолжал он, уже с улыбкой. — Если бы потребовалось, я смог бы вооружить ими хоть армию мидян. В баркасе целый бочонок десятидюймовых костылей. А Генри Чоулс, решив, что я их забыл, кинул еще один. Ежели такой костыль расплющить, загнуть на наковальне, а потом закалить, получится вполне подходящее оружие. Конечно, это не будет тонкой работой лондонского оружейника, но если всадить в брюхо шесть дюймов, разница в том, чья это работа, сразу исчезнет.

— А что, у вас тут есть горн и наковальня?

— Нет, сэр. Но я как-нибудь сооружу пару мехов, а вместо наковальни сойдет и кусок нефтяного сланца. Перековкой займется Сэм Джонсон, помощник оружейника, загребной матрос. В свое время он работал ножовщиком, так что в своем деле толк знает.

— Отлично, отлично! Тогда нужно тотчас же браться за железо, одновременно с изготовлением досок для шлюпки. Двух десятков крючьев будет достаточно: у меня есть шпага, у мистера Блекни кортик и пистолет. Не думаю, чтобы ему было сподручно орудовать абордажным копьем. Что до отца Мартина, то его оружие — слово Божье. Еще понадобятся три гарпуна со стропами для ловли акул. Гарпуны следует изготовить в первую очередь, поскольку нас может выдать дым горящего горна. Прошу вас, мистер Лэмб, работать по возможности незаметно, под прикрытием деревьев. Охотой на акул мы займемся, как только будут готовы гарпуны. Нужна также легкая решетка, чтобы высушить и прокоптить не меньше трехсот фунтов акульего мяса. Проверьте, не текут ли бочонки! Я не хочу гонять вас как юнгу, мистер Лэмб, но нам нельзя терять ни минуты. Людей надо разбить на две вахты и заставить работать не покладая рук!

Для матросов будто гром грянул с ясного неба. Дни пребывания на острове Старого Содбери заставили их забыть о железной корабельной дисциплине. Подолгу бродя в одиночку по лесу или по рифу, разыскивая подножный корм или ловя с камней рыбу, они утратили привычку выполнять команды быстро и молча. Моряки, как дети, капризничали из-за отсутствия табака и грога и, по словам Плейса, осмелились возмутиться, когда «капитан заревел, как бык в кустах», требуя, чтобы они пошевеливались в два, а то и в три раза быстрее. При этом Джек размахивал штертом, которым он наказывал очень редко, да и то только гардемаринов, причем в своей каюте, чтобы не унижать их на глазах нижних чинов.

— Что мы, в плавучей тюрьме, что ли? — произнес Джордж Абель, ставший загребным вместо Джонсона. — Гоняет хуже каторжников! «Живо за работу, бездельник!

Поскорей да мигом, чтоб глаза мои тебя не видели!» Что это с ним? Отчего он озверел-то?

— Может, эта рыбка его утихомирит, — заметил Плейс, плюнув в сторону средних размеров акулы, плывшей за баркасом в сопровождении своих сородичей.

— Табань! — скомандовал Бонден, и баркас с хрустом врезался в песок.

Абель выпрыгнул на берег, но схватил не фалинь, а прочный линь, обмотанный вокруг акульего хвоста, с помощью которого он вместе с полудюжиной других моряков вытащил хищника из воды. Ее спутницы, норовившие отхватить на память кусок от своей подруги, едва не выскочили на сушу.

Абель вместе с приятелями плотничьим топором отрубил акуле голову и посмотрел на остальных, ожидая одобрения: рыба оказалась нужных размеров и почти не повреждена. Зевать некогда, сказали им. Это вам не ярмарка. Надо помочь партии мистера Блекни, да не прохлаждаясь, а взяв ноги в руки, бежать в северо-восточный конец острова, где еще можно найти кокосовые орехи. Всякий, кто не принесет два десятка, проклянет день, когда он родился.

Моряки бросились бегом мимо горна, вздуваемого под деревьями, где вздыхали меха и бил по наковальне потный оружейник, на котором не было ничего, кроме фартука. Навстречу вереницей тянулись озабоченные матросы, бежавшие со стороны разобранной хижины с охапками досок. Другие столь же деловито тащили связки прямых, как стрела, палок.

За весь день им не удалось ни присесть, ни даже перевести дух. Но их капитану этого было мало. Матросов разбили на вахты, словно на корабле, и каждая вахта часть ночи переворачивала длинные пласты акульего мяса на костровой решетке и превращала волокно кокосовых орехов в паклю для конопачения удлиненной шлюпки. Стряхнув с себя лень и вялость, моряки с поразительной быстротой вернулись к судовым порядкам с их четырехчасовым ритмом работы — одна вахта сменяла другую почти точно в срок, словно бы слыша, как бьет ночью судовой колокол. Ночная вахта позволила вовремя заметить, что в два часа пополуночи с норд-веста зашел необычайной силы ветер, который дул часа три или четыре, подняв крутые короткие волны, шедшие против зыби. Он грозил загасить костер, опрокинуть воняющую рыбьим клеем еду и опрокинуть палатки.

Волны проникали в лагуну по двум проходам. Они сопровождали прилив и с шипением обрушивались на остров, поднимаясь по отмели. Каждый моряк знает, что такие волны быстро добивают севшее на мель судно. Матросы с «Норфолка» не были ранними пташками, но почти сразу после рассвета кучка американцев, переправившись через ручей, двинулась вдоль берега к оконечности рифа. Хотя между обоими экипажами существовала договоренность, что американцы вправе пользоваться этой дорогой, они не решались ходить по ней в присутствии большого количества английских моряков. Офицеры с «Сюрприза» и большинство матросов делали вид, что не замечают гостей, хотя двое наиболее дружелюбных британцев издали невнятный, обозначающий приветствие звук и одобрительно подняли большой палец.

Хотя «Норфолк» не спешил окончательно развалиться, о чем сообщил капитану Палмеру рыжебородый мичман, за утро на конец рифа ушло еще несколько американцев. Вернулись они лишь в половине двенадцатого; человек двадцать пять или тридцать тащили носовой планширь правого борта и часть палубы полубака. К этому времени почти все англичане рассыпались по острову, выполняя срочные работы, так что плотники оказались почти одни. Они спешно отпиливали корму баркаса, а сам мистер Лэмб на время скрылся в кустах. Единственным матросом, находившимся на отмели, был бондарь Хейнс, перебежчик, который числился за отцом Мартином. С утра он занимался починкой рассохшихся бочонков. Увидев матросов с «Норфолка», он бросился бежать под свист и крики: «Иуда!» Но поскольку в этой группе не было никого с «Гермионы», Хейнс отделался легким испугом. Лишь несколько человек сделали вид, что пытаются догнать его. К плотникам подошла еще одна группа американцев, которые стали расспрашивать, что они делают, похвалили их инструменты, работу, сказали, что скоро сами будут строить шлюпку, поскольку их фрегат рассыпается на части, и, несмотря на недружелюбные ответы или молчание, еще некоторое время поговорили с англичанами. Затем их вожак закричал: «Смотрите, смотрите!» — указывая куда-то в глубь острова. Плотники оглянулись. Незваные гости мигом схватили лобзиковую пилу, лист меди для обивки шлюпки, горсть костылей, клещи, коловорот, рашпиль и со смехом бросились бежать. Не успели они пробежать и сотни ярдов, как один из них споткнулся и выронил рашпиль, другой бросил лист меди, мешавший ему бежать. Чоулс сумел догнать матроса с лобзиком и попытался вырвать у того инструмент, но его сбили с ног. Друзья англичанина ринулись на помощь. Один из них, размахивая молотком, перешиб кому-то руку. Тут с дюжиной матросов с «Сюрприза» подоспел мистер Лэмб. Размахивая обломками досок, американцы гурьбой перебрались через ручей и отошли на свою территорию, оставив на берегу почти все, что сняли с «Норфолка». Британские моряки, вооруженные двумя плотницкими топорами и теслом, побежали бы дальше, чтобы вернуть инструменты, но с холма раздался могучий крик капитана Обри: «Отставить!»

Все бросились к нему, плотники, перебивая друг друга, требовали, вооружившись абордажными копьями, сейчас же покарать налетчиков и отобрать у них инструменты.

— Мистер Лэмб, — спросил Джек Обри, — насколько необходимы эти инструменты для выполнения сегодняшней работы? — Ему пришлось встряхнуть Лэмба за плечо, чтобы на гневном лице плотника появилось осмысленное выражение, а затем встряхнуть еще раз, после чего капитан услышал, что лобзик понадобится завтра.

— Тогда продолжайте работать до обеда, а во второй половине дня я займусь этим делом.

Свой обед, состоявший из малоаппетитного куска жареного акульего мяса и кокосового ореха, капитан проглотил в обществе Стивена и отца Мартина. Они завели разговор о птицах, которые не летают, о колонизации пустынных океанских островов, и Джек Обри вначале внимательно следил за разговором; однако его мысли главным образом были заняты предстоявшим разговором с капитаном Палмером.

Вне всякого сомнения, с утренним инцидентом следовало разобраться. Если так будет продолжаться, то неизбежно прольется кровь, и хотя его люди, вооруженные копьями и топорами, пожалуй, смогут дать отпор американцам, столкновения недопустимо задержат спуск шлюпки, если она, конечно, уцелеет. Надо было не только удлинять корпус, но и заново оснастить баркас, проконопатить, позаботиться о провианте и тысяче разных мелочей. Надо было предусмотреть попытку американцев отбить у них снаряженный баркас: для пущей неожиданности абордажные пики следует припрятать, но они должны быть всегда под рукой. Следует добиться мира на ближайшие три дня, а в ночь на четверг шлюпка будет готова. До того как взойдет луна, ее надо будет подтащить к берегу, спустить на воду, встать на якорь, установить мачты, закончить оснастку, завершить устройство фартука вне досягаемости от берега и с вечерним приливом выйти в море. Вопрос в том, достаточна ли власть Палмера над своими людьми? Он потерял почти всех своих офицеров: одни утонули, другие отправлены сопровождать призы, как, несомненно, и лучшие матросы. Капитан, по существу, остался один, без всякой поддержки. В какой мере бунтовщики с «Гермионы» могут влиять на остальных матросов экипажа «Норфолка»? Способны ли они увлечь за собой остальных? В какой степени оставшиеся офицеры, подозрительный штурман или лейтенант, все время держащийся в тени, оказывают влияние на Палмера? Ответы на эти вопросы он должен прочитать нынче пополудни на непроницаемом, до самых глаз заросшем бородой лице Палмера.

Покончив с обедом, Джек Обри прогулялся по лужайке перед палаткой, а затем подозвал к себе старшину-рулевого.

— Бонден, — произнес он, — я собираюсь к капитану «Норфолка». Дайте мне треуголку и хорошенько отряхните мой сюртук.

— Есть, сэр, — отвечал Бонден, который по-своему приготовился к визиту. — Я как раз хорошенько наточил вашу шпагу, зарядил пистолет мистера Блекни, просушил остальные заряды и проверил кремни.

— Это то, что надо для боевой вылазки, Бонден, — отозвался капитан, — но сегодня мы нанесем дружественный визит.

— Таких друзей за хрен и на рей, — буркнул матрос, выбивая в сторонке пыль из капитанского сюртука. — Тут не пистолет нужен, а каронада. — Он сунул пистолет в карман, поправил длинный кинжал, спрятанный в поясе, и складной нож, висевший на шее, протянул капитану треуголку и пошагал следом за ним.

Внешне это походило на официальный визит, и Палмер, как джентльмен и офицер, старался ему соответствовать, как подобает в таких случаях. Однако во время разговора на общие темы Джек Обри заметил, что капитан «Норфолка» очень изменился. Палмер был явно болен: он будто постарел, как-то съёжился, был издерган. У Джека возникло впечатление, что в течение нескольких последних часов он с кем-то ожесточенно скандалил.

— Видите ли, сэр, — наконец приступил к делу Джек Обри. — Похоже, некоторые наши матросы нынче утром затеяли глупую ссору. Не думаю, чтобы причина была серьёзной, но такие шутки могут окончиться весьма плачевно.

— Так оно и оказалось. Джону Адамсу сломали руку. Мистер Бучер сейчас накладывает на неё шину.

— Очень сожалею, но под словом «плачевно» я подразумевал другое. Полдюжины человек могли погибнуть из-за выходки молодого и глупого моряка, вздумавшего украсть пилу. Мне удалось остановить своих плотников, что было непросто. Как вам известно, мои люди были вооружены топорами, и у меня нет желания ещё раз встать им поперёк дороги. Вы, наверное, заметили, что на берегу, когда корабля рядом нет, с матросами не так-то просто справиться.

— Ничего подобного я не заметил, — резко ответил Палмер, бросив подозрительный взгляд из-под кустистых бровей.

— А я заметил, — возразил Джек Обри. — И мне кажется, капитан Палмер, что между нашими экипажами возникла такая враждебность, что это напоминает мне пребывание в пороховом погребе с дымящимся фитилём в руке. Малейший пустяк может вызвать взрыв. Поэтому я прошу вас самым решительным образом указать своим людям, чтобы такие шутки впредь не повторялись. Кстати, мне нужна лобзиковая пила. Я не думаю, что ваши парни действительно намеревались её похитить.

Стенка палатки зашевелилась: было совершенно понятно, что Палмер перешёптывался с кем-то, находившимся снаружи.

— Вы получите свою лобзиковую пилу, — произнёс он. — Хочу уведомить вас, капитан Обри, что я только что намеревался послать за вами...

— Послать за мной? — рассмеялся англичанин. — Что за чушь! Капитаны первого ранга не посылают друг за другом, дорогой сэр. И даже если они до сих пор забывались, должен напомнить вам, что вы, по крайней мере de jure, мой пленник.

— Я намеревался встретиться с вами, чтобы официально уведомить вас, что данный остров является американской территорией по праву его первого открытия, и попросить вас удалиться на дальний конец северного рифа, где ваши люди не будут мешать доставке деталей и припасов с «Норфолка».

— Не могу ни на секунду согласиться с вашим утверждением об американском суверенитете над этим островом, — произнёс Джек Обри. — Во всяком случае, это политический вопрос, находящийся вне нашей компетенции. Что касается вашего намерения как можно больше отдалить наших людей друг от друга, то я с ним вполне согласен. Уверен, вы заметили, что мы удлиняем свою шлюпку. Когда работа будет закончена, я увезу своих матросов так далеко, что исчезнет всякая возможность столкновения с вашими людьми. Но для этого необходимо, чтобы нам вернули инструменты.

— Вы их получите, — заговорил Палмер энергичным голосом, который затем превратился в едва слышный шёпот. — Вы их получите, — пробормотал он снова, проведя рукой по глазам.

Все эти инструменты: костыли, клещи и лобзиковую пилу, завёрнутые в кусок парусины, — принёс рыжебородый мичман, и пока Джек Обри рассыпался перед американцем в выражениях благодарности, Палмер энергичным голосом продолжал: — В конце концов, капитан Обри, поскольку вы утверждаете, что мы по-прежнему находимся в состоянии войны, вы должны быть готовы к логическим последствиям ваших слов.

— Не понимаю вас, сэр, — произнес Джек Обри; однако Палмер, которому, очевидно, нездоровилось, задыхаясь, извинился и выбежал из палатки. Английский капитан постоял у входа и затем, попросив, чтобы мичман сообщил, не захочет ли мистер Бучер проконсультироваться с доктором Мэтьюрином, протянул инструменты Бондену и попрощался с американцем.

По краям тропинки от палатки до ручья плотной стеной росли древовидные папоротники, и в их тени по обеим сторонам стояла дюжина матросов. Они молча пропустили Джека Обри, но едва он прошел мимо, как послышались негромкие настойчивые голоса английских матросов.

— Давайте-ка прикончим этого гада! — воскликнул один из них, и в плечо Джека угодил камень.

Но тут прозвучал решительный, с бостонским акцентом, металлический голос мичмана, и английский капитан, продолжив путь, в привычном месте перешел через ручей.

— Мистер Лэмб, — произнес он, подойдя к полуразобранному баркасу. — Вот ваши инструменты. Используйте их, и надеюсь, что мы сможем отплыть в указанный мною день. Можете привлечь к работе каждого, кто способен поддерживать доски и гнуть костыли.

В тот же вечер и особенно на следующий день баркас начал приобретать надлежащую форму, а в среду он был буквально облеплен матросами, которые прилаживали, подгоняли, шлифовали, обрабатывали рашпилем и прибивали доски под пристальным наблюдением капитана.

К этому времени провиант был уже заготовлен: сетки с кокосами стояли, готовые к погрузке; сильно пахнущее копченое акулье мясо сложено в парусиновые мешки; только бочонки с водой стояли отдельно и, не успев забухнуть, все еще текли. Баркас был укрыт от посторонних глаз небрежно накинутыми на него парусами. Джек не желал, чтобы американцы знали о том, что работа подходит к концу. Он нарочно сказал отцу Мартину, что, хотя работа будет, вероятно, завершена к концу пятницы, в море они выйдут лишь на следующий день, следуя старинной матросской примете. Простодушный капеллан добросовестно передал все это Бучеру. Джек Обри был уверен, что если попытка захвата баркаса и произойдет, то это случится лишь рано утром в пятницу, а к этому времени шлюпка будет уже несколько часов находиться в лагуне. Однако в целях предосторожности он сложил абордажные пики поблизости и пару раз выстрелил из пистолета, чтобы показать, что зарядов у них достаточно.

С первого же часа обнаружения американского китобойного судна все матросы трудились не покладая рук, но все же самым горячим днем стала среда. Маскировки ради мачты не поставили, но можно было заранее осуществить большую часть работы по оснастке, поэтому раздетые по пояс плотники, такелажники, парусники, конопатчики и тросовые мастера трудились в тени пальмовых ветвей с таким старанием, что почти не открывали ртов.

По причине своей полной бесполезности доктор и капеллан получили сетки и были отправлены собирать бататы. Они набивали сетки самым добросовестным образом, однако куда добросовестнее гонялись за водяным пастушком, ползая за ним по кустам до тех пор, пока не умеющая летать птица, отчаявшись, не сиганула с десятифутовой высоты. И теперь, прежде чем зайти к мистеру Бучеру и справиться о здоровье капитана Палмера, оба легли на спину и, подложив под головы сетки с бататами, отдыхали на высокой площадке, разглядывая тучу, которая повисла над ними. От нее то и дело отрывались клочья, уходившие в подветренную сторону, но она постоянно получала шедшие с юго-востока подкрепления.

— Гмелин заявляет, что сибирский водный пастушок спит, зарывшись в снег, — заметил отец Мартин.

— Где это вы прочли?

— У Дарвина. Вот как он описывает цветение ранней весной Muscus corallinus[1]:

> Поток стремится вниз, где склон холма белеет
> И зеленеет дерн, на нем цветок алеет,
> И крылья расправляет водный пастушок,
> Встречая грудью свежий ветерок.

Он подтверждает свои наблюдения в сноске, ссылаясь, как на авторитет, на Джона Джорджа Гмелина.

— Конечно, я с уважением отношусь к этому имени, но с водными пастушками связано любопытное поверье. В той части Ирландии, где я жил, коростель с приближением осени превращается в водяного пастушка, а весной снова становится коростелем. Полагаю, что Дарвин в действительности не верил в такого рода превращения: темные суеверия — удел простолюдинов.

— А вы заглядывали в его «Зоономию»?

— Нет. Но я помню несколько строчек из его «Происхождения общества», которые любил цитировать один мой похотливый кузен:

> На землю, море, небеса взирай!
> И наслаждения соитий восхваляй!
> Пусть радуется вся земная тварь чете влюбленной,
> В объятьях сладостных соединенной.

---

[1] Красный мох (*лат.*).

Как вы думаете, отец Мартин, не свальным ли грехом занимаются эти существа там, на взморье? Насколько мне известно из моего опыта, моряки не чураются однополой любви.

— Ну, крик-то они подняли оглушительный!
— Скорее радостный.
— Ошалелый.
— Пойду взгляну на море, — произнес Стивен, поднимаясь на ноги. — О боже! — воскликнул он: слева от него, не более чем в двух милях от берега, шла американская китобойная шхуна. Обогнув южный мыс, она предстала взорам команды «Норфолка», запрудившей берег. Все кричали «ура» и просто вопили, вне себя от радости. Рыжий мичман и молодой матрос с невероятной скоростью помчались по рифу, чтобы предупредить об опасности, которую представляло собой затонувшее судно, перегородившее фарватер. Некоторые моряки без толку бегали взад и вперед, вопя и размахивая руками, но десятка два сбившихся в стаю матросов устроили охоту на Хейнса, который был в приметной клетчатой красной рубахе. Он пытался спрятаться от них за бочонками, охапками дров, грудами продовольственных припасов. Его отсекли от рощи, от баркаса и погнали по берегу лагуны. Возле ручья его повалили на землю, вспороли живот и бросили беднягу в воду.

Целая толпа американцев уже сгрудилась у баркаса, который моряки с «Сюрприза» отчаянно пытались столкнуть на твердый песок, а затем в море. Одни американцы вытаскивали из-под днища направляющие, другие разоряли с таким трудом заготовленные припасы, третьи яростно разбивали камнями бочонки с водой; четвертые оголтело лезли грудью на пики и ножи, сбивая с ног англичан, которые толкали баркас и бросали под его киль вместо направляющих морские водоросли, обломки деревьев, куски кораллов. Американцы даже пытались толкать баркас в обратном направлении. Они уже понесли первые потери: рука Джека Обри, державшая шпагу, была по локоть в чужой крови. Однако все усилия его людей оказались напрасными: баркас безнадежно увяз в рыхлом песке. Убедившись, что бегство англичан невозможно, атакующие отступили к берегу и принялись приветствовать долгожданное китобойное судно. Все моряки с «Сюрприза» к этому времени забрались в баркас. Ощетинившись пиками, он превратился в крепость. Но выдержит ли она долгую осаду?

Стивен настолько расстроился, что, даже крутя головой по сторонам, не сразу заметил перемену обстановки: радостные крики американцев почти стихли. Китобойная шхуна несла слишком много парусов, чтобы войти в лагуну. Она продолжала мчаться с большой скоростью, поднимая форштевнем огромные буруны, и пролетела мимо устья дальнего прохода в рифах. В расстоянии кабельтова от устья грот- и фор-брам-стеньга рухнули, словно срезанные ядром, судно тотчас привелось к ветру и спустило флаг. Из-за южного мыса появился его преследователь, несший верхние и нижние лисели. В наступившей мертвой тишине раздался бортовой залп, направленный в подветренную сторону. Экипаж устроившего такой сюрприз корабля принялся убирать паруса и с приветственными кликами спускать на воду шлюпку.

— Это же «Сюрприз», — произнес Стивен, затем прошептал: — Радость наша — «Сюрприз», да пребудут с ним Господь Бог и Пречистая Дева!

Словарь морских терминов

Адмиралтейский якорь — якорь с двумя неподвижными рогами и треугольными лапами на них.

Анкерок — бочонок в одно, два, три ведра и больше; употребляется для хранения воды, вина и уксуса.

Ахтерлюк — кормовой люк.

Ахтерштевень — вертикальный брус, образующий кормовую оконечность корабельного киля. К ахтерштевню подвешивается руль.

Бак — носовая часть палубы корабля от форштевня до фок-мачты. Полубак — надстроенная палуба, занимающая часть бака.

Баковый — вахтенный матрос, выполняющий работу на баке.

Бакштаг — 1) курс корабля под тупым углом к линии направления ветра; 2) тросы, удерживающие с боков и сзади верхние части мачт: стеньги, брам-стеньги и бом-брам-стеньги.

Банка — 1) мель среди глубокого места; 2) скамейка, сиденье на шлюпке.

Бар — мелководье, гряда поперек реки из наносного песка и ила.

Бегучий такелаж — такелаж, обеспечивающий маневрирование парусами. Для облегчения тяги пропущен через блоки.

Бейдевинд — курс корабля под острым углом к ветру.

Бейфут — обойма, прижимающая рей к мачте или стеньге.

Бизань-мачта — задняя мачта всех трехмачтовых судов.

Бимсы — поперечные брусья, связывающие борта судна. На бимсы настилается палуба.

Битенг — деревянная или чугунная тумба, служащая для крепления толстых снастей и буксирных канатов.

Битенг-краспица — поперечный брус на битенге.

Блок — приспособление с вертящимся колесиком-шкивом внутри, через который пропускают снасть бегучего такелажа.

Блокшив — старое судно, стоящее на якорях и служащее плавучим складом, пристанью или тюрьмой.

Боканцы — устройства для подъема и спуска шлюпок.

Бом-брамсели — четвертые снизу паруса на судне с прямым парусным вооружением.

Брамсель — третий снизу парус на судне с прямым парусным вооружением.

Брасы — снасти, служащие для вращения рей в горизонтальном направлении. Брасопить реи — выполнять маневр парусами.

Брашпиль — барабанный механизм для подъема якоря и швартовки.

Бриг — двухмачтовое судно с прямыми парусами на обеих мачтах.

Бугель — кольцо из плоского металла на рангоуте, скрепляющее мачты, реи и стеньги.

Булинь — снасть, служащая для оттягивания вперед нижних углов прямых трапециевидных парусов с той стороны, откуда дует ветер.

Бухта — трос, свернутый кругами.

Бушприт — наклонная мачта на носу судна.

Бык-гордень — одна из снастей для уборки парусов.

Валек — утолщенная часть весла. Весло шлюпки делится на ручку, валек, веретено и лопасть.

Валкость — недостаточная остойчивость, склонность судна к опасному крену даже при относительно слабом волнении.

Вант-путенсы — вертикальные металлические полосы, цепи или прутья, укрепленные с наружной стороны борта судна и служащие для крепления к ним нижних концов вант.

Ванты — тросы, укрепляющие мачты, стеньги и брам-стеньги с боков. Используются также как лестницы для подъема на мачты.

Ватервейс — 1) деревянный брус, соединяющий палубу с бортами судна; 2) углубление в палубном покрытии для стока воды, идущее вдоль борта слома палубы или комингса.

Ватерзей — желоб для стока воды, идущий вдоль борта судна.

Ватерлиния — черта, по которую судно углубляется в воду.

Ватерштаг — толстые металлические прутья или цепи, притягивающие бушприт к форштевню.

Вензель — обвязка из тонкого линя для скрепления двух тросов вместе.

Верп — небольшой якорь.

Веха — шест с поплавком, поставленный на якоре или на камне. Вехами обставляются мели и другие препятствия на пути кораблей, например затонувшие суда.

Вооружение — оснастка судна, совокупность рангоута, такелажа и парусов.

Выбленки — тонкие веревки, навязанные поперек вант и образующие вместе с вантами веревочную лестницу для всхода на мачты и реи.

Вымбовки — длинные бруски из твердого дерева, служащие для вращения ручных шпилей — воротов для подъема кораблей. Вымбовка имеет вид палки около двух метров длиной и диаметром на одном конце около 10 см, а на другом — около 6 см.

Гак — металлический крюк.

Гакоборт — борт, ограждающий корму корабля.

Галс — 1) снасть, притягивающая с наветренной стороны нижние углы прямых парусов; 2) если ветер дует справа, то говорят: судно идет правым галсом, если слева — левым галсом.

Галфвинд, или полветра — направление ветра, перпендикулярное курсу судна.

Гандшпуг — увеличенная вымбовка, служащая рычагом при работе с большими тяжестями.

Гафель — наклонное дерево, прикрепленное одним конусом к мачте для растягивания верхней шкаторины (стороны) косых парусов.

Гик — бревно для прикрепления или растягивания нижней шкаторины (стороны) косых парусов.

Гитовы — снасти, служащие для подтягивания кверху нижних углов паруса при его уборке.

Гордень — снасть, проходящая через один одношкивный блок.

Грот — нижний парус на грот-мачте.

Грот-люк — средний люк на палубе судна.

Грот-мачта — средняя, самая большая, мачта на корабле.

Грот-трюм — средний судовой трюм.

Гюйс — особый флаг, который поднимается при стоянке на якоре на носу военного корабля.

Двухдечный корабль — военный корабль, имевший над водой, кроме верхней, еще две нижние палубы с пушками.

Дека — палуба.

Держать на створе, идти по створу — идти так, чтобы два или несколько наблюдаемых с судна предметов сливались в одну линию.

Дифферент — разница углубления судна в воде между кормой и носом. Удифферентовать — правильно загрузить судно.

Драек — продолговатый конус из твердого дерева, употребляемый при такелажных работах.

Драйреп — цепь или трос, прикрепленные к рею и проходящие через блок для его подъема. Всякий драйреп кончается обычно талями, называемыми фалами.

Дрейф — отклонение движущегося корабля от намеченного пути под влиянием ветра, течения или волны. Лечь в дрейф — расположить паруса таким образом, чтобы от действия ветра на один из них судно шло вперед, а от действия на другие — пятилось назад и в результате держалось бы на месте.

Дюйм — единица длины, равная 2,54 см.

Забортный выстрел — устройство на корабле в виде горизонтального рея, устанавливаемое перпендикулярно к борту на уровне верхней палубы. Служит для постановки и крепления шлюпок и катеров при стоянке корабля на якоре, а также для посадки личного состава в них. На ходу корабля заваливается к борту.

Задраивать — плотно закрывать.

Зыбь, мертвая зыбь — пологое волнение без ветра, иногда может быть очень сильным.

Кабельтов — толстый трос. Так как раньше парусные корабли без помощи буксира часто приходилось перетягивать с места на место путем завоза на шлюпке верпа с привязанным к нему кабельтовым, то вошло в практику измерять расстояние меньше мили числом кабельтовых. Кабельтов — 100 шестифутовых морских саженей. В одной морской миле 10 кабельтовых.

Каболка — толстая нить, из которой свиваются пряди, а из прядей — тросы.

Каболочные стропы — пеньковые кольца, которые связаны; ими охватывают груз при подъеме талями.

Каботаж — плавание у своих берегов и между портами своего государства. Каботажник — судно, плавающее у своих берегов без захода в заграничные порты.

Камлот — плотная ткань из шерсти.

Канат — канатом назывались самые толстые перлини и кабельтовы, привязывающиеся к якорям.

Капер — судно воюющего государства, с его разрешения (по каперскому свидетельству) нападающее на неприятельские торговые суда или суда нейтральных государств.

Катиться под ветер — уклонять нос корабля под ветер.

Кварта — мера жидких и сыпучих грузов, равная около 1,13 литра, то есть одна четверть галлона, который составляет 4,54 литра.

Квартердек — приподнятая до линии фальшбортов кормовая палуба.

Киль — продольный брус, идущий вдоль судна и служащий основой всей его структуры.

Кильватер — струя за кормой идущего судна.

Кильсон — внутренний киль, идущий поверх шпангоутов (ребер) судна.

Клетень, клетневка — предохранительная обивка троса тонкими линями в тех местах, где он подвергается постоянному трению.

Кливер — один из косых парусов на бушприте.

Клот, клотик — точеная шишка или кружок, надеваемые на вершину мачты. Через клотик пропускаются тонкие снасти, называемые сигнальными фалами.

Клюз — круглое отверстие в борту судна для пропуска перлиний и швартовов.

Кноп — узел на конце снасти.

Концы — различные снасти, веревки на судне. Это слово обычно употребляется применительно к сравнительно коротким снастям или снастям, укрепленным одним концом к чему-либо.

Кормовая раковина — верхний участок кормовых обводов внешних очертаний корпуса.

Кофель-нагель — железный штырь для крепления снастей.

Кофель-планка — дубовая толстая доска с гнездами, укрепленная у борта корабля или мачты для пропуска через нее кофель-нагелей.

Крамбол — кронштейн на носу корабля для подвешивания якоря.

Кранец — обрубок дерева или грубая подушка, набитая мягкой пробкой, свешиваемая за борт для предохранения корпуса судна от трения о причал.

Крепить паруса — скатывать, увязывать их на реях, или на бушприте, или около мачт.

Крепить снасти — завернуть или замотать их вокруг головки кнехта или кофель-нагеля.

Круче держать — держать ближе к направлению ветра.

Крюйсель — парус на бизань-мачте.

Лавировать — двигаться вперед зигзагами против ветра.

Лаг — инструмент для измерения пройденного расстояния и скорости хода.

Латинские паруса (латинское вооружение) — треугольные паруса, которые пришнуровываются к длинному, часто составному рейку. Одно из древнейших парусных вооружений, сохранившееся до наших дней в неизменном виде. Получили распространение в Средиземном море со средних веков.

Ликтрос, или ликовина — трос, которым обшит для прочности парус.

Линь — трос меньше 25 миллиметров в диаметре.

Лисели — добавочные паруса, ставящиеся по бокам прямых парусов.

Лот — прибор, измеряющий глубины; с его помощью достают образцы грунта со дна моря.

Лоция — часть науки о кораблевождении, руководство для мореплавателей, подробные карты морей и омываемых ими берегов с указанием маяков, знаков, створов и т. д.

Люверсы — обшитые отверстия в парусе для пропуска снастей.

Марлинь — тонкий линь, скрученный из двух каболок, или нитей.

Марс — площадка на месте соединения мачты со стеньгой.

Марсели — вторые снизу прямые паруса.

Миля — морская мера длины, равная 1852 м.

Мостик — приподнятый над бортами судна и защищенный от ветра и волн помост, простирающийся от борта до борта. С мостика управляют судном.

Муссоны — периодические ветры, изменяющие свое направление в зависимости от времени года.

Мушкель — массивный деревянный молоток для такелажных работ.

Набор судна — совокупность всех брусьев дерева, составляющих каркас корабля.

Наветренная сторона, берег, борт — сторона, берег, борт, со стороны которых дует ветер.

Найтов — прочная связка двух или нескольких предметов тросом. Принайтовать, снайтовать — связать друг с другом.

Нактоуз — 1) медный колпак со стеклянным окошком и лампами; надевается в непогоду на компас; 2) деревянный шкафик, на котором установлен компас.

Нок — оконечность рея, гафеля или гика.

Обезветрить паруса — повернуть их или судно так, чтобы ветер пришелся в боковую кромку парусов.

Обстенить паруса — повернуть их или судно так, чтобы ветер ударил в обратную сторону парусов и они прижались к мачтам и стеньгам. При обстенных парусах судно получает задний ход.

Оверштаг — переход с бейдевинда одного галса на бейдевинд другого галса через линию ветра.

Огон — заплетенная на тросе петля.

Одерживать — приказание рулевому замедлить начавшийся поворот судна.

Пассаты — ветры, дующие с постоянной силой в одном направлении.

Перлинь — трос толще 13 см.

Перты и **подперты** — тросы, подвешенные под реями. На них матросы становятся ногами, расходясь по реям для крепления парусов.

Планширь — горизонтально положенная толстая доска твердого дерева, ограничивающая верхний борт судна.

Подветренная сторона, берег, борт — сторона, берег, борт, противоположные наветренным.

Подзор — свес кормы корабля.

Порт — прямоугольное отверстие в борту для ведения орудийного огня.

Привести — править ближе к линии ветра, править круче.

Прямые паруса — паруса правильной четырехугольной формы.

Разоружить судно — во время продолжительных стоянок и зимовок на парусных судах отвязывают и убирают в трюм все паруса, выдергивают снасти бегучего такелажа, иногда опускают верхние реи и брам-стеньги, — это называется «разоружить судно».

Рангоут — собирательное слово для обозначения всех деревянных частей корабля, как то: мачт, стеньг, брам-стеньг, рей, гиков, гафелей, грузовых стрел и т. д.

Рей — поперечное дерево, подвешенное за середину, к которому привязан один из прямых парусов.

Риф — ряд завязок у паруса для уменьшения его площади во время усиливающегося ветра.

Ростры — место на палубе, где уложен запасной рангоут. На ростах же иногда устанавливаются большие шлюпки.

Румб — 1/32 часть горизонта. Картушка (кружок, прикрепленный к магнитной стрелке компаса) разделена на 32 румба и, как всякая окружность, на 360. Компасные румбы, считая от севера через восток, юг и запад, носят следующие названия: норд (N), норд-тень-ост (NtO), норд-норд-ост (NNO), норд-ост-тень-норд (NOtN); норд-ост (NO), норд-ост-тень-ост (NOtO), ост-норд-ост (ONO), ост-тень-норд (OtN), ост (O), ост-тень-зюйд (OtS), ост-зюйд-ост (OSO), зюйд-ост-тень-ост (SOtO), зюйд-ост (SO), зюйд-ост-тень-зюйд (SOtS), зюйд-зюйд-ост (SSO), зюйд-тень-ост (StO), зюйд (S), зюйд-тень-вест (StW) и далее: SSW, SWtS, SW, SWtW, WSW, WtS, вест (W), WtN, WNW, NWtW, NW, NWtN, NNW, NtW, N.

Румпель — рычаг у руля для управления им.

Румпель-тали — тали, которые закладывают на румпель.

Руслени — площадки для отвода вант и бакштагов от борта судна.

Рым — прочное железное кольцо, вделанное в палубу, борт или пристань.

Рында — колокол.

Рыскливость — стремление судна бросаться в сторону ветра, свойство произвольно уклоняться в ту или другую сторону от курса.

Сажень — на флоте применялась шестифутовая сажень, равная 183 см. 100 шестифутовых саженей составляли один кабельтов.

Салинг — решетчатая площадка при соединении стеньги с брам-стеньгой.

Свайка — круглый металлический клин, похожий на большое и толстое шило; употреблялась при такелажных работах.

Сезень, или шлейка — короткая плетенка или кусок троса, служащие для крепления убранных парусов.

Склянки — песочные часы. Бить склянки — обозначать время звоном корабельного колокола.

Скула — место наиболее крутого изгиба борта, переходящего в носовую или кормовую часть — носовая или кормовая скулы, или в днище — бортовая скула.

Спардек — средняя возвышенная надстройка, простирающаяся от борта до борта.

Сплесень — сплетенные вместе два конца троса.

Спускаться — поворачивать судно, увеличивая угол между курсом корабля и направлением ветра.

Стаксель — косой парус, ходящий на кольцах (раксах) по штагу.

Стеньги — верхние продолжения мачт. Названия стеньг зависят от названия мачт, например: стеньга фок-мачты называется фор-стеньгой, стеньга грот-мачты — грота-стеньгой, однако стеньга бизань-мачты называется крюйс-стеньгой.

Стапель-блоки — бруски, подкладываемые под киль строящегося или ремонтируемого судна.

Степс — гнездо, в которое вставляют нижний конец (шпор) мачты.

Строп — отрезок троса, сплетенный концами в круг или в петлю.

Счисление — расчет местонахождения корабля по его курсу и пройденному расстоянию.

Табанить — грести веслами в обратную сторону.

Такелаж — совокупность всех снастей на судне. Стоячий такелаж — тросы, крепящие мачты, стеньги, брам- и бом-брам-стеньги, бушприт и утлегарь. Бегучий такелаж проходит через блоки и служит для подъема и поворачивания рангоутных деревьев, тяжестей, постановки и уборки парусов.

Тали — трос, пропущенный через систему блоков для облегчения тяги.

Талреп — род талей или натяжной винт для вытягивания стоячего такелажа или стягивания груза.

Твиндек — промежуточная трюмная палуба.

Топенант — снасть, поддерживающая ноки рей, гиков и грузовых стрел.

Траверз — положение какого-нибудь знака на берегу или предмета на воде, перпендикулярное курсу судна.

Травить снасть — постепенно выпускать, ослаблять.

Транец — плоский срез кормы у кораблей, судов и яхт-швертботов. Широкая транцевая корма способствует захвату корпуса попутной волной, что может привести к быстрому развороту корабля и его опрокидыванию.

Увальчивость — стремление судна бросаться носом от ветра.

Углубление судна — расстояние в дециметрах или футах, измеряемое от ватерлинии до нижней кромки киля.

Узел — условная мера скорости, обозначающая морскую милю в час.

Утлегарь — второе колено бушприта, его продолжение.

Фал — снасть в виде специальных талей, служащая для подъема рангоутных деревьев.

Фальшборт — верхняя часть борта судна, борт выше верхней палубы.

Фок — нижний парус на фок-мачте.

Фок-мачта — передняя мачта корабля.

Фордевинд — попутный ветер, дующий прямо в корму.

Фордуны — то же, что и бакштаги.

Фор-люк — передний грузовой люк.

Форпик — узкое место трюма в самом носу судна. Такое же место в корме называется ахтерпик.

Форштевень — передняя грань судна.

Фрегат — во времена парусного флота трехмачтовый военный корабль, имевший до 60 пушек, расположенных на двух палубах — верхней, открытой, и нижней, закрытой.

Фут — морская мера длины, равная 0,305 м.

Футшток — длинная палка, размеченная на футы; служит для измерения малых глубин.

Ходовой конец — конец снасти, за которую тянут. Обратный, прикрепленный к чему-нибудь конец называется коренным.

Ходок, хороший ходок — быстроходное судно.

Чиксы — деревянные или металлические нащечины на мачте под марсами, иногда под салингами.

«Чист якорь» — сообщение помощника капитана, наблюдающего за подъемом якоря из воды, что якорь вышел на поверхность не запутанным, чистым и судну можно дать ход.

Шканцы — часть палубы между грот- и бизань-мачтой, почетное место на корабле.

Шкафут — часть палубы между фок- и грот-мачтами.

Шкот — снасть, притягивающая к борту, палубе или к ноку рея угол паруса.

Шпангоут — деревянное или металлическое ребро в наборе судна.

Шпигат — отверстие для стока воды в борту корабля.

Шпиль — вертикальный ворот для подъема якоря.

Шпор — нижняя часть рея.

Штаг — снасть стоячего такелажа, удерживающая мачты и стеньги спереди.

Штирборт — правый борт судна.

Шток — всякий шест, имеющий специальное назначение, — флагшток, футшток.

Штормтрап — веревочная лестница с деревянными ступеньками.

Шхуна — судно с косыми парусами и не менее чем двумя мачтами.

Эзельгофт — двойное кованое кольцо из полосового металла для соединения мачты со стеньгой, вершины стеньги — с брам-стеньгой, бушприта — с утлегарем.

Юзень — тонкий линь, свитый вручную из трех каболок.

Ют — часть палубы от бизань-мачты до конца кормы — гакоборта. Полуют — короткая, возвышенная часть юта, надстройка, начинающаяся с кормы, но не доходящая до бизань-мачты.

Юферс — род круглого толстого блока с гладкими дырами, называемыми окнами, вместо шкивов. Через юферсы основываются тросовые талрепы.

Якорный огонь — белый огонь, поднимаемый над носом судна (а на больших судах и над кормой) при его стоянке на якоре.

Литературно-художественное издание

Патрик О'Брайан
НА КРАЮ ЗЕМЛИ

Ответственный редактор *Игорь Степанов*
Литературный редактор *Борис Волков*
Художественный редактор *Валерия Маслова*
Технический редактор *Елена Траскевич*
Корректор *Валентина Важенко*
Верстка *Ольги Пугачевой*

Подписано в печать 16.05.2005.
Формат издания 84×108$^1/_{32}$. Печать офсетная.
Усл. печ. л. 24,36. Тираж 4000 экз.
Заказ № 1575.

Издательство «Амфора».
Торгово-издательский дом «Амфора».
197342, Санкт-Петербург, наб. Черной речки, д. 15, литера А.
E-mail: amphora@mail.ru

Отпечатано с диапозитивов
в ФГУП «Печатный двор» им. А. М. Горького
Министерства РФ по делам печати,
телерадиовещания и средств массовых коммуникаций.
197110, Санкт-Петербург, Чкаловский пр., 15.